KB032458

춘하추동 대행자

여름의 춤 上

illustration 스오우
아카츠키 카나

차

서장 동생의 모습을 한 신 015
제1장 여름의 대행자 호위관 하자쿠라 아야메 047
제2장 황혼의 사수 후게키 카구야 103
제3장 봄의 주종과 겨울의 주종 151
제4장 여름의 현인신 하자쿠라 자매 233
제5장 카요 잔세츠 287
제6장 여름의 신랑 335
제7장 늑대의 야상곡 369
제8장 겨울과 봄과 가을의 소야곡 395
제9장 여름과 황혼의 광상곡 453

가을의 대행자

이와이즈키 나데시코

「생명 부패」 능력을 가진 가을의 대행자. 능력이 불안정하여 수행 중. 유괴 사건으로 마음에 상처를 입었지만, 린도우 덕분에 심각한 수준에는 이르지 않았다. 린도우에 대한 연심은 더 커졌다.

가을의

아지

나데시
스로
충성심
나데시
끼나

봄의 대행자 호위관

히메다카 사쿠라

유괴당한 히나기쿠를 줄곧 찾아다녔던 종자. 혼자서 히나기쿠를 24시간 지키는 생활을 이어왔으나, 겨울이 경호원을 파견해 준 덕분에 생활에 여유가 생겼다. 이테쵸에 대한 연심은 봉인 중.

| 대행
역적에
상을 알
돌아왔
다.

등 장 인 물 소 개

대행자 호위관

·미 린도우

코의 종자. 호위관 일을 비즈니
기려고 했었지만, 주인을 향한
과 애정을 깨달았다.
코를 가장 소중한 존재로서 아
녀의 마음에는 둔감하다.

여름의 대행자

하자쿠라 아야메

루리의 언니이자 종자, 였지만 봄의 사건으로 여름의 대행자가 되어버렸다. 결혼과 동시에 호위관 은퇴라는 인생 계획이 엉망이 되어 좌절 중. 약혼자와의 사이에 큰 비밀이 있다.

여름의 대행자

하자쿠라 루리

「생명 사역」 능력을 가진 여름의 대행자. 천진난만한 성격. 현재는 봄의 사건으로 언니도 대행자가 되어버린 것 때문에 남몰래 고민하고 있다. 약혼자도 좋아하지만, 언니가 제일.

춘하추동 대행자

여름의 춤 上

겨울은 엄숙하게 고했다.

그대의 이름은『여름』. 봄을 잇는 자.

대지를 천자만홍으로 치장하고, 햇빛으로 세계를 비추는 자라고.
겨울은 이어서 자신의 생명을 더욱 깎아 가을을 만들었다.
계절의 탄생을 곁에서 지켜보는 것은 겨울이 가장 사랑하는 계절인 봄.
봄과 겨울의 반복을 원치 않아 겨울에게 구제를 바란 대지.
하나뿐이었던 계절은 둘로 늘고, 셋으로 늘고, 넷이 되려고 했다.
여름과 가을, 두 계절은 태어난 순간에 자신의 사명을 이해하고 겨울에게 맹세했다.
우리의 시조여, 우리는 당신과 함께 계절을 순환시키겠습니다.

겨울이 이 맹세를 받아들였기에 계절은 봄, 여름, 가을, 겨울의 사계절이 반복되게 되었다.

사계절은 다른 계절의 뒤를 쫓으며 계절의 순환을 가져왔다.
봄은 겨울을 쫓고, 여름과 가을이 그 뒤를 따랐다.
돌아보면 봄이 있었지만, 두 계절만이 있을 때와는 달랐다.
봄과 겨울, 둘만의 계절은 이제 존재하지 않았다.
겨울은 봄을 사랑했다. 동물들이 부부가 되어 살아가듯이 봄을 사랑했다.

봄도 운명처럼 겨울을 사랑했다.
그 은밀한 사랑을 알고 있었던 여름과 가을은 그들을 위해 제안했다.
대지에 사는 자에게 자신들의 역할을 맡기면 어떻겠느냐고.

힘을 나눠 받아 1년간 대지를 순회하는 그 이름은 사계의 대행자.
처음에는 소에게 역할을 부여했지만, 걸음이 느려서 겨울뿐인 1년이 되었다.
다음으로 토끼에게 역할을 부여했지만, 도중에 늑대에게 잡아먹혀서 임무를 완수하지 못했다.
새는 훌륭하게 역할을 완수했으나, 이듬해에는 역할을 잊어버렸다.
고민하는 사계절 앞에 마지막으로 사람이 나타나 말했다.
“저희가 사계의 대행자가 되겠습니다. 그 대신 대지에 풍요와 안녕을 내려 주십시오.”

봄과 여름, 가을과 겨울은 일부 인간에게 힘을 나눠 주었고, 겨울은 영원히 봄을 사랑할 시간을 얻었다.

이리하여 세계에는 사계의 대행자가 생겨났다.

서 장
동생의 모습을 한 신

세계는 누군가의 헌신으로 성립된다.

밤의 어둠 속에서 불을 밝히고 사람들의 생활을 지키는 자.
해가 기우는 가운데, 사회의 구조를 움직이는 자.
서로 말을 나누지 않아도 각각의 행동이 연쇄를 일으킨다.
감사의 말을 듣지 못하더라도 누군가의 헌신이 누군가의 빛이 되고, 또한 칼이 될 수도 있다.
사람들의 생활은 그렇게 지탱되며 당연한 일처럼 내일이 온다.
사실은 기적이 쌓여서 맞이하는 것임을 아무도 모른다.
그렇게 세상은 돌아간다.

세계에 봉사하는 것은 사람뿐만이 아니다.
계절을 순환시키는 신명을 짊어진 사계의 대행자.
아침과 밤을 전하는 신명을 짊어진 무(巫)의 사수.
신들의 대행자들도 살아있는 자들을 위해 그 몸을 던진다.

봄의 대행자가 기도하면 세상은 꽃들로 가득 차고.
여름의 대행자가 노래하면 생명은 약동한다.
가을의 대행자가 춤추면 꽃과 잎이 떨어지고.
겨울의 대행자가 명하면 세계는 백은색으로 뒤덮인다.
새벽의 사수가 하늘에 화살을 쏘면 아침의 하늘이 빛을 가져오고.
황혼의 사수가 쾌청한 하늘을 노을빛으로 칠한다.

신에게 권능을 받은 현인신들도 세계에 봉사하는 존재다.
백성과 다른 점은, 그들에게 선택지가 없다는 것이다.
죽을 때까지, 힘이 다할 때까지, 세계는 그들을 원한다.

폭풍이 쳐도 산을 걷고.
천둥이 쩌렁쩌렁 울려도 춤춘다.
친구가 죽어도. 가족이 죽어도. 연인이 죽어도.
노래하고, 춤추고, 활을 쏜다.

그것이, 신의 대행자가 존재하는 이유니까.

사명을 가진 자는 신의 대행자뿐만이 아니다.
대행자를 곁에서 받쳐 주는 수호자들도 세계의 공물이다.

어떤 여름의 대행자 호위관은, 신이 된 동생에게 마법의 말을 거는 것이 사명이었다.
『루리, 여름을 보여줘.』
그 말을 하면, 동생은 언니를 위해 계절을 줬다.
똑같이 생긴 쌍둥이 여자아이.
많은 이의 행복을 위해 자신의 행복을 버려야 했던 여자아이.
그 아이가 신으로서 분발하게 하는 것이 언니의 역할이었다.
『루리, 여름을 보여줘.』
『루리가 주는 여름이 좋아.』

『루리의 여름을 보고 싶어.』

모두의 공물이 된 동생을 지키기 위해, 그녀는 그렇게 말해야 했다.

쓸모없다고 판단되면 큰일이니까. 협박하듯 귀띔했던 어른은 누구였을까.

그래도, 그녀는 불쌍한 동생에게 말한다.

『루리, 여름을 보여줘. 루리의 여름이 좋아』라고.

동생에게는 언니가 자신을 원한다는 말이 유일한 구원이었다.

신 따위는 되고 싶지 않았던 아가씨를 도와주지도 않았던 사람들을 위해 노래하고 춤춘다.

그러려면 이유가 필요했다. 가능하다면 사랑 때문인 것이 좋다. 그편이 체념할 수 있게 된다.

그래서, 여름의 대행자 하자쿠라 루리는 말한다.

『언니, 봐줘』라고.

봉납된 노래와 춤이, 대지에 깃든 신앙이, 언니에게 계절을 주고 싶다는 마음이 세계에 여름을 하사한다.

어린 가지가 하늘을 향해 스스로 팔을 뻗듯이, 벼 이삭이 파도처럼 출렁이듯이.

간섭 하나가 커다란 간섭을 낳는다. 그리하여 기적이란 것은 세상에 구현된다.

박서(薄暑)와 염서(炎暑). 감우(甘雨)와 녹우(綠雨). 잔화(殘花)와 성하(盛夏).

여름의 폭풍과 훈풍. 꽃과 풀이 무성한 들판. 푸른 덩굴과 병든 잎.

여름의 대행자가 부르는 계절은 다른 어떤 계절보다 떠들썩한 소리를 낸다.

모든 것은 자신을 원하는 언니를 위해.

그녀들은 사실 대등하며, 우열도, 서열도 없다. 하지만 뒤틀려서 이러지 않으면 기능할 수 없다.

그러한 자매가 여름을 떠받치고 있음을, 세계는 모른다.

레이메이 11년. 야마토, 이요, 여름의 마을.

지도에도 기재되어 있지 않은 외딴 마을에서 당세 여름의 대행자의 생명의 등불이 꺼지려 하고 있었다.

이제껏 야마토의 평안을 위해 몸을 바친 고귀한 존재의 서거.

작별의 순간을 조금이라도 함께하고 싶어서 가족과 친구가 여름의 마을 내 본전이라고 불리는 곳에 모여 있었다.

현 여름의 대행자는 노령이기도 해서 이 죽음은 이미 예고되어 있었던 것이었다.

세계를 떠나는 자가 있으면, 탄생하는 자도 있다.

사계의 대행자가 사망하면 즉시 다음 대행자에 걸맞은 자가 뽑힌다.

새로운 대행자는 통계적으로 어린 사람이 뽑히지만, 어리다는 것의 정의는 폭넓어서 아래로는 다섯 살부터 위로는 10대 후반의 연령대도 드물지 않았다. 당시 열 살이었던 소녀가 뽑힐 가능성은 충분히 있었다.

새로운 대행자로 선택될 아이는 자신에게 일어날 일을 모른 채 평범한 일상을 보내고 있었다.

상냥한 햇살이 비껴드는 아침. 오늘도 멋대로 언니의 방에 들어가 꿈속에 있는 그녀를 깨웠다.

"아야메, 아야메, 일어나!"

"오늘은 쉬는 날이야……. 어제 늦게 잔 거 루리 때문이잖아……."

기운찬 동생. 졸린 언니. 언니는 도망치듯 이불 속으로 들어가 다시 눈을 감았다. 남겨진 동생은 어떻게든 자신을 보게 하려고 침대에서 폴짝폴짝 뛰었다.

"루리…… 정말…… 그렇게 깨우지 마……."

난감해하는 말이 나왔다. 바라던 반응을 보게 된 루리는 기뻐했다. 귀찮은 장난꾸러기지만 미워할 수 없는 이유는 눈빛과 음성에 언니를 향한 호의가 가득하고 너무나도 천진난만하기 때문이리라. 폴짝대던 것을 멈추고 이번에는 이불 위에서 언니인 아야메를 껴안았다.

"꼬옥!"

"우와…… 무거워…… 왜 항상 이러는 거야……."

루리는 이제 막 세상을 알기 시작한 새끼 고양이 같았다. 산만했다.

반대로, 아야메는 동갑인 루리와 같이 있으면 성숙함이 한층 더 두드러지는 아이였다. 루리가 태양이라면, 아야메는 달. 각자 다른 빛을 띤 아가씨들이었다.

"뛰는 걸 좋아하니까!"

"네 침대에서 해."

"아야메의 침대에서 뛰는 게 좋아!"

"……하아."

아야메는 넌더리를 내면서도 동생을 함부로 대하지 않았다. 동생이 자신을 사랑한다는 걸 알고 있었다.

아야메에게 루리는 조금 과하게 씩씩한 쌍둥이 동생, 사랑해야 할 가족이었다.

빨리 놀자고, 머리를 묶어달라고 조르는 루리를 달래듯 머리를 쓰다듬었다. 루리는 아야메가 쓰다듬어 줄 때만 얌전해졌다.

최대한 오래 쓰다듬어줬으면 해서 가만히 있는 것이었다. 하지만 머리를 쓰다듬는 손길은 금세 떨어져 나갔다. 루리는 아쉽다는 듯 입을 삐죽였다.

"더 쓰다듬어도 돼."

"안 해."

"왜? 왜 안 해?"

"이제 일어날 거니까."

두 사람의 세계는 평화롭고, 많은 애정이 흐르고, 조금도 뒤틀려 있지 않고.

"쪼잔한 아야메."

"응, 쪼잔해요."

폭력에 휩싸여 있지도 않았다. 세계의 도구와는 거리가 먼, 자유롭고 보호받았던 어린 시절.

이 무렵의 하자쿠라 자매는 확실히 행복했다. 그런 시기가 있었다.

역시 아직 누구도 그녀들에게 닥칠 재난을 몰랐다.

"뭘 입을까?"

아야메는 옷장을 열고 옷을 몇 벌 꺼냈다. 자기 몸에 옷을 대고 전신 거울로 확인했다. 뒤에서 루리가 얼굴을 쏙 내밀었다. 거울 속에 똑 닮은 흑발의 소녀가 있었다.

루리와 아야메, 두 사람은 쌍둥이였다. 윤기 흐르는 흑발, 진주처럼 빛나는 피부. 언젠가 청초한 미인이 될 것이 약속된 얼굴이 특징적이었다.

"나랑 똑같은 거 입어! 나랑 똑같은 거 입어! 아야메랑 똑같은 게 좋아!"

"또……? 부모님이 구분 못 하게 돼……."

"뭐 어때? 빙글빙글 돌고 누구게 게임 하자!"

"그거, 어른들이 곤란해할 뿐이야."

"곤란하게 하고 싶어!"

생김새는 똑같지만 내면은 달랐다. 똑 부러지는 아야메가 자연스럽게 루리를 챙기는 일이 많았다. 타고난 성격 때문이리라. 아야메는 루리가 요구한 대로 루리와 똑같은 원피스를 입었다. 그리고 루리를 화장대 의자에 앉히고서 머리를 묶어줬다.

"나도 아야메 머리 묶어줄까?"

"싫어! 루리가 하면 폭발해!"

"머리가?"

"그래, 머리가 폭발해. 펑 하고."

"하고 싶어~ 폭발하고 싶어~."

두 사람은 몸단장을 끝내고 아침을 먹었다. 어른들이 안절부절못했다.

슬슬 신탁이 내릴 거라면서, 두 사람이 이해할 수 없는 말을 중얼거렸다.

"무슨 얘기 해?"

부모는 불안을 감지한 아야메의 질문에 대답하지 않았다. 루리가 마당에서 놀고 싶다고 하자, 잠시 망설였지만 허락했다.

『여보, 주의 깊게 보지 않으면 무슨 일이 일어날지 모르는데…….』

『저 아이들은 분명 안 뽑힐 거야. 그렇게 생각하는 편이 나아.』

작은 목소리로 또 의미심장한 말을 했다. 부모에게는 기도와 같은 말이었다. 부디 자신들의 아이가 신으로 뽑히지 않았으면 좋겠다는, 애정에서 나온 소원이었다.

그런 부모의 마음도 모르고, 루리와 아야메는 마당으로 나갔다. 하자쿠라 저택에는 널찍한 마당이 있었다.

"아야메, 뭐 하고 싶어? 아야메가 하고 싶은 거 하자!"

"루리가 하고 싶은 거 해도 돼. 루리는 뭐 하고 싶어?"

"그래도 돼? 그럼 캐치볼!"

추워지면 더는 밖에서 놀 수 없다. 아야메도 이견은 없었다.

공은 작은 두 사람이 양손으로 들 수 있을 만한 크기였다. 이때, 두 사람 사이에서는 얼마나 공을 안 떨어뜨리고 릴레이를 이어갈 수 있을지 도전하는 게 유행이었다.

이때의 계절은 초가을. 하지만 자매가 사는 여름의 마을의 소재지인 이요에는 아직 가을의 대행자가 계절을 현현하러 오지 않아서 나무들은 색을 잃지 않고 푸르렀다. 상쾌한 바람이, 부드러운 햇빛이 두 사람을 상냥하게 감싸고 있었다. 늦여름의 푸른 하늘 아래에서 공이 오갔다.

공을 잡으면 툇마루에서 자매를 지켜보던 부모가 잘한다며 칭찬했다.

두 사람은 그 말이 기뻐서 또 의욕적으로 공을 던졌다.

자, 누가 먼저 공을 떨어뜨릴까.

루리일까, 아야메일까.

"아야메~! 더 높이 던져!"

루리일까, 아야메일까.

"잡을 수 있겠어~? 뒤로 벌러덩 넘어지는 거 아니야?"

루리일까, 아야메일까.

"괜찮아! 더 높이! 높이! 아빠, 엄마, 잡으면 칭찬해줘!"

아야메는 루리가 요구한 대로 공을 던졌다. 높이, 더 높이.

태양과 공이 겹쳐서 안 보이게 되었다.

"루리?"

통, 통, 통, 소리를 내며 땅에 떨어진 공이 마당 끄트머리로 사라져 버렸다.

공을 받지 못한 사람은 루리였다.

"루리……!"

그때, 여름의 마을 본전에서 여름의 대행자가 신이 되었다.

세계를 구축하는 시스템이 조속히 대체품을 요구하여 다음 대행자의 선발은 순식간에 이루어졌다.

잔혹하리만큼 빠르게, 그리고 가차 없이 봉사를 요구했다.

"루리, 무슨 일이야……!"

신탁은 확실하게 내렸다. 대체품의 이름은『하자쿠라 루리』.

"아파, 아파, 아파아파아파……!"

하자쿠라 가문의 쌍둥이 중에서 동생 쪽이 뽑혔다.

왜 그녀였는지는 아무도 모른다.

"그만, 부르지 마!!"

루리는 쓰러지는가 싶더니 비명을 지르며 땅 위에서 몸부림쳤다.

"루, 루리……! 몸이 아파? 루리!"

"아파, 아파, 아야메, 아파, 아파……!"

"자, 잠깐만, 잠깐만 기다려……! 엄마! 아빠!"

뽑히지 않은 아야메는 루리에게서 눈을 뗄 수 없었다. 동생의 몸에 명백하게 이변이 일어나 있었다.

똑같이 입은 원피스 자락 밑으로 보이는 맨발에 칼로 꼼꼼히 새긴 듯한 빨간 백합꽃 그림이 퍼져 있었다. 부모가 그걸 보고서 「신의 멍」이라며 절망적인 모습으로 속삭였다.

그게 뭔지 모르는 아야메는 무서워서 견딜 수가 없었다.

이변은 주위에도 일어났다. 루리의 몸을 중심으로 새들이 모여 왕이 깨어나길 기다리듯 주위를 에워쌌다. 어느 집에서 기르는 개가 멀리서 짖었다. 고양이들이 담장 위에 주르륵 앉았다. 하늘에서 까마귀가 선회했다. 다들 루리를 보고 있었다.

새로운 『생명 사역』의 왕을.

—무서워.

그 광경을 본 아야메는 그저 두려웠다. 부모는 어째서 루리가 뽑혔나며 울고 있었다.

누가 봐도 이 아이는 여름의 대행자로 뽑혔음을 알 수 있었다.

대행자 선출의 제1보는 신의 멍이라고 불리는 성흔이 몸에 나타나는 것이다.

사계의 목소리라고 불리는 대행자의 이름을 부르는 현상이 발생하는 것이 제2보.

대행자의 의지와 상관없이 신에게 받은 권능을 행사해버리는 것이 제3보.

절대 도망칠 수 없는 구조였다.

어디서나 볼 수 있는 천진난만한 열 살 소녀의 인생은 이날부로 끝났다.

왜냐하면, 신이 되어버렸으니까.

새로운 현인신을 배출한 하자쿠라 가문의 일상은 변했다.

가족 중에서 신탁을 받은 아이가 나타난 것이 비일상의 시작이었다.

루리는 우왕좌왕하는 사이에 어른들에게 관리받게 되었다. 부모는 계속 루리 옆에 있었다. 아무것도 할 수 없는 아야메는 마을에 있는 학교에 다니는 것 이외에는 얌전히 저택에 있을 수밖에 없었다.

"……왜? 왜 나야? 아야메는?"

그렇게 묻는 루리에게, 부모는 선택받은 사람은 너뿐이라고 몇 번이고 설명했다.

사계절을 관리, 운영하는 사계청의 직원들이 여름의 대행자로 뽑힌 것은 아주 명예롭고 멋진 일이라며 루리를 달랬다. 하지만 루리는 그 말을 믿지 않았다.

"싫어! 싫어! 싫어! 신 같은 건 안 될 거야! 본전에 안 갈 거야! 아야메랑 있을 거야!"

명예로운 지위인 것은 맞지만, 현인신이 된 시점에서 자신의 인생을 뺏긴 것과 같았다.

사계의 대행자.

그 역할을 맡은 자는 세계를 움직이기 위한 부품일 뿐이다.

사계의 대행자는 세계에 바치는 공물이니까.

"싫어, 싫어……."

루리는 모두를 위한 제물이 되었다.

잔혹한 일이지만, 그녀의 어린 시절도, 그 이후의 인생도 세계에게 빼앗겼다.

루리가 늙거나, 요절해야만 이 역할이 끝날 것이다.

"루리…… 다른 사람들을 곤란하게 만들면 안 돼……."

"싫어…… 같이 가, 아야메, 같이 가……."

루리가 울며 아야메에게 매달렸지만, 아야메는 무엇도 해 줄 수 없었다.

루리는 갑자기 받은 신통력을 자유롭게 구사하기 위해 여름의 마을에 있는 마을의 중추 기관인 본전에서 수행하게 되었다. 그곳에는 대행자의 주거시설도 마련되어 있었다.

루리가 너무 심하게 울었기에 부모가 탄원하여 일단은 집에서 머물며 본전에서 수행하게 되었지만, 언젠가 가족과 떨어져 지내게 될 것은 눈에 보였다. 대행자는 관리되고 경호를 받아야 할 존재. 이 세계에서 현인신은 세계를 움직이는 시스템이다. 제대로 기능시키려면 연습이 필요했다.

수행하는 1년간은 본전에서 지내는 편이 효율이 좋았다.

"갔다 와서 놀자, 루리……."

"싫어! 싫어! 싫어! 아야메도 같이 가! 그게 아니면 싫어!"

매일 이런 실랑이가 반복되었다. 루리가 가기 싫다며 떼를 쓴다. 집 안에 숨거나, 아야메한테 매달려서 엉엉 운다. 난동 부리는 루리를 부모가 안고서 차에 태워 데려간다.

아야메는 차가 오가는 모습을 저택 창문으로 지켜볼 수밖에 없는 나날이 이어졌다.

본인이 너무나도 고집스러웠던 탓인지, 아니면 주변 사람들이 제대로 도와주지 못했는지.

루리가 여름의 대행자로서 문제아라는 소문이 돌게 되기까지 그리 많은 시간은 걸리지 않았다.

이토록 신이 되길 거부하는 아이는 보기 드물다며 나쁜 의미의 평판이 자자할 정도였다.

어린 대행자를 뒷받침하는 정신적 지주, 대행자 호위관을 시급히 배속시켜야 했다.

사계의 대행자 호위관은 사계의 대행자의 정신과 신체를 지키기 위해 존재한다.

대행자 호위관을 선정하는 방식은 마을에 따라, 대행자에 따라 달랐다. 여름의 마을에서는 가까운 친척 중에서 뽑는 일이 많았으나, 루리는 호위관 후보로 거론된 친한 사촌들을 모두 거부했다.

무엇보다, 루리의 투정을 온전히 받아 낼 수 있는 사람이 없었다.

원래부터 다른 사람에게 조종당하지 않는 아이였다.

감정적으로 난동 부리는 루리를 타이르고 이끌 수 있는 자는 한정되어 있었다.

상황이 그렇다 보니 루리의 호위관이 될 인물은 한 명밖에 없었다.

쌍둥이 언니인 하자쿠라 아야메.

아마 부모도 루리를 달랠 수 있는 사람은 아야메뿐이라는 것을 알고 있었으리라.

하지만 부모는 아야메에게 호위관이 되라고 강요하지 않았다.

그들은 소중한 두 딸 중에서 한 명을 신에게 빼겼다.

아야메가 호위관이 되면 남은 한 명도 뺏기는 것이다.

최소한 아야메만이라도 평범하게 살 수 있도록 만들어주고 싶은 것이 부모의 마음이었다.

루리는, 아마 진심으로 아야메를 원했겠지만 부모가 입막음을 했는지, 본인이 생각하기에도 그러면 안 될 것 같았는지 아야메에게 자신의 호위관이 되어 달라고 말하지는 않았다.

그저 집에 돌아오면 곧장 아야메에게 달려갈 뿐이었다.

"더는 싫어……! 내일은 안 갈 거야. 절대 안 갈 거야……!"

자신의 방이 아니라 언니의 방에서 이불을 뒤집어쓰고 응석받이가 되었다. 그리고 세계 전체를 거부했다. 정신이 불안정한 것은 작은 몸에 깃든 신통력을 제대로 제어하지 못하고 있는 탓이기도 했다.

루리는 여름의 대행자에게 깃드는 힘인 『생명 사역』의 권능 때문에 동물들의 울음소리가 머릿속에 줄곧 울린다며 한탄했다. 단련하면 해결되는 문제지만, 애석하게도 루리의 기분이 안정되지 않았다.

"신 같은 거 되고 싶지 않아……. 되기 싫어……! 싫어, 아야메……."

루리에게 지금 필요한 것은 본전에서 수행하는 게 아니었다. 불안을 잠재울 수 있는 장소였다.

이 사람이라면 괜찮다고 몸을 맡길 수 있는, 노력할 힘을 얻을 수 있는 마음의 안식처가 필요했다.

"루리……."

아야메는 어리지만 총명한 아이였다.

부모가 왜 자신을 호위관으로 만들지 않는지, 이유를 듣지 않아도 이해하고 있었다.

루리를 보면 알 수 있었다. 신이 되는 것도, 신의 수행원이 되는 것도 힘든 일이다.

분명 지금 동생에 대한 동정심으로 손을 내밀면 언젠가 후회할 것이다.

—하지만.

루리가 『아야메는?』이라고 말할 때마다 가슴이 아팠다.

—그러면 루리는 어떻게 되는 거지.

아야메는 자신이 여름의 대행자로 뽑히지 않아서 안도했다.

그와 동시에 죄책감도 느꼈다.

쌍둥이가 아니었다면 그런 감정은 느끼지 않았을지도 모른다.

자신과 똑같이 생긴 소녀. 입을 다물고 있으면 부모도 분간하기 어렵다. 그런데 아야메는 선택받지 않았다.

신의 선정에 뭐라고 따질 여지는 없지만, 의심은 아야메 안에 줄곧 있었다.

사실은 자신이 뽑힐 가능성도 있지 않았을까.

―내가 한 일이 원인이 된 거라면?

그때, 루리는 공을 받지 못했다.

아야메가 높이 던져 버렸다.

―그것 때문이었다면?

실제로는 아무런 관계도 없는 일이다.

하지만 아야메는 루리가 선택받은 이유를, 자신이 뽑히지 않은 이유를 계속해서 생각하고 말았다. 마치, 저주받은 것처럼.

아침에 더 일찍 일어난 사람은 루리였다.

아침밥도 루리가 더 빨리 먹었다.

부모님에게 먼저 아침 인사를 한 사람은 누구였지?

전부 다, 이제 와서 생각해봤자 소용없는 일이었다.

신이 평소의 행실이 아니라 영혼을 보고 선정한다면 의미가 없다.

선정 이유는 신만이 안다. 『가정』은 얼마든지 할 수 있다.

아야메는 신이 되고 싶지는 않았다. 그런데도 망상이 멈추지 않았다.

―우리는 다른 점도 있지만 쌍둥이야.

판박이라는 사실이 사고를 깊은 어둠으로 가라앉혔다. 하자쿠라 가문에 드나들게 된 사계청의 여름 직원들의 험담을 들어버린 것도 좋지 않았다.

그들은 이렇게 말했다.『동생이 아니라 언니였다면 좋았을 텐데』.

얌전하고 드세지 않아서 관리하기 좋은 아이가 선택받았다면 다루기 편해서 좋았을 거라고. 그들도『가정』을 말했다.

당연히 아야메는 분개했다.

동생의 멋진 점을 아무것도 모르면서.

—용감하고, 창조력이 있고, 밝고, 정의감이 강하고.

달 같은 아야메는 태양 같은 루리가 눈부시다고 생각했다.

—루리가 더 좋은 게 당연해.

그래. 그러니까 수많은『가정』이 있어도, 동생이 여름의 대행자인 것은 문제없어.

다른 사람이 뭐라고 하든 아야메는 루리가 얼마나 멋진 아이인지 알고 있었다.

루리는 여름의 대행자에 걸맞은 아이다.

그래, 문제없어. 그러니까 이 생각은 이제 그만하자.

—너는 여름의 대행자에 걸맞은 아이야. 그렇지?

"나는, 신 같은 건 되고 싶지 않았어."

—그랬을, 터인데.

"되고 싶지 않았어……."

아야메가 머릿속으로 무슨 생각을 하든 그 말이 모든 것을 부정했다.

"그래, 그랬었지…… 루리는 신 같은 건 되고 싶어 하지 않았어……."

너는 신에 걸맞은 아이다. 걸맞은 아이지만, 적합하진 않다.

—대신해 줄 수 있다면 좋을 텐데.

신이 보낸 사인을 놓쳐서 루리에게 떠넘겨 버렸을 가능성은 없었을까.

만약 그랬다면 자신은 대역죄인이라고 생각했다. 언니가 동생에게 제물 역할을 떠넘겨 버리다니.

아야메는 의미 없는 것들을 머릿속으로 계속 생각했다. 제자리걸음이었다.

신이 된 동생에게 해 줄 수 있는 일은 한정적이었다.

만약 자신이 같은 처지였다면 루리가 어떻게 해주길 원했을까.

"아야메…… 이대로 쭉…… 이렇게 지내는 걸까? 이제 예전 같은 생활로는 돌아갈 수 없는 거야?"

루리가 울상을 짓고서 그렇게 물었다.

루리는 자신이 현인신이 된 탓에 가족의 삶이 변한 것을 슬퍼하고 있었다.

어린 동생은 급격한 변화를 버티지 못한다.

이제 루리가 아야메의 침대에서 폴짝폴짝 뛰는 아침은 사라져 버렸다.

자매가 간식을 나눠 먹으며 함께 웃는 오후는 오지 않게 되었다.

그때 가지고 놀았던 공은 어느새 버려졌다.

집은 항상 장례식장 같았다. 가족은 거의 웃지 않게 되었고, 피폐해졌다.

부모는 의견 충돌이 많아져서 지금까지 한 적 없는 부부 싸움을 하게 되었다.

전부, 전부, 달라졌다.

그날, 동생이 신이 되었다. 그 결과, 여러 가지가 달라져 버렸다.

이전의 가족은 두 번 다시 돌아오지 않는다.

—싫어.

이 비극적인 흐름을 조금이라도 좋은 방향으로 수정하려면.

—그런 건 싫어. 어떻게든 해야 해.

역시 아야메가 분발할 수밖에 없었다.

신이 된 동생은 구원을 바라고 있었다. 동고동락하며 루리를 타이를 수 있는 존재가 필요했다. 말썽부리는 딸의 모습을 안 보게 되면 부모도 지금보다 마음이 평온해질 것이다.

"……루리, 들어봐."

다행히 이때의 아야메에게 비통함은 없었다.

안 해도 될 이유가 더 많은데도, 할 이유만을 바라보며 용기 있는 결단을 내렸다.

어린 하자쿠라 아야메는 총명했지만, 사실은 그저 외로움을 많이 타는 아이였고. 가족을 아끼는 아이였고.

"루리, 내가 루리의 호위관이 될게. 루리를 지킬게."

사랑받기보다 사랑을 주는 아이였다.

"언니가 옆에 있을 거야."

도망치는 편이 좋았는데.

아야메가 걸으려 하는 길은 가시밭길이었다. 스스로 지옥문으로 들어가는 것과 같았다.

가혹하리라는 것은 알고 있었다. 동생을 지키기 위해 온갖 적을 죽일 각오가 필요했다.

아직 열 살이어도.

"……하, 하지만……."

아야메의 말을 듣고, 그늘져있던 루리의 눈에 희미하게 빛이 들었다.

"……하지만…… 그러면, 아야메가……."

캄캄한 어둠 속에서 붙잡은 희망. 반짝이는 무언가를 보았다.

불측하게도 여름의 신이 『언니』를 신앙하기 시작한 순간이었다.

"……아야메가 힘들어지는 건, 싫어……."

그래도 루리는 바로 수긍하지 않았다. 아야메를 간절하게 원할 텐데도.

루리는 아야메를 사랑했다. 이 다정하고 똑똑한 쌍둥이 언니에게 고통을 주고 싶지 않았다.

하지만, 원했다.

아야메를 자신이 있는 곳으로 떨어뜨리는 것에 망설임과 갈망과 구원이 혼재되어 있었다.

"루리, 괜찮아. 내가 하고 싶으니까. 함께 힘내자…… 응?"

루리는 한동안 침묵했으나, 이윽고 아야메에게 손을 뻗었다.

눈물이 뺨을 타고 흐르고 있었다. 모두를 위해 제물이 된 아이는 마침내 구원을 얻었다.

필사적으로 자신에게 매달리는 동생을 보고, 아야메는 이 판단이 옳다고 느꼈다.

다행이라고. 이로써 분명 전부 잘 풀릴 거라고.

아주 선량하고 어리석은 아이는, 그렇게 믿었다.

레이메이 12년, 겨울의 마을.

약 1년간의 수행을 마치고, 여름의 대행자 하자쿠라 루리와 그 호위관 하자쿠라 아야메는 겨울의 대행자와 한 달을 함께 생활하는 『사계 신고식』이라는 의식을 치르기 위해 겨울의 마을로 향했다.

2년 전, 마찬가지로 사계 신고식 기간 중이었던 봄의 대행자가 겨울의 대행자를 감싸고서 역적에게 유괴된 상태였다. 비보는 사계를 뒤흔들었으나, 여전히 봄의 대행자의 행방은 알 수 없었다.

겨울의 마을은 슬픔에 잠긴 채였다.

"잘 오셨소. 여름의 대행자님, 호위관님, 편히 지내시오."

그런 상태인 탓인지, 겨울의 대행자 칸츠바키 로우세이는 사계 신고식 중에 거의 얼굴을 내비치지 않았다.

그는 여전히 행방불명인 봄의 대행자 카요 히나기쿠를 수색 중이었다. 겨울의 대행자 호위관 칸게츠 이테쵸도 늘 그를 도왔다. 겨울은 봄을 찾기 위해 싸우고 있었다. 요컨대, 루리와 아야메는 불청객이었다. 원래 사계 신고식은 대행자끼리, 호위관끼리 친목을 다지는 의식이지만 로우세이의 마음이 다른 곳에 있는 탓에 제대로 이루어지지 않았다.

겨울의 마을 사람들은 나이가 비슷한 대행자인 로우세이와 루리가 친해지기를 기대한 것 같았으나, 로우세이는 마치 히나기쿠 대신 이 아이로 마음을 달래라는 듯한 그 배려에 반항했다.

애초에 그럴 수 있는 상황이 아니기도 했다. 겨울의 마을은 루리와 아야메를 지키기 위해 최대급으로 경비 인원을 배치하여 뭘 하든 마을의 경호원들이 따라다녔다. 2년 전, 그들은 봄을 지키지 못했다. 또 같은 일이 일어나지 않도록 신경을 곤두세우고 있었다. 늘 경계 태세였다. 그런 가운데, 두 현인신은 겨울의 마을 사람들이 바라는 교류를 하기는 어려웠다.

칸츠바키 로우세이와 카요 히나기쿠는 사계 신고식 기간에 아주 친하게 지냈다고 들었다. 루리는 로우세이와 히나기쿠의 이야기를 듣고 뭔가 느낀 것이 있었는지 로우세이에게 과감히 말을 걸었다.

하지만 그 노력은 불발로 끝났다.

어떤 사고가 일어났다. 루리와 로우세이는 그래도 한 번쯤은 함께 권능을 훈련하기로 했지만, 로우세이가 소중히 여기던 꽃나무를 루리가 실수로 훼손했다. 생명 사역으로 조종한 동물들이 충돌하여 나뭇가지가 부러진 것이다. 그 나무는 이전 겨울의 마을에서 로우세이가 일부러 옮겨 심은, 카요 히나기쿠와의 추억이 담긴 모과나무였다. 로우세이도 그것만큼은 용서할 수 없었을 것이다.

루리가 사과해도 그의 화는 가라앉지 않았고, 이에 루리도 반발하며 크게 싸우게 되었다.

이리하여 루리와 로우세이의 사이는 나빠졌다.

친구가 되고 싶었는데, 라고 말하며 우는 루리를 보고 아야메도 울고 싶어졌다.

레이메이 13년, 여름 현현 여행.

여름의 주종이 현현 여행을 개시한 레이메이 12년부터 역적과의 싸움은 있었지만, 겨울의 대행자 칸츠바키 로우세이가 『역적 사냥』이라는 말이 나올 만큼 직접 역적을 해치우고 있는 탓에 역적의 주목은 겨울에게 집중되어서, 루리와 아야메는 격렬한 전투를 경험하지 않았다. 루리를 지키는 입장인 아야메에게는 다행이었다. 갑자기 죽고 죽이는 싸움을 하라고 해도 제대로 할 수 있을 리가 없었다.

아직은 사계청에서 파견 나온 직원들에게 보호받아야 했다.

"아야메, 뭔가 운동 신경이 좋아졌어……."

"루리도 알겠어?"

"총이라든가, 검이라든가, 빨리 익힌다고 들었어……. 대단하다……."

"응……."

신기하게도 호위관이 되기로 결심한 이후로 운동 능력이 향상된 것 같았다. 권능이라고 할 수 있을지 모르겠지만, 이런 징후는 다른 계절의 호위관에게서도 볼 수 있다고 했다. 신체 능력이 보통 사람의 수준을 넘어섰다. 현인신을 지키기 위해 신이 준 선물이라고 해야 할까.

힘보다도 평온한 생활이 돌아오길 바라는 하자쿠라 자매에게는 복잡한 기분이 드는 선물이었다.

"나 때문에, 미안해."

루리가 아야메의 손바닥에 생긴 굳은살을 어루만졌다.

이 정도는 별것 아니라며 미소 짓는 아야메를 보고 루리는 확실히 구원받았다.

레이메이 14년, 여름 현현 여행.

아야메가 처음으로 사람을 죽였다.

역적의 갑작스러운 습격. 사투라고 할 수 있는 전투를 펼친 끝에 역적을 죽이고 말았다.

루리가 겨울 경치를 바꾸기 전이었기에, 새하얀 눈 위에 튄 피의 붉은색이 무섭도록 선명했다. 사계청의 직원은 멍하니 있는 아야메를 위로하듯 말했다.

대행자 호위관이 살인을 하지 않고 임기를 마친 일은 거의 없다. 대행자를 지키는 임무를 맡은 자는 이런 폭력에 많이 휘말린다. 정당방위인 것은 틀림없다.

그러니 처벌받는 일도 없다고, 괜찮다고 했지만, 마음은 전혀 괜찮아지지 않았다.

루리가 시체를 향해『너 때문에 아야메가 살인자가 됐어!』라며 울부짖었다.

그런가, 나는 살인자가 된 건가.

아야메는 눈 속에서 하얀 숨을 내쉬었다.

레이메이 15년, 여름의 마을.

루리와 아야메는 『봄의 대행자님이 사라진 지 5년』이라는 보도 방송의 특집을 보았다.

봄이 없는 것이 조금씩 당연해지고 있었다.

대행자는 죽으면 즉각 대체자가 뽑힌다. 루리가 그랬듯이. 새로운 봄의 대행자가 탄생했다는 소식이 들리지 않는 한, 봄의 부재는 히나기쿠의 생존을 의미했다.

그녀는 지금 이 순간에도 어딘가에 살아있다. 하지만 분명 무사하지는 않을 것이다. 5년이나 역적에게 납치된 상태인데 몸이 성치는 않으리라. 신체가 무사하더라도 마음은 어떨지. 보도 방송에서는 사람들이 어서 봄이 돌아왔으면 좋겠다고 말하고 있었다.

그건 지금도 계속 싸우고 있을 봄을 말하는 걸까, 아니면 새로운 봄을 말하는 걸까.

"다들 봄이 오기만 한다면 뭐든 좋은 거겠지. 우리에 대해서는 조금도 생각 안 할 것 같아."

루리가 불쑥 그렇게 중얼거렸다. 만약 똑같은 일이 자신들에게 일어났다면.

두 사람은 상상만 해도 무서워졌다.

레이메이 16년, 여름의 마을.

열다섯 살이 된 루리와 아야메는 예민한 시기인 탓인지 매일 싸웠다.

줄곧 함께 있는 것이 문제였다. 아무리 사이좋은 가족이어도 혼자만의 시간은 필요했다. 하지만 아야메를 향한 루리의 속박은 해가 지날수록 강해졌다.

루리의 호위관은 언젠가 다른 사람이, 루리의 반려가 될 사람이 이어받는다는 이야기를 들은 탓이기도 했다.

여름의 대행자는 관례로서 유년기엔 가족이 대행자를 보좌하고, 그 후에는 다른 자를 곁에 두는 일이 많았다. 이 무렵에 이미 루리의 맞선 이야기가 나왔기에 그에 대한 반발도 있었을 것이다.

루리의 인생은 타인의 입맛대로 조작당하기만 했다.

속에 쌓인 울분을 가까운 사람에게 터뜨리고 마는 것은, 아야메라면 받아줄 거라고 마음 한편으로 생각하기 때문이었다. 가족이기에 부리는 어리광이었다. 아야메는 루리가 자신에게 화풀이해도 된다고, 그녀의 행동을 정당하게 보았다.

—만약 내가 대행자로 뽑혔다면 루리처럼 짜증냈을지도 몰라.

똑같이 생긴 쌍둥이 언니는 동생보다 자유롭다.

—볼 때마다 복잡한 기분이 들겠지.

루리는 아야메가 있기에 괴로운 것이다. 그때의 결단은 틀렸을지도 모른다. 루리의 맞선이 진행되기도 해서, 아야메는 점점 루리와 거리를 두자고 생각하기 시작했다.

어리석은 아이는 마침내 후회하기 시작했다.

레이메이 17년, 여름의 마을. 아야메는 가출했다.
실패로 끝났지만, 새로운 만남이 있었다.

여름의 사랑은 여기서부터 시작된다.

제 1 장

여름의 대행자 호위관 하자쿠라 아야메

레이메이 19년, 계절은 여름. 여름의 마을.

뙤약볕이 대지를 쓰다듬고, 푸르른 산들에 신록의 향이 감돌 무렵.

선명한 색채의 꽃들이 삶을 노래하고, 나비가 사람을 유혹하듯 날아다녔다.

여름의 대행자의 계절이 찾아와 있었다.

몇 달 전까지 한겨울의 풍경 속에 있었던 마을도 완전히 여름옷을 입었다.

루리와 아야메는 금년의 여름 현현 여행을 마치고 마을에 있었다.

—오랜만에 만날 수 있어.

열여덟 살이 된 아야메는 약혼자와 만나기 위해 외출하기로 했다.

아야메가 입고 있는 옷도 계절에 맞춰 여름 분위기가 났다.

새 원피스와 새 펌프스, 손에는 라탄 가방.

평소보다 멋을 부린 언니를 보고 무슨 일이냐며 루리가 참견했지만, 아야메는 그럴듯한 이유를 대고 도망쳤다. 현관문을 연 순간, 바깥의 빛이 눈을 찔렀다.

불과 얼마 전까지 겨울을 물리고 여름을 선물하는 나날을 보낸 탓인지 태양이 눈부시게 빛나는 풍경이 어색했다.

아직 어딘가에 눈이 있지 않은지, 그 쓸쓸하고 차가운 겨울의 잔해를 찾고 말았다.

—이번 겨울도 지독했어.

최근 들어 겨울은 해마다 혹독해졌다. 겨울의 마을에서 유괴당한 봄의 대행자의 소식은 여전히 들리지 않았다. 그녀를 잃어버린 겨울의 대행자 칸츠바키 로우세이의 비애가 계절에도 나타나고 있었다.

히나기쿠의 부재를 메꾸듯 로우세이가 봄의 몫까지 계절을 펼치고 있기에 평상시보다 동절기가 두 배는 길었다.

그러다 갑자기 여름이 되니 환절기에 일교차로 고생하는 사람도 많아져서 감기가 유행할 정도였다.

사계의 대행자 전승에는 겨울만을 알던 대지가 갑자기 주어진 봄의 따뜻함을 알고서 추운 겨울과 따듯한 봄의 반복을 한탄하는 구절이 있다.

지금 야마토의 백성들은 그 전승을 몸소 체험하고 있었다.

—카요 님, 무사하시면 좋겠는데.

현재는 여름이 봄을 대신하고 있다고 해도 과언이 아니지만, 그래서는 안 된다.

아야메는 본 적 없는 봄의 신이 무사히 귀환하길 기도하지 않을 수 없었다.

그런 생각을 하며 걷다 보니 목적지인 오솔길에 도착했다.

사람들의 눈을 피해 잡목림에 몸을 숨겼다. 아무도 자신을 못 봤음을 확신하고서 약혼자가 기다리고 있을 장소로 다시 걷기 시작했다. 마을을 둘러싼 나무들은 울창하여, 일단 그 사이에 섞여들면 사람도 짐승도 녹음 속에 녹아들었다. 딱히 나쁜 짓을 하는 것은 아니지만, 아야메는 자연스럽게 살금살금 걸었다. 두 사람의 관계는 공표되지 않았으니 이럴 수밖에 없었다.

—이것도 밀회라고 할 수 있으려나?

그저 생각만 했는데 왠지 가슴이 간질간질했다.

아야메는 나무들 속에 숨어있는 자동차를 발견하고 뛰다시피 다가갔다.

약혼자와 오랜만에 재회하는 것이었다. 안 그러려고 해도 뺨은 상기되고 심장은 빠르게 뛰었다. 하지만.

“뭐? 또 말 못 한거야, 아야메?”

약혼자는 아야메가 루리에게 두 사람의 관계를 전하지 못했음을 알고서 어이없어하며 말했다.

아야메는 차에 타자마자 그 말을 듣고 울컥했다.

—딱히 달콤한 말을 기대하진 않았지만.

좀 다르게 말할 수도 있을 텐데. 살짝 경박한 분위기인 약혼자에게 항의했다.

“렌리 씨……. 그렇게 간단한 일이 아니에요.”

“대행자 호위관으로 일하는 것보다 간단하다고 생각해.”

렌리는 아야메가 부풀린 뺨을 장난스럽게 콕 찔렀다. 아야메의 뺨은 곧장 다시 부풀었다. 사계의 대행자 호위관 하자쿠라 아야메를 이렇게 다룰 수 있는 사람은 이 세상에 렌리뿐이었다.

“아야메는 루리를 과하게 신경 쓴다니까.”

아야메도 이토록 편하게 대하는 사람은 그밖에 없었다.

“주인을 신경 쓰는 것이 호위관의 일이에요. 그 아이는 마음으로 계절을 현현시키니까요. 현현 여행 중에 굳이 상처 입히는 말을 할 수 있을 리가 없잖아요.”

"화내지 마. 아, 깜빡했네. 올해도 여름을 현현시켜 주셔서 감사합니다."

"……."

"사계의 대행자 하자쿠라 루리 님과 대행자 호위관 하자쿠라 아야메 님, 그리고 각 관계자분들 덕분에 야마토에 여름이 왔습니다. 여름의 마을, 마을 의국을 관리하는 로오 가문을 대표하여 감사드립니다."

렌리는 아야메 앞에서 경박함을 가장하면서도 기본적으로 어른스러웠고 자상했다.

"……로오 렌리 님, 치하해 주시니 황송합니다. 당신께 멋진 여름이 찾아오기를……."

아야메가 퉁명스러운 얼굴로 말하자 렌리는 아야메를 달래듯 미소 짓고 속삭였다.

"딱딱한 인사는 이걸로 끝……. 미안, 루리에게 말하는 게 간단하지 않다는 건 알고 있어. 현현 여행으로 피곤할 텐데 나랑 만나줘서 고마워."

"……."

"기분 풀어. 뭐든 할게."

렌리에게 아야메는 어떤 존재일까.

모르겠다. 적어도 아야메에게 그는 둘도 없이 소중한 사람이었다.

그 사람이 구원이라는 것을, 당시에는 모르는 법이다.

두 사람의 만남은 이때보다 조금 더 거슬러 올라간다.

열여섯 살 때, 하자쿠라 아야메는 세상 모든 것이 싫어져서 마을을 뛰쳐나갔다.

계획된 일이 아닌 충동적인 가출이었다.

당시의 아야메는 주인이자 쌍둥이 동생이기도 한 루리를 어떻게 대하면 좋을지에 대한 고민, 대행자 호위관 일이 인생을 망치고 있는 것, 도와줄 수도 없는데 동생의 옆에 있는 것, 열거하자면 끝이 없는 다양한 일 때문에 인생에 대해 고민하고 있었다.

마찬가지로 쌍둥이 동생인 루리도 질풍노도 속에 있었다. 혼담이 순조롭게 진행 중이었기 때문이다. 언니와 함께 지낼 수 있다면 그만이었던 인생에 다른 상대가 들어오려고 했다. 나중에는 맞선으로 결정된 약혼자를 좋아하게 되지만, 이 시점에는 아니었다. 아야메에게 의존하여 신으로서 일하던 루리에게는 자신의 혼인과 관련된 일이 전부 고민거리였다. 앞으로 몇 년 뒤면 사랑하는 언니가 자신의 곁을 떠나버린다. 그런 불안이 짜증으로 바뀌었고, 주변 사람들에 대한 반항으로 표출되고 있었다.

루리의 반항은 자연스럽게 아야메에게 집중되었다.

그리고 아야메는 마음이 꺾였다.

이제 지쳤다고, 사라져 버리고 싶다고.

좋게도 나쁘게도, 아야메는 책임감이 너무 강했다. 그녀는 다른 사람을 돕기만 할 뿐, 도움을 받자는 발상이 없었다. 아야메의 처지는 확실히 불쌍했다. 하지만 그렇다고 해도 가출은 경솔한 행동이었다. 그녀 자신이 원치 않는 결과로 끝날 것을 뻔히 알고 있었기 때문이다.

첫째로, 루리를 울리게 된다.

아야메는 인생 때문에 고민하고 있지만 루리를 싫어하지는 않았다.

둘째로, 아야메 자신이 루리의 언니인 자신을 긍정하고 있었다.

즉, 루리의 호위관에서 도망치는 것은 자신의 목을 조르는 행위였다.

신의 언니로서 걸맞게 있는 것이 아야메의 존재 증명이었고, 타인에게 받을 수 있는 유일한 긍정이었다.

호위관 일에서 도망치는 것은 자신에 대한 가해. 요구되는 행동을 하는 것은 자기방어라고도 할 수 있었다. 게다가 역할을 내던지고 도망쳐도 마을 사람에게 추적당해 다시 끌려갈 것은 알고 있었다.

그 후에 루리가 얼마나 슬퍼할지, 지금까지 쌓은 신뢰를 잃고, 사람들을 실망시키고, 견디기 어려운 질책과 모욕을 받을 것도 쉽게 상상이 갔다. 아야메의 가출은 불쌍하고 어리석은 도피였다.

면허를 딴 지 얼마 되지 않은 이륜자동차로 산림을 달린 그날, 아야메는 어떻게 되었는가.

어리석은 아이였던 소녀는 마을에서 뛰쳐나오고 얼마 지나지 않아 이륜차의 연료가 떨어져서 움직이지 못하게 되었다.

난감해하며 고갯길에 멍하니 있으니, 후에 약혼자가 되는 로오 렌리가 그 근처를 우연히 지나가다가 도와줬다. 그가 비밀로 해주었기에, 아야메가 가출했다는 사실은 누구에게도 알려지지 않았다.

렌리는 아야메의 안전과 명예를 지켜줬다.

"역시 내가 할 수밖에 없으려나. 언니를 나한테 달라고."

그날, 아야메는 렌리에게 도움을 받았다.

"렌리 씨……."

그걸 계기로 두 사람은 급격히 가까워졌다. 로맨틱하다면 로맨틱한 이야기였다.

아야메에게는 그날이 인생의 분기점이 되었다. 자신을 도와주는 사람이, 고민을 이야기할 수 있는 상대가 생겼다. 아야메에게 필요한 사람은 바로 이런 존재였다.

렌리가 아군이 되어준 덕분에, 꺾이려던 마음을 다잡을 수 있었다.

다시 루리의 언니로서의 기능을 되찾을 수 있었다.

그렇게 되는 것이 필연인 것처럼, 아야메와 렌리는 약혼에 이르렀다.

"아뇨, 렌리 씨가 나서는 건 최종 수단이에요. ……루리한테 무슨 짓을 당할지 모르니까요. 부모님은 약혼을 인정해주셨지만, 동생이 난관이에요. 이제껏 렌리 씨의 존재를 숨긴 것 자체가 루리의 역린을 건드리겠죠. 말해봤자 화낼 게 뻔히 보이지만……."

아야메가 렌리 앞에서 작아지는 것은 그 구출극이 있었기 때문일지도 모른다.

"나, 무슨 짓을 당하려나?"

"네. 개가 달려드는 일 정도는 있을 테지만…… 제가 반드시 지키겠어요."

—이 이상 실망시키고 싶지 않아.

그녀가 이렇게 생각하는 데에도 이유가 있었다.

사실 아야메와 렌리는 고갯길에서 처음 만난 게 아니었다.

아야메는 잊어버렸지만, 더 어렸을 적에 교류라고도 할 수 없는 교류가 있었다.

그건 유년기의 기억 속에 묻힐 만한 일이었다.

언제는 부모와 함께 꽃놀이하러 갔다가 부모와 떨어져 있는 사이에 우연히 근처에 있어서 조금 이야기를 했고, 또 언제는 마을에서 작은 축제가 열렸을 때 동생이랑 같이 걷다가 렌리와 부딪쳐서 폐를 끼쳤다. 겨우 그 정도의 교류였다. 어릴 때, 마을 안에서 몇 번 만날 기회가 있었을 뿐.

그저 그뿐인 인연이었지만, 아야메는 잊었고, 렌리는 기억하고 있었다.

오도 가도 못하는 아야메를 발견했을 때, 렌리는 어릴 적 그 아이라는 것을 바로 알았다고 한다. 하지만 아야메는 누군데 도와주냐는 듯 수상한 자로 취급하며 무례한 태도를 보이고 말았다. 그런 씁쓸한 기억이, 구출극 속에 있었다. 초면이 아니라고 직접 설명한 렌리는 확연히 낙담한 모습이었다.

"……그러면, 난 죽지 않을까? 상대는 온갖 생물을 사역하는 힘을 가진 여름의 대행자님이야. 죽을 거야……."

"주, 죽게 하지 않아요!"

실망시켰는데, 렌리는 그때의 인연으로 연장자로서 아야메를 지켜주려고 했다. 그의 그런 큰 그릇이 아야메를 구했다.

"크크…… 내 사인은 시스터 콤플렉스인가."

렌리는 웃었다. 곤란하게 됐다고 중얼거리지만, 정말로 곤란한 것 같지는 않았다.

"렌리 씨, 웃을 일이 아니에요."

아야메는 입을 삐죽이고 말했다.

"미안. 만약 수라장이 펼쳐지면 『그래도 아야메를 아내로 주십시오!』라고 말하면서 노력할 테니까 아야메도 도와줘."

"알고 있어요. ……그리고 피해를 입는 건 아마 렌리 씨뿐만이 아닐 테니까요."

이때, 아야메는 약혼 발표가 루리에게 끼칠 영향을 결코 가볍게 보지 않았다.

하지만 더 심각하게 여겼어야 했다. 몇 달 후, 아야메는 약혼자를 선보이는 자리를 마련하고, 루리에게 약혼자의 존재를 알린다. 루리는 그 사실에 충격받아 대성통곡하고. 거부 반응으로 신통력이 발동. 그녀의 충격에 호응하여 온 마을의 동물이 패닉에 빠져 폭주했다.

동물들을 전부 진정시키는 데만 사흘이 걸리는 엄청난 사건이 일어난다. 그 후, 루리는 아야메를 포함한 마을 사람과 대화하길 거부했다. 화가 난 동생은 방에 틀어박히고, 다시 야마토에 봄이 찾아와 봄의 대행자 카요 히나기쿠가 마음을 녹여줄 때까지 긴 파업 생활에 돌입하게 된다.

"그렇게 심각한 일이 벌어질까?"

렌리는 아야메보다 사태를 가볍게 보고 있었다.

"그 아이가 얼마나 울어 댈지 쉽게 상상이 가네요……."

지금 타고 있는 이 자동차도 루리의 분노로 맹렬한 새똥 공격을 받아서 아주 지독한 꼴이 되고, 그는 세상이 끝난 듯한 표정을 짓게 되지만.

"크크…… 아야메, 인기 만점이네."

이때는 아직 비극이 일어날 것조차 예상하지 못했다.

"웃지 말아요. 이게 얼마나 심각한 일인지 모르죠? 저랑 렌리 씨의 결혼 때문에 폭풍이 일어날 거라고요!"

아야메는 뾰로통해졌다. 렌리는 그 반응이 재미있었는지 눈에 맺힌 눈물을 손끝으로 훔치며 말했다.

"하아…… 재밌어……. 그래도 그걸 극복하면 자유의 몸이야."

"……그건."

"나랑 같이 이요를 떠나 테이슈에 신혼집을 마련하고, 꿈꾸던 도시 생활을 보내는 거야. 나는 사계청 관련 의료 시설에, 아야메는…… 역시 사계청이려나? 다소 감시는 있을 테고, 보고 의무는 사라지지 않겠지만…… 여기 있는 것보다 구속은 적어. 나와 아야메의 야망이 이루어지는 거야."

"……."

그는 희망을 주듯 속삭였다.

"『마을에서 나가 자유로워지고 싶다』는 소원이…… 조금만 있으면 이루어져. 그러니까, 힘내자."

"……네."

"그나저나 내가 먼저 꺼낸 제안이지만, 결혼이 가까워지니까 뭔가 무서워지네……. 루리, 아야메가 없어도 괜찮으려나……."

"적어도 생명은 위험하지 않아요. 그 부분은 부모님이 선수를 치셨어요."

렌리는 고개를 갸웃했다.

"루리가 무사히 결혼하게 된다면 말이죠……."

"이익이 있다는 건가. 우리의 결혼처럼……."

"……네."

"하지만…… 루리 말이야, 약혼자의 눈앞에서 사슴을 타고 도망쳤잖아? 결혼할 수 있겠어……? 그 얘기를 처음 들었을 때는 배를 잡고 웃었지만, 곰곰이 생각해 보니 약혼자가 불쌍해. 사슴을 타고 도망칠 만큼 날 싫어하는 건가…… 라는 생각이 들었을 거 아니야. 아야메가 나한테 그랬다면 우울했을 거야……. 둘 다 제대로 손을 맞잡고 지낼 수 있으려나……."

"최, 최근에는 루리도 도망치지 않게 됐어요. ……그분과의 거리도 줄어든 것 같아요. 저도 처음에는 그 사람한테 회의적이었지만…… 부모님도 루리를 제대로 생각해주신 모양이에요."

"아, 그래? 여름의 대행자 호위관으로 알맞은 사람이란 거야?"

아야메는 고개를 끄덕였다. 루리가 도망다니는 탓에 제대로 진행 중이라고 말하기는 어렵지만, 아야메는 이 맞선에 반대할 마음이 없었다.

왜냐하면, 루리를 지킬 방책이라고도 할 수 있는 혼인이기 때문이다.

"제가 가장 불안했던 건「후임자가 루리를 제대로 지켜줄 것인가」였어요."

"……응."

아야메가 무엇을 말하는지 렌리도 이해한 것 같았다.

"제대로 기능하지 못하는 대행자는『경질』될 가능성이 있으니까요."

아야메는 말하면서 괴로워졌다.

경질이란, 말하자면 당세의 대행자를 죽이고 새로운 대행자로 갈아 치우는 것이다.

새로운 대행자가 수행을 끝낼 때까지 계절이 끊긴다는 결점이 있어서 웬만하면 일어나지 않지만, 절대 일어나지 않는다고 단언할 수는 없었다. 대행자 경질은 역사상 실제로 일어났기 때문이다.

경질이 일어나는 이유로는, 첫째로 사계의 대행자가 중대한 죄를 저질러서 단죄의 형태로 경질되는 사례가 있고.

또 다른 이유는 마을 내의 권력 다툼이나 치정 싸움, 원한, 애먼 앙심 등 민간에서도 일어나는 문제에 휘말려 부득이하게 살해되기도 했다.

계절의 부재를 낳는 대행자 경질은 마을 전체가 나서서 저지해야 할 일이지만, 대행자 경질을 옳게 여기는 자도 있었다. 시스템에 이상이 생기면 교체해야 한다는 합리적인 사고였다.

사계의 대행자는 죽어도 즉각 차기 대행자가 탄생한다.

대체가 가능했다. 기계 부품처럼 갈아 치울 수 있었다.

경질을 걱정하는 것은 여름의 마을에 한정된 이야기가 아니었다.

이때의 아야메는 아직 모르지만, 후에 봄의 대행자 호위관 히메다카 사쿠라로부터 봄의 대행자 카요 히나기쿠도 경질될 위기가 있었다는 이야기를 듣게 된다.

사계의 대행자는 현인신이고, 떠받들리는 존재고, 감추고 보호하는 귀인이지만, 『기능』이자 『공물』이다. 아야메가 마음을 죽이고서 『루리, 여름을 보여줘』라고 계속 말한 것도 경질을 저지하기 위해서였다.

기능하지 않는 사계의 대행자는 필요 없으니까.

"왜 그 약혼자라면 괜찮다고 생각하는데……?"

렌리가 질문해서, 아야메는 자신이 하는 말에 스스로 슬퍼하면서도 설명했다.

"저보다 훨씬 강한 분이에요. 마을의 무예 대회에서 우승을 양보한 적이 없어서 명예의 전당에 이름을 올렸죠. 그 사람과 결혼하면 든든할 거예요……."

"……무슨 경력이야?"

"자세히는 말씀드리기 어렵지만. 그 사람이 이기지 못하는 상대라면 아마 루리도, 루리를 지키는 다른 호위진도 전원 죽을 거라는 생각이 드는 분이에요."

"아야메보다도 강하고…… 최강……? 그 사람은 인간이야……?"

"인간 병기 같은 분이긴 해요."

아야메가 그렇게 말한다면 엄청난 사람이네, 하고 감탄하며 말했다.

"키미카게 일문 출신이니까요."

"오오! 그랬지, 참. 성이 키미카게였어."

"네."

"……마을의 경비를 담당하는 키미카게 가문의 영식인가. 그렇다면 호위관으로는 기대할 수 있겠네. 지반을 다지기에도 나쁘지 않은 선택이야. 결혼하게 된다면 높으신 분들도 손대기 어려워져. 장인어른이랑 장모님도 수완이 제법이시네."

가문의 역학 관계가 얽힌 이런 혼인 문제는 무엇이 가장 좋은 판단인지 가늠하기 어렵다. 아야메는 그의 말을 듣고, 부모의 안목이 틀리지 않았음을 재확인했다.

"루리는 옛날에야 여름 현현을 싫어하며 사람들을 애먹였지만…… 이제는 마을이 적대시할 정도의 문제아는 아니에요. 하지만, 마을의 세력 싸움에 휘말리는 식으로, 루리와는 상관없는 일 때문에 해를 입을 가능성이 아예 없지는 않아요. 과한 생각일지도 모르지만……. 그래서 저는 루리가 강한 사람과 결혼하면 좋겠어요……."

렌리는 고개를 끄덕거렸다.

"아야메는 루리의 호위관이자 언니니까 당연히 걱정되겠지. 그 생각을 루리한테도 말해줬어? 우리는 맞선이라든가 정략결혼이 많지만, 그것도 집안을 위한 일이 아니라 자신을 위한 일이라고 생각하면 납득하기 쉽잖아. ……자유연애 시대에, 이런 건…… 정말로 시대착오적이지만……. 마을은 이질적이니까, 지켜주는 사람과 함께하는 편이 좋아. 특히 여자라면 더더욱. 결혼 하지 않아도 된다는 말은…… 누구도 해주지 않으니까……."

"네. 저도 그렇고 부모님도 그 사실은 루리한테 잘 말했어요. 본인도 점점 이해하고 있고요."

"그렇구나…… 잘되면 좋겠다. 잘됐으면 해."

절실히 말해서 아야메는 가슴이 따뜻해졌다.

"감사합니다."

사계의 대행자의 혈족은 평생을 부자유 속에서 살아야만 한다.

작은 틀 안에서 자신의 행복을 찾아야 했다.

그렇기에, 잘되면 좋겠다는 렌리의 말이 기뻤다. 정말로 루리의 행복을 바라는 기도가 담겨 있었다. 자신의 소중한 존재를, 그도 소중히 여기고 있었다.

아야메는 렌리의 자상함에 가슴이 따뜻해졌다.

하지만 그의 말에 기뻐하고 있다는 것을 너무 표정으로 드러내지는 않으려고 했다.

"으음…… 본론에서 벗어났네요. 어디서 회의할까요? 결혼식이라든가, 이것저것."

"회의가 아니라 상담이지, 상담. 조금 가야 하지만, 좋은 정원을 찾았으니까 거기서 산책이라도 하며 얘기하자. 분명 마음에 들 거야. 오늘은 아야메의 기분 전환도 겸한 만남이니까."

이렇게 다정함에 넘어가 버리면 안 된다고, 아야메는 기쁜 마음을 억눌렀다.

"근처 수풀에서 얘기해도 딱히 상관없는데……."

"애들의 비밀 얘기도 아니잖아?"

"하지만……."

아야메에게는 그의 다정함을 달게 받아들여선 안 된다고 생각하는 이유가 있었다.

—너무 가까워지면 안 돼. 우리 사이에 사랑은 없으니까.

하자쿠라 아야메와 로오 렌리. 두 사람의 혼인에는 비밀이 있었다.

렌리는 여름의 마을 명문가의 차남.
부모가 멋대로 준비한 맞선을 거절하고 싶어서 고민하고 있었다.
아야메는 여름의 대행자 호위관.
결혼함으로써 역할에서 벗어나 자신의 인생을 살아보고 싶었다.
두 사람 모두 나고 자란 곳이 답답하여 벗어나고 싶어 했다.

하지만 혈족을 관리하는 마을에서 자유를 쟁취하는 것은 불가능에 가까웠다. 최소한의 반항은 자신을 구속하지 않는 상대를 반려로 고르는 것 정도였다.

그래서 아야메와 렌리는 자유로워지기 위해 서로를 이용하기로 했다.

결혼도 한다. 같은 집에서도 산다. 하지만 그저 그것뿐. 가족과 마을에 의무를 다했다고 증명하면 서로 자유롭게 살자고, 속박하지 말자고 몇 번이나 서로 확인하고 약속했다.

소위 말하는 계약 결혼이었다. 좋아하지도 않는 계약 상대가 자신을 사랑하면 곤란할 뿐이다. 그들은 영원히 이해관계가 일치한 자들로 있어야 했다.

하지만 아야메는 종종 렌리와의 거리를 잊을 것만 같았다.
스스로 자신을 타일러야 할 만큼.
—단순한 공범자인데.

그를 사랑하게 되어버렸다. 이 사랑을 누가 비난할 수 있을까.

고독한 소녀는 처음으로 가족 외에 마음을 터놓을 수 있는 상대를 만났다.

그야말로 극한의 밤에 건네받은 담요와 같았다.

책임감이 강하여, 힘들다는 말조차 하기 어려워하는 아야메도 렌리 앞에서는 그 나이 때의 평범한 소녀가 될 수 있었다. 조심스럽지만 어리광을 부릴 수 있었다. 그 시간이 『여름의 대행자 호위관 하자쿠라 아야메』에게 얼마나 필요했는지는 지금까지 살아온 궤적을 보면 알 수 있었다. 그래서 그녀가 사랑에 빠진 것 자체는 전혀 이상하지 않았다. 이상하지는 않지만.

—어쩌다 이렇게 됐을까.

본인은 당혹스러웠다. 호위관이 된 지 수년. 아야메의 생활은 루리가 중심이라 연애와는 거리가 멀었다. 새장 속에서 자란 새는 사랑을 모른다. 사랑에 빠지는 것은 계획에 없었다. 그저 이 답답한 마을에서 벗어나고 싶었을 뿐이다. 결혼은 탈출 수단이었다. 전부 냉정하고 합리적인 판단이라고 생각했는데.

—좋아하게 되어버렸어.

새장 속 새는 사랑에 빠졌다. 격렬한 사랑이 아닌 고요한 사랑, 몰래 하는 사랑이었다.

—렌리 씨는 나와 결혼하지 않는 게 나아.

사랑을 키워 가다보니, 좋아하기에 상대가 정말로 행복해지기를 바라게 되었다.

—우리는 틀렸어.

맞았는지 틀렸는지 묻는다면, 두 사람의 방식은 확실히 잘못됐다.

그러나 새삼스러운 일이다. 애초에 부추긴 사람은 다름 아닌 아야메니까.

『……달라지고 싶어. ……자유로워지고 싶어. ……마을에 있으면, 괴로워요…….』

가출을 결행한 날. 아야메는 울며 렌리에게 사정을 말했다.

고갯길에서 오도 가도 못하다가 도움을 받고, 창피해서, 슬퍼서, 여러 가지 감정이 터져버렸다.

누구에게도 말하지 못했던 생각을 꺼내고 말았다. 줄곧 누군가에게 말하고 싶었다.

이 생활이 힘들다고. 이런 인생은 싫다고.

렌리는 아야메의 갑작스러운 고백을 흘려 넘기지 않았다. 몇 분 전까지 타인이었는데도.

자신들, 사계의 대행자의 후손이 진정으로 자유로워지기는 어렵다고 다정하게 아야메를 타이르고, 그래도 뭔가 방법이 없을지 생각해줬다. 그렇게 생각하여 대답해줬다.

『나…… 지금 권유받은 혼담을 거절하고 싶어서…… 똑같이 자유로워지고 싶어서, 그걸 쟁취하기 위해 함께 싸울 수 있는 사람과 결혼하고 싶어. 즉, 그러니까, 연애 같은 게 아니라…… 타산이 되지만, 하지만 그 대신 서로의 삶에 간섭하지 않고 응원하는 관계라고 할까. 친구라고 할까…… 그런 거…… 아야메, 어떻게 생각해……?』

아야메의 마음속 비명을 듣고, 자신과 손을 잡지 않겠냐고 제안해 줬다.

『모두에게 거짓말하게 되겠지만, 가짜 결혼…… 나랑 하지 않을래?』

같이 자유로워지자. 동료가 될게. 서로 돕자. 힘내보자고 말해줬다.

렌리에게도 이득이 있었다고는 하지만, 발단은 아야메에 대한 동정이었다. 그건 확고했다.

—그렇기에 이 결혼은 안 하는 게 나아.

아야메는 역시 그렇게 생각했다.

렌리를 보았다. 그는 아야메의 대답을 기다리고 있었다.

아야메는 정원에 가자는 그의 제안이 내키지 않았다.

"멋진 곳이라면, 제가 아니라…… 정말로 좋아하는 사람과 가는 편이 좋아요."

렌리를 사랑하기에 그렇게 말했다. 그러자 렌리는 확연하게 실망한 표정을 지었다.

"왜 그런 말을 해……."

책망하듯 말해서 아야메는 가슴이 아팠다.

"그치만…… 나중에 다른 사람과 그곳에 가고 싶어지면 저와의 기억이 방해되잖아요."

—렌리 씨를 위해서예요.

아야메는 마음속으로 그렇게 속삭였다.

—제가 당신을 좋아하게 되면 곤란하잖아요.

사실은 전부 털어놓고 싶은 마음을 감추고서.

—당신이 원하는 건 역할을 연기해 줄 여자니까.

그러니 필요 이상으로 친하게 지내고 싶지 않다.

아야메의 논리는 아야메의 머릿속에서는 성립했으나, 렌리에게는 통하지 않았다.

역시 슬프게 눈썹을 내렸다.

“나는 그렇게 생각 안 해…….”

“신선한 기분으로 데이트할 수 없게 돼요. 나중을 위해 남겨두는 편이…….”

“그런 말 하지 마. 나는 아야메랑 가고 싶은데…….”

어두운 목소리로 나직이 대답했다.

—어쩌지. 화나게 했을까.

아야메가 난처해져서 아무 말도 못 하고 있으니, 렌리는 다시 한 번 『괜찮으니까 가자』라고 말했다.

반론을 허락하지 않는 강한 힘이 있었다.

“네…… 렌리 씨가 그렇게 말씀하신다면.”

좋아하는 상대에게는 약해지는 법이었다. 렌리가 바라면 아야메는 거절할 수 없었다.

결국, 정원이란 곳에 가게 되어서 렌리의 차로 이동했다.

하지만 두 사람이 함께 있을 수 있는 시간은 한정적이었다.

황혼의 사수가 하늘의 장막에 화살을 쏴 밤을 부르기 전에 집으로 돌아가야 했다.

렌리가 아야메의 통금 시간을 고려하여 데려간 곳은, 차로 가면 그리 멀지 않은 인근 산에 있는 거대 정원이었다. 수백 종의 꽃들이 화사하게 피어 있었다.

"우와…… 대단하네요……."

여름의 꽃이 가져온 강한 향기가 코를 간질였다.

"꽃 좋아하지?"

살피듯 물어서 아야메는 흥분한 표정으로 고개를 끄덕였다.

"좋아해요……."

"다행이야. 분명 기뻐할 줄 알았어. 마음에 들었어?"

"네……."

아야메가 좋아하는 모습을 보고 렌리는 몹시 기쁜 듯 미소 지었다.

렌리는 아야메와 통하는 구석이 있어서, 헌신적인 애정을 가진 사람이었다.

아야메(붓꽃)는 자신의 이름이 여름을 나타내는 꽃에서 따온 것이기도 해서 꽃 전반을 좋아했다.

기억은 안 나지만, 렌리에게 말한 적이 있었을 것이다. 여름 현현 여행으로 지쳤을 약혼자를 어디로 데려가서 쉬게 할지, 분명 이것저것 생각하여 이곳으로 정했으리라.

꽃을 좋아하니까 기뻐할 거라고.

—그래서 그렇게나 가자고 한 거구나.

언젠가 만날지도 모르는 진짜 연인이 아니라, 아야메와 가야하는 이유가 있었던 것이다. 아야메는 기뻐서 가슴이 벅차면서도 애달파지고 말았다.

렌리와 있으면 착각할 것 같았다.

어쩌면 조금이나마 자신을 좋아하는 게 아닐까, 하고.

"정말로 멋진 정원이네요……."

아야메는 말하면서 속으로 그 생각을 부정했다. 후의를 착각하지 말라고 자신을 타일러야 했다.

"아야메네도 땅을 가지고 있으니까 이렇게 쓰면 좋을 텐데."

아야메가 이 이상 렌리를 좋아하지 않도록 노력하는 동안에도 그는 무구하게 말을 걸어왔다.

"저희 일족은 전통을 지키는 데 필사적이라 서양풍 정원을 만들자는 발상은 없죠."

"커다란 산을 가지고 있는데, 아깝네."

"괜찮아요. 아무것도 건드리지 않은 산도, 대지에는 필요하니까요."

이 산은 원래 유명한 일족의 소유물이었다.

지금은 다른 사람에게 양도되고 개발되어 고성처럼 생긴 숙박 시설이 지어져 있었다.

거대 정원은 고성풍 숙박 시설의 덤 같은 것이었는데, 입소문을 타고 인기를 얻으면서 누구나 와서 볼 수 있도록 개방되었다. 말하자면 데이트 장소가 된 것이다. 아야메는 그런 곳에 렌리와 함께 온 것이 쑥스러웠다. 하지만 금방 정신을 차렸다.

—우리는 공범이지, 연인이 아니야.

아야메의 사랑은 생각의 반복이었다.

렌리가 하는 행동, 보여주는 표정에 일희일비했다. 냉정한 가면을 쓰면서도 속으로는 기뻐서 어쩔 줄을 몰라 했다. 그리고 현실을 보고 낙담했다.

이건, 시작과 동시에 끝난 사랑이라고.

"……갈까요."

마음을 죽이는 데 너무 익숙한 아야메는 따끔거리는 가슴의 통증을 무시하고 잊었다.

두 사람은 정원을 걸으며 이야기했다.

마침 점심시간이라서 그런지, 사람들은 숙박 시설 내 음식점으로 가서 산책로는 한산해졌다. 두 사람만의 공간이 되어 점점 더 분위기가 데이트 같아졌다.

도중에 렌리가 벌에게 쫓겨서 아야메를 두고 뛰어다니는 신사적이지 못한 일도 있었지만, 그건 그것대로 즐거웠다. 안 그러려고 해도 아야메의 심장은 빠르게 뛰었다.

"아야메, 모처럼 왔으니까 마음에 든 꽃은 메모해두자. 부케에 쓸 수도 있으니까."

렌리는 평소와 다름없어 보였다.

"부케라니…… 결혼식은 서양식으로 하는 건가요? 당연히 전통혼례인 줄 알았는데……."

"혼례식은 사계의 신들을 모신 신사에서 할 거야. 내가 말한 건 피로연. 피로연은 참가자도 서양식 차림을 하는 게 주류니까, 드레스에 부케를 들지 않을까? 혹시 전통복이 좋아?"

"그것도 좋네요. 렌리 씨는 어느 쪽이 좋나요?"

"으음~ 고민되네……. 나는 늘 형보다 못한 아들이라는 느낌이지만, 너와의 결혼식은 그러고 싶지 않아."

"……."

"제대로 아야메에게 어울리는 청년이라고 여겨지고 싶어. 어느 쪽이 좋을까……."

"……."

"아야메는 어느 쪽이 좋아?"

"……저기, 예전부터 생각했던 건데요."

"응?"

"……렌리 씨는, 의식적으로 자신을 깎아내리는 것 같아요."

렌리는 웃는 얼굴로 대응하고 있었지만, 그 웃음은 순식간에 사라지고 허를 찔린 얼굴이 되었다.

"……."

가면이 갑자기 벗겨진 듯한 모습이었다.

"사실은 아주 성실한 사람인데, 일부러 경박한 모습을 보이거나, 자신을 낮추는 일이 많아서…… 왜 그러는 걸까 싶었어요. 복장이나 헤어스타일도 그런 연출이 들어가 있다고 할까, 부모님께 잔소리 들을 걸 뻔히 알면서…… 일부러 그러시는 거죠?"

렌리는 잠긴 목소리로 중얼거렸다.

"놀랐어……."

아야메는 머뭇머뭇 물었다.

"역시 연기인가요? 어째서…… 아뇨, 말하기 싫다면 묻지 않겠지만…….”

렌리는 아야메의 물음에 긍정도 부정도 하지 않고 그저 되물었다.

“……언제부터 그런 생각을 했어?”

이번에는 평탄한 음성이었다.

“내 행동에 연기가 많다는 걸 언제부터 알았어?”

웃지 않는 렌리는 왠지 어색해서, 아야메는 괜한 말을 했을지도 모르겠다고 내심 겁을 먹었다. 그래도 지금은 성실하게 대응해야 한다고 생각하여 솔직히 답했다.

“꽤 예전부터 생각했어요. ……확신한 건, 집에 찾아갔을 때예요.”

아야메는 렌리의 집에 인사하러 갔을 때를 떠올렸다.

렌리의 집안인 로오 가문은 마을의 의료를 도맡는 큰 가문이었다.

렌리의 집은 직계가 아니라 방계지만, 마을에서 꽤 중요한 존재라고 할 수 있었다.

가족 구성은 부모, 형, 누나, 렌리.

그 안에서 렌리는 아무래도 경시당하는 위치인 것 같았다.

『호위관님. 장남에게 시집오는 편이 좋을 것이라 생각합니다만, 정말로 이런 바보와 결혼하시려는 겁니까?』

렌리의 부친이 그렇게 말했을 때, 아야메는 머리가 터질 뻔했다.

예물 등 이런저런 일의 상담도 겸한 방문이었으나, 이야기는 전혀 진행되지 않았고 렌리가 얼마나 어리석은 남자인지 장황하게 말할 뿐이었다.

『이 아이는 옛날부터 뭐든 어중간해서 뭘 달성한 적이 없어요.』

『근성도 없고, 노력을 모르죠. 호위관님에게는 어울리지 않습니다.』

『장남은 한 번 이혼했지만, 재혼 상대를 찾고 있습니다. 장남이 더 낫지 않겠습니까?』

세상에는 제 자식을 자랑하는 것이 아니라 일부러 제 자식의 못난 점을 말하는 부모가 있긴 하다. 그것도 아이에게 좋은 교육은 아니지만, 굳이 집에 데려온 약혼자에게 나쁜 말을 불어넣는 것은 정신적인 학대가 의심되는 소행이었다.

심지어 본인이 눈앞에 있었다. 아야메는 몹시 불쾌해졌다.

렌리의 앞에서 분란을 일으키고 싶지 않았기에 겉으로는 생글생글 웃었지만, 솔직히 관혼상제가 아니면 이 가족과 다시는 만나고 싶지 않다고 생각했을 정도였다.

렌리는 부친이 자신을 모욕하는 것을 당연하게 받아들이며 그저 조용히 웃고 있었다.

나중에 부끄러운 듯 『나 같은 게 약혼자라 미안해』라고 렌리가 사과했을 때 느꼈던 아픔은 평생 잊을 수 없을 것이다.

그런 일이 있었기에, 아야메는 렌리가 집에서 나오고 싶어 하는 동지라는 것을 전혀 의심하지 않게 되었다. 부모가 말하는 대로 결혼하기 싫은 것도 이해가 됐다.

다만 어째서 스스로 그 위치를 감수하고 있는지는 의문이었다.

대화해보면 알 수 있는 사실이지만, 렌리는 머리가 나쁘지 않았다. 의사가 됐을 정도니까 우수한 편이었다. 사물을 보는 방식도 결코 어리석지 않았다. 하지만 가족 내에서 위치가 낮았고, 툭하면 광대 같은 짓을 하는 버릇이 있었다. 마치 그래야 하는 것처럼.

렌리는 아야메의 이야기를 다 듣고서, 다시 평소처럼 헤실헤실 웃는 얼굴로 돌아왔다.

그리고 쑥스러운 듯 속삭였다.

"……내게 요구되는 건 말이지, 로오 가문의 싱거운 차남을 연기하는 거야."

이해할 수 없는 말을 듣고 아야메는 얼굴을 찌푸렸다.

"무슨 뜻이죠……?"

"뭐, 괜찮아. 나는 그런 포지션이야. 아야메가 말한 것처럼 주어진 역할을 연기하고 있을 뿐이야. 내가 바보처럼 웃고…… 얼뜨기로 있으면, 그 사람들은 행복해하고 안심해. 그런…… 역할을 하는 아이가 필요한 집도 있어."

"……렌리 씨, 그건, 이상해요……."

"신경 쓰지 마. 나는 아야메가 알아준 것만으로도 충분히 구원받았으니까."

"구원이라니, 거창하네요……."

"아니, 전혀 거창하지 않아. 나는 지금 아~주 행복해."

웃고 있는데 묘하게 서글퍼 보여서, 아야메는 가슴이 아팠다.

"……."

"얼른 아야메랑 같이 마을을 나가고 싶어."

나직이 중얼거리는 렌리를 보고, 아야메는 『그러게요』 하고 대답했다.

두 사람의 쓸쓸하며 행복한 시간은 빠르게 흘러갔다.

정원에는 미로 정원과 비슷한 장미 정원이 있었다.

주변에는 사람도 없어서 아야메와 렌리의 발소리와 이야기 소리만이 주위에 울렸다. 들리는 것은 새 소리와 바람 소리, 나뭇잎이 흔들리는 소리뿐이었다.

두 사람은 장미 아치로 만들어진 미로를 나아갔다.

결혼식 이야기를 하고, 만나지 못했던 동안 있었던 일을 공유하고, 때때로 함께 웃고, 장난치고, 결국에는 완전히 회의를 잊어버렸다.

—이래도 되는 걸까.

이러면 안 될 것 같다고 아야메는 생각했다.

아야메는 렌리를 좋아하기에 기쁘다. 하지만 그는 아니지 않은가.

"아야메, 이거 결혼식 같다."

렌리는 눈앞의 상대가 어떤 마음인지도 모르고 들뜬 모습으로 손을 내밀었다.

이런 일은 처음이었다. 지금껏 손을 잡은 적은 없었다. 뺨을 콕 찌르거나, 달래듯 머리를 쓰다듬은 적은 있어도, 신사적으로 손을 내밀며 에스코트를 청한 것은 처음이었다. 그래서 아야메는 분위기에 휩쓸려 렌리의 손을 잡고 말았다.

"신랑 신부 입장…… 같지 않아?"

렌리는 웃었다. 꽃길을 걷는 두 사람은 확실히 신랑 신부 같았다.

—기쁘지만.

슬프기도 했다. 아야메는 후회했다.

"그러네요…… 자, 이제 끝."

그렇게 말하고 놀이를 끝냈다. 왠지 허무해졌기 때문이다. 하지만 스르륵 빠져나간 손을 렌리가 다시 잡았다. 그리고 조금 불안해 보이는 눈으로 『왜?』 하고 말했다.

"예행연습 하자."

"이미 했잖아요."

"조금만 더…… 안 돼?"

"……."

"필요한 일이고……."

아야메의 눈을 들여다보는 렌리에게서는 간절한 감정이 보였다.

"그…… 무슨 말씀인지 이해는 하지만…… 저희는 가짜니까, 경솔하게…… 진짜 같은 일은 하면 안 될 것 같아서……."

—언젠가 당신이 정말로 손을 잡고 싶어 할 상대에게 미안한 일이다.

아야메의 마음도 모르고, 렌리는 슬픈 표정을 지었다.

"……손잡는 것 정도는 친구끼리도 해."

"거짓말. 제 주변에서는 안 해요. 특히 남성분과는."

살짝 내치는 말투였을지도 모른다. 렌리는 확연하게 상처받은 표정을 지었다.

"미안해. 응, 놓을게. 잘못했습니다. 이제 손은 건드리지 않을게요."

멀어지니 손이 시렸다.

융통성 없는 아야메에게 화가 났는지, 렌리는 먼저 걸어가 버렸다.

—가버릴 거야.

장미 아치 안은 어둑했다.

햇빛이 들긴 하지만, 그늘 속을 걷는 것에 가까웠다.

그래서 먼저 가버리면 굉장히 멀게 느껴졌다.

아야메는 자기가 거부했다는 것도 잊고, 혼자 어두운 곳으로 가버리는 렌리를 보기 싫어서 달려갔다. 그리고 자기도 모르게 렌리의 팔을 잡았다.

그대로 손가락을 움직여서, 렌리가 아야메에게 했듯이 깍지를 꼈다.

―얼굴이 굉장히 뜨거워. 손끝도 뜨거워. 심장이 시끄러워.

뭐 하는 짓인지 자신도 알 수 없었다.

―좋아하면 안 돼.

알고 있다. 하지만 다양한 감정이 뒤엉켜서 사고가 정상적이지 않았다.

"왜……?"

부끄러움과 긴장으로 입을 다문 아야메를 보다 못한 렌리가 먼저 말을 건넸다.

"아야메, 나랑 손잡는 거, 싫지 않아……?"

그 음성은 상처 입은 사람이 내는 음성이었다.

"……싫어했잖아."

아야메는 그 말을 듣고 가슴이 죄어들었다.

렌리는 상처받은 것이다. 조금 전에 아야메가 보인 태도는 친한 사이여도 쌀쌀맞은 태도였다.

하지만 렌리는 자신을 상처 입힌 상대여도, 그 사람의 표정이 흐리면 그 상대를 걱정했다.

"내 기분을 맞춰주려는 거라면, 안 그래도 돼."

그리고 한 걸음 물러난 곳에서 판단을 맡겼다.

그도 자아를 죽이는 데 익숙한 것이다.

"……싫지, 않아요……."

싫을 리가 없다. 아까 거부한 것은 그저 자신이 착각할 것 같았기 때문이다.

—당신에게는 간단한 일이어도, 나한테는 그렇지 않았을 뿐.

"렌리 씨랑 손잡는 거…… 싫지 않아요. 싫지는…… 않지만……."

일방적으로 잡은 손에 렌리의 손가락이 다정하게 얽혔다.

살피듯 아야메의 얼굴을 보았다.

"또 사양한 거야……?"

아야메는 렌리를 마주 보기 무서워서 고개를 숙였다.

좋아하는 감정이 눈으로도 새어 나갈 것 같아서 무서웠다.

"네. 왜냐하면 이런 건…… 언젠가 렌리 씨의 연인이 될 사람에게 미안하잖아요……."

사실은 조금 달랐다.

거짓말은 아니지만, 이유의 대부분을 차지하지는 않았다.

아야메는 자신을 억누른 것이다.

이럴 때면 반드시 목소리가 들리기 때문이다.

『루리를 버렸다는 거, 잊어버렸어?』

그 음성은 차갑고 정확하게 마음을 후벼 파는 말을 던졌다.

『최악의 여자.』

자신의 목소리로, 자신이 매도했다.

『그렇게나 좋아해주는 루리를 멀리하고.』

그 목소리는 꼭 마음이 들떴을 때 나타났다.

『자기 혼자 도망치려 하다니, 부끄럽지도 않아?』

네가 저지르고 있는 죄를 잊지 말라고.

"……아야메?"

렌리가 입을 다문 아야메를 걱정스레 살폈다. 괜찮다며 웃어주고 싶었지만, 미소를 만들 수 없었다. 여러 감정이 아야메를 덮쳐서 질식시키려고 했다.

죄책감 때문에 가슴이 괴로웠다. 고독한 신이 집에서 혼자 기다리고 있었다.

따라오고 싶어 했는데 거절하고 도망쳐버렸다.

불쌍한 동생은 지금 외톨이다.

—내가 어떤 사람인지, 분명히 알고 있어.

아야메는 이제 루리와 있으면 즐거움보다 슬픔이 더 컸다.

—나는 거짓말쟁이, 배신자야.

세월을 거듭할수록, 동생에게 부여된 현실이 얼마나 잔혹한지 알게 되었다.

어째서 갑자기 인생을 빼앗겨야만 했는가.

아무도 도와주지 않는데, 왜 봉사해야만 하는가.

『언니, 여름이야.』

『언니를 위해 줄게.』

『언니가 있으니까 힘낼 수 있어.』

불쌍한 동생이 역할에서 해방될 날은 그녀가 죽는 날이다.

동생의 마음을 존중한다면 조금이라도 오래 곁에 있어 주는 것이 낫다.

그런데, 아야메는 렌리와 계약 결혼까지 하며 이른 작별을 선택하고자 했다.

이대로 단둘이 있으면 안 될 것 같아서.

다른 누군가에게 도움을 구하고 싶어서.

지금의 이 관계를 어떻게든 하고 싶어서.

아야메는 도망치려는 것이다. 동생을 좋아하는데, 도망치고 싶었다.

—왜냐하면 그 아이가 말하는걸. 『언니, 이것 봐』 하고.

여름을 보여달라고 하면, 그녀는 마법처럼 아야메만을 위해서 신이 되어줬다.

『봐, 여름이야.』

똑같이 생긴 쌍둥이 동생.

많은 사람의 행복을 위해 자신의 행복을 버려야 했던 동생.

그 아이가 신으로서 일하게 만드는 것이 아야메의 역할이었다.

『언니가 말하니까 여름을 줄게.』

아야메는 여름이 올 때마다 괴로워졌다.

—루리.

『다른 사람한테는 주고 싶지 않아.』

자신의 죄와 마주한 듯한 기분이 들기 때문이다.

—루리, 그만해.

『언니, 여름을 보여달라고 말해줘.』

—미안해, 루리. 거짓말했어.

동생의 모습을 한 신은 아야메의 죄 그 자체였다.

『언니, 사랑해.』

—루리, 사랑해.

하지만 사실은 이렇게 말하고 싶었다. 말해버리고 싶었다.

네가 주는 여름 따위, 너무 싫다고.

너무 싫어, 루리.

절대 말할 수 없는 말의 사체만이 쌓여갔다.

『있지, 루리가 희생되는 여름 따위 정말 싫어.』
『이 세계도 싫어. 너와 내가 고통받는 이 세계가 싫어.』
『여름을 좋아할 리가 없잖아.』
『네가 경질당하는 게 무서워서 그렇게 말하고 있을 뿐이야.』
『어른들이 그렇게 말하랬어.』
『나한테서 루리를 빼어간 계절을 좋아할 리가 없잖아. 너무 싫어.』
『네 앞에서는 그저 좋아하는 척하는 거야.』
『다른 사람들 앞에서는 좋아하는 척하고 있어.』
『왠지 알아?』

『네가 죽지 않았으면 하니까!!』

『……착하게 굴지 않으면 너를 잃게 돼.』
『여름 때문에 루리가 죽지 않았으면 좋겠어.』
『언니는 네가 죽는 걸 보고 싶지 않아.』
『우리 집은 그날 이후로 엉망진창이야. 아빠는 흰머리가 많이 늘었어.』
『엄마는 한숨만 쉬어. 뭘 어떻게 해도 우리 가족이 괴로운 건 달라지지 않아.』

『루리, 내가 옆에 있어서 너는 다른 사람을 보지 않게 됐어.』
『그건 안 돼. 나도 언제 죽을지 몰라.』
『너를 지키고 죽겠지. 지금으로서는 그럴 확률이 높아.』
『나를 그렇게 좋아하지 마. 내가 죽었을 때 많이 슬플 거야.』
『그리고, 언니는 사실 몹쓸 인간이야.』
『나는 너를 싫어하지만 사랑하고, 지키고 싶지만 지킬 수 없어서.』

비겁한 자에게 어울리는 운명을 택했다고 생각했다.

행복해지지 않는 미래를 제대로 택했다고 생각했다.
루리, 나는 너와 함께 불행해지려고 했어.
왜냐하면, 우리는 자매인걸.

언니는 그게 좋은 일이라고 믿었어. 그런데, 어째서…….

—어째서, 애정을 얻으려고 하는 거야?

"아야메…… 지금 있지도 않은 애인 얘기는 꺼내지 마……."

아야메는 슬픔의 구렁텅이에서 돌아와 렌리를 바라보았다.

말이 목에 걸려 나오지 않았다.

—좀 더 몹쓸 사람이라면 좋았을 텐데.

좀 더 냉담하고, 비정하고, 아야메를 사람으로 여기지 않는 사람이었다면.

망설임 없이 자신의 인생을 위해 이용할 악인이었다면 이런 기분은 들지 않았을 것이다.

"우리는, 계약 때문에 같이 있을 뿐이지만, 함께 살아갈 동료니까……."

렌리에게 아야메는 건방지고 귀염성 없는 연하의 아가씨다. 멋대로 굴지 말라고 화내도 될 텐데.

"손은 잡아도 되는 걸로 하자. 네가 아플 때라든가, 손을 잡아주고 싶으니까……."

렌리는 나무들이 사람들에게 비를 피할 장소를 제공하듯 그저 조용히 아야메를 지켜줬다.

폭력의 세계에서 사는 아야메에게, 온화한 시간을 줬다.

둘이 함께 살아갈 노력을 하자고 설득해줬다.

"내가 아플 때도, 그래줬으면 좋겠고……."

—어째서.

렌리는 상냥하다. 아야메가 괴로워질 만큼.

왜 애정을 갈구하고 싶어지는 상대를 골라 버렸을까.

"서로 늙고 힘없어져도, 손을 잡을 수 있는 관계가 더 나으니까……."

—사랑 따위, 하고 싶지 않았어.

부자유한 세계에서, 손에 들어오지 않을 것을 바라는 일이지 않은가.

대지가 봄을 알아버린 것처럼, 온기를 몰랐다면 견딜 수 있었는데.

"……."

이대로 침묵하면 렌리가 곤란해진다. 아야메는 체념한 듯 『렌리 씨가 괜찮다면』 하고 중얼거렸다. 렌리의 얼굴이 환해졌다.

"고마워…… 아야메."

고맙다는 말은 안 해도 되는데, 말하고 나서 아야메가 맥없이 잡고 있던 손을 꽉 맞잡았다. 손끝에서, 그 동작에서, 렌리가 아야메를 생각하는 마음이 전해졌다.

결코 약하게 잡고 있던 것도 아닌데, 놓지 않겠다는 듯한 그 행동은 사랑에 빠진 아가씨의 마음을 간단히 어지럽혔다.

—미안해요.

죄책감이 가슴을 채웠다. 아야메와 렌리는 서로를 신용한다는 점만으로 관계를 구축했지만, 아야메 때문에 그 관계가 파탄이 났다.

이 사실을 알면, 눈앞에 있는 그는 어떤 얼굴을 할까.

"……좀 더 이러고 있어도 돼?"

아야메는 고개를 끄덕였다. 맞잡은 손이 시야에 잡혔다. 그걸 보기만 해도 샘솟는 기쁨을 죽이고 싶었다. 남을 속이고서 이런 감정을 느끼는 것이 괴로웠다.

—아아, 장미 아치 아래라서 다행이야.

조금 어둡기에, 붉어진 얼굴도, 죄책감에 물든 얼굴도, 분명 렌리는 모를 것이다.

"있잖아…… 정말로 싫으면 제대로 나를 거부해줘."

"어째서요……?"

렌리는 살짝 잠긴 목소리로 타이르듯 속삭였다.

"……아야메 앞에서는 많이 노력하고 있지만…… 나는 안 좋은 부분이 아주 많으니까."

"노력하고 있어요……?"

"응. 너한테 미움받고 싶지 않아……."

말하고 나서, 렌리는 부끄러운 듯 장난스레 웃었다.

"가족한테도 미움받는데, 너한테도 미움받으면 나는 끝이니까."

또 광대를 연기하려고 했다. 그에게 『비하』는 자신을 지키는 수단인 것이다.

하지만 아야메는 렌리가 그러지 않았으면 했다. 그녀는 이미 그가 얼마나 멋진지 알고 있었다.

"노력하지 않아도 저는 싫어하지 않아요. 줄곧 렌리 씨 곁에 있을 거예요……."

자아를 죽이는 데 익숙한 두 사람. 그런 두 사람은 서로에게 이끌린 것처럼 만나고 말았다.

렌리가 숨을 삼키는 소리가 들렸다.

감정을 억누르고 참는 데 익숙하기에 알 수 있었다.

아야메에게 렌리가 필요한 것처럼, 렌리도 아야메가 필요한 것이다.

—그 마음이, 똑같지 않더라도.

자신을 필요로 한다. 아야메만이 그를 원하는 게 아니다. 역할만이 전부가 아니다.

그걸 알게 되어서, 울고 싶을 만큼 기뻐졌다.

"렌리 씨……."

호의적인 말을 하지 않으려고 했는데, 그가 자신을 원한다고 생각하니 더는 참을 수 없었다.

"정말로 노력하지 않아도 돼요. 왜냐하면 저는…… 싫어하지 않을 테니까……."

—당신을 좋아한다고 말하고 싶어.

"당신을 싫어할 일은 평생 없어요."

—말할 수 있다면 얼마나 좋을까.

두 사람 사이에 걸린 아치는 아직 미덥지 못했다.

"믿어주세요……."

이때의 아야메에게는 그 말이 최대한의 대답이었다.

어설프게 좋아한다고 말하는 것보다 여실히 호의를 보였음을, 본인은 눈치채지 못했다.

"……."

렌리는 아야메가 깜짝 놀랄 만큼 눈을 크게 뜬 후, 역시 웃었다.

"……고마워. 나도 아야메를 싫어하지 않을 거야."

하지만 이내 모든 것을 내다보는 듯한 신기한 눈빛이 되어 말했다.

"있잖아, 네가 나를 싫어하게 되더라도, 나는 아야메를 싫어하지 않을 거야. 평생."

왜 그런지 모르지? 하고 그는 알 수 없는 질문을 했다.
—모르겠어.
아야메는 알 수 없었다. 그저 자신들이 품은 고독을 메꾸고 싶었다.
그게 늦게 이루어져도 좋다.
—나는 평생.
시간이 오래 걸려도 좋으니까.
—이 사람과 살아가고 싶어.
순수하게 그렇게 생각했다.

"……돌아갈까, 아야메."

두 사람이 손을 잡은 것은 이때가 마지막이다.

아야메가 품고 있던 고민은 마땅한 형태로 끝을 맞이한다.

시간은 흘러 레이메이 20년.

드넓은 바다에 떠 있는 섬나라 『야마토』에서 사계의 대행자를 둘러싼 대소동이 일어난다.
열도의 형태가 꺾인 벚나무 가지와 비슷하여 동양의 벚꽃이라고도 불리는 이 섬나라에, 납치당했던 신이 돌아온 것이다.

10년 만에 돌아온 그 소녀신의 이름은 카요 히나기쿠.

사계의 대행자의 천적인『역적』에게 유괴당한 채 행방을 알 수 없었던 봄의 신이다.

히나기쿠는 충실한 신하인 대행자 호위관 히메다카 사쿠라를 데리고서 기적을 일으키는 여행에 나섰다.

그것을 방해하는 자, 도와주는 자, 다양한 인간의 생각이 교차해 나갔다.

봄의 주종은 여름의 주종이 소유한 여름 별궁에서 휴양하지만, 사계의 대행자의 천적인 역적의 습격을 받는다.

습격자는 과격파 역적 집단【카사이】.

【카사이】는 여름 별궁뿐만 아니라 가을의 대행자 이와이즈키 나데시코와 그 호위관 아자미 린도우가 지내던 가을 별궁도 습격한다.

마치 10년 전의 카요 히나기쿠 유괴 사건을 재현하듯, 가을의 대행자 이와이즈키 나데시코가 개혁파 역적 최대 조직인【카사이】에게 납치당한다.

그 이후의 전개는 극적이었다.

여름의 주종은 봄의 주종으로부터 요청을 받고, 가을의 대행자 구출을 돕기로 한다.

이에 겨울의 대행자 칸츠바키 로우세이와 대행자 호위관 칸게츠 이테쵸도 찬동하고.

가을의 대행자 호위관 아자미 린도우가 이를 받아들이며.

사계의 대행자와 호위관은 춘하추동 공동 전선을 펴게 된다.

사건은 사계청과 【카사이】의 인질 인도 교섭이 결렬되고 나서 급전개를 보였다.

여름의 주종과 가을의 대행자 호위관 아자미 린도우는 이와이즈키 나데시코를 구하기 위해 【카사이】의 아지트로 향하고.

봄의 주종은 계절을 운영하고 관리하는 사계청 청사에서 【카사이】에게 습격받는다.

동시에 겨울의 주종도 사계청 청사로 향하는 도중에 【카사이】의 별동대로부터 강습을 받는다.

이 격동의 하루에, 여름의 주종은 역적과 싸우며 위기에 빠지게 된다.

싸우는 중에 루리가 사각지대에서 저격당해 사망한 것이다.

아야메는 호위관이면서 사랑하는 동생을 지키지 못하고 죽게 했다.

동생의 죽음을 통탄하며 루리의 뒤를 따르려고 한 아야메를 가을의 주종이 어떻게든 저지한다.

다행히 나데시코가 권능으로 루리의 신체를 치유하면서 여름의 주종은 무사히 생환했다.

일련의 사건은 봄의 주종과 겨울의 주종의 분투로 수습된다.

사계청 청사에서 【카사이】의 공격 부대와 요격전을 벌이던 봄의 주종은, 구출하러 온 겨울의 주종의 활약으로 무사히 보호되었다.

【카사이】의 두령과 그 심복, 그 외 테러리스트들은 제압되고, 사계와 역적의 전면 대결은 사계 측의 승리로 결판이 났다. 봄의 사건은 그렇게 끝났다.

대단원이라고 할 수 있는 결말이었으나, 문제가 생겼다.

일시적이었지만, 여름의 대행자 하자쿠라 루리는 죽었다.

사계의 대행자가 사망하면 사계의 신들에 의해 즉각 다음 대체자가 선정된다.

신화시대 때부터 이어진 일족 중에서 가장 걸맞은 젊은 생명이 차기 대행자가 된다.

신들은 무슨 생각을 했는지, 하자쿠라 아야메를 차기 여름의 대행자로 선택했다.

차기 여름의 대행자가 탄생한 상태에서 루리를 소생시킨 것이 문제였으리라.

아야메가 받은 현인신의 권능은 다시 거둬져야 했지만, 어째선지 힘은 사라지지 않았다.

전 여름의 대행자인 루리는 당연히 권능을 가진 채로 부활했다.

사상 첫 쌍둥이신의 탄생. 여름의 마을은 혼란에 빠졌다.

인간은 전례가 없는 일을 싫어한다. 폐쇄적인 마을이라면 더더욱 그렇다.

어느 정도 예상됐던 일이지만, 그녀들의 상태는 비판받았다. 보통이 아니라고.

두 사람을 좋은 것으로 다룰지, 나쁜 것으로 다룰지 본인들이 모르는 곳에서 회의가 열렸다. 그 결과, 높으신 분들을 포함한 여름의 마을 사람들은 하자쿠라 자매에게 너무나도 무정한 낙인을 찍었다.

하자쿠라 자매는, 『**흉조**』라고.

관례를 비튼 방식이라고.

존재 자체가 그녀들의 이기적인 행위를 상징한다고.

비정상적인 자들은 엄격하게 관리받아야 한다고 소리 높여 말했다.

이윽고 그것은 그녀들의 행동을 제한할 뿐만 아니라, 종이 보존될 수도 있는 일에는 신중해져야 한다는 결론에 이르렀다.

쌍둥이신의 결혼은 중지.

이것이 흉조에게 걸맞은 취급이라고 결정이 내려졌다.

루리와 아야메의 의지는 존중되지 않았다.

현재, 아야메는 하자쿠라 저택의 방에서 그저 누워있었다.

강도가 든 것처럼 어질러진 방은 그녀의 정신을 나타내는 것 같았다.

여름을 구가하지 않고 시간은 흘러갔다.

"아야메, 미안해."

시체처럼 누워 있는 아야메에게, 루리가 울며 사과했다.

"아야메가 신이 된 거, 나 때문이야. 미안해. 아무리 사과해도 부족하겠지만…… 미안…… 나, 나는…… 그때…… 그때……."

아야메의 얼굴에 루리의 눈물이 떨어졌다.

—왜 사과해?

아야메도 눈물을 흘렸다. 아니, 모르겠다. 루리의 눈물인지, 아야메의 눈물인지. 이제 모르겠다. 루리에게 미안하고, 자신이 한심해서, 가슴이 괴로웠다.

동생은 아무런 잘못도 없음을 아야메는 알고 있었다. 지키지 못해서 죽게 한 사람은 아야메였다.

"……그냥, 그대로……."

그 결과, 루리가 마침내 마음을 열었던 약혼자와의 혼인도 파기되고 말았다.

아야메가 하는 일은 항상 잘 풀리지 않는다.

그런 운명으로 태어난 걸지도 모른다.

"그 이상은 말하지 마……. 루리는 아무런 잘못도 없으니까. 이리와."

아야메가 호위관이 되겠다는 말을 꺼냈을 때처럼, 루리는 울며 아야메에게 매달렸다.

아야메는 우는 동생을 위로하며 생각했다.

이 최악의 결말에는 딱 하나 구원이 있었다.

—렌리 씨.

그에게는 잘된 일인지도 모른다.

자신과 맺어지는 것은 잘못된 일이라고 아야메는 느꼈었다.

약혼이 파기되어 그의 명예는 훼손됐지만, 그의 미래는 지켜졌다.

—맞아. 그렇게 생각하자.

언젠가 멋진 반려를 얻으면 렌리도 아야메를 잊을 것이다.

"루리, 그냥 전부 잊자."

세상은 잘못을 저지르면 제대로 벌을 받도록 만들어져 있다.

평생 야마토의 여름을 위해 봉사하는 존재가 된 것도 분명 그럴 것이다.

그렇다면 아야메는 모든 것을 받아들여야 했다.

한때라도 사랑을 알게 되어 다행이다.

이제 다시 예전처럼 천천히 마음을 죽이고 살면 된다.

신이 된 소녀는, 세계를 위해 죽을 수밖에 없으니까.

좋을 게 없다.

신과 인간이 함께 있어봤자 좋을 게 없다.

『찾지 말아 주세요』라는 흔한 쪽지를 보고, 나는 그렇게 생각했다.

이 몸이 저주스러웠다. 쫓아갈 수조차 없었다. 여러 가지를 포기한 인생이었지만, 이 사실만큼은 받아들이기 어려워서, 쪽지를 움켜쥐고 울었다. 시간은 무정하게도 의무를 다하라고 했다.

가족에게 버려진 날에도 하늘에 화살을 쏴야 했다. 내가 하늘에 화살을 쏘지 않으면 밤은 오지 않으니까.

옛날에는 이 역할이 왜 필요한지 알 수 없었지만, 이제는 안다.

밤이 되어야만 울 수 있고, 도망칠 수 있는 사람이 있는 것이다.

그래서 오늘도, 사라진 가족을 찾으러 가지도 못하고 그저 밤을 가져와야만 했다.

—어떻게 해줬어야 했던 걸까.

방에 있는 물건은 아무것도 사라지지 않았다. 맨몸으로 도망친 것이다.

그렇게까지 해서라도 나에게서 도망치고 싶었던 걸까. 이런 방식으로 헤어지지 않아도 됐을 텐데. 너무나도 갑작스럽다. 『그 사람』은 언젠가 자신에게 작별을 고하리라고 생각하긴 했다.

예상치 못한 것은 『그 녀석』도 나를 버렸다는 것이었다.

—에켄, 어째서.

다른 사람이 전부 나를 배신하더라도, 너만큼은 절대로 나를 배신하면 안 됐다.

내가 망가져서 밤이 오지 않게 될지도 모른다는 생각은 안 한 걸까?

단언한다. 나를 싫어했더라도, 나는 두 사람을 지킬 수 있는 유일한 존재였다.

어쩔 거냐고. 일족으로부터 달아날 수 있을 것 같아? 잡히면 죽을 거야.

내게서 벗어나고 싶었다면 그렇게 말하지 그랬어. 내 손으로 제대로 내보내줬을 텐데.

가족이라고 여겼던 사람은 나뿐이었던 거야?

인생이 끝나버렸으면 싶은 날에도 신을 그만둘 수는 없다.

"에켄, 뒷일은 맡길게."

화살을 쏘면서 평소처럼 그렇게 속삭이고 말았다.

여기에 없는 녀석의 이름을 말한들 무슨 소용이란 말인가. 비참해질 뿐인데.

의식을 놓기 전에, 깨어나면 둘 중 하나는 돌아오면 좋겠다고 기대했지만.

『…….』

현실은 외톨이였다.

정말로, 왜 일이 이렇게 되어버렸을까.

돌아와줘. 혼자 두지 말아줘.

제 2 장

황혼의 사수

후게키 카구야

황혼을 가져오는 신이, 여름의 숨결에 휩싸여 하늘에 뜬 낮달을 보고 있었다.

"꼬치가 됐어."

심드렁한 목소리로 그렇게 중얼거렸다.

때는 레이메이 20년, 여름. 장소는 류구.

야마토는 북쪽부터 에니시, 테이슈, 이요, 츠쿠시, 류구로 크게 다섯 지역으로 나뉜다.

황혼의 신은 야마토의 최남단 땅에 있는 명산 류구다케의 비밀 등산로 입구 앞에 있었다.

"내 화살도 달을 향해 쏘면 달을 뚫을 수 있을까……."

그가 있는 위치에서는 산꼭대기가 달을 찌른 것처럼 보였다.

그래서 그런 말을 했을 것이다.

다소 불온하지만, 그렇게 말하는 것이 어울리는 외모였다.

"화살 쏘기 싫어……. 일할 의욕이 안 나……."

나이는 30대 중반, 전체적으로 건강하지 못한 인상을 주는 남자였다. 자세가 다소 구부정했고 표정에도 패기가 없었다. 잠을 별로 못 잤는지 눈 아래가 거뭇했다. 풍기는 분위기는 흐린 하늘 같았다. 그것이 그를 평가하는 정확한 말일지도 모른다.

하지만, 조금이라도 살갑게 웃으면 남녀 모두에게 사랑받을 만한 미남이었다.

"……하루 정도 화살을 안 쏴도 되는 날이 있으면 좋을 텐데."

부드럽게 물결치는 단발, 뚜렷한 이목구비. 나이 먹은 남성 특유의 중후함도 있었다. 이제부터 산을 오르려는지, 발수성이 있는 재킷과 신축성 소재로 만든 바지를 입고 있었다.

"왜 나는 이딴 산을 매일 올라야 하는 거야……?"

"카구야 님."

"집에 가고 싶어……."

"카구야 님."

"집에 가서 술 마시고 싶어……."

"정말이지, 카구야 님!"

본인이 지닌 소재는 좋은데, 본인이 전부 망치고 있었다. 그런 남자였다.

아까부터 타박하듯 이름을 부르던 상대는 더는 참을 수 없었는지 큰 목소리를 냈다.

"숭고한 의식을 앞두고 그런 말을 하시면 안 됩니다!"

카구야라고 불린 남자는 목소리가 난 쪽을 보았다. 20대로 보이는 젊은 아가씨가 있었다.

"류구다케는 영맥도 있는 신성한 산이에요. 웅대한 모습을 아름답게 찬양한다면 모를까, 『이딴』 산이라고 하는 건 불경합니다. 산신님이 들으면 분명 슬퍼하실 거예요!"

그녀는 화났다는 태도를 보였지만, 성공하지는 못했다.

험악한 표정이 안 어울리는 아가씨였다. 살짝 곱슬기가 있는 짧은 암갈색 머리, 커다란 눈, 소프라노 목소리, 생김새는 청순가련했다. 상대를 위협할 수 있는 요소라고는 카구야보다 키가 크다는 것과, 얼핏 봐도 오더 메이드 제품인 특수 부대 의상을 입고 있다는 점뿐이었다.

"……츠키히 씨."

하지만 카구야는 주눅 들지 않았다. 살짝 언짢은 듯한 얼굴로 마주 보았다.

"시끄러워. 산신 따위 알 게 뭐야."

"아~! 불경해요! 불경해!"

두 사람은 어린아이처럼 말다툼을 벌였다. 하지만 승패는 바로 결정됐다.

"불경하면 어때? 우리 근접 보호관은 푸념도 못 하게 하는 거야?"

"윽……."

츠키히가 졌다. 카구야에게 지적받자마자 어색한 표정을 지었다.

근접 보호관은 외국의 시크릿 서비스 같은 것이다. 야마토의 경찰권을 소유한 국가 치안 기구 내에서는 요인 경호직을 의미했다. 주위에는 츠키히와 같은 일을 하는 남성이 일곱 명 있었다. 에워싸여 있는 것을 보면 이 자리의 요인은 틀림없이 카구야였다. 입을 다문 츠키히에게 카구야가 추가타를 가하듯 뭔가 말하려고 했지만, 그러기 전에 다른 근접 보호관들이 카구야를 타일렀다.

"카구야 님…… 또 어린아이 같은 짓을."

"등산하기 전에 매일매일 투덜거리는 건 그만둬주세요. 아라가미 대장님이 타박하실 만도 해요."

"결국 아라가미 대장님에게 끌려가실 거면서……. 관심받고 싶으신 건가요?"

그들의 발언을 듣건대, 이 근접 보호관 부대를 아우르는 사람이 바로 아라가미 츠키히인 듯했다.

국가 치안 기구 내 요인 경호 부대의 대장은 상당한 실력자라고 할 수 있다. 더 공경해도 될 것 같지만, 카구야의 태도는 허물없었다.

“너희들…… 관심받고 싶냐니, 내가 그래보여? 츠키히 씨에게 잔소리 듣고 넌더리를 내고 있잖아. 애초에 이 산에 신이 있어? 난 모르겠는데.”

““불경합니다.””

부하들이 한목소리로 말했다.

“어째서 그런 말씀을 하시는 겁니까.”

“입장에 맞지 않는 말씀은 삼가 주십시오. 아라가미 대장님은 틀린 말 안 하셨습니다.”

“신직이시니 아시지 않습니까. 류구 최대의 영산, 류구 신사가 진좌한 곳. 어쨌든 영험한 토지입니다. 안 보일 뿐이지, 숭고한 존재가 계실지도 모릅니다. 삼라만상에 신이 깃든다고 여기는 사상도 있지 않습니까. 산신님이 실제로 계신지 아닌지는 문제가 되지 않습니다.”

아무래도 허물없는 태도는 그들 전체가 그런 듯했다. 대원들이 맹렬한 추가타를 가하자, 카구야는 불만스러운 눈으로 츠키히를 보았다.

“……뭔가 내가 열세인데.”

대화하는 모습이 재미있었는지, 풀 죽어있던 츠키히도 곤란한 얼굴로 살짝 웃었다.

자주 있는 일인 것 같았다. 카구야가 푸념한다. 츠키히나 부하가 훈계한다. 카구야가 입을 삐죽인다. 막역한 자들 간의 전형적인 대화 같은 것이었다.

"카구야 님, 죄송하지만 이 친구들은 기본적으로 제 편입니다. 부하니까요."

"짜증나지만, 그렇지. 나는 사면초가야…… 딱히 상관없지만."

"그렇지 않습니다. 이 친구들은 제 부하고, 저는 카구야 님의 근접 보호관이죠. 즉, 저희 모두가 카구야 님 편입니다."

"……."

"……카구야 님은 존귀한 분입니다."

츠키히는 부드러운 음성으로 타이르듯 말했다.

"카구야 님의 행동은 좋게도 나쁘게도 온갖 일에 영향을 끼칩니다."

카구야가 눈을 피해도, 츠키히는 피하지 않았다.

"카구야 님의 입장에는 책임이 따릅니다. 그게 힘드실 때도 있겠죠……. 하지만 아무쪼록 신성한 곳에서는 조심해 주십시오."

츠키히는 공손히 말하며, 카구야가 어떤 존재인지 상기시켰다.

"당신은 야마토의 밤을 관장하는『황혼의 사수』, 후게키 카구야 님이니까요."

신으로부터 받은 힘으로 계절을 현현하는 자,『사계의 대행자』.

마찬가지로 신에게 받은 이능을 다루어 아침과 밤을 현현하는 자는『무의 사수』라고 불렸다.

『무의 사수』는『사계의 대행자』처럼 총칭이다.

정확히 말하면, 아침을 관장하는 자를『새벽의 사수』, 밤을 관장하는 자를『황혼의 사수』라고 한다.

그 총칭이 『무의 사수』인 것이다.

살아있는 것들에게 빛과 어둠을 가져오는 무의 사수는 동서고금 존재했다.

그들은 영산에서 하늘로 화살을 쏴 아침과 밤을 번갈아 부른다.

새벽의 사수가 화살을 쏘면 밤의 장막이 걷히며 아침의 장막이 펼쳐지고.

황혼의 사수가 화살을 쏘면 아침의 장막이 걷히며 밤의 장막이 펼쳐진다.

그들이 쏜 화살은 하늘을 가르다가 이윽고 마법처럼 사라진다.

태양도 달도 장막 너머에 있어서, 어두운 밤도 저녁노을도 아침해도, 장막을 걷지 않으면 대지에 도달하지 않는다. 야마토를 포함하여 모든 대지와 바다는 계속 재생하는 아침과 밤의 장막에 번갈아 휩싸인다고 생각하면 이해하기 쉬울 것이다.

그리고 이 장막은 눈에 보이지 않고, 만질 수도 없어서 가를 수 있는 사람은 무의 사수뿐이었다.

이 마법 같은 장막은 『수호 장막』이라고도 불렸다.

매일 수호 장막을 갈라서 세상에 아침과 밤을 가져오는 자들의 총칭이 무의 사수였다.

왜 세계가 장막에 휩싸여 있는가.

이러한 의문은 천지가 개벽했을 때부터 있었으나, 결국은 신화시대 때부터 이어져 내려오는 전승대로 세계가 신의 가호와 기적, 총애와 시련으로 형성되어 있어서 그렇다는 설이 정착되었다.

사계의 대행자는 정해진 계절에 움직이는 자들이지만, 무의 사수에게는 휴가가 없다. 매일 영산에 오른다.

비 오는 날도, 바람이 강한 날도. 기온이 영하로 떨어져도, 관측 사상 최고 온도를 찍어도, 무의 사수와는 관계없다. 아침과 밤은 매일 찾아와야 하기 때문이다.

"……알고 있어, 츠키히 씨."

카구야는 젊은 시절부터 황혼의 사수 역할을 맡고 있었다. 자신의 인생을 받아들이고서 살고 있었다.

하지만, 그렇다고 해서 역할이 괴롭지 않은 것은 아니었다.

"하지만…… 그렇게 책망할 건 없잖아."

푸념 정도는 하고 싶어졌다. 그는 신이지만, 역시 사람이기도 했다.

"책망한 건 아닌데……."

현인신의 얼굴에 조금 쓸쓸한 표정이 떠오른 것을 보고 츠키히는 당황했다.

"……저기, 푸념한 것 자체를 타박한 건 아니에요. 내용이…… 그래서……. 하지만 힘든 입장이라는 건 저도 알고 있어요."

카구야는 뚱한 모습으로 츠키히를 바라보았다.

"죄송합니다……. 배려가 부족했습니다."

"……."

"『사수지기』처럼 굴어서 화나셨나요……?"

카구야가 대답해주지 않았기에, 츠키히의 음성은 점점 작아졌다.

"……이제 대답도 하기 싫을 만큼 제가 싫어지셨나요……?"

그리고 슬프게 카구야를 바라보았다.

"……."

침묵하던 카구야는 츠키히에게서 눈을 돌려 자신을 에워싼 츠키히의 부하들을 보았다.

다들 말은 안 하지만, 이 분위기를 어쩔 거냐는 비난이 시선에 담겨 있었다. 카구야는 다시 츠키히를 보았다. 그녀는 꾸중 들은 대형견처럼 늘어졌다.

—큰일이네. 완전히 내가 악당이야.

카구야는 이 시점에 이미 짜증이 사라진 상태였다.

"츠키히 씨……."

똑바로 『올바르게』 마음을 부딪쳐 오면, 부정적인 감정도 사라지는 법이다.

"같이 지낸 기간이 길진 않지만 이제 알잖아. 나 때문에 그렇게 진지해지지 않아도 돼."

다들 나무랬던 것처럼, 애초에 내 발언이 좋지 않았다.

그가 현인신이기에, 신성한 장소에서 신들을 무시하는 말은 하면 안 됐다.

누가 듣고 있든 아니든, 그런 건 중요하지 않았다.

"미안. 내가 잘못했어. 이 얘기는 그만하자."

카구야는 자신의 행동을 돌아보고 바로 사과했다. 그는 이 순수한 근접 보호관을 싫어하진 않았다.

"하지만…… 제 발언 때문에 카구야 님이……."

"아니, 넌 잘못 없어. 영산의 기슭에서 하면 안 되는 발언이었어. 신앙심 깊은 너를 불쾌하게 했네."

어서 미소를 되찾으면 좋겠다고 생각할 정도로는 좋아했다.

"연상으로서 부끄러운 행동이었어. 미안."

"……."

"츠키히 씨?"

"……카구야 님은…… 역시 저랑은 이제 얘기도 하기 싫으신 건가요……."

이렇게 말하면 해결될 줄 알았는데, 츠키히는 여전히 슬픈 얼굴이었다.

"어? 왜 그렇게 돼? 그럴 리가 없잖아."

"조금 전에 있었던, 카구야 님을 상처 입혔을지도 모르는 문제."

"아, 응."

"카구야 님은, 그걸 지금 끝내버리셨어요. 제대로 얘기해야 해요. 꾸짖으려다가 그만두신 건 아닌가요? 부디 말씀해주세요. 말씀해주시면 좋겠어요."

아라가미 츠키히는 지극히 성실한 인간이었다.

—그랬지, 참. 이런 아이였어.

카구야는 점점 더 마음이 조급해지기 시작했다. 츠키히도 점점 더 우울해했다.

"아냐, 아냐. 커뮤니케이션을 포기한 게 아니라……!"

"……."

슬퍼보이는 대형견의 눈은 여전히 그대로였다. 카구야는 황급히 반전을 꾀했다.

"나는, 그 왜…… 여러 가지 일이 있어서 지금 좀…… 그런 상황이니까. 기분이 오락가락하기도 하고……!"

"그건 어쩔 수 없는 일이에요. 저는 사정을 알고 있는데도……."

하지만 잘 풀리지는 않았다.

"오늘은 기압이 낮고, 머리가 아파서……. 나는 편두통이 있는지라 기분이 조금 안 좋았을 뿐이야!"

"그런가요? 두통약, 드시겠어요?"

"아니, 괜찮아. 아무튼 너를 멀리한 건 아니야. 일단 그걸 알아줘."

"알겠습니다. ……정말인가요……?"

"알겠다고 하면서 의심하지 마. 진짜야. 거짓말 아니야."

카구야는 기본 상태가 울적한 얼굴이지만, 츠키히를 위해서 열심히 웃는 얼굴을 만들었다. 뺨 근육이 아팠다.

츠키히는 카구야를 의심스럽게 보다가 이윽고 웃었다.

"그럼 다행이지만……."

안도한 것처럼 말했다. 꽃이 피어난 듯한 미소였다. 카구야는 눈을 감고 싶어졌다.

성격이 어두운 편인 카구야에게, 츠키히라는 아가씨는 너무나도 청렴하고 눈부셨다.

카구야의 마음 따위 모르는 츠키히는 또 뭔가 신경 쓰이는 것이 있었는지 입을 열었다.

"저기…… 카구야 님."

"네. 왜 부르시나요, 츠키히 씨."

조금 피로를 느끼면서도, 카구야는 성실하게 대답했다.

"제가 탐탁지 않아서…… 그만뒀으면 좋겠다는 생각이 드신다면……."

"뭐? 그만두고 싶어?"

"아뇨. 가정이에요. 카구야 님이……."

"그럴 일은 없어."

카구야는 매우 강하게 단언했다. 카구야가 말을 끝까지 들어 주지도 않아서, 츠키히는 곤란한 표정을 지으면서도 말했다.

"만약 그렇게 되면 만회할 기회를 주세요……라고 말하고 싶었어요."

"……."

"카구야 님의 근접 보호관 후보는 저 말고도 있었어요. 만약 카구야 님이 원하시면 다른 사람이 오겠죠. 하지만 제가 끝까지 카구야 님을 지키고 싶어요. 누구보다도 진지하게 모시겠어요. 탐탁지 않으셔도, 믿어주셨으면 해요……."

카구야가 조금 놀랄 만큼 충성심 넘치는 말이었다.

"……."

비뚤어진 성격의 신은 말이 바로 나오지 않았다. 쑥스럽기도 했다. 어조는 딱딱해졌다.

"……괜찮아. 너만한 인재는 또 없어. 반절은 이쪽이고, 높으신 분들도 납득했어."

"반절…… 신앙을 말씀하시는 건가요? 확실히 현인신님들을 신앙하지만……."

"그래. 일족도 비교적 괜찮은 종파 출신이고……. 국가 치안 기구의 인원 중에서 네가 뽑힌 건 신앙 때문이기도 하겠지. 현인신계는 폐쇄적이야. 아무것도 모르는 인간을 자기들 영역에 들이고 싶어 하지 않아. 그렇게 생각하면 내 수행원 겸 경호원으로 네가 추천받은 건 수긍이 가지. 어지간해서는 교체되지 않을 거야. 비슷한 인재가 그렇게 흔하지도 않잖아? 출세에 지장이 생길 일은 없어."

현인신의 적이 있는가 하면, 그들을 신앙하는 인간도 있다.

츠키히는 후자에 해당하는 모양이다. 카구야는 안심시키려고 말한 것이었지만, 츠키히는 또 슬퍼했다.

"카구야 님…… 그게 아니라, 저는 단순히 카구야 님을 모실 수 있는 나날이 즐거운 거예요. 함께 산을 오르고, 돌아오면서 바다를 보고, 저택에서 밥을 잔뜩 먹고…… 그런 나날이 좋아요."

왜 몰라주는 거냐는 츠키히의 얼굴을 보고, 카구야는 쩔쩔맸다.

"지금까지 함께 시간을 보내지도 않은 사람에게 카구야 님을 뺏기기 싫어요."

"……신앙심에서 나온 말이겠지만, 듣기 부끄러우니까 하지 마……."

그때 마침내 끝없이 이어지는 대화를 들어야 했던 부하들이 끼어들었다.

"다 하셨나요? 카구야 님, 아라가미 대장님."

"저희, 아주 오래 기다렸습니다."

"이 시간에 담배 한 개비는 더 피울 수 있었을 거예요."

확실히 너무 둘이서만 떠들었다. 카구야와 츠키히는 허둥지둥 수습했다.

"가, 가죠."

"여유 있게 행동해야지. 다들 미안. 가자."

츠키히와 카구야는 나란히 류구다케의 비밀 등산로를 올랐다.

남은 일곱 명, 츠키히의 부하들은 조금 떨어져서 뒤따랐다.

"……."

"……."

한동안 침묵하다가. 이윽고 부하들은 서로 얼굴을 마주 보았다.

"원만히 해결됐네."

한 명이 그렇게 말하자, 다른 자들도 고개를 끄덕여 동의했다.

그리고 하나둘 대화에 참여하기 시작했다.

"충돌하는 일은 예전보다 많이 줄지 않았어?"

"맞아……. 이러니저러니 해도 친해졌어. 기뻐할 일이야."

그들은 카구야와 츠키히의 대화에 어이없어하는 것처럼 보였지만, 아무래도『어이없어하는 척』하며 지켜봤다고 하는 게 정답인 듯했다.

호위 임무 중이기에 계속해서 주위를 경계하며 작은 목소리로 이야기했다.

"아라가미 대장님은 확실하게 역할을 다하고 계셔."

"카구야 님이 또 산에 틀어박히시면 안 되니까 말이지……. 어서 털고 일어나셨으면 좋겠어……."

한 사람의 말에 다른 부하들도 동조했다.

"그렇지. 하지만…… 시간이 걸릴 것 같아. 우리가 류구에서 철수하기 전에 후속 사수지기가 착임하면 좋겠는데……."

"간단히 되진 않겠지. 겨우겨우『우리를』받아들이셨을 뿐이니까."

"하지만 언젠가는 원래의 형태로 돌아가야 하잖아……. 사계의 대행자에게는 호위관이, 무의 사수에게는 사수지기가 세트로 있어야 해. 지금 상황이 나중에 어떤 영향을 끼칠지 알 수 없어."

그들의 대화는 카구야를 둘러싼 현재 상황이 이상하다는 것을 의미하고 있었다.

츠키히의 부하들이 말했듯, 본래 국가 치안 기구가 부대를 짜서 황혼의 사수를 지키는 관례는 없었다. 사계의 대행자와 마찬가지로 무의 사수에게는 최측근이 되는 경호원이 붙었다.

그게 바로 『사수지기』였다. 그리고 그 인재는 혈족 중에서 뽑혔다.

하지만 실제로 카구야를 경호하고 있는 것은 아라가미 츠키히가 이끄는 근접 보호관들이었다.

사수지기라고 불리는 최측근의 모습은 보이지 않았다.

"뭔가 이변이 일어나기 전에 올바른 형태로 돌아가야 해. 카구야 님에게는 사수지기가 필요해."

현재, 황혼의 사수는 이상한 상황 속에 놓여 있다고 해도 과언이 아니었다.

"……국가 치안 기구한테는 명예로운 일이지만. 『후게키 일족』은 체면이 말이 아니겠지……."

"맞아. 카구야 님이 일족 사람은 싫다고 하셔서, 이렇게 우리한테 부탁할 수밖에 없었으니까……."

"그건 저쪽의 대응이 너무 나빴어. 솔직히, 카구야 님이 어딘가로 도망치셔서 밤이 없어지지 않은 것을 감사해야 해."

부하들은 고개를 끄덕거리고, 아까보다도 목소리를 낮춰 대화를 이어갔다.

"그래서…… 결국 사수지기와 아내분은 어떻게 됐어?"

"여전히 실종 상태일걸……?"

"어쩌면 이미 발각되어 어딘가에서 처리당했을지도 몰라."

"그렇진 않겠지. 카구야 님은 『찾아도 죄를 묻지 말라』고 하셨다 잖아."

"……그거, 정식으로 내린 지시였어?"

"실질적으로 보호를 선언한 것과 같아. 원한다면 사수지기도 다시 복직시킬 거라던데?"

"그런 일을 당하셨으면서 여전히 돌아오길 기다리고 계시는 거야……?"

경호 부대 사람들은 카구야의 조금 구부정한 등을 보았다.

그 뒷모습에서 애수가 감도는 것처럼 보였다.

다들 한숨을 쉬고 싶어졌다.

"그만하자. 가슴이 괴로워져."

"나라면 절대 용서 안 해. 카구야 님은 여기서 움직이시지도 못하는데……."

"저분은 귀찮은 성격이지만…… 본성은 선량하단 말이지……."

"너무 착하셔……."

"왜 용서하시는 걸까……."

"그런 분인 거야……. 우리가 잘 보좌하자."

일동은 다시 고개를 끄덕였다.

"쭉 모실 수는 없지만…… 지금만이라도 아군이 되어 드리고 싶어. 안 그러면 너무 가여우시잖아."

부하들이 조금 뒤처져서 그런지 츠키히와 카구야가 손짓했다.

그들은 이야기를 멈추고 산길을 뛰어 올라갔다.

새의 지저귐, 벌레들의 합창, 인간들의 숙덕거림.

그런 것들이 교차하는 가운데, 시간은 흘러갔다.

오후 여섯 시 반경, 일행은 산의 정상 부근에 도착했다.

카구야의 목적지는 자연 보호 구역으로 지정된 곳에 있었다.

야마토의 귀중한 동식물이 서식하는 곳이었다.

자연 보호 구역은 산책로만 걸을 수 있는 경우도 있지만, 류구다케는 계절과 관계없이 8부 능선 위로는 출입 금지였다.

카구야는 일반인용 등산로가 아닌 다른 입구로 입산하여 9부 능선에서 발을 멈췄다.

인위적으로 나무들을 베고 땅을 고른 곳이 존재했다. 그곳이 목적지였다. 영맥이 넘치는 이 산에는 일반인용 등산로도 있지만, 그들은 전혀 다른 루트로 올라왔다.

지역 주민은 규정에 따라 들어오지 않기에 등산 중에는 누구와도 마주치지 않았다.

사계의 대행자와 마찬가지로, 무의 사수의 의식도 민간인은 보지 못하도록 배려되었다.

도착 후에는 잠시 휴식 시간을 가졌다. 각자 수분을 보급하거나 스트레칭을 하는 등 저마다 시간을 보냈다. 카구야는 준비해준 대기 의자에 앉지 않고 서서 기지개를 켰다.

그때, 츠키히가 스포츠음료를 들고 다가왔다.

"고생 많으십니다. 아직 시간은 여유가 있으니 잠시 쉬세요."

"응. 너도 물 마셔. 탈수 증상을 조심해야지. 바로 산을 내려가진 못하니까."

"네. 그나저나…… 산도 완전히 신록으로 물들었네요."

츠키히는 그렇게 말하고 주위를 둘러보았다. 지금이 무슨 계절인지 묻는다면『여름』이라고 말할 수밖에 없을 만큼 녹음이 우거져 있었다.

나무들 사이로 바람이 불어와 이곳에 있는 모두의 땀을 식혀줬다.

기분 좋은 여름 오후였다.

"봄이 끝났을 때는 아쉽기도 했지만…… 참 줏대도 없지."

카구야도 고개를 끄덕여 동의했다.

"여름이 오니까 그것대로 기뻐."

"올해는 10년 만이기도 해서 봄이 끝난 게 무척 서운했어요. 봄의 대행자님이 갑자기 류구다케에 나타나신 게 벌써 몇 달 전이라니……."

"그때는 깜짝 놀랐었지……."

"깜짝 놀랐어요! 갑자기 사계청에서 연락이 와서 정신없었다니까요……!"

"츠키히 씨는『일몰 시각이 바뀔 거예요!』라며 다급히 말했었지."

"그, 그건 가을에서 겨울이 되는 것과는 또 다르니까요! 아무튼 깜짝 놀라서…… 죄송합니다……."

"나도 그럴 때는 완벽히 조정하지 않아도 된다고 가르쳐주지 않았으니까, 딱히 신경 쓰지 않아도 돼."

두 사람이 말한 것은 해가 뜨고 지는 시각의 문제였다.

황혼의 사수와 새벽의 사수가 화살을 쏘는 시각은 계절에 따라 달라진다.

사계의 대행자와 무의 사수는 서로 교류하지 않지만, 계절과 연동하여 무의 사수가 화살을 쏘는 시각을 달리하는 것만큼은 연결 고리가 있었다.

하지만 해가 뜨고 지는 시각을 맞추는 것은 어디까지나 권고 사항이었다.

류구는 태풍이 지나갈 때도 많다. 대행자를 태운 비행기가 예정대로 뜨지 못하여 내방 예정일에 류구에 오지 못하는 일은 자주 있었다. 완전히 조정할 수 있는 것은 이렇게 대행자가 떠난 후였다.

여름은 낮이 길고, 겨울은 낮이 짧아지도록 조절한다.

지금도 카구야가 바로 의식을 실행하지 않는 것은 미리 정한 시각을 기다리고 있기 때문이었다.

"……봄의 대행자도, 도중에 좌절할 줄 알았지만 제대로 에니시까지 봄을 현현시켰어. 대단해……. 나라면 무리였을지도 몰라."

카구야의 목소리에는 동정과 존경이 섞여있었다.

무의 사수 분야와 사계의 대행자 분야는 큰 연결 고리는 없지만, 업무상 필요한 정보는 관계자를 통해 주고받았다. 카구야는 봄의 대행자를 본 적도 없으나, 그녀가 여섯 살 때『역적』에게 납치당했다는 것만큼은 들어서 알고 있었다.

사계의 대행자에게는 천적이 있다.

『역적』이라고 불리는 테러리스트들이었다.

그들은 사상이나 파벌도 각가지인데, 크게 나눠서『개혁파』와『근절파』가 있었다.

『개혁파』는 주로 정부에게 사계의 대행자의 능력을 세상과 사람을 위해 폭넓게 써야 한다고 항의하는 집단이다. 예를 들면 사계의 대행자가 각각 보유한 이능을 자국의 경제 활동에 이용하고, 자연재해가 발생했을 때 구출 활동에 쓰고, 국외의 전쟁에 개입해야 한다는 등 요구는 다양했다.

사계의 대행자는 어디까지나 계절을 행사하는 자이므로 그런 요구에는 응하지 않는다.

이로 인해『개혁파』와 사계의 대행자 간의 무력 충돌이 일어났다.

10년 전에 있었던 봄의 대행자 유괴도, 올해 있었던 가을의 대행자 유괴도 정부와의 교섭 재료로 쓰였다.

고상한 이념이 있는 것처럼 보이지만, 실제로『개혁파』의 행동은 인간이 가진 폭력 충동의 발로였다. 대행자는 그 폭력의 배출구, 혹은 반정부 활동의 수단으로 이용되는 부분이 컸다.

『근절파』의 이유는『개혁파』보다 심플했다.

사계의 대행자의 계절 현현을 다양한 이유로 거부하고, 싸움을 걸었다가 도리어 당한 자들의 후손인 경우가 대부분이었다. 그러한 경위가 있어서 그런지 특정 계절만을 부정하는 자가 시대를 초월하여 존재했다. 선조로부터 대대로 전해 내려온 원한을 계승한 젊은 세대가 무기를 들고 대행자의 목숨을 사냥하는 것이다.

사계의 대행자는 사망하면 곧바로 차기 대행자가 탄생하는 초자연적인 시스템이 성립되어 있으므로 애초에 이 행위 자체에는 의미가 없었다. 의미는 없지만, 그래도 계속 사냥하러 오기에 끝없는 살육의 악순환이 반복되었다.

이처럼『개혁파』와 비교하면『근절파』는 어딘가 컬트적인 면을 가지고 있었다.

10년 전에 납치당했던 소녀, 카요 히나기쿠는 수행 중인 봄의 대행자였다. 『사계 신고식』 도중, 겨울의 대행자가 사는 겨울의 마을에서 신화를 구현하는 동거 생활 중에 역적의 습격을 받았다.

겨울의 대행자를 노린 범행이었지만, 히나기쿠는 자신의 호위관과 겨울의 주종을 지키기 위해 자신을 희생하여 개혁파 역적【카사이】에게 납치당했다. 그 후 히나기쿠는 외부의 도움을 받지 못하고, 몇 년 후 혈혈단신으로【카사이】의 아지트에서 탈출한다.

그리고 올해, 대행자를 관리하는 독립 기관『사계청』에서 10년 만에 봄이 귀환했다는 소식을 알리게 된 것이다.

츠키히는 안타까워하는 모습으로 중얼거렸다.

"정말로 훌륭하세요. 백성이 기뻐하는 모습이 대행자님께 위로가 되면 좋겠는데……."

"어떠려나……. 백성의 목소리는 우리에게 거의 전달되지 않으니까."

"……."

카구야는 자신이 별생각 없이 한 말에 백성인 츠키히의 얼굴이 쓸쓸해졌음을 눈치채지 못했다.

"10년 전이면 츠키히 씨는 아직 국가 치안 기구에 들어가기 전인가?"

"네, 그럴 거예요."

"나는 막 결혼했을 무렵이려나……."

카구야가 꺼낸『결혼』이라는 말을 듣고, 츠키히는 순간 어색한 모습을 보였다.

"당시에 아직 어린 소녀가 납치당했다는 얘기를 듣고…… 높으신 분을 만날 때마다 그 아이는 어떻게 됐냐고 물었지만, 설마 이렇게나 신의 부재가 이어질 줄은 몰랐어. 봄이 없다는 건 그 아이가 아직 유괴범인 역적에게 죽지 않고 살아있다는 거니까…… 사계청에서 『봄 귀환』을 알렸을 때는 마침내 죽어버린 건가 싶어서 슬펐는데……."

카구야는 일단 말을 끊고, 기쁘게 웃었다.

"살아있었단 말이지……."

카구야의 목소리에서는 봄의 생환을 정말로 기뻐하는 마음이 묻어났다.

"네, 살아계셨어요."

츠키히는 미소 지었다. 자신이 호위할 대상인 그의 이런 인간미 있는 부분을 좋아했다.

"확인했더니, 『봄 귀환』은 단순히 다른 대행자가 탄생하여 야마토에 봄이 돌아온 게 아니라 납치당했던 여자아이가 귀환한 거라잖아. 그 아이가 돌아왔다는…… 그 말을 들었을 때는 나잇값도 못 하고 울 뻔했어……."

냉소적으로 보이지만 실은 아주 다정한 남자였다.

"현인신에게 그 소식은 가슴이 뜨거워지는 소식이었어. 나도 언제까지고 울적해할 수는 없지. 봄과 비교하면 나 같은 건……."

카구야는 자학하듯 말했지만, 츠키히가 즉각 말했다.

"카구야 님도 훌륭하세요."

그 이상은 말하지 못하게 하는 강한 힘이 담긴 음성이었다.

"봄의 대행자님도 큰일을 겪으셨지만, 카구야 님도 힘든 시기를 보내셨어요. 그런데도 매일 산에 올라 밤을 가져오고 계시죠. 비하하지 마세요……."

츠키히가 자아낸 말에는 카구야를 위로하는 마음이 가득 담겨 있었다. 그 말을 듣고 느낀 바가 있었는지 카구야는 망설이는 모습을 보였으나, 결심한 듯 말했다.

"있잖아…… 나는 사라진 사수지기를 기다리고 싶지만, 이대로 가면 대타가 필요해져……."

츠키히는 그가 무슨 말을 하려는지 바로 이해한 것 같았다.

"돌아올 때까지만이라도 좋으니까…… 너는, 어때……? 너와 함께라면 힘낼 수 있을 것 같은데……."

눈을 동그랗게 뜨고 깜짝 놀랐다. 그 후 참을 수 없는 기쁨이 얼굴에 뱄다.

하지만 곧바로 기쁨을 참는 표정이 되었다.

"……카구야 님."

"미안, 싫겠지."

"싫지는 않아요……! 기뻐요……."

"하지만 안 되는 건가……."

"……아니에요. 그치만……."

츠키히는 고개를 숙여버린 카구야와 시선을 맞추기 위해 팔을 잡았다.

시선이 마주치니, 상처받은 카구야의 마음이 한층 더 츠키히에게 흘러들었다.

"제가 되고 싶다고 하면, 카구야 님은 바로 저를 사수지기로 삼아

주실 건가요……?"

"……그건."

"……지금의 이 체제는 일시적인 거예요. 저희는 언젠가 철수해야 합니다. 후게키 일족도 아닌 국가 치안 기구 사람이 쉽게 사수지기가 되지는 못하겠죠. 저와 카구야 님, 각자의 배후에는 다른 기관이 있어요. 이권이 얽힐 거예요……. 특히나…… 후게키 일족은 정부 기관이 지금보다 더 개입하게 두지 않을 테죠. 사계청과 마찬가지로 독립 기관인 것을 자랑스럽게 여기는 구석이 있으니까요……. 안 그런가요……?"

카구야는 대답을 예상했었는지 실망한 모습은 보이지 않았다.

"……응, 그렇지. 맞는 말이야. 나는 관리받는 존재고, 너는 국가 소속이니까……."

그저 쓸쓸한 목소리로 말했다.

"오히려 지금의 이 조치는 파격적이지. 외부인을 들이기 싫어하는 일족이 최대한 양보해줬어……. 여기서 더 바라는 건…… 역시 이기적이겠지……."

"카구야 님……."

"미안해, 츠키히 씨. 그냥 말해보고 싶었을 뿐이야……. 잊어버려……."

카구야는 츠키히가 신경 쓰지 않도록 미소 지었다.

두 사람의 분위기는 어딘가 서글펐다.

신과 신도는 그 이후로도 나란히 서서 뜨문뜨문 이야기했다.

이윽고 정해진 시각이 되어, 카구야는 마침내 움직이기 시작했다.

"카구야 님, 부탁드립니다."

"그래."

드디어 밤을 가져오는 의식이 시작된다.

츠키히와 부하들은 조금 긴장한 얼굴로 황혼의 사수가 되려고 하는 카구야를 지켜보았다.

심호흡을 반복하여 산의 공기를 가득 들이마셨다.

무의 사수는 사계의 대행자와 달리, 그 권능을 대규모로 행사할 때 특별한 의식이 필요 없었다.

춤이나 노래도 필요 없다. 그들은 사수이지만, 활도, 화살도 소지하지 않았다.

필요한 것은 영맥이 있는 성스러운 산과, 신화시대에 아침과 밤의 신과 계약한 일족의 후예뿐.

남자든 여자든 상관없다. 선택받은 자만이 신의 총애를 몸에 담을 수 있었다.

아름다운 빛의 입자가 카구야의 몸을 휘감기 시작했다.

빛의 입자는 춤추듯 공중을 날며 집결해 커다란 활의 모습으로 바뀌었다.

카구야가 시위를 잡고, 과녁도 없는 하늘을 응시했다.

빛의 시위가 당겨질 때마다 전류가 흐르는 듯한 소리가 났다.

"츠키히 씨, 왔어."

이제 그곳에 평소의 카구야는 없었다.

그를 아는 자가 봤다면, 평소와는 전혀 다른 표정을 짓고 있음을 알았을 것이다.

카구야가 왔다고 말한 것은 위대한 존재가 자신의 몸에 들어왔다는 뜻이었다.

무의 사수는 사계의 대행자보다 신에 가까울지도 모른다.

명확하게 『무언가』를 그 몸에 내려받아 힘을 사용하기 때문이다.

『무의 사수』의 『무(巫)』는 단순히 말하자면 신을 섬기는 자다.

카구야를 둘러싼 사수의 혈족, 『후게키(巫覡) 일족』의 『무격(巫覡)』도 마찬가지다.

신을 섬기는 여자를 『무당(巫)』, 남자를 『박수(覡)』라고 한다.

후게키라는 이름은 직함이었다.

일족은 전원 『후게키』라는 성을 쓴다.

그들은 신이 만든 이 세계의 시스템을 유지하는 데 몸을 바친 봉사자.

그중 제일가는 봉사자가 『새벽의 사수』와 『황혼의 사수』였다.

사람에게 대행을 맡긴 신을 위해, 아침과 밤을 기다리는 세계를 위해, 신명을 바치는 것이다.

발사를 기다릴 뿐인 자세가 된 카구야에게, 신을 섬기는 종복인 츠키히가 호령했다.

"발사!"

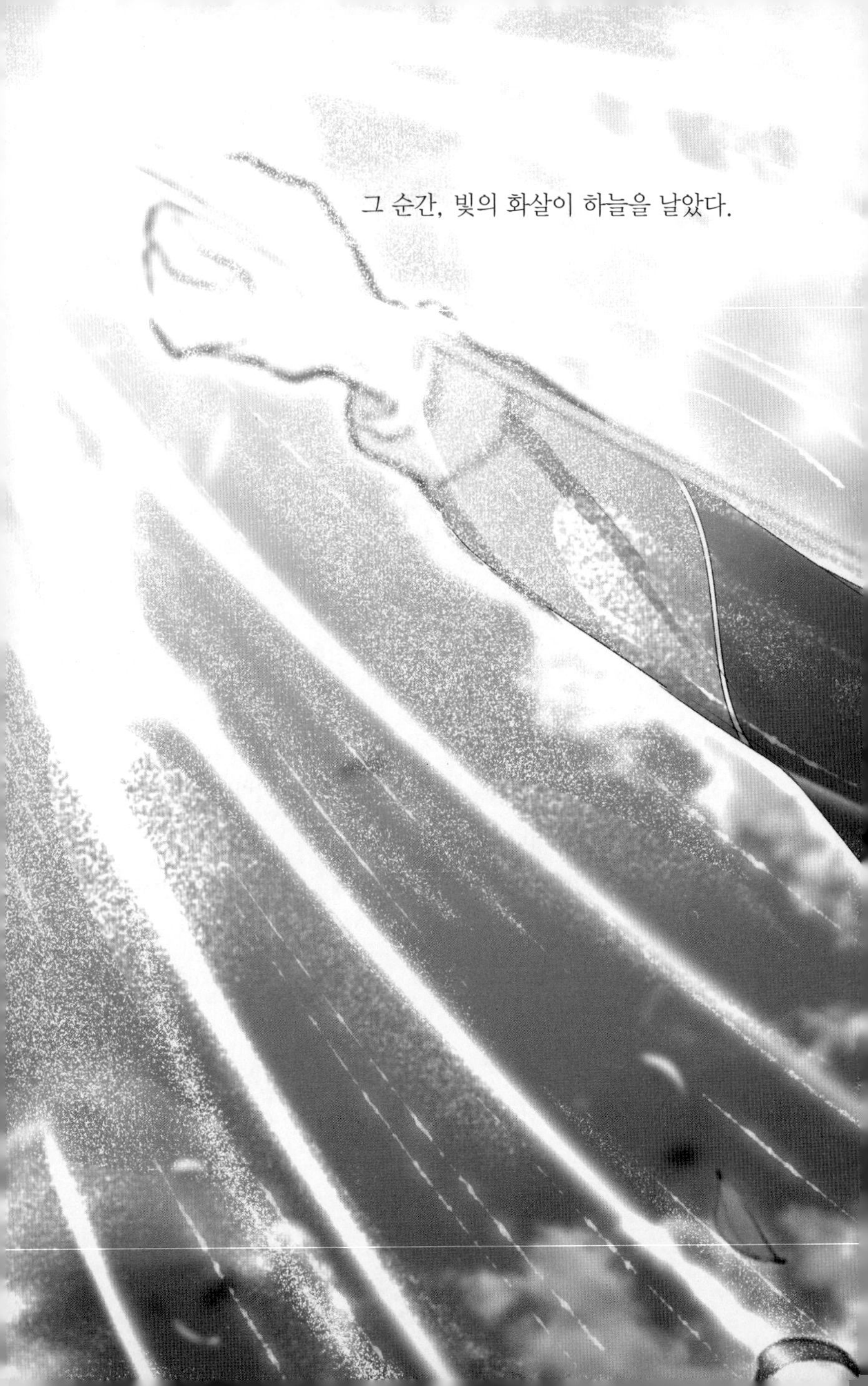
그 순간, 빛의 화살이 하늘을 날았다.

그 모습은, 밤을 가져오는 역할에 걸맞은 무의 사수 그 자체였다.

세찬 빛과 소리를 낸 것은 한순간이었고, 화살이 어디로 갔는지조차 알 수 없어졌다.

휘청.

화살을 쏜 카구야가 뒤로 쓰러졌다. 츠키히는 잔달음질로 다가가 그를 받았다.

키는 크지만, 체중은 차이 날 터. 하지만 그녀는 아랑곳하지 않았다.

미리 지면에 준비해둔 깔개 위로 카구야를 이동시키면 일련의 작업은 끝이다.

무의 사수는 신통력으로 만든 화살을 하늘로 쏘면 기절한다.

순간적으로 대량의 신통력을 사용해서 기절하는 것이었고, 생명에 지장은 없었다.

무의 사수를 수호하는 사수지기가 필요한 것은 신비한 존재를 감추고 수호하기 위해서. 기절한 사수의 신체를 지키는 것도 사수지기가 할 일이었다. 자신의 무방비한 몸을 타인에게 맡기는 것은 무서울 것이다. 신뢰 관계가 성립되지 않으면 곤란하다. 츠키히의 부대가 이전 사수지기를 대신해 호위하기 시작했을 때는 카구야의 잠든 얼굴도 험악했다.

"카구야 님……."

지금은 츠키히가 미간에 잡힌 주름을 펴면 표정이 조금 온화해진다. 카구야는 아무것도 안 해도 된다고 했지만, 츠키히는 카구야의 손을 잡고 계속해서 맥박을 확인했다. 그럼으로써 자신도 안심하고 싶었다. 잠든 카구야는 호흡도 얕아서 정말로 죽은 것처럼 보였다. 간담이 서늘한 상태로 기다리길 잠깐. 이윽고 그들의 머리 위에 펼쳐진 하늘의 색이 달라졌다.

"해가 집니다."

츠키히의 부하 한 명이 확인하듯 말하자 다들 안도한 표정을 지었고, 박수 소리가 울렸다.

카구야가 쏜 화살은 무사히 하늘을 갈라 밤의 장막을 드러낸 것이다.

파랗던 하늘이 천천히 어두워지고, 시간을 들여 노을빛으로 바뀌었다.

"……성공했어?"

잠긴 목소리가 들려서, 츠키히는 하늘을 보던 시선을 내려 카구야를 보았다.

잠들어 있던 카구야가 드디어 깨어났다. 츠키히는 미소 지었다.

"네. 축하드립니다, 황혼의 사수님. 오늘도 사수님 덕분에 야마토에 밤이 왔습니다. 아름다운 저녁노을이에요."

카구야는 석양 때문인지 눈부시다는 듯 츠키히를 보았고, 그리고 웃었다.

일행은 서로 다가가 누구인지 확인해야 할 만큼 해가 완전히 질 때까지 그 자리에서 대기하다가, 이윽고 돌아갈 준비를 시작했다.

카구야의 역할은 이로써 끝이다. 이제 평범한 사람처럼 자택에서 여가를 보내고, 취침하고, 내일을 맞이하고, 오후가 되면 다시 산으로 간다. 이걸 반복하는 것이 그의 인생이었다.

"카야는 슬슬 일어나서 나갈 준비를 시작할 때인가."

"새벽의 사수님이요?"

"응. 사수지기인 유즈루 군이 매일 깨우기 힘들다며 투덜거렸으니까 아직 꿈속일지도."

"그 사수지기님이 힘들다고 할 정도면 정말 힘든 거겠죠. 새벽의 사수님, 그렇게 안 보였는데……."

"그 아이는 나와 달리 남들 앞에서는 태도가 좋으니까 츠키히 씨한테는 괜찮은 모습을 보여줬겠지. 나는 다른 사람보다 알고 지낸 세월이 길어서 어느 정도는 내면을 알지만…… 유즈루 군한테는 상당히 마음을 허락하고 있는 것 같아. 올바른 행동을 요구받는 일이야. 어딘가에서 긴장을 풀지 않으면 못 해먹어."

츠키히는 그 말을 듣고서, 그는 자신에게 마음을 허락하고 있을지 문득 궁금해지고 말았다.

"츠키히 씨?"

"아, 그게…… 손전등, 슬슬 켤게요."

불안을 지우듯 화제를 전환했다.

"해가 지면 산은 어두……우니……까……."

도중에 말이 제대로 안 나오게 됐다.

손전등의 스위치를 누른 순간, 츠키히의 눈에 있으면 안 되는 것이 보였기 때문이다.

"어……?"

마침 빛을 밝힌 방향에 『무언가』가 있었다. 처음에는 작은 산이 갑자기 나타난 줄 알았다.

그것은 그만큼 거대했다. 털이 북슬북슬하고, 거칠게 숨을 내쉬며, 눈을 빛내고 있었다.

어두운 탓에 전모는 알 수 없었지만.

"……!"

사나운 짐승이라는 것은 바로 헤아릴 수 있었다.

츠키히의 동요는 한순간이었다.

"카구야 님!!"

『무언가』가 이쪽을 노린다는 것을 피부로 느끼고, 츠키히는 카구야의 몸에 자기 몸을 부딪쳤다.

덕분에 의문의 생명체의 진행 방향에 있던 카구야는 『무언가』와 격돌하는 참사를 면했지만, 대신 성대하게 굴렀다. 낙법은 취했지만, 땅과 부딪친 곳에서 통증이 일었다.

"세 시 방향에 적 출현!"

츠키히는 부하에게 클락 포지션을 알리며, 휴대하고 있던 권총을 빠르게 뽑아 위협사격을 했다. 어둠 속에 총성이 울렸다.

"……?!"

카구야는 츠키히에게 무슨 일이 벌어진 거냐고 물으려고 했지만, 『무언가』의 존재를 알아차리고 말이 목에 걸렸다.

—곰인가?

현재 류구에 곰은 서식하지 않을 터라고 이어서 생각했다.

—그럼, 멧돼지?

그렇다고 하기에는 몸집이 너무 크다. 짐승은 나무들 속으로 재빨리 도망쳐 숨어버렸지만, 아직 떠날 마음은 없는지 쿵쿵거리며 뛰어다니는 소리가 들렸다. 츠키히의 지시로 일제히 총성이 울렸다.

짐승의 비명이 들리는 일은 없었고, 수풀 사이를 뛰어다니는 소리만이 계속 이어졌다. 가끔 으르렁거리는 소리가 들렸지만, 무슨 동물인지는 판별할 수 없었다. 짐승은 아직 이쪽을 노리고 있었다.

"위협사격을 계속해! 카구야 님! 일어서실 수 있나요?"

밤의 어둠 속에서 츠키히의 손이 카구야의 팔을 잡았다. 그리고 강제로 일으켰다.

"초, 총은 쏘면 안 되는 거 아니야?! 여기 자연 보호 구역이고 성역이야!"

"살생하면 안 좋다는 건 알고 있습니다. 하지만 저걸 무력화하지 않으면 내일 있을 의식에도 영향을 미쳐요! 다른 생물은 해치지 않도록 노력하겠습니다! 아무튼 지시에 따라주세요!"

"아, 알았어."

대화가 일단락된 틈을 타 경호 부대의 대원 한 명이 『지시를!』 하고 말했다. 츠키히가 명령을 내렸다.

"코드 【도마뱀】으로 간다! 세 명은 나를 따라오고, 나머지는 카구야 님을 지키며 8부 능선에 있는 오두막까지 후퇴하라!"

다른 근접 보호관도 움직이고 있었다. 곤혹스러워하는 카구야를 에워싸 긴급 사태 시의 진형을 만들었다. 카구야는 근접 보호관들이 만든 인간벽 틈새로 츠키히의 움직임을 보았다.

그녀는 부대복에 장비해뒀던 서바이벌 나이프를 두 개 꺼내고, 그대로 양손에 하나씩 들어 『무언가』에게 달려들었다. 예상치 못한 근접전을 보고 카구야는 숨을 삼켰다.

"카구야 님! 이동을 개시합니다! 8부 능선까지 내려가겠습니다!"

부하 한 명이 카구야에게 힘있게 말했다. 카구야는 바로 다른 자들에게 양팔을 붙들려 끌려가듯 이동했다. 츠키히와의 거리가 순식간에 멀어졌다.

"이쪽에 인원이 너무 많아! 나는 됐으니까 몇 명은 저쪽에 가세해! 안 괜찮잖아! 츠키히 씨가 아무리 강하다고 해도……!"

그러자 부하들이 응수하듯 외쳤다.

"대장님은 국가 치안 기구 특수 부대【호저】출신입니다!"

"게다가 선택받은 자만이 돌파할 수 있는【정예병】자격을 가지고 있습니다!"

"수많은 휘장을 획득한 사람이라서 다들 저분을 따르는 겁니다! 대장님을 믿어주세요!"

그들이 츠키히를 마치 특별한 존재처럼 말하는 이유.

언급된 말의 무게를 이해하는 자라면 납득할 수 있는 내용이었다.

국가 치안 기구는 야마토의 경찰권을 가진 국가 기관이다. 국토와 국민의 안전을 책임진다.

그 국가 치안 기구 안에【호저】라는 특수 부대가 있었다.

외국의 태스크 포스 같은 대테러 부대였다. 이 부대 출신이라는 것만으로도 엄선된 강자임을 증명하는데, 츠키히는 강자의 증거를 더 가지고 있었다.

바로【정예병】자격. 조금 전에 츠키히의 부하가 말한 단어다.【정예병】은 말하자면 최강의 병사라는 증명이다.

국가 치안 기구 내에는【정예병 양성 과정】이라는 것이 있다. 육체적, 정신적으로 한계까지 단련된 병사를 육성하기 위해 지옥 같은 훈련을 하는 것으로 유명한 교육 과정이었다.

탈락자가 대부분이고, 합격자는 얼마 안 되는 극한의 훈련. 국가치안 기구 내에서도 자격을 가진 사람은 별로 없어서, 【정예병】 휘장을 단 사람은 똑같은 기구원으로부터도 대단하다는 시선을 받는다.

그렇기에 부하들은 자신들의 대장을 자랑하듯 말했다.

"저분은 사상 첫 여성 정예병입니다! 얕보는 건 실례입니다!"

부하들은 카구야가 말은 안 했어도 신경 쓰던 부분을 딱 잘라 부정했다.

츠키히가 들었다면 분명 기뻐했을 것이다. 하지만 그녀는 옆에 없었다.

"알고는 있지만……!"

카구야는 뒤돌아보고 말았다. 어두워서 아무것도 안 보였다. 전투하는 소리만큼은 들렸다.

"지시에 따라주십시오! 카구야 님, 지금 돌아가면 대장님의 체면을 구기는 것과 같습니다!"

"맞습니다. 카구야 님에게 무슨 일이 생기면 저희도 무사하지 못합니다! 대장님한테 죽습니다! 카구야 님, 그만 떠들고 도망치죠! 모두를 위해 도망쳐주십시오! 잔달음질이어도 좋으니 뛰세요!"

"젠장……!"

카구야는 떨어지지 않는 발길을 억지로 돌리고, 하는 수 없이 지시에 따랐다.

어둠 속을 달려 하산하는 것은 위험했지만, 다행히 카구야는 무사히 8부 능선에 있는 오두막에 도착했다. 오두막에 도착했어도 안도한 분위기는 흐르지 않았다.

"국가 치안 기구에 긴급 사태를 전하겠습니다. 더 내려가고 싶지만…… 일단 여기서 기다리는 것이 타당하겠죠."

"기지국은 산기슭에 있으니까 전파가 닿겠지?"

"대장님한테 연락 온 사람 없어?"

"아직 없어. 카구야 님, 일단 앉으시죠. 오두막 안을 돌아다녀봤자 소용없습니다."

다들 바쁜 가운데, 카구야만이 할 일 없이 오두막 내 벤치에 앉았다.

8부 능선까지는 일반인에게 개방되어 있기도 해서 오두막은 넓고 청결했다.

짐승을 경계하여 불은 최소한으로만 켰지만, 자신이 가져온 어둠 속에 있는 것보다는 나았다. 안전한 곳에 있다는 느낌이 들었다. 그러나 마음은 편해지지 않았다.

—츠키히 씨, 다른 대원들도.

침착하려고 해도, 남겨 두고 온 자들의 얼굴만 떠올랐다.

도울 방법이 없는 카구야는 자신의 움켜쥔 주먹을 볼 수밖에 없었다. 그저 시간만이 흘러갔다. 자신이 한심해 화가 나서 주먹으로 무릎을 몇 번 때렸다.

—침착해. 국가 치안 기구의 정예를 엄선한 부대야.

츠키히와 다른 세 부하, 그들은 분명 무사할 터다. 아니, 제발 무사해달라고 빌었다.

오두막에 도착하고 얼마나 시간이 지났을까.

“대장님한테서 연락이 왔습니다! 사망자는 없으나, 적은 놓쳤다고 합니다!”

부하의 휴대전화로 연락이 와서, 카구야는 츠키히와 다른 자들의 생존을 확인했다.

“괜찮은 거야?! 부상은? 아무도 안 다쳤어?!”

요점만을 전하는 짧은 연락이었기에 통화는 바로 끝나서, 카구야는 츠키히의 목소리도 들을 수 없었다.

“네, 다들 찰과상조차 입지 않았다고 합니다. 일단은 카구야 님을 보호하는 것이 최우선이므로, 대장님도 이대로 저희와 합류하여 카구야 님을 호위하며 하산할 겁니다. 추후 지역 엽우회에 포획을 부탁하게 되겠죠.”

“……그래. 다들 무사한 모습을 볼 때까지 안심할 수 없지만, 아무튼 살아있어서 다행이야…….”

“카구야 님, 진정하세요. 낯빛이 창백하십니다.”

“……그야, 처음 보는 짐승에게 습격받고…… 모두가 걱정돼서……. 아무도 안 다쳤으면 좋겠어.”

부하는 카구야가 자신들을 과하게 걱정하는 것을 보고 쓴웃음을 지으면서도 계속 말했다.

“그리고 대장님께 전언을 부탁받았습니다. 하산 중에 조우하면 그때는 확실히 잡겠다고 했습니다.”

“일부러 놓친 거야?”

“아뇨, 그렇진 않을 겁니다. 생포하려고 노력하신 것 아닐까요?

카구야 님의 말씀을 듣고 배려하신 겁니다."

카구야는 자신이 무심코 꺼냈던 말을 후회했다. 츠키히에게 총을 쏘는 건 안 좋을 것 같다고 했다. 깊이 생각해서 꺼낸 말은 아니었고, 순간적으로 나온 말이었다.

일단 이유는 있었다. 자연 보호 관점에서, 총이라는 살상 무기로 위협사격을 하는 것만으로도 자연 보호 구역의 다른 생물을 살상할 우려가 있었다. 일단 그게 첫 번째.

두 번째 이유는, 어떤 생물이든 성역에서 살생하면 『부정』을 탄다는 종교적 관념에서의 우려였다. 무의 사수와 산은 깊이 맺어져 있다. 산이 부정을 탈 행위는 무엇이든 엄금이었다. 그건 현인신을 신앙하는 츠키히도 물론 알고 있었다.

총에서 나이프로 무기를 바꾼 가장 큰 이유는 다른 생물에 대한 배려겠지만, 가능하면 의문의 생물을 죽이고 싶지 않았을 것이다. 하지만 그 결과, 놓쳤다.

"원래 같으면 당장 죽였어야 합니다. 그 짐승은 사람을 덮쳤습니다. 심지어 야마토에 밤을 가져오는 현인신인 카구야 님을."

"……안일한 소리를 했네. ……미안. 나중에 츠키히 씨한테도 사과할게."

"이해해주셨다면 그걸로 충분합니다. 대장님도 『살생은 엄금』이라고 하셨고, 카구야 님도 신직을 맡은 입장에서 발언하신 것이니 틀린 말은 아니었습니다. 다만 이번에는 무리겠죠. 사냥꾼이 움직여야 해요. 적은 『늑대』였다고 하니까요."

"뭐……?"

"……늑대랍니다. 상당히 몸집이 컸지만…… 특징은 늑대에 해당한다더군요."

영상으로만 본 늑대의 모습이 카구야의 머릿속에 떠올랐다.

"아니, 이해는 했지만…… 야마토에 늑대는 없잖아? 동물원에서만 볼 수 있지 않아……?"

"네. 그게 이번 사건의 무서운 점입니다……. 아무튼 자세한 내용은 대장님과 합류하고 나서 듣죠."

그 후, 카구야는 무사히 츠키히와 합류하여 함께 하산할 수 있었다.

카구야 일행과 교대하듯 입산한 국가 치안 기구의 별동대와 지역 엽우회가 협력해서 늑대의 행방을 쫓았으나, 모습을 찾을 수 없었고 습격받은 성역에서 그렇게나 난투를 벌였는데 발자취는 사라진 상태였다.

엽우회가 수색한 보람도 없이, 늑대는 그 이후로도 여러 번 나타나 카구야를 농락했다.

카구야와 츠키히가 이끄는 경비 부대는 혼란스러워할 뿐이었다.

옛날에는 야마토에 늑대가 서식했다는 기록이 있지만, 레이메이 20년 현재에는 야마토에서 멸종한 상태였다. 외국에서도 개체 수의 감소 경향을 고려하여 보호 대상으로 지정한 나라가 많았다.

있을 리 없는 짐승이 나타나 황혼의 사수를 현혹하는 사태는 가볍게 볼 수 없었다.

또한 공격적이었기에 광견병이 우려되었다. 다 큰 성인을 능가하는 거구이기도 해서, 위험성을 고려하여 일반 등산객에게도 개방되어 있었던 류구다케는 즉각 폐산되었다. 백성은 입산하지 않으면 안전이 보장되지만, 카구야는 아니었다.

무슨 일이 있어도 매일 성역까지 등산해야 했다.

황혼의 사수의 경비를 강화함과 함께, 야마토에 서식하지 않을 터인 늑대가 왜 산에 있는지 원인 규명이 요구되었다.

인근 동물원에서 탈주한 개체는 없었다. 그래서 불법 동물 브로커나 밀수업자가 분실한 개체인 것 같다고 임시로 결론이 났지만, 다른 가능성이 제시되었다.

『봄의 부재로 일어난 생태계 파괴의 산물이지 않을까.』

여기서 말하는 생태계란 야마토 전역에 서식하는 생물과, 생물을 둘러싼 환경을 가리켰다.

생태계 파괴는 환경 오염이나 환경 변화에서 기인한다.

예를 들어 인간이 식물을 태우고 나무들을 모조리 베어버리면, 그곳에 살던 동식물들은 먹이와 거처를 잃고, 때에 따라서는 멸종 위기종이 된다.

생태계가 망가져서 피해를 보는 것은 인간도 마찬가지다.

강이 오염되면 거기서 잡은 생선을 먹는 인간에게도 악영향이 미친다.

한 종류의 동물에게서 변화가 나타나면, 그 동물을 먹는 생물에게도 연동해서 변화가 일어난다.

생물 남획도 생태계를 파괴하는 요인이다.

외적 요인이 가해져 연쇄적으로 변화가 일어나는 것을 생태계 파괴라고 생각하면 이해하기 쉬울 것이다.

야마토에서는 사계의 대행자를 노리는 과격파 조직, 통칭 『역적』이 봄의 대행자를 납치했었다. 10년 전의 비극으로 인해, 야마토의 계절은 봄이 없는 채로 계절은 여름, 가을, 겨울만이 순환되었다.

여름과 가을의 기간은 그대로고, 겨울이 봄을 보완하듯 장기간 대지를 지배했다.

레이메이 20년에는 이미 야마토 각지에서 생태계 이상이 어느 정도 보고되고 있었다.

오랜 추위로 사라져 가는 식물이라든가, 먹이를 찾지 못해 멸종한 동물 등, 멸종 위기종이 생겼다는 생태계 혼란이 우선 첫 번째 유형이었고.

두 번째는 원인을 알 수 없는 이형 생명체의 탄생이었다.

봄이 사라지고 4년이 지났을 무렵부터 이상하게 거대해진 물고기와 동물, 식물이 보고되기 시작했다.

세 번째는 이상 행동.

원래 얌전했던 생물이 시가지에 나타나 사람들을 위협하거나, 집단으로 자살했다는 보고는 해마다 늘고 있었다.

이러한 예는 많지 않지만, 야마토 정부가 10년간 대응을 요구받은 것은 사실이었다.

야마토의 현재 상황이 이렇기도 해서, 이번 늑대 출현도 생태계 파괴 때문이라는 의견이 나왔다.

어떤 요인으로 부활한 늑대가 황혼의 사수를 덮친 것 아니냐고.

이 생태계 파괴설은 처음 얘기가 나왔을 때는 많은 가능성 중 하나일 뿐이었다.

그 밖에도 황당무계한 가설은 나왔다.

회의는 온갖 가능성을 살피는 자리다.

이 가설이 나온 것 자체를 비판하는 자는 없었고, 살짝 흥미를 끄는 가설로서 두드러졌을 뿐이었다.

그 후로도 늑대가 나타났다는 사수 측의 보고는 계속되었는데, 어둠 속에서만 출현하고, 마치 그림자처럼 사라져서 통상적인 늑대 개체와 구별하기 위해『암랑(暗狼)』이라고 명명되었다.

일련의 소동은『암랑 사건』으로 불리게 되었고, 현장에서 대처하는 사수 측과는 별개로 현인신을 둘러싼 조직들도 생태계 이상을 포함한 가능성을 추구하는 회의를 되풀이했다.

황혼의 사수와 새벽의 사수를 육성하고 수호하는『후게키』일족.

야마토의 경찰권을 지녀 국민의 안전을 지키는『국가 치안 기구』.

자연환경 보전을 담당하는 야마토 정부의『환경보호청』.

『암랑 사건』대책 회의는 처음에 이 세 조직 간에 이루어졌지만, 생태계 파괴 이야기가 나온 이후로는 환경보호청에서 의뢰하여 계절 분야의 지식인을 더 부르게 되었다.

사계의 대행자를 육성하는 기관인『사계의 마을』.

사계의 대행자의 활동을 보조하는『사계청』.

이 두 단체에서 사람이 소환되었다.

야마토의 사계의 대행자를 관리하고 운영하는 두 기관이 참가하면서, 사계의 대행자의 현재 정보도 적잖이 공유되었다. 하지만 대행자의 안전과 비밀을 지키기 위해 사건의 진상 배경은 거의 숨기고서 전했다. 그러자 적은 정보가 나쁜 방향으로 작용하여, 현인신들의 행동을 문제시하는 자들도 적잖이 나왔다. 의논은 때때로 엉뚱하게 흘러가 최악의 발상을 낳기도 한다.

이로 인해 「**천벌설**」이라는 발상이 탄생했다.

사계의 신들이 현인신들의 조심성 없고 근면하지 못한 행실에 노하신 것 아닌가?

어디까지나 이번에는 늑대가 나타나며 눈에 보이는 피해가 생긴 것일 뿐, 발단은 더 이전이다.

생태계 혼란은 신의 분노로 일어난 현상의 일부에 불과하며, 앞으로 더 큰 재앙이 올지도 모른다.

천벌설파는 현시점에서 묵과할 수 없는 대행자의 행동을 지적했다.

봄은 10년이나 일을 안 했다.

유괴당한 기간은 8년이지만, 그 후 2년간 마음이 병들어 의무를 포기했다.

여름은 죽은 자를 되살리라고 가을에게 강요했다.

그리고 쌍둥이신이라는 비틀린 형태를 만들어냈다.

가을은 이미 여름의 대행자가 교체되었음에도 불구하고 쌍둥이신 탄생을 도왔다.

겨울은 10년 전 사건의 원인. 봄의 부재는 겨울의 탓이기도 하다.

이번 대의 대행자들은 제멋대로다. 신들은 대행자들의 경솔한 행동에 노하신 거라며, 최종적으로 대행자를 비난했다.

이번 대의 대행자를 탐탁지 않게 여기던 자들이 꺼낸 말에 불과하다는 것은 조금만 생각하면 알 수 있었다. 현인신을 일방적으로 단죄하는 것은 불경하다는 반대 의견이 곧장 나왔다.

이번에는 소속 조직과 관계없이 사계의 대행자를 옹호하는 자와 비판하는 자로 나뉘면서 의논은 백열화했다. 왜 류구다케에 멸종했을 터인 늑대가 나타났는지에 대한 논의보다도, 천벌설에 관한 논쟁이 더 활발했다.

불씨가 큰 의제일수록 본질은 무시되고 이야기되는 법이다.

늑대가 황혼의 사수를 습격한 원인은 불법 동물 브로커나 밀수업자로부터 탈출한 것이 아니라 생태계 파괴 때문이고, 천벌이라고 현인신계에 유포되었다.

사계의 대행자들에게는 불운하게도, 각 계절의 마을의 중진 중에서도 이 가설을 지지하는 자가 조금씩 나타나기 시작했다.

마을을 운영하는 가문 사람, 소위 말하는 『높으신 분』은 각 방면에서 영향력을 가지고 있었다.

마을도, 사계청도, 태어난 고향의 중진을 거역할 수 있는 자는 별로 없었다.

사계청 자체도 고시를 쳐서 들어오는 일반인을 제외하면 마을 사람이 들어가기 때문이다.

마을은 폐쇄적인 집단이라서, 소외당하면 즉각 생활이 어려워지고 출셋길이 막힌다. 혼자만의 문제가 아니다. 눈 밖에 나서 일족의 입장이 나빠질 가능성도 있었다.

『윗사람을 거스를 수 없는』 수직 사회의 구조로 인해, 그때까지 옹호파였던 자도 돌아서기 시작했다.

아무리 황당무계해도, 발언력이 있는 자의 생각을 그대로 추종하는 자가 일정 수 나타나는 법이다. 추종자들은 대행자를 옹호하기보다 마을 권력자의 환심을 사는 것을 택했다.

그렇게 사계 분야의 풍조는 천벌설을 지지하는 것이 『옳은』 것으로 통용되기 시작했다.

머지않아 대행자와 상관없어 보이는 일까지 대행자 때문이라고 할 것이다.

누군가를 상처 입히는 측은,

누군가가 상처받는 것을 신경 쓰지 않으니까.

제 3 장

봄의 주종과 겨울의 주종

사계의 대행자는 저마다 거점이 되는 지역이 있다.

후손의 피를 키우는 양성 기관『마을』도 지역별로 나뉘어서 존재했다.
봄의 대행자는 테이슈에 봄의 마을이.
여름의 대행자는 이요에 여름의 마을이.
가을의 대행자는 츠쿠시에 가을의 마을이.
겨울의 대행자는 에니시에 겨울의 마을이.
각 마을은 지도에도 실리지 않은 곳에 있었다.
그리고, 무의 사수는 북쪽과 남쪽으로 나뉘어 있었다.
새벽의 사수는 에니시의 어떤 산이.
황혼의 사수는 류구의 류구다케가 매일 올라야 할 영산이었다.

이야기의 무대는 봄의 대행자의 거점이자 야마토의 중심부라고도 할 수 있는 테이슈로 이동한다.

레이메이 20년 7월 22일. 열두 번째 절기『대서』.

여름의 밝은 햇볕이 내리쬐기도 해서, 세상은 한창 휴가철을 맞아 사람들이 넘쳐났다.
야마토의 수도가 있는 테이슈의 유명한 레저 시설이라면 더더욱 혼잡은 피할 수 없었다.
오픈하고 아직 한 시간도 지나지 않았으나, 어딜 가도 축제처럼 북적거렸다.

어느 놀이공원의 입장 게이트 앞. 사람의 수에 확연히 겁먹은 아가씨가 둘 있었다.

"사쿠, 라……."

"괜찮습니다, 히나기쿠 님. 사쿠라가 반드시 지키겠습니다."

여름 바람이 그녀들의 긴 머리카락을 흔들었다.

한창때 나이의 아가씨다운 차림을 한 두 사람은 누가 봐도 친밀함을 알 수 있는 거리에서 이야기하고 있었다.

한 명은 화사한 호박색 머리의 소녀. 선녀의 날개옷처럼 물결치는 머리카락, 보기 드문 황수정 눈, 장밋빛 뺨, 앵두 같은 입술. 신이 모든 것을 특별하게 만든 것처럼 생긴 그녀는 봄의 대행자, 카요 히나기쿠였다.

"사람, 많아. 무서워……."

어눌한 말투는 특징적이어서, 히나기쿠를 실제 나이보다 훨씬 어려보이게 만든다.

음성은 설탕 과자처럼 달콤했고, 날개옷처럼 고왔다.

"……역시 오지 말 걸 그랬나요……."

히나기쿠의 말에 대답한 또 다른 아가씨는 밤에 핀 벚꽃 같은 머리색을 가지고 있었다. 칠흑색에서 회분홍색으로 단계적으로 물든 머리카락은 비단처럼 윤기가 흘렀다. 폐월수화의 미인이란 바로 그녀를 말하는 것이리라. 고양이 같은 큼직한 눈은 주인인 히나기쿠의 모습을 낱낱이 살피고 있었다.

"아니, 그렇지는, 않아…… 외출, 기뻐……."

오늘은 겨울의 주종의 초대로 봄의 주종이 처음으로 놀이공원에 온 날이었다.

장소는 봄의 주종의 거점인 테이슈 테이토에서 그리 멀지 않은 『테이슈 동화 킹덤』.

가공의 동화 나라를 콘셉트로 만들어진 테마파크였다.

동화 킹덤은 파크 내에 다섯 타운이 존재했고, 하늘, 숲, 바다, 빛, 어둠이라는 속성으로 나뉘었다. 일반적인 놀이공원에서 볼 수 있는 놀이기구는 전부 갖추었고, 식당의 라인업도 충실했다. 각 타운에는 인기 마스코트 캐릭터가 배치되어 방문자의 흥을 돋웠다.

현재, 두 사람은 겨울의 주종을 기다리고 있었다.

시계열을 따지면 이미 류구에서 암랑 사건이 일어나 문제가 되고, 여름의 마을에서 하자쿠라 자매가 약혼을 파기당해 실의에 빠져 있던 시기였다. 두 사람은 아직 루리와 아야메의 비극을 몰랐다.

"……히나기쿠 님, 불안하시면 무리하지 마시고 지금이라도 중지할까요……? 마음이 무너지면 신체에도 영향을 줍니다. 로우세이도 말하면 이해해 줄 테고……."

"아, 안 돼……! 히나기쿠, 모두와, 함께, 놀고, 싶어요."

사쿠라의 말을 들은 히나기쿠의 표정이 순식간에 슬프게 바뀌었다. 저도 모르게 매달리듯 사쿠라에게 안겼다. 사쿠라는 깜짝 놀라면서도 아주 자연스럽게 그녀를 마주 안았다.

"히나기쿠 님……."

땡볕 더위 속에서 부둥켜안는 것은 그저 체온을 올리는 행위일 뿐이다. 하지만 사쿠라도 히나기쿠도 망설이지 않았다. 그런 문제가 아니었다. 사쿠라는 달래듯 히나기쿠의 등을 쓸었다.

"그렇죠. 오늘은 아침부터 무척 기대하셨고…… 놀이공원에 오시려고 꾸민 모습도 로우세이와 이테쵸에게 보여주고 싶으시죠……?"

사쿠라의 품속에서 고개를 숙이고 있던 히나기쿠는 조심스레 얼굴을 들었다.

"……히나기쿠, 의 마음, 사쿠라, 알고 있었어……?"

부끄러운 듯 묻는 가련한 소녀. 그런 주인을 보고 사쿠라는 팔불출이 되었다.

"알고있었습니다. 히나기쿠 님에 관해서, 사쿠라가 모르는 건 거의 없어요."

"어째, 서……?"

"사랑하니까요."

사쿠라가 자랑스레 말하자, 히나기쿠는 그 애정을 기쁘게 받아들이고 주인에게 돌려줬다.

"히나기쿠, 도, 사쿠라를, 사랑, 해서, 잘, 알아. 사쿠라는, 자기, 한테는…… 안 어울린다고…… 말하지만, 귀여운, 거, 잘, 어울려…… 사쿠라, 귀여워……."

히나기쿠는 오늘 사쿠라가 입은 옷을 보고 말했다. 보기 드물게도 치마 차림이었다. 칭찬받은 사쿠라는 어쩔 줄 몰라 하며 매우 쑥스러워했다. 히나기쿠는 그런 사쿠라를 흐뭇하게 보았다.

"어어…… 히나기쿠 님께서 지금 제 모습을 귀엽다고 말해주신다면, 평소에는 입지 않는 옷에 도전한 보람이 있습니다. 히나기쿠 님도 잘 어울리십니다."

"히나기쿠는, 항상, 사쿠라, 가, 골라, 줘서, 완벽, 해요."

히나기쿠의 말에는 다른 뜻이 없었으나, 사쿠라는 걱정되어서 일단 물었다.

"저기, 히나기쿠 님…… 새삼스럽지만 제가 옷을 고르는 게 싫지 않으신가요?"

"그런 생각, 한 적, 없는걸……? 항상, 고마, 워, 사쿠라."

눈을 빛내며 그렇게 말하는 주인이 사랑스러워서, 사쿠라는 다시 한번 히나기쿠를 꼭 끌어안았다.

두 사람은 이내 몸을 뗐지만, 손만큼은 단단히 잡고서 다시 로우세이를 기다렸다.

"히나기쿠 님, 아까 하던 얘기로 돌아가서…… 놀이공원에 있는 자들은 대부분 무해한 민초입니다. 해롭다고 판단된 자는 히나기쿠 님이 눈치채시기 전에 제거할 테니 걱정하지 마세요. 아니꼽지만, 히나기쿠 님과 로우세이의 교류를 완벽히 지키겠습니다."

"응……."

히나기쿠는 고개를 끄덕이고 나서 퍼뜩 깨달았다.

"제거……?"

사쿠라의 과격한 말을 떠올리고 히나기쿠는 얼떨떨해했다. 사쿠라는 용맹스럽게 고개를 끄덕였다.

"네, 제거합니다."

히나기쿠와 사쿠라는 한동안 마주 보았다. 이윽고 히나기쿠는 제거라는 말에서 다양한 것을 상상해버린 듯했다. 두려움이 섞인 모습으로 고개를 휘휘 저었다.

"사, 사쿠라…… 나쁜, 사람, 이어도…… 너무한, 짓, 하면…… 안 돼……."

사쿠라는 곤란한 듯 눈썹을 내리고 내심 탄식했다.

—그런 일이 있었는데도, 여전히 남을 걱정하시다니.

몇 달 전에 있었던 사건을 떠올렸다.

히나기쿠는 자신을 납치하여 비틀린 애정으로 키웠던 범죄자와 해후했었다.

하마터면 다시 유괴당할 뻔했으나, 무사히 해결됐다.

자신을 해치려는 자에게 좀 더 비정해져도 될 텐데, 히나기쿠는 그러지 않았다.

—그게 히나기쿠 님의 좋은 점이기도 하지만, 위태로운 점이기도 해.

"알았지……? 안 돼……."

봄의 신은 납득시키려는 듯 종자의 얼굴을 보았다.

사쿠라의 코끝에 은은한 꽃향기가 감돌았다.

봄의 대행자는 향수를 뿌리지 않아도 몸에서 향기로운 봄 내음을 풍긴다.

사쿠라는 황홀해져서 무슨 말이든 들어주고 싶어졌다.

하지만 주인의 안전을 위해 어떻게든 반론했다.

"히, 히나기쿠 님…… 하지만 그건 악인에게 너무 상냥한 처사입니다. 폭력을 단호히 거부하는 건 필요해요……."

"나쁜 사람, 만을, 생각해서, 그런 거, 아니야."

"그렇다면……?"

"너무한 짓, 사쿠라가, 안 했으면, 좋겠, 어…… 무서운 일, 겪을

지도, 모르니까…….”

“히나기쿠 님…….”

아아, 사쿠라는 생각했다.

“몹쓸, 짓, 하는, 사람은…… 얘기, 안 통할, 때도, 있어…… 히나기쿠, 납치했던, 미스즈 씨, 가, 그랬어……. 하지 말라고, 아무리, 말해도, 계속, 해. 정말로, 정말로, 무서운 사람은, 있어. 그런 사람, 한테…… 사쿠라, 가…… 나서서, 원한, 사는 거…… 히나기쿠, 너무, 너무, 무서워…….”

—당신은 언제나 너무 상냥하다.

과격한 행동을 하면 사쿠라가 보복당할지도 모른다. 그걸 우려하고 있었다. 히나기쿠는 인간의 악의가 얼마나 무서운지 몸소 체험하여 알고 있었다. 유괴 사건으로 마음에 상처를 입은 탓에 정신이 실제 나이를 쫓아가지 못하는 아가씨지만, 이런 부분은 매우 사려 깊었다. 사쿠라가 과하게 헌신적인 호위관임을 충분히 알고서 하는 발언이었다.

“사쿠라, 는, 히나기쿠의, 소중한…… 사람, 이니까…… 위험, 피했으면, 좋겠어…… 불, 필요, 하게, 무서운 짓…… 하지 마…… 부탁할게…….”

악인에 대한 온정도 있긴 하지만, 발언의 의도는 호위관인 사쿠라에 대한 걱정이 더 강했다. 사쿠라는 다시금 주인을 수호하겠다는 마음을 강하게 가졌다. 안심시키듯 말했다.

“실례했습니다. 설명이 불충분했던 점을 용서해 주세요. 수상한 자나 히나기쿠 님에게 괘씸하게 말을 거는 자가 나타나면 다른 곳으로 이동시키고 국가 치안 기구에 넘길 뿐입니다."

"사쿠라…… 응, 고마, 워."

히나기쿠는 사쿠라의 대답을 듣고 안도한 표정을 보였다.

"역적이라면 이 세상에 태어난 것을 후회할 만큼 혼쭐을 내 줄 겁니다."

하지만 곧장 이어진 종자의 발언에 당황했다.

"사, 사쿠라…… 얘기, 들은 거, 맞아……?"

사쿠라는 매우 진지하게 고개를 끄덕였다.

"들었습니다. 히나기쿠 님이 세상에 상냥하신 만큼, 제가 비정해져야겠다고 생각했습니다."

"드, 들었, 지만, 안 들었, 어……."

히나기쿠가 절망한 듯 말했다.

"장소가 장소인지라 칼을 찰 수 없는 게 분하네요. 대신 허가를 받아 단검과 권총을 치마 속에 숨겨뒀습니다. 히나기쿠 님을 지키기 위한 장비에 문제는 없습니다."

사쿠라는 히나기쿠만 알 수 있도록 치마를 살짝 들어서 가터 홀스터를 보여줬다. 만에 하나 다른 사람이 보더라도 허벅지 보호대로 보일 디자인이었다.

"안 돼! 치마! 으, 으아아……."

히나기쿠가 황급히 치마를 눌렀다. 그러자 사쿠라는 용맹한 마음이 순식간에 사그라들고 부끄러워졌다. 사쿠라는 히나기쿠를 지키는 검사이자 경호원인 것을 자랑스럽게 여겼다. 그래서 히나기쿠를 위해 무심코 당돌한 행동을 저지르는 경향이 있었다. 하지만 방금 그 행동은 좋지 않았다는 생각이 들어서, 얼굴을 붉히며 변명했다.
“저기…… 저, 속바지도 입고 있어서…… 히나기쿠 님, 칸게츠류는 발놀림이 중요한지라…….”
“그래도 안 돼! 방금, 그건, 떼끼예요!”
주인에게 혼난 사쿠라는 시무룩해져서 치맛자락을 폈다.
“죄송합니다…… 경망스러운 짓을 했습니다.”
히나기쿠도 사쿠라의 흐트러진 치마를 꼼꼼히 매만졌다. 평소와 입장이 반대지만, 주종이 둘 다 여성이라서 가능한 모습이리라. 사쿠라는 쭈뼛거리면서도 주인의 다정함이 기뻤다.
“사쿠라, 여자아이, 니까! 오늘, 이테쵸 오라버니, 도, 로우세이 님, 도, 계시잖아.”
“네…… 죄송합니다. 저기…… 이렇게 준비는 했지만, 되도록 사용하지 않도록…… 히나기쿠 님의 의향에 맞게 행동하겠습니다. 사쿠라는 명령을 못 알아듣는 못난 개가 아닙니다.”
“……명령, 아니고, 사쿠라는, 개가, 아니야.”
“히나기쿠 님…….”
“사쿠라, 히나기쿠의, 가장, 소중한, 친구, 예요.”
주인의 말을 듣고 사쿠라는 가슴이 찡해졌다.
“네…… 히나기쿠 님. 이것저것 말씀드렸지만, 오늘 히나기쿠 님이 걱정하시는 일은 일어나지 않을 거라고 맹세합니다. 이테쵸와 몇 번이나 경비 관련으로 의논했습니다. 저쪽도 겨울의 위신을 걸고서 경호하겠다고 했습니다. 이런 말은 하기 싫지만, 현시점에 가장 믿을 수 있는 호위진입니다. 그건 히나기쿠 님도 이해하시죠?”

"응…… 그건, 의심, 안 해……. 겨울, 사람들, 에게는, 항상, 신세만, 져……. 지금도, 지켜봐, 주고, 있지……? 몇 명, 정도는, 히나기쿠, 한테도, 보여…… 평소랑, 차림새, 달라서…… 알기, 어렵지만……."

역시 눈이 좋다고 생각하며, 사쿠라도 주위를 둘러보았다.

"네. 겨울의 호위진이 원내에서 상시 동행합니다. 사계청 직원은 주차장과 원내 관리 시스템의 모니터 앞 등에 흩어져 있습니다. 그리고 저희 쪽에 있는 두 명은 주차장에서 대기하고 있습니다."

"이래도, 되는, 걸까…… 놀러 온, 건데, 이렇게나, 호화롭게, 보호, 받고……."

"겨울이 희망한 일입니다. 저라는 호위관도 있다는 걸 잊지 말아 주세요."

"……사쿠라가, 같이 있어, 주는, 게…… 히나기쿠, 가장, 안심, 돼요."

사쿠라는 히나기쿠에게 생긋 미소 짓고, 맞잡고 있는 주인의 작은 손을 더 세게 쥐었다.

—동쪽에 세 명, 서쪽에 두 명.

주인에게 웃어주며, 경비 인원을 셌다.

—전방에 한 명. 후방에 두 명인가.

두 사람이 조금이라도 이동하면, 경비원들도 일반인 속에 섞여 거리를 유지하며 따라온다.

—역시 겨울의 호위진이야. 면식이 없었다면 몰랐을 거야.

완벽한 호위진이 지켜주고 있다는 사실은 사쿠라를 안심시켰으나, 동시에 조금 분하고 미안한 마음이 들었다.

—우리도 이렇게 할 수 있다면 좋을 텐데…….

언젠가는 이루어질지도 모르지만, 당장은 실현할 수 없는 꿈을 머릿속에 그렸다.

현재 봄의 주종은 단적으로 말해서 아군이 적었다.

봄의 마을은 10년 전에 유괴당한 히나기쿠 수색을 석 달 만에 중단하는 배신을 한지라 믿을 수 없었다.

그리고 이전 사건에서 봄의 주종은 동행하던 사계청 봄 부문 직원으로부터 배신당했다. 개혁파 역적 조직【카사이】에게 매수당한 것이다.

사계청 봄 부문에서 새로 직원을 보내 경비원을 보충해줬지만, 전혀 믿음이 안 갔다.

그 사건 때문에 주위에 대한 불신감이 더 커진 상태였다.

그러던 차에 도와준 것이 10년 만에 재회한 겨울의 주종과 겨울의 호위진이었다.

로우세이와 이테쵸는 봄의 주종과 재회하기 전부터 은밀히 자기 쪽 경호원을 두 명 붙여뒀었는데, 그 두 명은 얼마 전에 정식으로 봄의 주종의 경호원으로서 오게 되었다. 이례 중의 이례였다.

봄의 사건 때도 사쿠라를 보좌했던 겨울의 경호원 두 명은 히나기쿠도 무서워하지 않고 이야기할 수 있는 상대이기도 해서 사쿠라에게는 더할 나위 없이 고마운 조치였다.

10년 전에 납치당했던 소녀, 히나기쿠를 지키기 위한 고민은 사쿠라를 줄곧 따라다녔다.

—천벌설과 생태계 파괴 소문을 듣고 난 뒤로, 히나기쿠 님은 또 울적해지셨어.

황혼의 사수가 영산에서 암랑에게 습격당했다. 봄의 부재가 원인 아니냐는 생태계 파괴의 이야기와 거기서 발전해 생겨난 천벌설. 둘 다 사계청 직원이 공유해줬다.

아마 다른 계절도 알고 있을 터다.

이런 소문 때문에 우울해하고 있을 히나기쿠를 배려하여, 타이밍 좋게 놀러 가자고 로우세이가 제안했을 것은 물어보지 않아도 알 수 있었다. 기분 전환 삼아 데리고 나와서 직접 모습을 보고 싶었을 것이다.

열심히 챙겨주는 겨울의 주종의 마음을 받아주는 차원에서 제안을 받아들인 것이기도 했다.

—기운 내시면 좋겠어. 모처럼 역할을 마치고 맞이한 첫 여름이니까.

사쿠라는 히나기쿠가 평온한 마음으로 지내길 원했다. 작은 등롱에 불을 밝힌 듯한 어렴풋한 사랑을 하고 있는 히나기쿠는, 마음에 품은 상대인 로우세이로부터 같이 놀이공원에 가자는 제안을 받은 뒤로 겨우 안색이 좋아졌다. 지금까지 줄곧 힘든 일만 겪었다. 놀이공원에 가는 것 정도로는 벌이 내리지 않을 거라고 생각했다. 천벌설을 지지하는 자들은 아마 이것도 비판하겠지만.

—이놈이고 저놈이고, 봄의 대행자가 부재해서 그런 거긴 개뿔. 우리가 비난받을 이유는 없어.

다양한 자들이 확정되지 않은 정보를 퍼뜨리고 있는 현 상황을 생각하면, 히나기쿠의 수호자인 사쿠라는 부아가 치밀 뿐이었다.

―아무도 도와주지 않았으면서.

봄의 부재, 이 기간을 어떻게 받아들이는지는 사람에 따라 다르다.

8년간의 유괴. 그 후 공백 기간인 2년.

그렇게 10년이 되지만, 특히 귀환 후의 2년은 쉽게 비난거리가 됐다.

봄의 마을 사람 중에는 히나기쿠가 귀환하고 2년간 봄 현현을 거부한 것을 대행자의 투정이라고 인식하는 자가 많았다.

지금까지 다른 마을은 2년간의 현현 거부를 아는 자가 적었으나, 이번 소문으로 많은 사람이 알게 됐다. 아마 봄의 대행자는 태만하다고 생각하는 자가 늘어날 것이다.

『할 수 있을 텐데 안 했다. 돌아오고 나서 바로 봄을 현현하면 됐을 텐데』라고.

당장 봄을 현현했어야 한다는 의견은 틀리진 않았다. 국민도 그걸 바랐을 것이다.

계절의 유무에 따라 사람들의 생활은 크게 달라진다.

―히나기쿠 님에게 인권은 없는 건가?

하지만 실제로 히나기쿠와 친한 자들은 이 의견에 화를 낼 터다.

8년간의 유괴 생활 중, 히나기쿠는 심적 외상으로 인격이 붕괴되어 버렸다.

지금의 그녀는 한 번 죽고 다시 태어난 다른 인격이었다.

히나기쿠 자신도 이전의 자신은 죽었다고 했다.

2년간 봄 현현을 거부한 것은, 오랜 감금 생활로 정신이 몹시 소모된 상황에서 자신의 구출 작업과 수색이 매년 중단되었음을 알게 되어, 마음을 다시 일으키는 데 시간이 걸린 탓이었다. 그래서 한때는 생활도 제대로 못 했고, 현현 능력도 떨어졌었다.

대행자는 마음으로 계절을 현현한다. 특히나 대규모 현현은 본인의 몸과 마음이 잘 갖춰지지 않으면 어렵다.

오히려 용케 2년 만에 회복됐다고 할 수 있었다.

—사계의 대행자는 도구가 아니란 말이다.

이러한 배경도 알지 못하고, 히나기쿠가 투병 생활을 보낸 2년을 비난하고, 아무도 도와주지 않았던 8년간의 책임 소재는 붕 떠버린 것은 너무 불합리했다.

—그 무렵의 히나기쿠 님이 어땠는지 모르면서.

역할에 따른 책임을 요구받는 것은 입장상 어쩔 수 없다고 사쿠라도 이해는 했다.

히나기쿠는 그 사실을 더 무겁게 받아들였다. 지나간 2년은 바꿀 수 없다. 어떻게 할 수도 없다.

책무를 마치고서 휴가를 즐기지도 않고, 우울하게 누워 있는 날이 늘기만 했다.

—멍청한 소리를 하는 녀석들은 전부 지옥에나 떨어지라지.

히나기쿠가 비판을 받아들이더라도, 사쿠라는 주인을 향한 비판을 용납할 수 없었다.

—아무도 도와주지 않았으면서. 우리를 버렸으면서.

히나기쿠가 망가졌던 2년을 아는 자는 적다.

—자기들이 잘못한 건 생각도 안 하고.

아무리 시간이 지나도, 사쿠라의 머릿속에는 머지않아 죽을 거니까 내버려 두라던 히나기쿠의 모습이 선명하게 남아있었다.

그 슬픔은 사라지지 않는다.

"사쿠라…… 불안, 이것저것, 말해서, 미안……해……."

잠시 입을 다물고 있던 사쿠라에게, 히나기쿠가 걱정스레 말했다.

사쿠라는 퍼뜩 정신을 차렸다.

"아뇨, 당치도 않습니다. 생각나신 게 있으면 뭐든 사쿠라에게 말씀해 주세요."

—이러면 안 돼. 모처럼 놀이공원에 왔잖아. 즐기시게 해야지.

"응. 놀이공원, 처음이야…… 사쿠라, 도, 같이, 즐기자."

히나기쿠는 히나기쿠대로 사쿠라가 즐기길 바라고 있었다. 사쿠라는 듣지 않아도 그걸 알았다. 히나기쿠를 향한 연모와도 닮은 경애심과 현 상황에 대한 답답한 마음이 뒤섞였다.

"네, 히나기쿠 님."

사쿠라는 조금 울고 싶어졌으나 꾹 참고 말했다.

히나기쿠는 기뻐하며 사쿠라와 맞잡은 손을 붕붕 흔들었다.

"아, 이테쵸 오라버니, 야."

"로우세이도 왔네요."

그때, 마침 봄의 주종에게 다가오는 자가 있었다. 고귀하게 생긴 청년과, 색향이 감도는 어른의 매력을 갖춘 남자였다. 둘 다 놀이공원에 있어도 위화감이 들지 않는 옷을 입고 있었다.

"미안, 기다리게 했네. 입장권을 사는 데 시간이 걸렸어."

"사쿠라, 히나기쿠 님, 지금 왔습니다."

넘치는 인파 속에 있어도 눈길을 끄는 고상하고 단정하게 생긴 청년은 칸츠바키 로우세이.

"여기, 좋은 시설이야. 미리 얘기해둬서 안내도 신속했어. 신분은 숨겼지만 요인 대우야. 뭔가 곤란한 일이 생겼을 때 담당자한테 말하면 웬만한 건 대응해준대."

쉽사리 말을 걸 수 없는 분위기의 미청년인 로우세이 옆에 있어도 손색없이 아름다운 남자는 칸게츠 이테쵸.

"그럴 일이 없기를 기도하자. 우리 겨울의 호위진도 있으니, 안심하고 즐겨줘."

야마토의 겨울의 대행자와 그 호위관이었다.

"……히나기쿠 님, 여름옷이 무척 잘 어울리십니다."

역시 잘 본다고 해야 할까. 이테쵸가 복장을 칭찬했다.

히나기쿠를 확실히 보며 말하고서 사쿠라에게도 시선을 줬다.

"사쿠라……."

뭐라고 말하기 전에 사쿠라가 제지했다.

"나한테는 아무 말도 하지 마."

이테쵸는 고개를 갸웃하고 물었다.

"예쁘다고 하면 안 돼?"

"말하지 마!"

"이미 말해버렸어."

"말하지 마!"

"미안. 근데, 화낼 일인가……?"

두 사람의 대화를 듣고서 히나기쿠는 작게 웃었고, 로우세이는 황급히 끼어들었다.

"나도 생각했어! 히나…… 예, 예뻐. 사쿠라도."

익숙하지 않은 말을, 수치심을 억누르고서 어떻게든 말했다.

"두 사람 다 아주 예뻐…… 정말이야. 빈말 아니야."

히나기쿠는 알기 쉽게 쑥스러워했다. 사쿠라는 자신이 칭찬받은 것은 어찌 되든 좋았고, 사랑하는 주인이 로우세이의 한마디에 뺨을 붉히는 것이 몹시 못마땅했다. 하지만 히나기쿠의 복장을 칭찬받은 것 자체는 기뻤다. 주인의 복장은 종자의 센스가 드러나는 부분이었다. 종합하면, 히나기쿠도 사쿠라도 아침부터 열심히 꾸미길 잘했다고 눈으로 생각을 주고받았다.

"감사, 합니다. 로우세이, 님, 이테쵸, 오라, 버니. 기뻐, 요. 두 분도, 멋져, 요……."

"이테쵸, 로우세이도 잘 들어. 나에 관해 말할 필요는 없어. 앞으로도 히나기쿠 님만을 칭찬해."

사쿠라는 일단 말을 끊고 나서, 태도를 달리하여 다시 말했다.

"그리고, 여러 가지로 준비해줘서 고마워……. 겨울의 호위진에게도 나중에 직접 인사할게."

"그런 건 신경 쓰지 마. 우리가 먼저 제안했으니까."

"로우세이 말이 맞아, 사쿠라. 네가 신경 쓸 일은 아니야."

"아니, 너무 받기만 할 순 없잖아……. 테이슈는 우리의 홈인데, 그쪽한테 대접받게 되어 봄의 호위관으로서 면목 없어……."

이테쵸는 타이르듯 말했다.

“그런 건 괜찮아. 그러고 보니…… 우리 쪽에서 간 두 명은 잘 지내? 토도랑 시모츠키…… 너희한테 폐를 끼치진 않아?”

“폐라니. 그 두 사람은 아주 잘해주고 있어. 그렇죠? 히나기쿠 님.”

“응, 두 사람, 다, 무척…… 상냥, 해요. 도움받고, 있어요.”

“그런가……. 나중에 치하하러 가야겠네. 평소에는 그 두 사람을 의지하겠지만, 오늘은 내가 있어. 필요한 게 있으면 서슴없이 말해 줘. 히나기쿠 님도, 뭐든 말씀해 주세요.”

그리고 대화가 잠시 멈췄다. 어색하다기보다는 조금 멋쩍어하는 상냥한 침묵이었다.

이렇게 봄의 주종과 겨울의 주종이 그저 같이 놀기 위해 교류하는 것 자체가 기적 같은 일이었기 때문이다. 쑥스럽지만 기쁜 마음이 얼굴에 드러나 있었다.

마침내 이렇게 네 사람이 만날 수 있는 날이 왔다.

그건 여기 있는 전원이 느끼는 바였다.

“히나…… 사쿠라.”

하지만 로우세이는 그 온화한 분위기를 부수듯 진지한 얼굴이 되어 말을 꺼냈다.

“있잖아…… 매듭짓는 의미에서 이것만큼은 말하고 싶어.”

히나기쿠와 사쿠라의 눈을 제대로 볼 수 없는지, 살짝 고개를 숙이며 말했다.

“겨울의 대행자인 나와 같이 있으면…… 역적에게 습격받을지도 몰라서 불안하겠지만…… 나는 정말로 강해졌어. 이제 10년 전의 내가 아니야."

거기까지 말하고 겨우 고개를 들어 봄의 주종의 눈을 순서대로 보았다.

"무슨 일이 있어도, 히나와 사쿠라를 지키겠어. 이제, 괜찮아……."

로우세이는 그렇게 말하고 쓴웃음을 지었다. 지금 이 말을 하면 즐거운 분위기에 찬물을 끼얹을 뿐이다. 그래도 분명하게 말한 것은 그 나름의 성의였다.

—로우세이.

사쿠라는 바로 말이 나오지 않았다. 히나기쿠도 안절부절못했다.

이테쵸도 깜짝 놀란 모습이었다. 예정에 없었던 행동임을 알 수 있었다.

아마 로우세이도 봄이 유괴당한 것은 겨울의 탓이라고, 겨울의 타락이 일으킨 일이라는 천벌설을 들었을 것이다. 이런 말이 나온 게 처음도 아니었다. 10년간, 남몰래 줄곧 들었던 말이다. 그게 다시 대대적으로 퍼졌을 뿐이다. 로우세이에게는 익숙한 험담이었다. 하지만 그렇다고 해서 전혀 상처를 안 받지는 않을 것이다.

그는 고고한 겨울의 왕이지만, 다정한 스무 살 청년이기도 했다.

—분명 히나기쿠 님이 위로해 주시겠지.

얼어붙은 분위기 속에서 사쿠라는 그렇게 생각했다. 그녀의 주인은 다른 사람의 슬픔을 내버려 두는 아가씨가 아니다. 봄별처럼 따뜻한 말을 건네 로우세이를 격려할 것이다.

사쿠라가 굳이 발언할 필요도 없다. 하지만 그래도 되는 걸까 하는 의문도 들었다.

로우세이는 사쿠라도 지키겠다고 했다.

그 말을 무시하고, 히나기쿠한테만 맡겨도 되는 걸까 망설였다.

겨울의 주종과 가장 대립하며 증오를 드러냈던 사람은 사쿠라였기 때문이다.

—로우세이도 이테쵸도, 【카사이】에게 습격받은 와중에 우릴 돕기 위해서 사계청에 와줬어.

그들은 히나기쿠와 사쿠라를 배려하여, 사건이 있고 나서도 한동안 테이슈에 남아 지켜봐줬다.

—자기 진영의 경호원도 보내줬어.

아까 이테쵸가 언급한 두 사람이 그러했다. 원래 다른 계절에게 경호원을 양도하는 것은 있을 수 없는 일이다. 히나기쿠가 사쿠라를 다른 진영에 넘기는 것과 같았다. 단순히, 로우세이의 보호가 허술해진다.

그들이 10년 전의 생존자고, 히나기쿠에게 고마워하기에 보낸 것이라고 설명했지만 파격적인 조치라는 점은 변함없었다. 사쿠라는 히나기쿠를 지키기 위해 늘 긴장하고 주위를 경계했었으나, 지금은 예전보다 마음에 여유가 생겼다. 겨울의 주종의 지원을 당연하게 받아들일 수도 있지만, 사쿠라는 그렇게까지 비정해지지 못했다.

지금까지 줄곧 혼자서 히나기쿠를 지켜왔기에, 다른 사람의 도움이 무척 감사했다.

"로우세이."

사쿠라는 일부러 퉁명스럽게 말했다.

"네가 강해졌다는 건 알고 있어."

아직 모든 것을 용서하지는 못했다. 그래도 그녀가 크게 달라졌음을 알 수 있었다.

"수도 고속도로를 얼린 남자가 무슨 소릴 하는 거야……."

사쿠라는 겨울의 주종의 행동을 보고, 받아들이고, 한 번 더 믿어보자고 생각을 고친 것이다.

"……다들 그걸 비난하겠지만…… 나는, 기뻤어……."

혼자서는 이길 수 없는 싸움을 경험하고서 그녀도 달라졌다.

"히나기쿠 님을 위해 물불 가리지 않고 와줘서 기뻤어……. 그 일이 있었기에 지금도 이렇게 교류하고 있는 거야. 이것저것 배려해주는 것도 솔직히 도움이 돼. 그쪽도 힘들 텐데 경호원을 보내줘서…… 고, 고마워. 토도 씨도 시모츠키 씨도 우수해…… 으음…… 그러니까…… 하고 싶은 말이 뭐냐면……."

사쿠라는 일단 말을 끊고서, 로우세이와 이테쵸의 얼굴을 제대로 보았다.

"나는 네 행동을 보고, 조금은 믿기로 했어. 로우세이, 이테쵸…… 겨울은…… 봄의 적이 아니라고…… 생각해도 되지……?"

소원하는 것 같으면서도 매달리는 것처럼 들리기도 하는 물음이었다.

"사쿠라……."

로우세이가 잠긴 목소리로 이름을 불렀다.

10년 전, 겨울의 마을에 와서 히나기쿠 님을 도와달라며 머리를 숙였던 어린 사쿠라를 떠오르게 하는 모습이었다. 대행자를 지키지 못한 벌로 봄의 마을에서 버려진 사쿠라는 겨울의 마을에 의탁하여 로우세이와 이테쵸와 5년간 함께 지냈었다. 그러나 겨울의 마을 주도의 대규모 수색이 중단되면서, 그들에게 실망하여 행방을 감췄다. 겨울의 주종에게는 사쿠라 또한 과거에 돕지 못한 소녀였다.

그런 그녀가 다시 마음을 열려고 했다. 살피듯 겨울의 주종을 바라보는 그녀의 눈에는 살짝 불안이 담겨 있었다. 그 불안을 지우듯 로우세이와 이테쵸는 힘 있게 고개를 끄덕였다.

"믿어줘. 겨울은 봄을 지킬 거야. 그렇지? 이테쵸."

"물론이지. 히나기쿠 님뿐만이 아니야. 너도, 겨울이 지키겠어……."

사쿠라는 두 사람의 대답을 듣고 안도한 듯 눈을 내리깔았다.

"그렇다고 하네요, 히나기쿠 님. 히나기쿠 님은 어떻게 생각하시나요?"

히나기쿠는 내내 안절부절못했지만, 모두가 싸우고 있는 게 아님을 알고서 똑같이 안도한 얼굴로 웃었다.

"히나기쿠는…… 로우세이 님과, 이테쵸 오라버니가, 곁에 있어, 주는 편이, 안심, 돼요……!"

이테쵸와 로우세이는 히나기쿠의 말을 곱씹는 듯한 표정으로 고개를 끄덕였다.

"……말해두는데, 너희한테 받기만 하진 않을 거야. 춘하추동 공동 전선은 살아있으니까, 겨울이 위기에 빠지면 나도 달려가서 도와주겠어. 서로 대등해."

로우세이는 사쿠라의 말에 바로 반응하지 않았다. 간격을 두고 생각났다는 듯 말했다.

"그러고 보니 그런 게 있었지……. 까먹고 있었어."

로우세이의 말에 사쿠라는 어이없어했다. 귀중한 동맹 관계를 『그런 거』로 취급하는 것은 너무하다고 생각했다.

"너 말이다…… 그런 소리를 하니까 여름에게 우중충 블리자드맨이라고 불리는 거야……."

사쿠라는 로우세이가 조금 걱정됐다. 로우세이는 과거의 일도 있어서 히나기쿠와 사쿠라에게는 매우 마음을 써주지만, 그 대신 다른 것에 관심이 적었다.

"친구가 줄어들걸."

사쿠라는 얼핏 보면 히나기쿠 외에는 어찌 되든 좋다는 것처럼 행동하지만, 제대로 인연을 소중히 여기는 편이었다. 여름과 가을과도 로우세이보다는 자주 연락했다.

"우중충 블리자드맨이라고 하지 마……. 근데 그 녀석들, 내 친구야?"

"우호적인 관계이긴 하잖아?"

"그, 그런가……."

로우세이는 역시 새로운 관계성이 어색한 듯했다.

"익숙하지 않아서 나온 발언이야. 용서해. 지금 우리의 형태가 희한한 거야. 기본적으로 계절끼리는 엮이지 않아. 심지어 사계절 모두 교류가 있는 건 진짜로 드물어."

사쿠라는 로우세이의 변명 같은 말이 끝나기를 기다리고서 말했다.

"딱히 무리해서 친하게 지내라고는 안 해. 하지만, 협력 관계가 있는 게 가장 좋잖아? 우리는 10년 전에 서로 돕지 못했어. 하지만 올해는 가능했지. 그래서 나데시코 님도 구할 수 있었어. 이건 틀림없어. 솔직히 말해서 어느 한 계절이라도 빠졌다면 가을을 탈환하기 어려웠을 거야. 그리고 이 협력 관계는 너와 이테쵸가 각 마을의 높으신 분을 설득했기에 이루어진 거잖아…….”

“……속으로는 납득하지 않았겠지만 말이지. 내가 나서니까 기세에 밀려서 승낙한 거겠지. 할 수 있으면 해보라는 태도였어. 바로 나한테 말이야.”

“하지만 우리는 해냈어.”

“그래. 한 방 먹여줬어……. 덕분에 봄의 사건도 조기에 해결됐고…….”

“맞아. 너는 자기 진영의 힘만으로 이것저것 해결할 수 있으니까 고고한 척하는 거겠지만…….”

“그런 적 없어!”

“우리는 본질적으로 고독해. 그러니 여름과 가을과의 인연은 소중히 여기는 게 좋아. 앞으로도 무슨 일이 있을지 모르니까.”

“그건 그러네…… 선처할게.”

“그보다, 너는 그저 우리 외의 친구나 협력 관계에 익숙하지 않은 거겠지.”

“……윽.”

“루리 님과 성격이 안 맞는 모양이지만…… 잘 대해 주시잖아? 아야메 님도, 가을의 나데시코 님과 아자미 님도, 너한테 잘해주시잖아? 그런 분들과의 관계를, 너는…… 『그런 거』라니…… 계절의 시조인 겨울이면서…… 우중충 블리자드맨…… 로우세이, 최소한 예의는 차려. 사건이 있고 나서 여름과 가을에게 협력해줘서 고맙다는 편지는 보냈어?"

사쿠라가 곤란한 동생을 보는 것처럼 봐서 로우세이는 그 시선을 버티지 못했다.

"너, 뭔가 이테쵸 같아졌어!"

"히나기쿠는, 모두, 와, 친하게, 지내고, 싶어요. 모두, 와의, 인연, 소중히 여기고, 싶어요."

"히나기쿠 님을 본받아. 이렇게 마음이 깨끗하셔서 여름과 가을에게도 사랑받으시는 거야."

"아니, 야. 히나기쿠가, 모두를, 좋아하는, 거야. 여름과 가을, 사람들, 과도, 다음에, 같이, 놀자."

"히나…… 그래. 바다에 가자. 수영장 말고 바다에."

어색해졌었던 분위기는 또래 간의 경쾌한 분위기로 바뀌었다.

이테쵸는 그때까지 조용히 미소 짓고서 세 사람의 대화를 듣고 있었지만, 아주 잠깐 선글라스를 들고 눈가를 쓱 훔쳤다. 사쿠라만 그 순간을 목격하고 깜짝 놀랐다.

—이테쵸가 감격하고 있어.

고생을 많이 한 사람이다. 세 사람이 나눈 대화를 듣고 여러모로 가슴이 뭉클해졌을지도 모른다.

가장 연장자인 그의 입장에서는, 지켜봤던 소년 소녀가 건강히 지내는 모습이 참을 수 없었을 것이다. 사쿠라는 슬쩍 위치를 틀어서 이테쵸를 가렸다. 평정심을 가장하며 말했다.

"그럼, 갈까. 로우세이, 순서는 기억하고 있지?"

로우세이와 히나기쿠가 쭈뼛거리며 나란히 섰다. 로우세이와 히나기쿠가 앞, 이테쵸와 사쿠라가 뒤가 되었다.

"친숙한 배열이네. 사쿠라, 이제 히나랑 손잡아도 돼? ……잡아도 되지?"

"웃기지 말라고 하고 싶지만, 오늘만큼은 허락해 주겠어. ……히나기쿠 님, 로우세이가 싫으면 밀치세요. 하지만 미아가 되면 안 되니까, 누군가와는 손을 잡아주셔야 해요……."

"시, 싫지, 않아, 요."

"싫지 않대. 들었어? 사쿠라. 히나가 싫지 않대."

사쿠라는 성대하게 혀를 찼다. 본의는 아니었으나, 이로써 진형이 완성됐다.

먼 옛날, 네 사람은 늘 이 형태로 지냈다. 현인신들이 돌아보면 바로 수호자가 있었다. 히나기쿠와 로우세이가 가장 안심할 수 있는 배치였다. 히나기쿠와 로우세이는 손을 잡고서 서로 쑥스러워했다.

사쿠라는 이테쵸의 얼굴을 살피듯 보았다.

이테쵸는 이제 평소 같은 모습으로 돌아와 있었다. 사쿠라는 가슴을 쓸어내리고서 자연스럽게 미소 지었다.

"이테쵸, 나와 히나기쿠 님은 놀이공원은 처음이니까, 규칙 같은 걸 틀리면 가르쳐줘."

이테쵸는 깜짝 놀란 표정을 지은 후, 다정한 눈으로 사쿠라를 보았다.

"……백성과 똑같이 지내면 돼. 히나기쿠 님과 즐겁게 보내는 사진을 잔뜩 찍어줄게."

"나는 됐어. 그리고 히나기쿠 님을 찍은 사진은 줘. 그리고 인기 있는 놀이기구로 데려가줘."

"알았어. 맡겨줘."

"히나기쿠, 저거, 저거, 하고 싶어. 다른, 손님, 들, 하고 있는, 머리띠……!"

"좋아, 히나를 위해 일단 저걸 사자. 어디서 팔아? 이테쵸."

"들어가면 바로 있어. 히나기쿠 님, 짐은 제가 들겠습니다."

이리하여 봄의 주종과 겨울의 주종의 하루가 시작됐다.

네 사람은 먼저 들어가자마자 이 테이슈 동화 킹덤의 마스코트 캐릭터들을 모티프로 한 머리띠와 모자를 골랐다. 마치 동화 킹덤의 주민이 된 듯한 기분을 맛볼 수 있는 물건이었다. 히나기쿠만 쓸 줄 알았지만.

"다 같이, 쓸, 거지?"

이 말에 누구도 반론하지 못했다. 히나기쿠는 토끼, 사쿠라는 고양이 귀가 달린 머리띠를. 로우세이는 마법사 모자, 이테쵸는 해적 모자를 쓰게 됐다. 히나기쿠가 고른 것이었다. 종족과 직업이 다른 집단이 탄생했다.

"사쿠라, 너 왜 벗으려고 해. 히나가 고른 거라고."

"아니, 그치만…… 이건…… 역시…… 야, 로우세이, 거칠게 씌우지 마!"

다소 다툼이 발생했으나, 일행은 첫 지점에서 출발해 걷기 시작했다.

테마파크는 구역이 나뉘어 있었지만, 순순히 시작점인 하늘 구역부터 숲, 바다, 빛, 어둠순으로 돌기로 했다. 구역마다 짝을 바꾸어 행동했다.

"콰, 쾅쾅, 부딪쳐버렸어…… 어, 어쩌지…… 사쿠, 라…… 히나기쿠, 벼, 변상해……?"

"저기 있는 아이도 부딪치고 있는 것 같으니까 괜찮지 않을까요? 일단 골인을 목표로 삼죠!"

사쿠라와 히나기쿠가 고카트를 타며 헤매고.

"모르겠어. 이해가 안 가. 탈출이 목적이면 벽을 부숴서 직진하면 되잖아?"

"그러면 게임이 안 되잖아. 히나기쿠 님과 사쿠라를 보고 배워. 제대로 협력하고 있어."

"이런 건 아는 녀석이 해야 해. 내 빙결이 필요할 때 불러."

"로우세이, 이 게임에 그런 게 필요한 순간은 없어."

로우세이와 이테쵸가 방 탈출 게임에서 불협화음을 연주하고.

"이테쵸, 괜찮아……? 타기 전에 줄 걸 그랬네…… 멀미약. 자, 물도 있어."

"사쿠라…… 미안. 곤란하게 됐어. 차 운전은 잘하는데……."

"연속으로 탔으니까. 근데 로우세이가 제트 코스터를 앞으로 네 번은 더 타고 싶대."

"저 녀석 입을 다물게 하자……."

이테쵸와 사쿠라는 너무 기운이 넘치는 로우세이 때문에 애를 먹었다.

원내 산책은 계속됐다. 걸으며 이야기 하는 것도 즐거웠다.

짝을 바꿔서 행동해도, 결국은 히나기쿠와 로우세이, 사쿠라와 이테쵸라는 형태로 돌아왔다.

사쿠라는 앞서 걷는 히나기쿠와 로우세이가 대화에 열중한 틈을 타 머리띠를 슬쩍 벗었다.

“왜? 관자놀이가 아파? 조정해줄게.”

다시 장착하길 망설이고 있으니, 이테쵸가 말을 걸어왔다. 사쿠라는 옆에 있는 이테쵸를 올려다보았다.

“아니, 안 아파. 그리고 이거 조정 못 해.”

“힘으로 넓힐 수는 있겠지.”

몸가짐도 자세도 전부 세련된 신사 같은 사쿠라의 스승은 겉보기와 달리 힘이 세다. 사쿠라는 고개를 가로저어 사양했다. 머리띠는 추억으로 삼고 싶어서 예쁜 형태로 남겨두고 싶었다. 이테쵸의 힘이면 부술 수도 있다.

“이제 안 쓰려고? 잘 어울렸는데.”

이테쵸가 놀리는 것 같지는 않았지만, 사쿠라는 반발했다.

“……이런 귀여운 게 어울릴 리가 없잖아.”

“왜? 네 까만 머리와도 잘 맞잖아. 고양이는 싫어?”

어르듯이 말했다. 부끄러움과 짜증이 뒤섞였다.

—또 어린애 취급하고 있어.

재회하고 나서 이테쵸는 사쿠라를 보고 모습이 성장했다고 했지만, 여성으로 의식하는 것 같지는 않았다. 의식하라고 하고 싶으나, 그렇게 말하는 건 꺼려졌다.

말하기 망설여질 만큼, 두 사람 사이에는 의식의 격차가 있기 때문이다.

이테쵸는 사쿠라가 과거에 연모한 상대였다.

—왜 이런 녀석을 좋아하게 된 거지.

한 번 봉인했던 사랑이지만, 다른 누군가를 좋아하게 되는 일도 없이 칸게츠 이테쵸라는 남자는 변함없이 사쿠라의 마음속에 눌러앉아 있었다.

반면, 사쿠라에 대한 이테쵸의 인식은 5년 전에 보호했던 연하의 동료인 채였다.

"……뭐, 예쁜지 귀여운지 따지자면 너는 예쁘지만…… 그래도 안 어울리진 않아. 귀여워. 쓰고 있어."

겨울의 마을에서 로우세이와 함께 지냈을 때도 그랬지만, 보호자 행세가 훨씬 더 심해진 것 같았다. 떨어져 지내는 동생을 챙겨주고 싶어 하는 오빠 같았다.

—자각 없이 매혹하는 둔감하고 느끼한 퍼스널 스페이스 침범남 같으니라고.

마음속으로 욕은 했지만, 실제로 그 말이 나오지는 않았다.

—말하는 것도 바보 같아.

한숨이 나올 것 같았다.

"……이테쵸, 나는 호위관이야. 이런 건 백성이 즐기려고 쓰는 거야."

이테쵸는 이테쵸대로 사쿠라를 좋아하긴 했다.

"히나기쿠 님에게는 너도 백성이야. 그리고 젊은 아가씨이기도 하지. 사쿠라, 내가 모자라서 네가 남들보다 고생하게 만들었지만……."

검 스승으로서, 연상의 남자로서, 히나기쿠를 상실했던 시간을 함께 보낸 동료로서, 사쿠라를 소중히 여겨주고 있었다.

"앞으로는 좋은 추억을 많이 만들었으면 해……."

아주 소중히 여겨주고 있었다. 분명 타인보다는 특별한 위치에 있다.

그건 틀림없다. 다만 연애 감정이 없을 뿐이다.

—당연해. 나랑 이테쵸는 안 어울려.

누가 봐도, 칸게츠 이테쵸는 색향이 감도는 성인 남성이었다. 분명 이테쵸가 좋아하게 될 사람은 이테쵸의 옆에 서도 손색없는 인물일 거라고 사쿠라는 생각했다.

—멋대로 좋아하는 사람이 바보야.

무엇보다, 두 사람은 호위관이다. 주인들이 만날 때만 엮이는 상대다.

이테쵸도 상대를 찾을 거면 겨울의 마을에서 찾을 것이다.

마을에서 이테쵸가 돌아오길 기다려 주는 사람을 고를 터다.

이 사랑은 현실적이지 않았다.

—나는 정말 어리석어.

이런 마음은 빨리 버려야 한다고 생각했다.

다정한 스승으로서 대해주는 이테쵸를 위해서라도, 사랑을 포기하려고 노력해야 했다.

이테쵸가 사쿠라의 연심을 바랄 리가 없었다. 적어도 사쿠라는 그렇게 확신했다.

—히나기쿠 님이 돌아오셨어. 내 인생은 그거면 돼.

연심을 품고 있지만, 연심은 필요 없다.

그래서 사쿠라는 이테쵸 앞에서는 일부러 더 동료답게 굴자고 결심했다.

"……시시덕거리는 장비를 착용하는 게 좋은 추억이 돼?"

마음을 들켜서는 안 되니까.

"되지. 나중에 돌이켜보면 추억이 돼."

"쑥스럽기만 한데…… 흑역사란 것이 될 수도 있어……."

"그렇게 따지면 나는 어떤데? 해적으로 전직해버렸어."

이테쵸는 해적 모자를 들어 보였다. 그의 난처한 표정을 보고, 사쿠라는 자신도 모르게 웃음을 터뜨리고 말았다.

조금 전까지 입을 삐죽 내밀고서 애달픈 마음을 품고 있었는데.

칸게츠 이테쵸가 해적 모자를 쓰고 있다니, 다시 봐도 재미있었다.

"……뭐, 그렇긴 한데. 하지만 이테쵸, 그거 의외로 잘 어울려."

이테쵸도 소리 내어 웃었다.

"네가 하고자 하는 말도 이해해. 우리는 호위관이야. 수호 대상을 보호하는 입장이지, 같이 노는 입장이 아니야. 너무 풀어져선 안 된다고 말하고 싶은 거지……?"

"응, 맞아. 히나기쿠 님은 귀인이고, 나는 그저 종자니까 서열이 흐트러지는 건 좋지 않아."

성실하게 대답하는 사쿠라에게, 이테쵸는 달래듯 말했다.

"다만…… 이건 히나기쿠 님이 바라신 일이야. 솔선해서 함께 즐기는 편이 좋아."

"……그런가?"

"그래. 어른이 그래주지 않으면 아이는 사양하게 돼. 하고 싶어

하는 일은 전부 하게 해줘야 해."

"아까 한 말이랑 모순되지 않아?"

"모순되지 않아. 어디까지나 히나기쿠 님의 마음을 따르고 있을 뿐이니까. 주인의 마음을 헤아려서 따르는 건 호위관으로서 중요한 일이야. 히나기쿠 님은 역적에게 사로잡혀서…… 돌아오신 뒤로도 마음이 무너져 봄의 마을에 틀어박혀 계셨다고 네가 가르쳐줬잖아……."

"응……."

공백의 2년간을 말하고 있었다. 사쿠라는 자연스럽게 시선이 아래로 내려갔다.

"오늘은 히나기쿠 님에게 우리가 생각하는 것보다 훨씬 더 소중한 추억으로 남을지도 몰라. 저분의 어린 시절은 10년이나 빼앗겨 버렸으니까…… 마음이 어리다면 더더욱 그렇겠지. 히나기쿠 님의 어린 시절은 이제 돌아오지 않아. 하지만 누군가가 접나무 역할을 한다면 좋은 기억을 보태 드릴 수는 있어."

사쿠라는 말의 의미를 생각했다. 히나기쿠의 상실을 지금부터라도 메꿔 나가려면 다른 사람이 도와야 한다는 뜻일 거라고 이테쵸의 말을 이해했다. 이테쵸를 올려다보고, 그리고 가느다란 손가락으로 자신을 가리켰다.

"접나무 역할을 하는 건 나야……?"

"그래."

이테쵸는 해답에 만족하고 미소지었지만, 사쿠라의 손이 주저하며 흔들렸다.

"그리고…… 로우세이."

앞서 걷고 있는 로우세이의 등을 가리켰다. 그리고 마지막으로 조심스레 이테쵸를 가리켰다.

"……이테쵸……?"

선글라스 안쪽에 있는 이테쵸의 눈이 깜짝 놀란 것처럼 크게 뜨였다. 사쿠라는 그 반응을 곤혹으로 받아들였다. 로우세이는 히나기쿠를 좋아하니까 괜찮지만, 역시 다른 진영의 호위관을 넣는 것은 좋지 않았을지도 모른다. 아무리 히나기쿠가 『이테쵸 오라버니』라며 그를 따르더라도.

"아, 틀렸나……."

사쿠라가 후회와 수치심이 뒤섞인 심정으로 황급히 손을 내리자, 이테쵸가 곧장 그 손을 잡았다. 강제적으로 느껴질 만큼 힘이 셌다.

"아니야."

분명하게 잘라 말했다.

"틀리지 않았어……."

이번에는 이테쵸 특유의 매우 자상하고 감미로운 목소리로 속삭였다. 붙잡힌 손이 뜨거웠다. 여름 햇살 때문일지도 모른다.

"……너는, 정말로 다정한 아이구나."

이테쵸는 곱씹듯이 중얼거렸다. 어딘가 괴로워 보이기도 하는 표정을 짓고 있었다.

그리고 어째선지 이테쵸는 바로 손을 놓지 않았다. 반대쪽 손으로 선글라스를 고쳐 쓰며 얼굴을 옆으로 살짝 돌렸다. 그리고 그대로 걸었다.

테마파크는 사람들로 넘쳐나서, 인파 속을 이동하는 중이었다. 두 사람 말고도 손을 잡은 사람들은 있었다. 부모 자식 사이, 연인 사이, 친구 사이. 앞서 걷고 있는 로우세이와 히나기쿠도 그랬다.

그래서 두 사람이 잠시 손을 잡고 있더라도 눈에 띄는 일은 아니었다.

눈에 띄는 일은 아니지만, 사쿠라는 얼굴이 새빨개지고 말았다.

사쿠라는 이테쵸가 무슨 생각을 하는지 알 수 없어서, 뭐라고 말하면 좋을지도 알 수 없어서, 그저 이끄는 대로 걸었다. 이윽고 이테쵸가 손을 놓았다.

그때쯤 되니 이제 평소와 같은 이테쵸였다. 부드럽게 눈을 접었다.

"사쿠라, 나까지 넣어줘서 고마워. 하지만 네가 히나기쿠 님의 가장 중요한 접나무야. 그런 네가 함께 즐겨주지 않으면 히나기쿠 님이 서운해하실 거야……. 도저히 못하겠으면 명령이라고 생각해. 히나기쿠 님은『다 같이』쓰자고 말씀하셨으니까."

이테쵸는 그렇게 타이르듯 속삭이고서, 턱에 손을 올리고 쓴웃음을 지었다.

"너무 잘난 듯이 말했네……."

이테쵸와 사쿠라는 사제 관계여서 예전부터 타이르는 버릇이 있었다.

게다가 이테쵸 자신이 천성적으로 남을 잘 챙기는 남자였다. 아무래도 자꾸 챙기려 드는 것이리라.

"너는 이제…… 훌륭히 다 커서, 내 조언 따위 필요 없는데도……."

그는 남을 위해 애쓰고, 동시에 남에게 필요한 존재가 되고 싶어 하는 인간이었다.

사쿠라는 뭐든 잘 처리하는 이 연상의 남자의 그런 섬세한 부분을 이해하고 있었다.

"……멋대로 단정 짓지 마."

그의 그러한 부분을 좋아하기도 했다. 괜찮다고 말해주고 싶어졌다.

"필요……해……."

강한 사람임을 알고 있다. 그렇기에, 무너졌을 때 버팀목이 되어 주고 싶었다.

사쿠라의 사랑은 늘 버팀목이 되어주는 사랑이었다.

"……가르쳐 줄 거, 아직 있잖아. 나는 검 실력은 성장했어도 귀인을 섬기는 교양은 부족해. 사계 회의가 좋은 예지. 식전 진행이라든가, 해야 하는 일…… 그 외 이것저것 네가 가르쳐줘서 알았어……. 당일엔 굉장히 곤란했어. 너도 그걸 봤잖아……."

"사쿠라, 처음이었으니까 그건 어쩔 수 없었어."

"아니, 어쩔 수 없었다는 말로 넘어갈 수 없어. 내가 실수하면 히나기쿠 님의 망신이 돼. ……그게 아니더라도, 나는 상식이 부족한 부분이 많을 거야. 부모도 없고…… 다들 아는 걸 모르기도 해. 행사 같은 데 나가면 그게 굉장히 실감돼."

사쿠라 자신도, 조금 더 이테쵸가 자신을 지켜봐줬으면 했다. 힘들 때, 이제 어떻게 할 방도가 없어서 울어버릴 때. 그럴 때 떠올리는 것은 항상 이테쵸의 뒷모습이었다.

기도하듯, 사쿠라는 속삭였다.

"……너는 좀 더…… 내게 부족한 부분이 보이면 가르쳐줘야 해. 왜냐하면…… 너는 단 한 명뿐인 내 스승이니까. 그렇잖아……?"

그 말이 얼마나 이테쵸의 마음을 구원해 주는지, 본인은 몰랐다.

"사쿠라……."

쑥스러워서 아래를 보고 있던 그녀는, 이테쵸가 어떤 얼굴로 사쿠라의 말을 듣고 있는지 볼 수 없었다. 아직 쓰자는 결심이 서지 않는 사랑스러운 머리띠를 만지작거리며, 사쿠라는 말했다.

"특히나 지금은 고민도 많으니까 상담하는 일도 늘어날 거야. 한 명뿐인 제자를 도우라고……."

"알았어…… 뭐든 말해줘. 누구보다도 너의 힘이 되겠어."

불현듯 사쿠라의 머리에 커다란 손이 얹어졌다. 사쿠라는 깜짝 놀라서 흠칫 떨었다.

그 탓인지 손의 무게는 바로 사라졌다. 이테쵸가 격려하듯 쓰다듬었음을 이해하고, 사쿠라는 더더욱 얼굴을 들 수 없었다. 뺨이 뜨거웠다. 이테쵸가 만지면 즉각 그렇게 되어 버린다.

어떻게든 기분을 전환하고 싶어서, 사쿠라는 작위적으로 화제를 돌렸다.

"이, 이건 다른 얘기인데…… 오늘 사계청에서 온 경호원 중에 천벌설파가 있을지도 몰라. 또 무슨 말을 들을 원인을 만들지 않게 조심하자."

"……그거 말이지. 그딴 말 같잖은 의견에 어울려주지 마. 진심으로 바보 같아……."

"알고 있어. 그 사상은 이상해. 천벌설을 알려준 사계청의 봄 직원도, 괴롭히려고 알려줬다기보다는 그런 일이 벌어지고 있으니까 조심하라는 느낌이었어. 증오 범죄가 일어날 수도 있으니까 신변을 조심하라고……."

이테쵸는 한숨을 쉬었다.

"바보 같은 얘기여도 진지하게 받아들이는 자가 있지. 그건 분명해. 경계하는 게 가장 좋긴 해."

사쿠라는 고개를 끄덕였다.

"……단순한 폭력이라면 내가 히나기쿠 님의 방패가 되면 돼. 하지만 이렇게 규모가 큰 중상모략에는, 히나기쿠 님을 위해 어떻게 움직이면 좋을지 고민하게 돼. 나는 가뜩이나 마을과 사계청 봄 부문과는 사이가 안 좋고……. 히나기쿠 님이 나쁜 말을 듣는 건 내 탓일지도 몰라."

머리띠를 마구 만지작거리고 있으니, 이테쵸가 손을 뻗어 사쿠라의 손에서 가져가 버렸다.

사쿠라는 그제야 얼굴을 들었다. 이테쵸와 눈이 마주쳤다.

"의연하게 굴어."

그의 목소리는 늘 사쿠라의 귀에 좋게 울린다.

"이럴 때야말로 비판을 물리치듯 행동하는 게 좋아. 봄은 무사히 역할을 다했어. 지금은 특별한 대응 요청이 없는 한 휴가야. 대행자와 호위관이 다른 계절과 옛정을 다지겠다는데 트집을 잡는 쪽이 이상한 거야. 로우세이도 조금 마음이 꺾인 것 같지만, 저 녀석의 불손한 태도 자체는 변함없잖아? 저건 내 교육의…… 나쁜 점이자 좋은 점이야."

사쿠라는 말뜻을 바로 이해하지 못하고 고개를 갸웃했다.

"세상에 계절을 가져오는 현인신. 기적의 존재로서 절대 얕보이지 않는 남자가 되라며 키웠어."

"뭐?"

생각지 못한 교육 방침을 듣고, 사쿠라는 얼빠진 소리를 냈다.

—원래부터 거만한 성격인 게 아니었나.

로우세이는 처음 만났을 때부터 고고하고 불손했기에, 당연히 천성이 그런 줄 알았다.

이테쵸는 사쿠라의 생각을 꿰뚫어 봤는지 입꼬리를 올렸다.

"……물론 로우세이가 타고난 성질이기도 하지만…… 지도받아서 형성된 거야. 로우세이는 그래야만 하는 입장이야. 마을의 중진이, 어른들이, 타인이 깔봐도 물리쳐야 해. 내가 바로 겨울의 왕이라고 여기면서."

"왜……?"

이어서 나온 말은 사쿠라의 마음에 화살처럼 꽂혔다.

"그러지 않으면 너희까지 얕보이니까."

사쿠라는 눈을 깜빡였다. 그리고 이테쵸가 하는 말을 겨우 이해했다.

로우세이는 겨울의 대행자. 사계의 시조. 사계라는 신의 왕과 같은 위치다. 왕이 약하면 함락당한다. 함락당하면 타인에게 지배받고 영토를 뺏긴다.

여기서 말하는 영토란, 사계의 대행자의 존엄이다.

"사계의 최상위가 위엄을 유지하지 못하면 다른 계절도 경시당해. 봄의 행동도 여름과 가을에 영향을 줘."

지금도 세계의 톱니바퀴 취급인데, 이 이상 경시당하면 히나기쿠도, 다음 대행자도, 그다음 대행자도 그들을 이용하는 자들의 꼭두

각시가 되어버릴 것이다.

로우세이는 사계의 대행자를 지키는 요새였다.

"그러니까 누가 뭐라고 하든 봄도 의연하게 굴어. 나도 그러고 있어."

"……알았어."

사쿠라가 대답하자, 이테쵸는 사쿠라의 머리에 고양이귀 머리띠를 장착해 버렸다.

진지한 이야기를 하고 있었는데 뭔가 맥이 빠졌다. 웃고 말았다.

"……그래서 놀이공원을 고른 거야? 천벌설파에게 일부러 반골 정신을 보여주기 위해서?"

"아니, 그건 관계없어. 로우세이가 히나기쿠 님과 놀이공원에 가고 싶어 했을 뿐이야. 경비하기 힘들어서 나는 반대했지만 강행했어. 그 결과 즐기고 있으니까 여기 오길 잘했지……."

"저 녀석은 역시 네 지도와 상관없이 임금님 기질이야."

그때 마침 로우세이와 히나기쿠가 돌아보았다. 조금 거리가 벌어져서 두 사람을 향해 얼른 오라고 손짓했다.

이테쵸와 사쿠라는 서로 마주 봤다가 미소 짓고서 달려갔다.

그 후로도 딱히 수상한 자가 접근하는 일 없이, 놀이공원 산책은 이어졌다.

"저거, 인기, 있대, 사쿠라!"

점심 먹기 전에 마지막으로 놀이기구를 타자는 말이 나오자, 히나기쿠가 신나게 웃으며 어떤 건물을 가리켰다.

"예?"

사쿠라는 말한 상태로 굳었다. 히나기쿠가 가리킨 것은 소위 말하는 호러 하우스다. 서양 저택처럼 지은 건물에서는 비명이 들려왔다.

"저런…… 무시무시한 것이 인기가 있나요……? 좀 더…… 사랑스러운 마스코트 캐릭터의 저택이라든가, 그런 게, 아니라……?"

사쿠라의 반응을 보고 히나기쿠는 퍼뜩 정신을 차렸다.

"아, 그, 그랬지, 참……. 사쿠라, 무서운 거, 싫어했지……. 귀신, 같은 거……."

"괴담 같은 거 얘기하면, 너 엄청나게 화내잖아. 잠들 수 없게 된다면서."

"사쿠라, 그만둘까? 무리하지 않아도 돼."

사쿠라는 식은땀을 흘리며 히나기쿠를 보았다. 아쉬워하는 얼굴이었다. 이 호러 하우스는 인기 있는 시설이다. 주인에게 그걸 경험할 기회를 주지 못한다면 종자 실격이라고, 사쿠라는 생각했다.

"가죠. 사쿠라는 아무렇지도 않습니다, 히나기쿠 님."

"안 돼. 무리, 하지 마, 사쿠라……. 히나기쿠, 사쿠라가, 힘든 거, 싫어……."

"무리하는 거 아닙니다. 저런 건 애들이나 무서워하죠. 여유롭습니다."

사쿠라가 야무진 표정으로 말했다.

히나기쿠와 로우세이와 이테쵸는 『괜찮을까?』라는 표정으로 서로를 보았다.

사쿠라가 괜찮다고 우겼기에 네 사람은 대기줄에 섰고, 이윽고 차

레가 됐다.

동화 킹덤의 호러 하우스는 보트처럼 생긴 놀이기구를 타고 물 위를 이동하며 저주받은 마을의 참극을 목격한다는 내용이었다.

보트의 탑승객은 두 명이 한계였다. 즉, 두 팀으로 나뉘게 되었다. 지금까지 놀이기구을 타는 페어는 넷이서 이것저것 시도했었다. 그걸 고려하여 로우세이가 말했다.

“히나, 이건 나랑 같이 타자. 이테쵸, 사쿠라를 지켜줘.”

좋은 배치라고 할 수 있었다. 겁먹은 사쿠라보다는 로우세이나 이테쵸가 히나기쿠를 수호해야 했다. 그리고 좀 더 말하자면, 사쿠라의 페어로는 어릴 때부터 그녀를 가르치고 인도한 이테쵸를 배치하는 것이 무난했다. 얄미운 소리를 해도, 사쿠라가 이테쵸를 의지한다는 것은 로우세이도 히나기쿠도 알고 있었다.

히나기쿠가 고개를 끄덕이고, 이테쵸도 수긍했다. 하지만 사쿠라는 놀이기구를 안내하는 직원의 귀신 분장에 전율하느라 이야기를 듣고 있지 않았다.

“사쿠라, 갈 수 있겠어? 물에 떨어뜨릴지도 모르니까 머리에 쓴 건 벗자.”

“어? 아, 응…… 이테쵸랑 타?”

“그래. 가자. 발밑 조심해.”

사쿠라는 이테쵸가 이끄는 대로 보트에 탔다. 첨벙거리는 물소리마저 무섭게 느껴졌다.

안전바는 매우 간소했고, 좌석도 그냥 평평했다.

—그렇다면 제트 코스터처럼 격렬하게 움직이진 않겠어.

사쿠라는 자신이 탄 놀이기구의 속도를 분석해봤지만, 무서움이 가시진 않았다.

"그럼~ 다녀오세요~."

귀신 분장을 한 직원이 쾌활하게 말하며 보트를 배웅했다. 저주받은 마을인 만큼 시설 내는 어두웠고, 때때로 차가운 바람이 불어와 을씨년스러웠다.

시설 전체에 울리는 소리로 비극을 말해주는 이야기꾼의 목소리가 들렸고, 진짜 인간처럼 생긴 창백한 낯빛의 인형들이 보트에 탄 손님을 향해『이제 돌아갈 수 없어……』같은 말을 기계음으로 속삭였다.

"이테쵸, 돌아갈 수 없다니…… 어떻게 된 거야……?"

사쿠라가 무서워하며 이테쵸에게 묻자, 이테쵸는 매우 진지하게 대답했다.

"돌아갈 수 있어. 그런 세계관일 뿐이야. 사쿠라, 위험하니까 일어서지 마."

"하지만 만약 진짜로 못 돌아간다면……? 꺄악! 뭔가, 뭔가가 얼굴에 튀었어!"

"물이야."

이 공간에 있는 것 자체가 무서운지, 사쿠라는 뭐든 과하게 반응했다.

"보, 보보, 보트가 흔들렸어!"

"유령이 밀고 있다는 설정이니까."

"왜 그런 무서운 말을 하는 거야?!"

"사쿠라, 설정이야. 진정해……. 그렇게 무서워? 나는 즐거운데……."

"안 즐거워…… 나는 전혀 안 즐거워……!"

만약 호러 하우스의 장치를 생각한 사람이 이 자리에 있었다면, 사쿠라의 겁먹은 모습을 보고 감동했을 것이다. 그녀는 그만큼 이상적인 손님이었다.

한편, 히나기쿠와 로우세이는 호러 하우스를 엉뚱한 방향으로 즐기고 있었다.

초반부터 보트는 태평한 분위기로 온화하게 나아갔다.

"로우세이 님, 유령이, 보트, 흔들었어요. 히나기쿠…… 무겁지, 않았을까요?"

"히나는 가볍잖아. 이거, 어떤 방식인 거지? 일정 위치에 오면 흔들리는 설계인가?"

중반에 접어들어도 두 사람이 무서워하는 일은 없었다.

"로우세이 님, 저거, 자귀나무, 예요. 이 이야기, 여름인, 거네요."

"히나는 잘 아는구나. 개화 시기도 알아? 역시 대단하네."

이야기가 더 진행되어 알 수 없는 전염병이 퍼지고, 죽은 마을 사람들이 유령이 되어서 살아있는 마을 사람들을 저주해 죽이기 시작해도, 두 사람의 모습은 변함없었다. 히나기쿠는 큰 소리에 깜짝 놀라긴 했으나, 지어낸 참극에는 공포를 느끼지 않는 것 같았다. 지금도 칼을 든 살인귀 인형을 태평하게 바라보고 있었다.

로우세이는 뒤를 돌아보았다. 어두워서 잘 안 보이지만, 사쿠라와 이테쵸의 실루엣이 찰싹 달라붙어 있음을 확인할 수 있었다.

—바로 저거지.

로우세이는 저런 것을 기대했었다.

—무서워했어도 괜찮았는데.

로우세이는 히나기쿠에게 시선을 되돌렸다. 무덤에서 좀비가 나오는 것을 보며 손뼉 치고 있었다.

—아니, 오히려 역시 내가 반한 여자애라고 해야 하나?

조금 아쉽긴 했지만, 히나기쿠가 즐겁다면 결국 뭐든 좋다고 생각을 고쳤다.

이윽고 보트 여행은 종반에 접어들었다.

무서운 장면은 끝나고, 애절한 음악과 함께 어둠 속에서 무수한 반딧불 같은 빛이 나타났다.

참사를 당한 사람들의 영혼은 무사히 안식을 취하게 됐다는 연출일 것이다.

마치 플라네타리움 안에 있는 것처럼 환상적이고 아름다웠다.

"끝인가……? 나는 이런 거 안 무서운데, 히나도 안 무서워했던 건 의외였어."

로우세이가 그렇게 말하자 히나기쿠는 고개를 끄덕였다. 끄덕이고 나서, 조금 생각하는 얼굴이 되었다.

"예전, 에는, 무서워, 했던, 것, 같아요……."

"그랬어?"

"응. 하지만……."

"하지만?"

"꿈, 에서…… 히나기쿠의, 어머니, 와, 만난, 적이, 있어서……

그 이후로, 이런 거, 전혀, 안 무서워, 하게, 됐어, 요."

로우세이는 자세를 바로 했다. 히나기쿠의 엄마, 코바이는 고인이었다.

선대 봄의 대행자였던 코바이가 죽고, 히나기쿠가 차기 봄의 대행자로 뽑혔다. 원래 대행자는 혈연과 관계없이 초자연적으로 선정되지만, 이번에는 달랐다.

봄의 마을 사람들은 그것을 불길하다고 했고, 부친은『네가 죽인 것과 같다』라며 히나기쿠를 비난했다. 히나기쿠의 고통은 엄마의 죽음에서 시작됐다고 해도 과언이 아니었다.

"이, 있잖아요……『그 아이』도, 있었어요…… 이전 히나기쿠도, 꿈에, 나왔, 어요……."

축복받지 못했던 새로운 봄의 대행자는 여섯 살 때 겨울의 마을에 갔고, 역적에게 납치당했다.

그리고, 히나기쿠는 감금 생활 끝에 죽었다. 육체가 아니라, 정신적으로 죽음을 맞이했다.

"두 사람, 다…… 히나기쿠, 에게, 말을 걸어, 줬어, 요……."

그렇게 지금의 히나기쿠가 만들어졌다.

"사는 거, 힘들겠지만, 좀 더, 힘낼 수, 있겠냐고…… 어머니, 가, 물어봐, 주셔서…… 히나기쿠는, 힘내겠다고, 대답할 수, 있었어요……."

로우세이의 첫사랑 상대는 이미 죽어버린 히나기쿠 쪽이었다. 지금 여기 있는 히나기쿠와는 성격도 다르고 말하는 방식도 달랐다.

"그건, 꿈, 이었지만……."

그러나 로우세이는 다시 사랑에 빠졌다.

"어쩌, 면, 힘낸, 상으로, 만나러, 와 준, 걸지도, 모른다는, 생각이, 나중에, 들어서."

한 번 죽고 다시 일어나, 싸우기로 결심하고 올해부터 봄을 전하러 다닌 카요 히나기쿠를 사랑했다. 로우세이의 『봄』은 어둠 속에서 씩씩하게 웃었다.

"무서워하면, 분명, 슬퍼할 거예요. 그래서, 안 무서워, 하기로, 했어, 요."

조금 쓸쓸하지만 강한 힘이 있는 말이었다.

"히나기쿠, 를, 지켜봐, 주는, 존재, 니까."

어느새 로우세이는 히나기쿠의 손을 잡고 있었다.

"로우세이, 님."

히나기쿠는 멈칫했다. 이 겨울의 신과 함께 있으면 히나기쿠는 고동이 빨라지기만 했다.

그건 이전 히나기쿠의 연심이 아직 남아 있는 탓이기도 하지만.

"나도 그렇게 생각해. 히나가 애썼기에 모습을 보여준 거야."

이전의 히나기쿠와 자신은 다르다고 고집스럽게 부정하는 그녀를 위해 『히나』라고 호칭을 바꿔준 이 남자아이를, 지금의 히나기쿠도 좋아하게 되었기 때문이다.

그를 사랑하는 것이 필연인 것처럼, 점점 더 좋아졌다.

"히나는 늘 열심히 하고 있어. 대단해."

로우세이는 히나기쿠를 부정하지 않는다.

이전 히나기쿠와 동일시하는 것 같으면서도, 제대로 다른 사람으로 대했다.

그리고 상냥한 호의를 가랑눈처럼 내려줬다.

그 호의의 눈이 닿으면 히나기쿠는 가슴이 크게 뛰고 꽉 죄어들었다.

"히나기쿠…… 로우세이 님이, 봐도, 열심히, 했나, 요……?"

"응."

그 눈은 언젠가 그쳐 버릴까, 아니면 계속 내릴까.

그 사실을 알 수는 없지만, 한없이 내려준다면 얼마나 행복할까. 히나기쿠는 그렇게 생각했다.

"로우세이, 님……."

히나기쿠는 잡힌 손을 꼭 쥐었다. 즉각 로우세이가 비슷한 힘으로 맞잡아줬다.

히나기쿠 자신도 좀 더 로우세이에게 호감을 표현하고 싶었지만, 이것 말고는 어쩌면 좋을지 알 수 없었다.

사쿠라에게는 좋아한다고 망설이지 않고 말할 수 있는데, 어째선지 로우세이에게는 그럴 수 없었다. 말하자고 생각만 해도 얼굴이 뜨거워지고, 목이 바싹 탔다.

호감을 전했다가, 만약 로우세이가 곤란한 표정을 짓는다면.

다시 일어설 수 없을 것 같았다. 상상만 해도 눈물이 날 듯했다.

"히나기쿠, 로우세이 님에게, 받기만, 해요……."

더 가까워지고 싶은데, 용기가 나지 않았다.

"그렇지 않아."

"아뇨, 그래요…… 호위해 주는, 사람, 도…… 히나기쿠, 를, 위해서, 일부러, 테이슈로, 보내, 주셨고…… 지금도, 열심히 하고, 있다고, 칭찬해, 주셨, 어요……."

"내가 하고 싶어서 하는 거야."

"하지만…… 히나기쿠, 뭔가, 할 수 있는 일, 없을, 까요?"

뭔가 할 수 있는 일은 없는가. 그렇게 묻는 히나기쿠를 보며, 로우세이는 연심 때문에 죽을 것 같았다.

로우세이가 히나기쿠에게 바라는 것은 단 하나뿐이었다.

—나를, 좋아해 준다면, 얼마나 기쁠까.

기도하듯 그렇게 생각했다. 로우세이는 10년간 줄곧 히나기쿠가 돌아오길 기다렸다.

그리고 마침내 재회하게 됐다. 과거도 현재도 포함해서, 다시금 그녀를 사랑하고 있었다. 이 사랑이 보답받기를 간절히 원하고 있었다. 하지만 히나기쿠와의 사랑은 그렇게 간단히 성취될 수 있는 것이 아니었다.

"……나는…… 히나가 이렇게 만나 주는 것만으로도 충분히 행복해."

로우세이의 속죄하는 나날은 이제 막 시작됐다.

"히나한테 뭔가를 받을 만한 입장은 아니야."

로우세이는 흘러넘치는 호감을 주체하지 못하면서 사랑의 갈피조차 잡지 못하고 있었다.

"……원래는, 이렇게 같이 노는 것조차 안 되니까. 사실 이번에 굉장히 용기를 내서 제안했어. 거절당할 줄 알았어. 히나와 사쿠라가 허락해줬기에 오늘 함께 있을 수 있는 거야. 거절하지 않아 줘서…… 겨울과 봄의 만남이 성립되고 있어. 그게 다야."

히나기쿠를 좋아하는데도 결정적인 행동을 전혀 하지 않는 이유가 분명히 있었다.

"내가 하는 건 괜찮아. 하지만 히나가 하는 건, 아닌 것 같아……."

히나기쿠를 향한 마음을 과거가 막아버렸다.

"오히려 히나가 원하는 게 있으면 나한테 뭐든 말해줘. 히나가 말한다면, 나는 뭐든 할 거야."

봄의 사건이 없었다면 줄곧 사이가 소원한 채로 멀리서 생각만 하며 일생을 마쳤을 것이다.

지금은 상상도 못 한 상황 속에 있었다. 로우세이가 할 수 있는 일은 성의를 보이는 것 정도밖에 없었다. 아까 잡은 손도, 기가 죽어서 놓아버렸다.

"……."

히나기쿠는 손이 풀려나자 한동안 얼떨떨해했다. 놀란 표정, 그리고 슬픔.

마음까지 멀어졌음을 이해하고 가슴이 아파졌다.

로우세이가 자신을 억누르기 위해 그런 것이더라도, 히나기쿠에게는 공허만이 남았다.

"히나기쿠, 랑, 로우세이, 님, 줄곧, 그런가요……?"

그저 쓸쓸했다.

"어?"

히나기쿠의 목소리는 살짝 떨리기 시작했다.

"히나기쿠, 줄곧, 로우세이 님을, 고통스럽게, 하나요……?"

눈물의 바다가 퍼지며 눈이 촉촉해졌다.

"히나?"

히나기쿠도 로우세이를 10년간 기다렸다. 드디어 만나게 됐다.

"오늘, 만났을 때도, 로우세이 님, 미안하다는, 얼굴, 하고 있었어요. 지키겠다고, 말해줬어요……. 기뻐, 요."

재회하고, 원래 히나기쿠가 아닌 지금의 자신이어도 괜찮다고 말해 줬다.

"하지만…… 괴로워, 요……."

히나기쿠는 자신을 받아들여줘서 고마웠다. 로우세이가 생각하는 것보다 훨씬 더 고마워하고 있었다.

그가 긍정해주면, 히나기쿠는 여기 있어도 된다고 생각할 수 있었다.

당신이 상냥한 마음을 주니까, 나도 주고 싶다고.

마음을 주고 싶다고 용기를 냈는데.

"히나기쿠, 혼자만…… 기쁘고……."

로우세이가 사다리를 치웠다. 네가 주는 건 아무것도 필요 없다며 멀리했다.

"히나기쿠, 로우세이 님에게, 그저, 미안하기만 한…… 존재, 인가요?"

어서 오라고 말해줬었는데.

"제대로, 친구, 도…… 될 수, 없나요?"

돌아와줘서 기쁘다고 말해줬었는데.

"로우세이 님, 히나기쿠랑, 줄곧, 그런가요……?"

어째서 멀리하는 거냐고, 히나기쿠의 눈동자가 말하고 있었다.

너는 속죄의 대상일 뿐이라는 말을 들은 것과 같았다.

"히나, 아니야……!"

"그렇다면, 히나기쿠……."

그녀는 가능하다면 비슷하게 상처 입은 로우세이와 함께 밝은 곳으로 가고 싶었다.

두 사람은 이제부터 시작이었다.

"히나기쿠, 로우세이 님과, 안 만나는, 편이…… 좋을 것, 같다고…… 느껴, 요……."

이제부터 시작인데. 지금, 히나기쿠는 두 사람 사이에 생긴 벽을 올려다보고 있었다.

이번에 목소리가 떨린 사람은 로우세이 쪽이었다.

"아, 아니야! 그렇지 않아!"

감정이 급하락했다. 초조하고 두려워서, 혀가 제대로 움직이지 않았다.

"죄책감 때문만은 아니야! 나는 히나와 함께 있고 싶어! 가능하다면 줄곧 쭉 곁에 있고 싶어! 미안함만 있는 게 아니라…… 히나와 함께 있는 게 나의 행복이야……!"

로우세이는 가슴이 괴로워졌다. 히나기쿠와 함께 있으면, 다른 사람과 있을 때처럼은 절대 되지 않았다.

"하지만, 나는 잘못했잖아……."

휘저어졌다. 어릴 적, 그녀에게 마음을 빼긴 뒤로 줄곧 그랬다.

"……나 때문에…… 네가 유괴당했잖아……."

말 한마디, 동작 하나에 사로잡혀서 허둥댔다.

"그건 잊어버리면 안 돼……."

—안 그러면, 그저 한없이 너를 바라게 돼.

"……그렇잖아?"

히나기쿠는 그 말을 듣고 작게 고개를 가로저었다.

"그렇지, 않아요."

"아니, 맞아……!"

"아뇨, 틀렸어요. 히나기쿠…… 제대로, 알고 있어요."

히나기쿠는 완고하게 양보하지 않았다.

"죄, 저지른 거, 역적, 사람들이에요. ……10년 전, 다들, 휘말렸을, 뿐. 그거, 히나기쿠, 제대로, 알고, 있어요."

자신은 그렇게 생각하지 않는다고 진지하게 전했다.

"로우세이, 님의, 잘못, 이, 아니에요……."

로우세이가 가장 거부하지만, 로우세이에게 가장 필요한 말이었다.

"히나기쿠, 다른 사람들보다, 어려, 요. 로우세이 님이, 듣기에는…… 이상한, 말만, 하는 일, 많을지도…… 몰라, 요. 하지만…… 이건…… 히나기쿠가, 옳다, 고, 확실하게, 말할 수 있어요. 이테쵸 오라버니, 도, 로우세이, 님, 도, 그때, 지켜, 줬어요……."

히나기쿠 본인이 이 말을 하는 것은, 로우세이의 마음의 여린 부분을 찌르는 것과 같았다.

"겨울 사람들, 탓이, 아니에요……."

—왜 그런 말을 하는 거야.

"로우세이 님…… 만약, 히나기쿠가, 뭔가 부탁, 해도, 된다면…… 히나기쿠에게, 미안하다는 말, 많이, 하지, 말아 주세요……. 그리고, 로우세이 님도, 히나기쿠가, 해줬으면 하는 일, 같이 하고 싶은 일, 말해, 주세요……."

로우세이가 벌 받기를 원해도 히나기쿠는 그러지 않는다.

"친구, 인데, 미안하다고만…… 하지, 마세요……."

상처받아온 만큼, 남을 깊이 사랑하는 아가씨였다. 한참 전에 망가져 버렸던 히나기쿠는 어떻게든 자신을 다시 일으켜 세웠다. 똑같이 로우세이도 다시 일어나서 미래를 봤으면 좋겠다고 바라고 있었다.

무언가를 미워하거나 화내는 것은 충분하니까.

"로우세이, 님…… 부탁, 할게요……."

아주 틀린 선택이라고도 할 수 없었다. 사건이 해결됐다고 해서, 이미 일어난 일이 청산되는 것은 아니다. 히나기쿠의 마음은 아직 어린 채고, 로우세이는 여전히 죽고 싶어 한다.

두 사람이 상처 입었다는 사실은 영원히 그곳에 있다.

몸과 달리 마음에 입은 상처는 아물지언정 사라지진 않는다.

"……역시…… 히나기쿠, 바보 같은 소리, 한다고…… 생각, 하나요……?"

두 사람은 이미 죽어버린『히나기쿠』를 애도하며, 미래를 향해 나아가야 했다.

그러기 위해서는 서로의 존재가 필수였다. 히나기쿠는 그걸 알고 있었다.

그래서 로우세이에게 거절하지 말아 달라고 했다.

멀리 있으면 당신을 받쳐줄 수 없으니까.

"그런 생각, 안 해……. 너는…… 내가 친구 행세를 해도, 정말로 싫지 않아?"

"싫지, 않아요……."

"……."

로우세이의 시야는 이미 눈물로 부예져 있었다. 일렁이는 시야로 히나기쿠를 보았다.

"그럼…… 친구로서 네게 부탁해도 된다면……."

이 소원을 말하는 것 자체가 죄라고 느끼면서도, 허락된다면 말하고 싶었다.

"가능한 한 너와 만나는 시간을 많이 갖고 싶어."

히나기쿠의 얼굴에서 기쁨이 흘러넘쳤다.

"나는 에니시에 있고, 히나는 테이슈에 있어서 항상 만날 수는 없지만……. 만났을 때 이렇게 친하게 얘기할 수 있다면…… 그것만으로도 날아오를 만큼 기뻐……. 그게 내가 원하는 거야."

로우세이는 손을 뻗어서, 한 번 떨어졌었던 손가락을 얽었다. 히나기쿠도 꼭 맞잡았다.

"로우세이, 님…… 히나기쿠, 로우세이 님을, 만나러, 갈게요."

"……나도 만나러 갈게."

"히나기쿠, 도, 로우세이 님, 과…… 그러고, 싶어요. 앞으로도, 잔뜩, 잔뜩, 함께, 있어, 요……."

"그래……."

히나기쿠는 마침내 안도한 얼굴로 웃었다. 로우세이도 살짝 웃었다.

"……."

하지만, 히나기쿠는 뭔가 생각났는지 점차 웃음을 잃었다.

"……히나?"

히나기쿠는 망설이는 표정으로 로우세이를 바라보았다. 이윽고 미안해하며 말했다.

“있잖아요, 로우세이, 님…… 히나기쿠랑, 만나다가…… 만약, 도중에, 히나기쿠와, 있는 게, 재미없어져서, 만나기, 싫어지면…… 무리, 하지, 말아 주세요…….”

“뭐……?”

“히나기쿠, 같이, 있고, 싶지만…… 무리하는 건, 싫어, 요…….”

로우세이는 당황했다.

“……왜 그런 생각을 해. ……히나와 함께 있고 싶어. 방금 그렇게 말한 참이잖아…….”

“하지만…… 로우세이 님, 히나기쿠보다, 어른……이니까.”

히나기쿠는 눈썹을 내리고 슬프게 말했다.

“……다들, 히나기쿠가, 뭔가, 말하면, 곤란한 표정, 짓는 일, 많아, 요. 대화……도…… 잘, 이어지지, 않을 때, 있어, 요……. 로우세이 님, 도, 그렇게, 될지도…….”

히나기쿠는 그러고 입을 다물어 버렸다. 봄의 대행자의 마음이 어린아이인 상태로 멈춰있다는 것은 관계자들에게 어느 정도 알려져 있었다. 오랜 감금 기간에 많은 공포를 겪은 결과, 잘 말하지 못한다는 것도 똑같이 알려져 있었다. 아마 히나기쿠가 뭔가 말하면 배려하는 사람이 많을 것이다. 본인도 그걸 느끼고, 지금과 같은 결론에 이르렀으리라.

“……그래서 아까…… 바보 같은 소리라고 한 건가…….”

히나기쿠는, 자신이 상대방을 난처하게 만드는 대화를 한다고 남몰래 고민하고 있었다.

"히나……."

이것만큼은 어떻게도 할 수 없는 일이었다. 배려하는 사람도 나쁜 뜻은 없었다.

그렇기에 히나기쿠도 괴로운 것이다. 시간이 지나면 자연스럽게 해결될 거라고 말하기도 어려웠다.

어쩌면 말하는 방식도, 마음도, 평생 이대로일 가능성이 있었다.

"나만큼은 절대로 그럴 일 없어. 하지만, 네가 그렇게 생각하는 건 내 탓이야……."

히나기쿠라는 존재는 늘 로우세이에게 10년 전 일어난 사건의 슬픔을 상기시켰다.

"아, 아니에요."

"너를 지키지 못한 내 탓이야……."

히나기쿠는 또 슬픈 눈이 되었다. 그래도 로우세이는 말했다.

"……정말로 미안해……. 하지만……."

로우세이는 잡고 있는 손을 다시 쥐었다. 작은 손. 열여섯 살 아가씨치고는 너무나도 작다.

울고 싶어졌다. 그날, 그때, 그녀를 구해냈다면 이런 괴로움은 존재하지 않았을 텐데.

“……나도…… 너를 두고서, 혼자서 어른이 되고 싶지 않았어…….”

말하고 나서 역시 울었다.

“……히나와 함께, 어른이 되고 싶었어…….”

참을 수 없었다. 눈물이 났다.

히나기쿠에 대한 여러 가지 마음이 흘러넘쳤다.

이제껏 살아온 그의 모든 후회와 죄책감이 몰려들었다.

“네가 힘들 때, 혼자 태평하게 살고…… 먼저 어른이 되고 싶지 않았어…….”

말하면서 한심해졌다. 왜, 어째서. 그 말이 되풀이되었다.

“너와…… 함께…… 어른이…… 되고 싶었어…….”

“로우세이, 님…….”

“네가, 그런 말을 하게 만들고 싶지 않았어…….”

로우세이는 한 손으로 얼굴을 가렸다. 눈물이 너무 방해됐다.

울 자격 따위 없다고 자신을 저주했다.

창피하고, 어리석고, 어쩔 도리도 없었다.

“행복만을, 너한테 주고 싶었어…….”

히나기쿠는 로우세이의 슬픔에 호응하듯 울상이 되었다.

그리고 손등으로 얼굴을 벅벅 닦고서 말했다.

“로우세이, 님, 아니에요. 미안해요. 히나기쿠, 괜찮아, 요…….”

“……히나는 사과하지 마.”

“아냐, 아니에요……. 괜찮아요……. 히나기쿠, 금방, 어른, 될게요…….”

히나기쿠는 당황하면서도 기특하게 애틋한 말을 했다.

"금방, 이에요, 로우세이 님. 아주 조금, 느릴, 뿐…… 울지, 말아요……."

그런 말을 들으니 로우세이는 더 눈물이 났다.

"아까, 불안, 말했지만, 그거, 달라요……. 괜찮은, 것도, 알고, 있어요."

—너와 함께 성장하고 싶었다.

이런 작은 바람이, 왜 이루어지지 않았을까.

"히나기쿠는요…… 알고 있어요. 로우세이, 님, 이라면……."

히나기쿠는 잡았던 손을 놓고 로우세이의 뺨을 어루만졌다.

로우세이의 눈물방울을 닦았다. 닦고 나서 바로, 히나기쿠의 손에 로우세이의 눈물이 떨어졌다.

"로우세이 님, 이라면…… 히나기쿠가, 어떤 모습, 이어도, 기다려 줄, 거라고……."

"히나……."

—어째서.

"……그렇, 죠……? 히나기쿠가, 어른이 되는 거, 기다려 줄, 거예요……."

—어째서, 너는 항상.

로우세이는 사랑스럽고 애틋해서 숨을 쉴 수 없을 것 같았다.

—태양 같은 상냥함으로 사람을 녹이는 걸까.

로우세이도 체념해야 했다.

카요 히나기쿠에게 손익이란 개념은 통하지 않는다. 수 싸움도 의미가 없다.

"로우세이 님, 기억, 하세요? 어렸을 때, 히나기쿠, 뭐든, 느린 아이, 였어요."

사랑하는 사람을 향한 순수한 기도만이 있었다.

"하지만, 로우세이 님은…… 반드시, 기다려, 주셨어요."

망가지기 전에도, 망가지고 나서도, 히나기쿠는 로우세이를 따뜻하게 비추었다.

"그러니까 히나기쿠, 자신이, 어려도…… 여전히…… 뭐든, 느려, 도…… 무섭지, 않아, 요……. 히나기쿠, 로우세이 님과, 똑같지, 않아, 도…… 반드시……."

히나기쿠는 우는 얼굴로 웃으며 말했다.

"로우세이 님이, 기다려, 주니까."

그건 로우세이에 대한 커다란 신뢰가 담긴 말이었다.

"……히나."

아직 괴로웠다. 하지만 로우세이는 살짝 호흡이 편해졌다.

"……히나기쿠, 도, 부탁할게요. ……기다려…… 주실, 래요……? 금방, 이에요……."

언젠가는 말하고 싶다. 그녀가 말했듯이 히나기쿠가 조금 더 어른이 되면.

—너를 사랑한다고 말하고 싶어.

"……알았어. 기다릴게……. 하지만, 히나…… 천천히 해도 돼……."

그녀에게 그 말을 하기 위해서라면 뭐든 할 수 있을 것 같았다.

"애쓰지 않아도 돼……. 천천히, 어른이 됐으면 좋겠어. 언제까지라도, 기다릴 테니까…….”

“네…… 로우세이 님……. 히나기쿠, 천천히, 어른이, 될게요…….”

그렇게 말하고 두 사람은 자연스럽게 거리를 좁혔다. 외로움을 느낄 틈도 없애고 싶었다.

로우세이가 히나기쿠의 눈물을 닦았다. 히나기쿠가 로우세이의 눈물을 닦았다.

상대방이 상냥하게 자신을 만져주는 것이 기뻐서, 또 울어버렸다.

서로 똑같은 일을 반복하고 겨우 진정되었다.

“히나, 내가 운 거, 두 사람한테는 비밀이야.”

“로우세이 님, 도, 히나기쿠가, 운 거, 비밀이에요. 약속, 해요.”

서로, 오늘 흘린 눈물은 자신의 호위관에게 비밀로 하자고 약속했다.

두 사람은 성격도 다르고 자란 환경도 다르지만, 자신의 호위관을 소중히 여긴다는 점은 공통적이었다.

“다음에, 좀 더 부끄럽지 않은 비밀도 만들자. 나랑 히나만의…….”

로우세이가 쑥스러워하며 말했기에, 히나기쿠는 왠지 재미있어서 작게 웃었다.

“네, 로우세이, 님.”

보트 여행은 그렇게 끝났다.

넷이서 보내는 귀중한 시간은 순식간에 지나갔다.

호러 하우스에서 나온 네 사람은 그 후로도 놀이공원을 산책하다가, 이윽고 식사도 겸하여 쉬기로 했다. 가벼운 식사를 할 수 있는

레스토랑에 들어가 자리를 잡았다.

카운터에 가서 주문하고 상품을 받아 오는 패스트푸드점 같은 구조였기에, 누군가는 자리를 지키고, 누군가는 주문하러 가야 했다.

사쿠라가 가겠다고 하자, 로우세이는 자기도 돕겠다며 자리에서 일어났다.

이테쵸에게 히나기쿠의 경호를 맡기고, 로우세이와 사쿠라는 계산대의 대기 줄에 섰다.

보이는 범위에 히나기쿠와 이테쵸가 있어서 조금 안심이 되었다. 무슨 얘기를 하는지 모르겠지만 즐겁게 웃고 있었다. 로우세이는 빨개진 눈을 신경 쓰며 사쿠라에게 말했다.

"있잖아, 사쿠라."

사쿠라와도 시간을 가지고 싶어서 돕겠다고 나선 것이었다.

"왜? 로우세이."

"오늘, 조금은……."

—이테쵸와 진전이 있었어?

그렇게 묻고 싶었으나, 로우세이는 직전에 그만뒀다.

—내가 말하면 괜한 파문을 일으키겠지.

로우세이는 사쿠라와 5년간 생활하면서 그녀의 연심을 파악했다.

그리고 몰래 응원하고 있었다.

"즐거웠어? 즐겨, 줬어?"

로우세이에게 가장 소중한 여자아이는 히나기쿠지만, 사쿠라는 두 번째로 소중한 여자아이였다.

사쿠라는 로우세이의 얼굴을 보고 살짝 웃었다.

"히나기쿠 님과 놀이공원에 왔잖아. 당연히 즐겁지."

로우세이는 안도했다. 그리고 자신도 씩 웃었다.

"그런가. 나도 즐거워."

그 표정은 친한 사람에게만 보여주는 소년 같은 얼굴이었다.

평소 늘 시큰둥한 얼굴인 로우세이가 웃는 것은 놀라운 일이었다. 사쿠라도 조금 놀랐지만, 왠지 쑥스러워져서 로우세이의 뺨을 꼬집었다.

"아퍄."

"정신 똑바로 차려. 얼굴이 헤벌어졌어."

로우세이는 뺨을 꼬집힌 채 말했다.

"냐능 우찌도 모태?"

"……아니, 너무 실실 웃길래 나도 모르게……."

겨울의 대행자 칸츠바키 로우세이에게 이런 짓을 할 수 있는 사람은 사쿠라와 이테쵸밖에 없을 것이다.

사쿠라가 만족하고 손을 떼자, 로우세이는 뺨을 문지르며 불평했다.

"사쿠라, 내가 관대한 걸 감사히 여겨. 네가 아니었다면 얼려버렸을 거야. 무례한 녀석."

"호오, 뭐 그리 대단한 분이시길래?"

"겨울의 대행자 칸츠바키 로우세이 님이시다."

"흐응~ 칸츠바키 로우세이 님이라…… 나한테 그런 소리 해도 되겠어?"

"……뭐?"

"어릴 적 너의 실패담을 히나기쿠 님에게 일러바치겠어."

"하지 마, 하지 마!"

"이해했어? 역학 관계는 내가 위야."

"비겁해!"

"비겁하면 어때? 패배자의 발악으로만 들리는군."

"너, 예전에는 좀 더 나한테 상냥했잖아……?"

"세상의 혹독함이 날 이렇게 만들었어. 원망할 거면 세상을 원망해."

"……타당한 이유처럼 들리지만, 히나 관련으로 나한테 심술을 부리는 건 네가 재밌어서 그런 거지?"

두 사람은 남매처럼 장난치는 대화를 이어갔다.

"진지하게 말하자면, 나는 너랑 히나기쿠 님을 응원하고 있어."

"어……?"

로우세이는 갑자기 예상치 못한 말을 듣고 당황했다.

"오늘, 몇 번 단둘이 있게 해줬잖아."

"그, 그랬지."

"일단 진전되면 나한테 보고해."

로우세이는 얼굴이 빨개지는 것을 느꼈다. 저도 모르게 히나기쿠 쪽을 보았다.

히나기쿠는 손을 흔들어줬다. 이테쵸도 덩달아 손을 흔들었다. 로우세이는 어색하게 손을 흔들어 주고 다시 사쿠라를 보았다.

"……그건, 배려였던 건가."

"본의는 아니지만 배려였어."

로우세이는 자연스럽게 사쿠라에게 경배했다. 경배하고서 말했다.

"너…… 나랑 히나를 반대하는 건지 응원하는 건지 모르겠는데."

"……뭐? 하고 있잖아."

"아니, 어느 쪽인지 모르겠다고……."

사쿠라는 어이없다는 얼굴로 말했다.

"……너는 진짜 히나기쿠 님밖에 모르는구나. ……예전의 나였다면 오늘 이 교류를 허락했을까?"

그 말까지 듣고서야 로우세이는 사쿠라가 여러모로 도움을 주고 있음을 깨달았다.

물론, 받아들여줬기에 놀이공원에서 함께 시간을 보내고 있는 것이지만.

—그렇지. 이전의 사쿠라였다면 생각할 수 없는 일이야.

사쿠라에게 히나기쿠는 소중한 친구이기도 했다.

"나는 지금 사랑하는 주인을 남자한테 뺏겼어. 하지만 지켜보고 있지. 그 시점에 이것저것 알아채라."

그런 히나기쿠를 옆에서 채어 갔는데 기쁠 리가 없다.

"미안……. 나는…… 그게……."

오랫동안 응어리가 있었던 만큼, 로우세이도 반신반의할 것이다. 그래도, 지금 믿어야 할 것은 과거의 사쿠라가 아니라 눈앞에 있는 사쿠라였다.

"미안해. 무신경했어. 고마워."

사쿠라도 말이 조금 과했다고 반성했는지 목소리가 작아졌다.

"……딱히 상관없어. 그저 선의만으로 한 행동은 아니야. 나는 이 관계성을 이용하고 있어. 사과받을 일은 아니야. 껄끄러워지니까 사과하지 마."

"이용이라니, 뭘 말이야……?"

"너의 지위와 특권을."

사쿠라는 못된 얼굴로 말했다. 로우세이는 깜짝 놀라서 눈을 깜빡였다.

"잊었어? 네가 호위관으로서 처세하는 법을 배우라고 했잖아."

과거에 로우세이는 확실히 그렇게 말했다. 사계 회의 때문에 모였을 때였다.

로우세이 나름대로 사쿠라의 입장을 강화하기 위해 이것저것 대책을 준비하고 꺼낸 말이었다.

"지금은 너한테 비호받는 것이 히나기쿠 님을 지키는 데 가장 좋아. 우리는 사계 안에서도 고립되어 있으니까…… 너의 지원과 총애를 거부하는 건 봄의 호위관으로서 우책 중의 우책이야. 나도 집안의 뒷배 같은 건 없어서…… 현재 히나기쿠 님을 위해 할 수 있는 일이 별로 없어. 네가 겨울이 아니었다면 이렇게 밥상을 차려 주지도 않았을 거야. 대행자 호위관으로서 내린 결단이야. 어때? 이용당하고 있지?"

"너 말이다…… 못된 척 하지 마. 그런 건 이용이 아니잖아……."

로우세이의 입장에서 지원은 당연했다. 오히려 지원을 거부하는 것이 더 괴롭다.

사쿠라의 성격을 고려하면 겨울의 지원을 거부하는 일도 충분히 있을 수 있었지만, 그러지 않은 것은 겨울에 대한 경의의 표현이고, 그녀가 말한 대로 히나기쿠를 위한 처세술을 익혔기 때문이리라.

봄의 소녀신은 사쿠라가 사는 이유 자체였다.

"이용이야. 너를 질투하면서도 힘은 빌리고 있어."

그래서 사실은 하고 싶은 말과 마음에 안 드는 일을 꾹 참고 있었다.

"비열하다는 건 알아. 이테쵸도 어이없어할 테지. 하지만 남이 어떻게 생각하든…… 나는 히나기쿠 님을 위해서라면 뭐든 할 거야. 그분을 온갖 고통에서 멀리 떼어놓고 싶어……. 행복해지셨으면 좋겠어……."

사쿠라는 히나기쿠를 위해 자신을 죽이는 것을 망설이지 않는다.

로우세이는 한숨을 쉬고 싶어졌다.

자신도 고생을 많이 했다고 자부하지만, 눈앞에 있는 아가씨보다는 못할 것이다.

승패를 가를 수 있는 문제는 아니나, 당해낼 수 없다는 마음이 들 때가 많았다.

특히 히나기쿠에 관해서는 평생 이길 수 없을지도 모른다는 생각이 자주 들었다.

"히나기쿠 님은 너와 시간을 보내고 싶어 하셔. 그걸 방해하는 건 주인의 행복이 되지 않아."

"사쿠라."

"사실은…… 너한테 뺏기기 싫어. 하지만 호위관으로서 개인적인 감정은 버려야 해."

"사쿠라…… 있잖아."

"싫지만…… 히나기쿠 님이 가장 좋아하는 여자아이는 나라고 말씀해 주셨어. 내세가 있다면 그때도 함께하자고 약속했어. 그래서…… 참고 있어. 히나기쿠 님의 행복을 위해서……."

"알겠어! 알겠으니까, 가슴 아파서 못 듣겠으니 이제 그만해……."

사쿠라는 『이 녀석은 왜 괴로워하는 거지?』라는 표정을 지었지만 이어서 말했다.

"아무튼, 나는 적극적으로 개입은 하지 않을 거야. 알아서 노력해. 너도 날 이용하면 돼. 히나기쿠 님의 마음을 아프게 하면 에니시까지 가서 제재하겠어."

"그래줘. 짜증 나면 때리러 와도 돼."

로우세이가 너무 순순해서 사쿠라는 어리둥절했다.

"왜 그래? 이상하게 고분고분하네. 맞고 싶어?"

사쿠라는 농담으로 주먹을 움켜쥐었지만, 로우세이는 그걸 받아들이듯 고개를 끄덕였다.

"나는 너와 재회하면 뼈 정도는 부러질 거라고 각오했었어."

"……."

"하지만 너는 결국…… 친하게 지내주고 있잖아……."

"……흥."

"그걸 당연하게 받아들이고 있었다는 걸 이제야 깨달았어."

"딱히 나는 친하게 대하고 있지는 않은데."

"어?"

"넌 친구가 아니고."

"거짓말. 너도 오늘…… 우리 말고 친구가 없어서 우중충 블리자드맨이라며 나를 힐난했잖아."

"페이크야."

"아니, 진실이라고 해줘. 나는 너랑 히나 말고는 친구가 없는

데……?"

"아, 줄이 줄었어, 로우세이."

"야, 사쿠라. 친구 맞지? 그냥 날 가지고 놀고 있을 뿐이지?"

"맞아. 널 가지고 노는 건 재미있어."

이러니저러니 해도 두 사람은 재회한 뒤로 결코 나쁘지는 않은 새로운 관계를 구축하고 있었다.

그러는 사이에 혼잡하던 계산대도 정리되고, 사쿠라와 로우세이의 차례가 되었다.

네 사람의 음료를 들고 자리로 돌아가려고 하는데, 도중에 열 살 전후로 보이는 남자아이가 다가왔다.

잘 교육받고 자란 것 같은, 머리가 찰랑찰랑한 소년이었다. 소년은 웃으며 곧장 사쿠라에게 달려왔다. 그리고 아이치고는 굉장히 어른스러운 목소리로 말했다.

"오랜만입니다, 히메다카 님."

사쿠라는 순간 눈을 깜빡였지만, 바로 이 신기한 소년의 말에 대응했다.

마치 어린아이가 말을 걸어온 것처럼 행동하면서도 낮은 목소리로 대답했다.

"……깜짝 놀랐어……. 아보시 공인가……."

아무래도 구면인 듯했다.

"이런 곳에서 만나니 평범한 소년으로 보여. 아보시 공, 설마 그분이 지금 여기서 히나기쿠 님과 접촉하는 건 아니겠지?”

「아보시 공」이라고 일부러 경칭을 붙이는 것을 보면, 이 소년이 그런대로 지위가 있음을 알 수 있었다. 혹은 사쿠라가 공경하기로 한 상대일 것이다.

“그럴 리가요. 여러분의 즐거운 시간을 방해하는 짓은 안 합니다. 전해드려야 할 일이 생겨서 일찌감치 정보를 공유하고 싶었을 뿐이에요.”

로우세이는 이게 무슨 일인가 싶어서 눈을 굴렸다.

“겨울이 있을 때 말을 걸어온 걸 보면, 나한테만 들려줄 얘기가 아닌 건가.”

“바로 맞추셨습니다, 히메다카 님. 겨울의 대행자 칸츠바키 로우세이 님. 호위관인 칸게츠 이테쵸 님에게도 충고드리고 싶은 일이 있다는 전언을 받았습니다. 오늘 밤, 시간을 내주실 수 있을까요?”

“히나기쿠 님의 경비가 허술해져.”

“오늘 묵으실 숙박 시설은 저희 쪽에서 미리 손을 써 둔 곳입니다. 히나기쿠 님이 취침하셨을 때 만나면 어떨까요? 잔세츠 님의 사병을 방 앞에 두겠습니다. 잔세츠 님의 지시로 여러분이 묵으시는 층은 다른 손님이 이용하지 않습니다. 한 층을 통째로 빌렸죠. 묵으실 방 옆에서 기다려 주시면 주인님이 가실 겁니다.”

“…….”

“어떠신가요? 히메다카 님. 조금은 안심이 되셨을까요?”

“……잔세츠 님의 힘이 조금 무서워졌어.”

소년은 키득키득 웃었다.

"너무 그렇게 말씀하지 마세요. 주인님은 히메다카 님을 아끼시니까요. 거리를 두면 한탄하실 겁니다."

"그분이 그런 사람이던가……. 뭐, 좋아. 잔세츠 님의 부름을 거절할 이유는 없지. ……로우세이, 너희도 같은 호텔이었지? 밤에 시간 내줄 수 있을까?"

그때까지 묵묵히 대화를 듣고 있던 로우세이는 매우 불퉁한 얼굴이었다.

"로우세이, 이쪽은……."

"아니, 기다려, 사쿠라. 네가 설명하지 마."

소년은 로우세이의 싸늘한 말을 듣고 일순 굳었다.

조금 전까지 사쿠라의 말에 구슬려지던 로우세이는 없었다.

"이봐, 너. 사계의 관계자라면 우선 네가 나한테 인사해. 무엄해."

거기 있는 것은, 마음을 연 자 외에는 극단적으로 차가운 겨울의 왕이었다.

직전까지 사쿠라와 나이에 걸맞은 얼굴로 떠들고 있었기에, 태도의 온도 차가 두드러졌다.

소년은 얼굴이 창백해져서 곧장 머리를 깊이 숙이고 말했다.

"대단히 실례했습니다, 겨울의 대행자님. 무례를 용서해 주십시오."

"로우세이, 용서해줘. 아보시 공은 그저 심부름꾼이야."

"그렇다면 더더욱 조심했어야지. 네가 무엄하게 굴면, 나는 앞으로 알게 될 너의 주인에게도 무엄하다는 인상을 가지게 돼. 너는 그러면 안 되는 입장일 테지. 조심해."

"옳으신 말씀입니다……. 죄송합니다, 그게, 저는……."

"아보시 공, 그렇게 송구스러워하지 않아도 돼. 자, 이만 가. 로우세이한테는 내가 설명할 테니까."

사쿠라가 감싸듯이 그렇게 말하자 소년은 망설이는 기색을 보였으나, 머리를 깊이 숙이고서 도망치듯 떠났다.

"……그래서, 저 녀석은 뭐야?"

"로우세이, 너 말이다……. 아보시 공은 인사가 늦었을 뿐이지 무엄하진 않았잖아. 저 아이를 괴롭히지 마."

"안 괴롭혔어. 나는 위엄을 유지해야 하는 신분이야. ……아무튼 누군데?"

"미안. 저 아이는 봄의 마을에 있는 시설 출신인데, 나도 거기 출신이야. 고아를 맡아 키우는 자원이란 곳이 있어. 시기는 겹치지 않지만, 거기서 지냈다는 공통점이 있는지라 나를 잘 따라. 존귀한 분을 섬기는 명예를 운 좋게 얻은 동료이기도 하고. 아마 너를 무시하려고 한 건 아닐 거야. 저 아이는 나를 보면 항상 기쁘게 달려와서 다른 건 신경 쓰지 못하고 일단 말을 걸거든."

"……."

"……그러니까, 음, 다음에 또 만나도 노려보지 마. 그리고…… 이번만큼은 너의 그 불손한 태도를 분명 후회할 거야."

"……배려하지 못한 사람은 나였던 것 같으니까 기회가 있으면 직접 사과할게. ……그건 그거고, 나는 그 어떤 권력자에게도 무릎 꿇지 않아. 후회할 정도로 상대방이 거물이어도 말이야."

"너는 진짜 고압적이구나……. 그분은 네가 상상하는 그런 사람이 아니야."

사쿠라는 서서 이야기하는 두 사람을 이상하게 보고 있는 히나기쿠에게로 시선을 옮겼다.

이테쵸도 무슨 일이 생겼음을 알았는지 이쪽을 보고 있었다.

사쿠라는 아무 일도 아니라는 듯 웃는 가면을 쓰며 로우세이에게 속삭였다.

"……아보시 공의 주인은, 네가 좋아하는 사람의 가족에 해당해."

"뭐……? 그치만, 히나는……."

부친인 카요 슌게츠와는 소원하고, 모친인 유키야나기 코바이는 타계했다.

남은 가족 관계는 얼마 없다.

"아보시 공의 주인은 카요 잔세츠 님. 히나기쿠 님의 오라버님이야. 이복 남매지만."

로우세이는 하마터면 들고 있던 주스를 떨어뜨릴 뻔했다.

그때, 내 머릿속에 떠오른 것은 한 가지 의문이었다.

나는 한 번 죽어버렸고, 하지만 기적적으로 생환했고, 그래서 병원으로 옮겨졌고, 가족이 모였고, 잘됐다고, 다행이라고 말해줬지만.

—잘된 일은 아니잖아?

그 안에서 나만큼은 혼자 냉정하게 상황을 파악하고 있었다.

—이거, 좋지 않잖아.

되살아난 나에게 건네지는 말은 다정했다.

병실은 감동에 휩싸여 있었다.

하지만 나만큼은『어쩌지』하고 초조해했다.

어째서 다들 모르는 걸까. 이건 좋지 않아.

내가 죽어서 이것저것 청산할 수 있었을 텐데, 되살아나면 전부 다시 돌아가 버린다.

왜 죽은 채로 있게 놔두지 않았어?

『살아서 다행이야…….』

아빠가 손을 잡아줬다. 몇 번 나를 놓은 적이 있는 손이었다.

—정말이야? 아빠.

내가 없어지면, 마을의 높으신 분과 나 사이에 끼어서 고통받지 않아도 되는데.

『이제 무리하지 마…… 루리.』

엄마가 울먹이며 말했다.

—정말? 엄마.

신이 된 딸이 있어서 힘들었잖아.
이런 딸이라면, 차라리 없는 게 낫지 않아?
『……다들, 고마워.』
말하면 이 다정한 사람들이 상처받을 것을 알고 있었다.
나는 가족을 의심하지만, 그들을 좋아하니까.
『나, 굉장히 운이 좋았네.』
좋아하니까, 힘낼 수 있었어. 모두를 위해 여름도 줄거야.
노래하고, 춤출 거야.
얼마든지, 나는 할 수 있어.
—힘낼 테니까, 나를 사랑해줘.
그렇게 가족에게 외치기만 하는 인생이었다.
『정말 잘됐어. 기뻐.』
그렇기에 말할 수 있었다. 이건 가족에게 좋지 않다.
가족 중에 대행자가 있는 건 평범한 일이 아니야.
18년간 키우면서 이해했잖아.
분명 그때 죽었어야 했다고 여기게 될 거야. 안 그래?
『얼른 건강해질게.』
나는 그 물음을 꺼내지 않고 그대로 가슴에 묻었다.
아야메가 똑같이 여름의 대행자로 뽑혔다고 듣고 말았으니까.

아아, 최악이야. 이번에는 아야메도 길동무라니.

아아, 왜 그렇게 된 거야. 나는 어떤 얼굴을 해야 해?

아아, 죄만 쌓여가. 자꾸만 좋지 않은 전개가 찾아와.

아아, 이번에는 약혼 파기야? 추가타를 가하는구나.

아아, 죽었을 때 가장 사랑받는 사람이 되고 싶지 않아.

하지만 나쁜 일은 계속된다. 나는 죄인처럼 고개를 숙인다.

그리고 말하는 거다.

거봐, ■ ■ 게 나았잖아.

제 4 장

여름의 현인신

하자쿠라 자매

레이메이 20년, 7월 22일. 여름의 마을 하자쿠라 저택.

봄의 주종과 겨울의 주종이 테이슈 동화 킹덤에서 재회한 날과 같은 날, 시간은 살짝 거슬러 올라간다.

"루리, 부탁이야……. 혼자 있고 싶어……."

여름의 자매에게 일어난 사건은 다른 사계의 대행자에게 알려지지 않고 조용히 진행되고 있었다.

쌍둥이신 중 한 명인 하자쿠라 루리는 닫힌 문 앞에 우두커니 서 있었다.

"……언니."

조금 전까지 방의 주인인 언니와 이야기하고 있었지만, 쫓겨나고 말았다.

방 안에 있는 아야메의 모습도 처참했으나, 루리도 생기를 잃은 모습이었다.

앵두처럼 반지르르했던 피부도 입술도, 윤기 흐르던 흑발도, 지금은 빛을 잃은 상태였다.

언니인 아야메와 똑같이 생긴 미인상의 얼굴은 병자처럼 그늘이 져 있었다. 자신의 계절을 구가하는 여름의 신으로는 도저히 보이지 않았다. 기본적으로 사계의 대행자는 자신이 속한 계절이면 생기가 넘치지만, 하자쿠라 자매는 전에 없는 타격을 받아 고통 속에 있었다.

"아야메……."

문 너머에서 불러봤으나 대답은 없었다. 루리의 눈에 서서히 눈물이 차올랐다. 구겨져도 아랑곳하지 않고, 입고 있는 원피스의 가슴 부근을 꽉 움켜쥐었다.

"미안해……."

울먹이는 목소리가 언니에게 전해지고 있는지 알 수 없었다.

루리와 아야메는 봄의 사건이 해결된 후, 5월 5일 입하부터 여름 현현 여행을 개시했다.

도중에 사계 회의도 무사히 개최되어 테이슈의 야마토 신사에 들러 참가했다.

그 후 다시 여행을 계속하여, 자매가 야마토 전역에 여름을 가져오는 데 성공.

개선하듯 여름의 마을로 귀환했더니, 여름의 마을을 운영하는 이장을 포함한 높으신 분에게 『쌍둥이신 탄생』을 이유로 자매의 결혼이 둘 다 취소됐다는 말을 듣게 되었다.

본인들의 의지를 무시한 압력에 의한 결혼 중지.

그 비보를 듣고 며칠이 지났다.

쌍둥이신의 탄생이 대체 왜 문제인가?

먼저 지적받은 것은, 루리가 사망하고 그 자리에서 아야메가 차기 여름의 대행자가 되었는데도 루리를 소생시킨 것이었다.

루리가 소생하면 둘 다 대행자가 되어 지금과 같은 상황이 벌어질 수도 있다는 것을 왜 생각하지 못했냐고. 두 사람이 하는 계절 현현, 혹은 한 명씩 교대로 계절을 현현하더라도 대지에 좋지 않은 영을 줄 가능성이 있다고 했다.

죽은 자가 되살아나면서 생겨난 대행자의 비틀린 형태. 그것 자체가 비판의 대상이었다.

비판한 것은 여름의 마을 내 행정을 담당하는 『여름 추부(樞府)』.

여름의 마을 이장을 필두로 구성된 행정 기관이었다.

사계의 마을은 봄의 마을, 여름의 마을, 가을의 마을, 겨울의 마을로 구분되는데, 그 내부에 마을을 통치하는 봄 추부, 여름 추부, 가을 추부, 겨울 추부가 존재했다.

그리고 추부의 최고 권력자가 이장이라는 구조였다.

계절의 신을 모시는 신전이면서 대행자가 가족과 떨어져 지내는 거주 구역이기도 한 본전이라는 곳이 있는데, 기본적으로는 그 본전에 추부 기관이 편입되어 있었다.

루리와 아야메는 여름 현현 여행 후, 본전 내 이장의 정무실로 불려가 질책을 받았다.

『새로운 여름의 대행자, 하자쿠라 아야메 님…… 전임 신인 동생을 왜 소생시켰습니까?』

여름의 마을 이장, 마츠카제 세이란은 가장 먼저 그렇게 말했다.

현 이장은 은회색 기모노를 입은 장년의 남성이었다. 마을의 중진인 마츠카제 가문의 지반을 이어받아 뽑힌 명가의 장자. 그게 바로 세이란이었다. 이장이 된 지 몇 년 되지 않은 신임이었다. 고목처럼 마른 몸에 날카로운 눈이 특징적이었는데, 그 눈으로 노려보면 말이 목에 걸려 나오지 않을 만큼 위압감이 있었다.

『……왜 소생시켰냐니…….』

세이란의 물음에 아야메는 당황스러운 목소리를 냈다.

루리는 숨을 멈췄다. 동석한 부모는 입을 쩍 벌렸다.

그야 그럴 것이다. 하자쿠라 일가를 불러놓고서, 가족의 일원이 무사히 되살아난 것을 규탄했으니까.

『……제가…… 루리를 지키지 못해서…… 그래서…….』

조용한 정무실 안에서 자신의 심장 소리가 유독 크게 들렸다.

—왜?

질문받고 아야메도 생각했다.

왜, 하자쿠라 루리는 죽었는가.

—호위관인 내가 지키지 못했으니까.

왜, 하자쿠라 루리는 부활했는가?

—내가 뒤따라 자살하려고 했을 때, 가을의 두 분이 살려주셨으니까.

왜, 소생시켰는가?

—동생을 사랑하니까.

자신도 죽어서 같이 여름의 신에게 항의하자고 생각할 정도로는 사랑하니까.

왜, 왜, 왜.

『……그래서, 그게…….』

잔혹한 물음에 대한 답은 제대로 있었다.

하지만 머릿속에 떠오른 것을 말하기가 어려웠다.

살짝 생각하기만 해도, 아야메는 죄책감에 목을 매달고 싶어졌다.

—안 돼. 냉정해져. 어설픈 말은 할 수 없어.

아야메는 자신을 질타했다. 이곳에 오기 전부터 알고 있었지만, 세이란이 굳이 가족을 정무실로 불렀다는 것은 하자쿠라 일가가 귀찮은 일에 휘말렸다는 뜻이었다.

아직 어떤 상황에 놓여있는지 판단할 수 없으나, 쌍둥이를 둘러싼 환경이 나쁘게 바뀌어버린 것은 틀림없었다.

—지금, 우리를 상처 입히려는 거야.

세이란은 일가를 향한 증오를 숨김없이 드러내고 있었다.

—단죄하고 있는 거야.

공격적인 말을 듣고 정신적 고통을 받고 있었다. 만만치 않은 상대다. 뭔가를 말하더라도 신중히 발언해야 했다.

—부모님도 말려들었어.

아야메는 근처 소파에 앉아있는 부모를 보았다. 마음을 진정시키고 눈앞에 있는 상대와 잘 대치하고자 하는 것은 자신만을 위한 일이 아니었다.

루리와 아야메의 부모는 이장 직속 부서는 아니지만, 추부 내에서 관리직으로 일하고 있었다.

자신이 어떻게 발언하느냐에 따라 부모에게, 그리고 부모가 속한 부서에 불이익을 줄 수도 있었다.

—뭐라고 말해야 정답이지? 어떻게 해야 모두를 지킬 수 있지?

세이란에게 어떻게 대응할지 망설이는 사이에 부친이 언성을 높였다.

『이장님!!』

심지어 처음 듣는 것 같은 호통이었다.

『이장님, 그건 너무한 질문입니다! 우리 딸이 뭘 잘못했다는 겁니까……! 루리는 여름의 대행자로서 야마토에 봉사했고, 아야메도 호위관으로서 성심성의껏 일했습니다! 그 결과, 불행하게도 목숨을 잃었어요! 구명 조치를 왜 나무라시는 겁니까!』

쌍둥이의 아버지는 온후하고 얌전한 성격이었다. 어지간해서는 화를 내지도 않았다.

그런 부친이 호통을 쳤다. 이어서 모친도 세이란을 노려보며 항의했다.

『루리 본인이 있는 앞에서…… 너무나도 비상식적입니다! 아야메한테도 들려줄 말이 아니에요!』

루리와 아야메는 깜짝 놀랐다. 그들이 이런 말을 해주리라고는 생각지 못했기 때문이다.

두 사람이 생각하는 부모는 높으신 분을 순종적으로 따르는 사람들이라는 인상이었다.

자신들을 사랑하긴 하겠지만, 루리와 아야메가 신의 영역에 속한 일을 하기 시작한 이후로 거리가 멀어진 것은 분명했다.

부모는 신이 되어버린 아이와, 그 신에게 이바지하는 인생을 택한 아이를 어쩌면 좋을지 알 수 없어서 애를 먹었다.

좀 더 평범한 아이를 갖고 싶었는데. 그런 감정은 은연중에 자매에게도 전해졌다.

책임과 의무가 생긴 두 사람은 일찌감치 어린 시절을 끝냈다. 어릴 때와 달리, 솔직하게 애정을 받으러 갈 수도 없었다.

줄곧 어색한 부모 자식 관계를 이어왔는데, 딸들을 위해 화내 줬다.

『엄마, 아빠…….』

아야메 옆에 있는 루리가 기쁨이 묻어나는 목소리로 중얼거렸다. 아야메 자신도 가슴 안쪽이 따뜻해졌다. 하지만 그 감정의 열기는 오래가지 못하고 금세 찬물을 맞았다.

『진심으로 하는 말인가?』

하자쿠라 가문도 마을의 명가였다. 그런 부모에 대한 경의도 배려도 없는 태도로 세이란은 말했다.

역겹다는 표정으로.

『제 자식이 어여쁘다고 뻔히 보이는 죄를 의식하지 못하는 거라면 큰 문제야.』

루리와 아야메를 향해 손을 펴서, 그가 말하는 죄의 대상을 확정하고 위협했다.

『지금, 그대들의 자식 때문에 마을이 혼란에 빠졌어.』

여름의 자매는 침을 삼켜 하얀 목을 움직였다.

사람을 불안하게 하는 분위기를 잘 만드는 남자였다.

섣불리 손대면 심한 꼴을 당한다. 그런 두려움을 상대가 본능적으로 느끼게 하는 뭔가가 있었다. 무력은 위협적이지 않았다. 하지만 그 몸에 도사린 영혼이 무서웠다.

부모는 계속 항의하려고 했지만, 아야메가 부모에게 더 말하지 않는 게 좋다고 눈짓하고서 겨우 입을 열었다.

『제가 지키지 못하여 죽게 했습니다……. 그러던 때에 가을의 대행자님과 호위관님이…….』

아야메는 어떻게든 감정을 억누르며 말했다.

『뒤따르려고 한 당신을 만류하기 위해 그랬다고, 보고는 들었습니다.』

『……맞습니다.』

세이란은 한숨을 쉬었다.

『……이해를 못 한 것 같아서 말하는데…… 왜 그랬냐고 묻기는 했지만, 당신이 어떤 감정으로 그랬는지는 어찌 되든 좋은 문제입니다. 죄를 자각했으면 해서 그렇게 말했을 뿐이죠. 이렇게나 둔할 줄이야…….』

세이란은 혐오를 감추지 않고 부모에게 말했다.

『현인신이라고 자녀를 너무 오냐오냐 키운 것 아닌가?』

사람의 마음을 죽이는 독과 같은 말이었다.

『엄마랑 아빠는 관계없어!』

그때, 루리가 끼어들었다.

앉아있던 소파가 흔들릴 기세로 일어났다.

아야메가 황급히 다시 앉히려고 했지만, 루리는 테이블 건너편에서 태연자약하게 있는 세이란에게 따져 들었다.

『아야메를 비난하듯 말하지 마! 내가 죽은 건 내 탓이야! 구명 조치를 한 사람들을 비난하는 것도 잘못됐어! 당신은 그때 싸우지도 않았으면서 대체 뭐야?』

『루리, 앉아…….』

『싫어! 아야메, 그치만……! 이상하잖아! 아무리 이장이라도 그렇게 말하는 건 이상해!』

세이란은 또 깊이 한숨을 쉬었다. 들으라는 듯 작위적인 긴 한숨이었다.

『……루리 님, 현인신인 당신을 공경하고 싶지만, 이 자리에서는 망자로서 조용히 계셨으면 좋겠군요.』

실내에 침묵이 내렸다. 그리고 분노가 가득 찼다. 그와 동시에 공간이 떨렸다.

『……뭐?』

루리의 목소리가 날카로워졌다. 아무리 여름의 마을을 통치하는 자라지만, 세이란의 행동은 도를 넘었다.

사계의 대행자는 경시당하기도 하지만, 그건 어디까지나 먼발치에서 이루어질 때가 많았고, 면전에서 이렇게까지 말하는 자는 거의 없었다. 사람은 너무 무례한 자를 마주하면 분노도 하지만.

『당신은 원래 여기 있으면 안 되는 존재인데…….』

동시에 공포도 느낀다. 말이 통하지 않는 괴물과 만난 것처럼 두려움이 섞인다. 세이란은 그런 인물이었다. 이쪽은 대화를 하고 싶은데, 이래서야 들어주지 않겠다며 포기하게 되는 것이다. 하지만 아야메는 어떻게든 마음을 분기시켰다.

『이장님, 말이 지나칩니다!!』

아야메도 큰 소리를 냈지만, 이장은 그보다 더 언성을 높여 일갈했다.

『너희는 그런 말을 들을 만한 짓을 했어!!』

찌르르. 귀청이 떨리는 큰 소리였다. 아야메는 저도 모르게 루리 쪽으로 몸을 붙였다.

『잘 들어. 자신이 여름의 대행자가 됐음을 알았는데 왜 전임을 부활시켰지?』

맞닿은 루리의 몸은 작게 떨리고 있었다. 세이란의 말도 시선도, 전부 지배적이었다.

『그 행위가 어떤 일을 일으킬지…… 생각도 안 하고서 왜 자기 욕심을 채웠냔 말이야!』

상대를 굴복시키고 싶어 하는 어조가 교묘하게 혐오감과 두려움을 일으켰다.

『슬슬 자기 죄를 인식해! 너희는 대역죄인이야!!』

그가 이렇게 비판하는 것을 보면, 어느 정도의 지지층이 더 있을 터다. 굳이 개인적인 의견을 말하기 위해 불러낼 만큼 여름의 이장은 어리석지 않다.

허를 찔렸다고 루리도 아야메도 느꼈다. 비판이 나온다면 봄의 사건이 있고 나서 나와야 했는데, 그때는 이런 말을 듣지 않았다. 그래서 완전히 안심했었다.

봄의 사건이 해결됐을 당시에는 해결해야 할 다른 문제가 많아서 뒤로 미뤄졌다고도 할 수 있지만, 여름 현현을 무사히 끝낸 후에 이런 자리를 마련한 것은 너무 갑작스럽고 비겁한 공격이었다.

심지어 부모를 동석시켰다. 가족 모두, 서로의 발언이 서로의 행동을 제한하지는 않을지, 불똥이 튀지는 않을지 고민되는 상황이었다. 다들 제대로 반론하지 못하는 사이에 세이란은 예리한 검 같은 말로 하자쿠라 일가를 난도질했다.

『쌍둥이신의 계절 현현. 앞으로 대지에 어떤 영향을 미칠지 알 수 없어. 그 발상에 이르지 못한 것부터가 위기관리 능력이 너무 없어! 섭리를 비틀었어! 부자연스러운 형태야! 가을의 대행자의 권능이라고는 하지만, 죽은 대행자를 소생시키다니! 관례를 더럽혔어!』

루리도 아야메도 지금껏 온갖 폭력과 대치해왔다. 테러리스트와도 싸운 아가씨들이다. 그런 그녀들이 겁먹을 정도의 기백으로 세이란은 호통을 쳐댔다.

특히나 아야메는 가장 동요했다. 가을의 대행자에게 루리를 소생시켜 달라고 한 사람은 다름 아닌 그녀였다.

동생을 죽게 해서 이런 꼴이 됐다고 하면 아무 말도 할 수 없었다.

『……여름 추부의 관리 말고도 봄의 사건의 대응을 의문시하는 자가 많아. 너희 쌍둥이신은 너무나도 꺼림칙해. 올해 현현을 마치고, 가을이 되고, 겨울을 끝내고, 다시 봄이 오고, 내년에 또 현현해도 대지에 이상이 없는지 계속 조사해야 해. 그 조사는 누가 하지? 너희는 하지 않겠지. 그런 상상력이 없는 것도 문제야. 나도 여름의 마을 이장으로서 너희의 처우에 관해서는 신중한 판단을 내리고 싶어. 일단은…….』

이어서 세이란이 꺼낸 말로 인해 자매의 생활은 붕괴됐다.

『현재 너희에게 예정된 혼인은 전부 백지로 돌리겠어.』

이 말이 하고 싶었던 것이리라. 세이란은 말하고 나서 희미하게 웃었다.

『상대측 가문은 쉽게 납득하더군. 흉조가 될 수도 있는 여자를 굳이 집안의 일원으로 들이고 싶지 않다는 의견도 받았어. 아무쪼록 이해해줬으면 해.』

너무한 처사에 아야메도 루리도 그 자리에서 졸도할 뻔했다.

결국, 이러한 지적을 받아 쌍둥이신은 제멋대로고 불길한 존재로 여겨지게 되었다.

불길한 자, 흉조 취급은 폐쇄적인 사회에서 몹시 무거운 낙인이다.

옛날이었다면 흉조 취급을 받은 자는 마을에서 생활을 제한당하고 어딘가에 유폐되었다.

그렇게 낙인찍힌 자를 배출한 가문도 따돌림을 당했다.

하지만 이번에는 사계의 대행자에게 일어난 일이기에 그러한 불우한 취급을 면했다.

파혼만으로 끝나서 다행이었다. 하자쿠라 가문도 문책당하지 않았다.

이제 자매가 평생 참고 산다면 전부 원만하게 수습되는 것이다. 세상은 문제 없이 돌아간다.

그것이 마을 사람들의 견해였다. 사계의 대행자는 숭배받지만, 세계를 운영하는 커다란 시스템의 톱니바퀴에 불과했다.

높으신 분이 결정한 일이라면, 대행자라고 해도 가족을 인질로 잡힌 상태에서는 거스르기 어려웠다.

자매의 부모는 살아있고, 앞으로도 세이란이나 중진들과 같이 일해야 하는 입장이었다.

비판 때문에 부모가 피폐해져 가는 모습은 루리도 아야메도 보고 싶지 않았다.

그래서 굴욕적이지만 순순히 따를 수밖에 없었다.

이토록 본인들의 의지를 무시하는 행위가 현대에 횡행하는 것은, 사계의 대행자를 양육하는 혈족 집단 『마을』이 폐쇄적인 사회이기 때문이었다.

신화시대부터 이어진 가문들의 권위는 높았고, 그 뒤를 방계가 따르는 이 커뮤니티는 피라미드 구조였다. 시대에 따라 번영하는 가문은 다소 달라져도, 마을을 운영하는 실권을 쥔 일족은 거의 정해져 있었다. 그야말로 촌락 사회였다.

높으신 분의 눈 밖에 나면, 개인뿐만 아니라 가족이, 가족뿐만 아니라 혈족 전체가 불이익을 당하는 것이 마을의 암묵적인 룰이었다.

관습이나 규칙을 지키지 않는 자는 배제된다. 사계의 대행자도 예외는 아니었다.

대행자는 혈족 중에서 초자연적으로 선출된다. 어느 날 갑자기 마을의 어떤 가문이 대행자 배출의 영예를 얻는다. 그저 그뿐이라면 그뿐이었다.

루리와 아야메의 가문인 『하자쿠라』는 여름의 마을이라는 폐쇄적인 사회에서도 상위에 속하는 가문이었다. 원하는 것은 웬만하면 이루어지는 지위였으나, 이번 결정은 그렇게 간단히 뒤집을 수 없었다.

“아야메, 미안해. 나, 몰랐어.”

회상에서 돌아온 루리는 문에 매달려 사죄를 이어갔다.

하자쿠라 아야메가 왜 죽은 듯 움직이지 않고 그저 울기만 하는지.

그 원인은 파혼만이 아니었다.

"……아야메가, 날 위해 움직여줬다는 걸 몰랐어……."

세이란과의 충격적인 회담이 있고 나서, 아야메는 날을 달리하여 세이란을 포함한 마을의 중진을 찾아갔고, 자신의 혼인은 포기할 테니 최소한 루리의 혼인만큼은 예정대로 진행시켜 달라고 교섭하고자 했다.

그러나 뭘 해도 세이란이 방해하고 쓴소리를 했다.

아니나 다를까, 어떤 중진과도 대화하지 못하고 문전박대를 당했다.

그래도 아직 뭔가 길이 있을 거라며 마지막에는 세이란의 저택을 계속 찾아갔지만, 끝내 안에 들어가지도 못했고, 부모와 친척들도 포기하라고 타일렀다.

아야메도 마음이 완전히 꺾여버렸다. 루리보다도 심하게 꺾이고 말았다.

—왜 혼자 방에 틀어박혀 있었을까.

루리는 마을로 귀환하여 파혼 이야기를 들은 뒤로 방에 틀어박혔었다.

아야메가 약혼을 발표했을 때처럼 난리를 칠 수도 있었지만, 그럴 기력조차 없었다.

자신뿐만 아니라 언니까지 이런 일을 당하게 만들었다. 심지어 자신이 부활해서 생겨난 대행자의 비틀린 형태 때문이라고 하니, 언니만을 보고 살아온 루리가 얼마나 절망했는지는 말로 표현하기 어려웠다.

그녀를 실의에 빠뜨린 것은 그것뿐만이 아니었다. 약혼 파기에 관해, 상대측의 승낙은 이미 얻었다고 세이란이 말한 것도 큰 슬픔이 되었다.

루리의 약혼은 아야메와 달리 부모끼리 정한 맞선이었지만, 우여곡절을 거쳐 약혼자와 희미한 사랑을 키우고 있었다. 아야메가 호위관을 그만두더라도, 그가 있어준다면 그래도 힘낼 수 있을 것 같은 상대였다. 그랬던 것이 일변하여 파혼. 휴대전화로 약혼자에게 연락했지만, 연결되지 않을 뿐만 아니라 전화번호가 존재하지 않는다는 기계 음성이 들렸을 때의 충격은 잊을 수 없다.

이미 그는 이 불합리한 처사를 납득했다는 사실이 추가타가 되어서 드러눕기에 이르렀다. 드러누워서, 울고, 또 드러눕고, 마침내 사고력이 돌아오기 시작하여, 그러고 보니 아야메는 어쩌고 있나 싶어서 오랜만에 방을 나왔더니, 아야메도 방에 틀어박혀서 안 나온다고 부모가 말했다.

허둥지둥 방으로 간 루리가 본 것은, 혼이 빠져나간 듯한 상태로 그저 눈물을 흘리고 있는 언니의 모습이었다.

"아야메, 미안해……."

그리고 서두의 상태가 된 것이다.

거부당한 루리는, 문 앞에서 이 상황을 바로잡을 말을 찾았다.

"내가 아야메한테 해 줄 수 있는 일이 없을까……?"

방 안에서 흐느끼는 소리는 들리지만 반응은 없었다.

"밥 가져올까? 뭔가 원하는 일이 있으면 말해줘……."

—제발 말해줘.

기도하듯 그렇게 청했으나, 아야메가 원하는 일은 하나뿐이었다.

"루리야말로, 밥 먹어……."

너는 지금 필요 없어.

“부탁이야. 지금은 내버려뒀으면 좋겠어……. 혼자 있게 해줘.”

그것이 아야메의 요구였다.

—거봐, ■ ■ 게 나았잖아.

생각하면 안 되는 말이 머릿속에서 흘러넘쳤다.

“루리, 미안해……. 나는 그냥 한동안 내버려둬…….”

“……언니…….”

“미안, 루리.”

그냥 내버려 둬, 아야메는 울먹이는 소리로 다시 그렇게 속삭였다.

—거봐, ■ ■ 게 나았잖아.

울려 퍼지는 소리를 쫓아내려고 했지만, 잘 안되었다. 하는 수 없이 방치했다.

“정말로, 정말로 미안해, 루리……. 못난 언니라서, 미안해…….”

—거봐, ■ ■ 게 나았어.

머릿속이, 시끄러웠다.

“…….”

닫혀버린 문 앞에서, 루리는 좀처럼 떠나지 못했다.

몇 달 전까지는 루리가 여름 별궁의 방에 틀어박혀 있었다. 그때는 그것이 자신을 버리는 언니에 대한 당연한 처사라고 생각했었지만, 정말로 어리석었다고 지금은 통감하고 있었다.

루리는 문을 살짝 쓰다듬고서 그 자리를 벗어났다.

하자쿠라 저택은 여름 별궁처럼 서양식 저택이었다.

루리의 방은 아야메의 방에서 조금 떨어진 곳에 있었다.

어릴 때부터 변함없는 방에는 인형과 관엽 식물이 가득했다. 원목을 사용한 가구, 흰색과 초록색을 베이스로 한 인테리어는 상냥한 분위기를 연출했다.

방으로 돌아오니, 루리의 권속인 개와 고양이와 새들이 발치로 와 재롱을 부렸다. 각자 걱정하듯 울음소리를 냈다. 여름의 대행자 특유의 능력으로 『생명 사역』의 힘을 가진 루리는 온갖 생물과 의사소통이 가능했다. 그들이 단순히 놀자는 것이 아니라, 우울해하는 루리를 격려해 주고 있다는 것은 바로 이해할 수 있었다.

"……얘들아, 위로해줘서 고마워……."

루리는 무거운 몸을 끌고 가 침대에 누웠다. 침대의 스프링과 함께 몸이 튀었다.

그러자 개와 고양이가 침대로 올라와 루리에게 몸을 붙였다.

사랑스러운 동물들이 주인의 고독을 메꾸고자 자꾸만 몸에 올라탔다. 털 속에 파묻히면서, 루리는 앞으로 어쩌면 좋을지 생각했다.

예정대로라면 루리의 결혼식은 내년. 아야메의 결혼식은 올해 초가을에 이루어져야 했었다.

루리의 약혼자가 그대로 대행자 호위관이 되므로, 아야메의 임기는 올해까지. 결혼식 후에는 대행자 호위관 인계 기간이 되고, 충분히 업무를 넘긴 후에 아야메는 퇴직하는 흐름이었다. 그 예정이 사라져 버렸다. 언니의 결혼식을 위해 준비한 선물도 갈 곳을 잃었다.

—누군가한테 상담하고 싶어. 난 어떻게 해야 해?

약혼자들과 마지막으로 이야기를 나눌 기회조차 없이 전부 끝나 버렸다. 이미 상대측이 전화번호도 바꿔버려서, 그들이 지금 뭘 하고 있는지도 알 수 없었다. 이렇게나 전방위로 손을 썼으니, 약혼자의 집에 가더라도 아마 만날 수는 없을 것이다.

애초에 갈 용기가 없었다.

루리는 다시 울음을 터뜨릴 뻔했다. 하지만 휴대전화의 착신음이 울렸기에, 눈물을 꾹 참고 화면을 보았다. 어쩌면 약혼자가 발신자 표시 제한으로 연락한 걸지도 모른다고 기대했다.

"……여보세요?"

전화를 걸어온 상대는 기대한 사람은 아니었지만.

『루리 님, 아침 일찍부터 전화해서 죄송합니다……. 어떻게 지내고 계신가요?』

자신의 상담을 들어줄 만한 남성 1위인 사람의 목소리였다.

루리는 개와 고양이가 깜짝 놀랄 만큼 벌떡 몸을 일으키고 떨리는 손으로 전화를 고쳐 잡았다.

『루리 님? 들리십니까?』

목소리의 주인은, 봄의 사건으로 친해진 가을의 대행자 호위관.

『접니다. 린도우입니다. 목소리를 들려주세요.』

춘하추동 공동 전선으로 전우가 되기도 한 상대. 아자미 린도우였다.

『두 분이 큰일을 겪고 있다고, 어떤 정보통을 통해 알게 됐습니다. 뭔가 제가 할 수 있는 일이 없을까요?』

루리는 눈시울이 뜨거워졌다.

"리, 린도우 니임……!"

자기가 생각하기에도 한심할 만큼 불쌍하게 매달리는 듯한 목소리를 내고 말았다.

"린도우 님, 이, 있잖아…… 나, 나…… 하고 싶은 얘기가 잔뜩 있어……."

가을 별궁이 파괴된 이후로, 가을의 주종은 어쩔 수 없이 마을에서 지내고 있다고 린도우 본인에게 들었다. 아마 가을의 마을 본전에서 전화를 걸었을 것이다. 생활 소음과 옷 스치는 소리도 들리는 걸 보면, 나데시코와는 떨어져 있을지도 모른다.

『듣겠습니다. 그러려고 연락했으니까요. 부디 울지 마세요.』

"린도우 님……!"

친근한 사람이 걱정해서 전화해준 것은 루리를 혼란에서 구해줬다.

거짓 없이 자신을 걱정해주는 상대가 이야기를 들어주는 것만으로도 사람은 마음가짐이 달라지는 법이다. 심지어 오빠처럼 좋아하는 린도우라면 더더욱.

루리는 자신들의 약혼이 파기되었다는 것. 아야메가 실의에 빠졌다는 것. 상황을 개선하고 싶어도 방도가 없다는 것을 전했다.

『그런가요…….』

린도우는 이 상황을 어느 정도 파악하고 있었던 것 같았다.

『……두 분 모두 약혼이 파기됐다니…… 유감입니다…….』

"응…… 그나저나 이 얘기를 누구한테 들었어……? 정보통이란 게 누구야……?"

『저도 자세히는 모르지만…….』

린도우는 얼버무리고서 말을 이었다.

『아무래도 각 마을의 【한 마리의 뿔토끼】를 아우르는 분이 보낸 것 같습니다. 다른 대행자님에게 어떤 일들이 일어나고 있는지 제 개인 메일로 와서…….』

루리는 어리둥절했다. 생소한 말이었다.

『모르십니까? 아마 여름의 마을에서도 문제가 되고 있을 텐데요.』

루리는 열심히 생각해 봤지만, 역시 알 수 없었다.

"나는 현현 여행에 나섰었고, 돌아오고 나서는 줄곧 집에 틀어박혀 있어서……. 미안, 몰라."

『그러십니까……. 설명해 드리자면…… 뿔이 난 토끼는 원래 있을 수 없습니다. 그러한…… 이제껏 없었던 새로운 자들, 이라는 느낌일까요. 이에 맞서는 것이 【늙은 거북】입니다.』

머릿속이 점점 더 복잡해졌다. 토끼에 이어 거북이가 나왔다.

『늙은 거북은 꼼짝도 하지 않는 간사한 거북이라는 의미입니다. 지금 저희를 둘러싼 환경은 【늙은 거북】에 의해 조작당하고 있다고 해도 과언이 아닙니다. 이에 반대하는 목소리를 내고 있는 것이 【한 마리의 뿔토끼】인 거죠.』

"나도 모르는 사이에 그런 세력이……."

『아뇨, 최근 들어 이름이 생겼을 뿐, 이전부터 있었습니다. 보수주의와 혁신주의에 가깝죠.』

곤혹스러워하는 루리에게, 린도우는 설명했다.

우선 『보수주의』란 옛 전통을 지키며, 전통을 새로 고치는 것에 이의를 제기하는 자들의 사고방식이다.

『혁신주의』는 보수와는 정반대다.

전통을 뒤엎고, 새롭게 바꾸어 나가는 자들이다.

보수도 혁신도 둘 다 장단점이 있었다.

이번에 린도우가 말한【늙은 거북】과【한 마리의 뿔토끼】은 각 마을에 존재하는 보수주의자와 혁신주의자를 가리켰다.

『하지만 본질적인 정의에서 벗어나는 행위를 하는 자들을 말합니다.【늙은 거북】은 말하자면 마을을 좌지우지하는 높으신 분들이죠. 바뀌지 않는 면면, 권력이 집중되는 집안은 정해져 있어요. 전통을 지키면서 이권을 탐하고, 권위를 유지하기 위해 이유를 붙여 자신들에게 유리한 쪽으로 일을 처리하려고 하죠. 그야말로 교활한 거북입니다. 여름의 마을에도 그런 자들이 있지 않나요?』

"대충 알 것 같아……. 마을의 높으신 분은 거역하면 안 된다고 부모님도 그랬고. 거스르면 무슨 일을 당할지 모른다는 분위기가…… 있긴 하지."

『네, 말씀하신 대로입니다. 이에 대립하는 것이【한 마리의 뿔토끼】입니다.「한 마리」라는 말이 굳이 붙어있는 것은 개개인이 목소리를 내는 게 중요해서 그렇다고 하더군요……. 명가 출신이 아니거나, 윗사람들의 방식을 참지 못하는 자들의 모임입니다. 이전에도 이런 대립 구도는 있었습니다. 고참병과 일개 병졸, 생각도 경험도 태어난 시대도 다른 자들입니다. 봄의 사건으로 사계의 마을의 현 상태 자체를 재검토해야 할 상황이 벌어지면서,【늙은 거북】과【한 마리의 뿔토끼】라는 이름이 생길 만큼 의논이 과열되었습니다. 말하자면 저희는 마을의 암부에 빛을 비춰서 문제를 가시화한 겁니다. 그런 와중에 류구에서 암랑 사건이 벌어지고, 천벌설이 엮이면서 문제가 더…….』

"어? 잠깐만. 갑자기 어려워졌어……. 어려운 말로 단숨에 말하지 마!"

루리는 방금 들은 단어와 대립 관계를 머릿속으로 정리하려고 했지만, 잘 안되었다.

어쨌든 거북이와 토끼의 사이가 나쁘다는 것만큼은 알 수 있었다.

『으음…… 그러면 쉽게 설명하겠습니다. 마을은 소위 말하는 《높으신 분》들이 있는 집안이 위세를 떨치고 있잖아요?』

"응."

『높으신 분의 화를 사면 큰일입니다. 권력이 있는지라, 자신이나 가족이 무슨 짓을 당할지 몰라요. 취직을 못하게 된다거나, 뭔가 압력을 받는다거나…….』

"……대놓고 말은 못하지만, 그런 일이 있다고 하더라……."

『하자쿠라 일문은 오래된 명가니까요. 그런 고초는 이제껏 겪지 않았겠지만, 그런 일이 가끔 있는 게 아니라 흔히 일어납니다.』

"……."

자신이 세상 물정을 거의 모른다는 자각은 있기에, 루리는 아무 말도 할 수 없었다.

『높으신 분이 전부 착한 사람들이라면 좋겠지만, 그렇지 않은 사람들이 마을의 요직을 차지하고 있는 일이 많습니다. 아부 받으며 자기 마음대로 일이 처리되는 게 당연한 상태가 줄곧 이어지고…… 그 자식이 뒤를 이으니, 마찬가지로 자기 마음대로 굴기 위한 지반만 다지게 되는 겁니다. 마을은, 오랜 역사 속에서 대단히 좋지 않은 자들이 권력을 쥐게 됐어요.』

루리는 이것도 이해할 수 있었다. 친척이 모이면 대체로 높으신 분이나 다른 집안 이야기가 나왔다.

어떤 집안이 일을 저질렀다는 둥, 높으신 분이 제재를 가했다는 둥, 그 집안은 결혼을 잘해서 다시 살아났다는 둥, 어른들은 희희낙락 이야기했다. 이런 말들을 어릴 때부터 듣는 탓에, 자연스럽게 높으신 분을 거스르면 안 된다는 사상이 주입되는 것이다.

『마을뿐만 아니라 민초의 세계에서도 역사상 똑같은 일은 일어났습니다. 권력이 있는 곳에는 청렴한 뜻을 가진 자의 수만큼 좋지 못한 뜻을 가진 자도 모이니까요. 그리고 좋지 못한 뜻을 가진 사람이 의외로 더 처세술이 좋기에 대성하곤 합니다. 권력자가 제멋대로 굴면 어떻게 될까요? 나쁜 일이라는 걸 알지만 권력자를 따르는 사람, 권력자가 자신만 챙겨 주도록 타인을 실각시키는 사람, 그런 사람이 많이 생기면 좋지 못한 부분이 만들어지는 겁니다.』

린도우는 아이에게 말해 주듯 착실하게 설명했다.

루리도 착실하게 연신 고개를 끄덕거렸다.

『여기서 일단 다른 이야기로 넘어가겠습니다.』

"넘어가는 거야……? 나, 잘 따라가고 있어?"

『잘 따라오고 계시고, 이야기는 제대로 돌아올 겁니다. 아무튼…… 봄의 사건 때 과격파 역적 집단 【카사이】 편에 붙은 범죄자는 크게 나눠서 두 종류가 있었습니다.』

루리는 무의식적으로 눈썹을 찌푸렸다. 그녀 자신도 사건 중에 배신을 당하여 정보가 적에게 넘어갔었기 때문이다.

『먼저 쾌락을 추구한 자들. 돈에 눈이 멀거나, 혹은 자극을 얻고 싶다는 바보 같은 동기로 범죄에 손을 댄 자들입니다.』

"바보잖아……."

『이자들은 대부분 마을 중진의 친족이었습니다.』

"바보의 극치야……."

그런 이유로 저지른 것 같다는 얘기를 듣긴 했지만, 친한 사람의 입으로 새삼 들으니, 알지도 못하는 사람들이 저지른 죄가 실망스러웠다.

『그리고 또 다른 범죄자의 이유는, 원한입니다.』

"원한이라니…… 누가 누구에게?"

『자신들만의 이익을 탐하는【늙은 거북】에게 희생된 사람들이요. 그런 사람들이 마을이나 사계청 같은 조직 자체를 증오하여【카사이】편에 붙은 겁니다. 그 왜, 마을에서 일을 얻는 것도, 사계청에 들어가 좋은 자리를 얻는 것도 연줄 없이는 불가능하니까요. 아무리 노력해도 좋은 집안 출신은 이길 수 없는 구조입니다. 대행자는 어찌 되든 좋지만, 마을과 사계청의 형태는 마음에 안 든다, 테러리스트에게 협력해 커다란 사건을 일으켜서 위정자에게 한 방 먹여 주겠다…… 그런 사람이 적잖이 있었습니다.』

"근데 왜 우리는 어찌 되든 좋은 거야!"

『……사계의 대행자는 아무래도 《기능》으로 보는 사람이 많은지라…….』

루리는 눈물을 글썽거리며 원망을 담아 말했다.

“나랑 아야메가 마음만 먹으면 마을도 없앨 수 있다고…….”

『……그 생각은 일단 내려놓으시고, 얘기를 계속하겠습니다. 그런데 말이죠, 추궁해야 할 것은 배신자뿐만이 아닙니다. 적대 조직과 유착하도록 만든 환경 자체도 문제이지 않습니까?』

“환경……?”

『대행자의 취급도, 마을 중진의 생각에 상당히 좌우됩니다. 이것도 환경이죠. 마을의 높으신 분들이 긍정하니까 루리 님은 도구 취급을 받는 겁니다.』

“……그러게.”

『국가 치안 기구가 체포된 사계 관계자를 취조해 보니, 쾌락을 추구한 자도 원한으로 일을 저지른 자도, 대부분 범죄를 저지른 이유로 답답함을 꼽았다고 합니다. 【카사이】는 내부에 사람을 심고, 이 억압된 마을에서 도망치고 싶어 하는 자들을 정확하게 노려서 동료로 삼은 겁니다. 봄의 사건이 벌어진 후, 책임 문제는 어느 한 명에게 떠넘길 수 없었고, 따져야 할 것은 사계청과 사계의 마을의 현 상태라는 풍조가 생겼습니다. 그렇게 문제를 제기한 사람들이 【한 마리의 뿔토끼】입니다.』

모든 면에서 깨끗한 집단은 존재하지 않을 것이다.

하지만 봄의 사건은 좋지 않은 부분을 발뺌할 수 없을 만큼 폭로해 버렸다.

“어? 좋은 거 아니야? 좋은 집단이란 거지……? 【한 마리의 뿔토끼】.”

루리는 순수하게 【한 마리의 뿔토끼】가 힘내줬으면 좋겠다고 생각했다.

마을 중진의 생각이 조금이라도 바뀐다면, 자신과 아야메의 결혼도 다시 가능해질지도 모른다.

하지만 린도우는 루리의 희미한 기대를 곧장 깨뜨렸다.

『무조건 좋지는 않죠.』

"어째서?"

『원한으로 가담한 사람들은 이 썩어빠진 형태에 구멍을 뚫고 싶어서, 최소한 소동으로 높으신 분이 허둥거리게 만들고, 운 좋으면 망신을 주고 싶었던 사람들이니까요. 타락해버린 【한 마리의 뿔토끼】이기도 합니다.』

"모, 몹쓸 집단이잖아……【한 마리의 뿔토끼】."

『뭐, 과격한 건 일부니까요. ……아무튼 그래서 【한 마리의 뿔토끼】는 젊은 청년이나 힘없는 집안 출신이 많습니다. 지금껏 짓밟혔던 사람들이 이건 이상하다고 목소리를 내기 시작했습니다. 생각이 제대로 박힌 【한 마리의 뿔토끼】 사람들은 대행자의 처우에도 화내며 옹호해주고 있습니다.』

"기, 기뻐……. 그런 사람이 늘어나면 좋을 텐데……."

『하지만 【늙은 거북】 입장에서는 좋지 않은 상황 아닌가요?』

"어……?"

린도우는 듣고 있는 루리를 농락하듯 속삭였다.

『【한 마리의 뿔토끼】 사람들이 입 다물고 있어준다면 그들의 생활은 달라지지 않습니다. 듣기 싫은 소리는 안 들어도 되고, 힘든 일은 다른 인간이 겪으면 그만. 자기들은 편하게 살고 싶다. 그게 바로 타락한 【늙은 거북】입니다.』

“…….”

『그런 썩어빠진 사고를 가진 녀석들 입장에서는, 자신들의 방식이 비난받는 현재 상황을 어떻게든 하고 싶겠죠?』

“……린도우 님?”

린도우의 목소리에 열이 담기기 시작했다.

『다른 곳으로 시선을 돌리고 싶다고 할까…… 이것저것 벌어진 안 좋은 정황은 전부 다른 사람 탓으로 돌리고 싶지 않겠어요? 【늙은 거북】은 비난의 화살을 다른 데로 돌리고 싶을 터.』

린도우의 이야기는 멈추지 않았다. 그가 열띤 목소리로 말하는 것과는 상반되게, 루리는 점점 체온이 내려갔다. 그러나 린도우는 상관하지 않고 계속 말했다.

『그리고 비난의 화살을 돌릴 거면 이렇게 된 원인으로 돌리는 편이 좋죠. 루리 님도 어렴풋이 눈치채시지 않았습니까?』

영문을 알 수 없었던 현 상황이 마침내 머릿속에서 정리되기 시작했다.

지금껏 보이지 않았던 것이 갑자기 보였다.

『천벌설은 집안 망신을 당한 【늙은 거북】이 손을 써서 유포시킨 겁니다.』

그렇게 보인 것은 순수한 악의였다.

『저희는…… 모르는 사이에 엄청난 일을 해낸 겁니다.』

외면하고 싶어지는 어두운 부분이었다.

『계절끼리 협력하여 역적을 퇴치하고. 덤으로 사계청과 각 마을에서 나온 배신자까지 색출했습니다. 봄의 사건으로 【늙은 거북】 사람들의 집안에서 체포자가 많이 나왔어요. 지금 그들은 매우 좋지 않은 처지에 놓여 있습니다.』

루리는 갑자기 어지러워졌다. 대행자는 사람들을 위해 봉사하며 사는 존재다.

마을과 사계청은 원래 대행자를 보좌하는 존재일 터.

그런 그들이 사명을 내팽개치고 제 안위를 위해 대행자를 공격하고 있었다.

『그래서 이쪽의 입장이 안 좋아질 만한 소문이 퍼진 겁니다. 자기들의 과실을 감추기 위한 눈속임이죠. 왜 갑자기 루리 님의 결혼이 취소됐는지 이상하다고 생각하지 않으셨나요?』

이 얼마나 어리석은가. 하지만 공격하는 측은 자신들을 어리석다고 여기지 않을 것이다.

『흉조니 뭐니 하는 건 구실이고, 그저 루리 님에게 자신들의 영향력을 보여줘서 복종시키고 싶은 겁니다. 이유가 생겨서 공격하고 있을 뿐이에요. 이대로 있으면 안 됩니다.』

린도우의 말을 들으며, 여러 가지가 마침내 머릿속에서 이어졌다.

《거봐, 역시.》

그런 말이 머릿속에 떠올랐다.

—거봐, ■ ■ 게 나았잖아.

너무나도 냉담하게 내치는 목소리였다.

『저희가 얌전히 따를수록 사태는 안 좋아져요. 가만히 지켜봐서도 안 되고, 비관하여 도망쳐서도 안 됩니다. 저는 루리 님이 들고일어나 주셨으면 합니다. 현 상황을 타개할 수 있는 사람은 여름의 두 분이라고 확신합니다.』

—거봐, ■ ■ 게 나았어.

아무리 노력해도, 미움받는 것은 괴롭다.

좋아해 줬으면 해서, 사랑받고 싶어서 살고 있는 아가씨라면 더더욱.

『그러니 루리 님, 류구에서…….』

린도우의 열띤 이야기는 거기서 끊겼다.

『……루리 님?』

루리가 전혀 말하지 않는다는 것을 깨달았다.

"나, 나……."

겨우 입을 연 루리는, 목소리가 떨리고 있었다.

『루리 님, 왜 그러십니까?』

"나…… 어쩌지……."

『뭐가 말입니까.』

"나……."

반발심을 부추기고, 분기시켜서, 실의에서 벗어나게 한다.

『루리 님……?』

아마 그럴 목적으로 자아냈을 말은, 보람 없이 끝났다.

루리의 말이 린도우의 심장을 찔렀다.

"역시 죽는 게 나았잖아……."

『예……?』

린도우는 말을 이해하지 못했다.

"어쩌지……."

『무슨 말씀을, 하시는 겁니까……?』

조금 전까지 잘만 놀리던 혀가 굳어버렸다.

『왜 그런 생각을 하시게 된 겁니까.』

음성에 초조함이 섞였다.

"다른 사람이 비난받는 원인을…… 내가, 만들었다는 걸 알았으니까……."

그런 얘기는 안 했다고 린도우는 말하고 싶은 것 같았지만, 루리의 말이 먼저 이어졌다.

"사람들이 날 안 좋게 여긴다는 자각도 있어."

『루리 님…… 왜 그런 말씀을 하십니까. 여름만 나쁜 말을 듣고 있는 건 아닙니다……!』

"알아. 하지만, 여름의 문제는 가을에도 영향을 주고 있잖아."

『……그건, 아뇨, 제 말은 그런 게 아니라……!』

루리의 머릿속에서 또 그 싫은 목소리가 울리고 있었다.

"봄이 가장 공격당하고 있지만, 애초에 유괴당한 대행자를 당시 어른들이 구하지 못한 탓이라는 건 다들 알고 있어. 히나기쿠 님에게 과실은 없어. 그런 점에서, 명백하게 과실이 있는 건 나뿐이야."

—거봐, ■ ■ 게 나았잖아.

"그런데 뻔뻔하게도 되살아나 버렸어."

—거봐, ■ ■ 게 나았잖아.

"나데시코도, 린도우 님도 잘못 없어."

—거봐, ■ ■ 게 나았잖아.

"두 사람은 나를 도와주려고 했을 뿐이야. 아무런 잘못도 없어."

—거봐, ■ ■ 게 나았잖아.

"아야메도, 조금만 있으면 결혼해서 호위관 일을 그만둘 수 있었는데, 나 때문에 대행자가 되고 결혼도 취소되어 버렸어."

—거봐, ■ ■ 게 나았잖아.

"전부, 전부, 내 탓이야……."

린도우를 곤란하게 만들고 싶지는 않았지만, 루리는 감정을 토로하는 것을 멈추지 않았다.

품고 있던 마음이 마침내 말이 되어 밖으로 나왔다. 비난하듯 말하고 싶었다.

"거봐, 죽는 게 나았잖아."

자신만큼은 그 사실을 분명히 깨닫고 있었으면서, 왜 모른 척했냐고.

슬프게도, 루리는 확신을 가지고서 그렇게 말할 수 있었다.

"……아야메도, 분명 그렇게 생각할 거야……."

루리는 세상의 모든 것이 싫어져서 손으로 시야를 가렸다.

엄습하는 현실의 괴로움을 직시하고 싶지 않았다.

눈물에 몸이 녹아버리면 좋을 텐데. 그러면 시체 처리를 남에게 맡기지 않아도 된다.

—죽는 편이 사랑받았다면 그게 나았어.

이런 운명은 바라지 않았다.

—어째서 항상 이런 거야. 나는, 항상.

루리의 인생은 늘 헛돌았다.

뭘 하든 조금씩 누군가에게 폐를 끼치고, 조금씩 미움받는 결과가 되었다.

살다 보면 다들 그런 경험을 하지만, 루리의 세상은 너무 좁았다.

그걸 견딜 수 없었다.

사랑받고 싶다고 바라는 것이 모든 일의 원동력인 아가씨에게는 견디기 어려운 일이었다.

사랑받을 수 없다면, 죽는 게 낫다.

—신이 아니었다면.

루리는 무의미한『가정』을 떠올렸다.

그날, 그때, 신으로 뽑히지 않았다면 분명 다른 인생을 보낼 수 있지 않았을까.

이미 몇천 번이나 생각한 꿈이었다.

다른 여자아이가, 다른 남자아이가, 대신 신이 되어줬다면 지금과 같은 절망과 굴욕을 맛보는 일은 없었을 터다. 사랑도 간단히 손에 넣었을지 모른다.

—어째서.

하지만 아무리『가정』을 떠올려봤자 소용없는 짓이었다.

—신 따위, 되고 싶지 않았어.

신으로 뽑힌 것은 루리였다. 제물이 되어버린 아가씨는, 분량이 정해져 있는 불행이 쏟아지는 것을 견딜 수밖에 없었다. 울어봤자 소용없었다.

하자쿠라 루리의 인생을 사는 것은 그녀뿐이니까.

『……루리 님.』

신이 된 아이가 평화로운 생활을 보내는 것 자체가 몹시 어려운 일이었다.

린도우는 광적일 만큼 애달픈 목소리를 냈다.

『어째서 그런 말씀을…….』

루리를 책망하고 있었다. 동시에 지키려 하고 있었다.

『죽는 게 낫다는 말은…… 하지 마세요…….』

"……그치만, 나는, 가치가 없어……."

『그렇지 않습니다. 저는, 당신이 누군가를 위해 밝게 있으려 한다는 것을 압니다.』

"……아니야."

『슬픔을 품고 있으면서도, 지금껏 한 번도 다른 사람들 앞에서 드러내지 않으셨죠. 당신은 상냥한 여자아이예요.』

린도우는 어떻게든 루리의 생각을 바꾸고 싶어서 말을 자아내고 있는 것 같았다.

『저는 알고 있습니다. 당신은 정말로 상냥한 여자아이예요…….』

"거짓말……."

『거짓말이 아닙니다.』

"거짓말이야……."

『그렇게 생각하는 건 당신뿐입니다.』

"……."

『당신은 멋진 사람이에요. 살아야 해요. 저뿐만 아니라 많은 사람이 그렇게 생각하고 있습니다.』

루리는 오열했다. 그렇지 않다고 대꾸했다.

만약 그렇다면. 린도우가 말하는 그런 인간이라면. 상냥해서 남들이 좋아하는 여자아이라면 좀 더 다른 인생을 살았을 거라면서. 린도우는 흐느끼는 루리를 타이르듯 말했다.

『지금 벌어지고 있는 일은 당신 탓이 아닙니다. 당신이 좋아하는 사람들이 당신 탓이라고 하던가요?』

"……그런 말은, 안 하지만……."

『그렇겠죠. 역시 당신 주변에서 당신을 소중히 여기는 사람들은 그렇게 생각하지 않는 겁니다.』

"생각하는 사람, 있어……. 적어도 아야메는……."

『루리 님, 안 됩니다.』

린도우는 그 이상 말하지 않게 타박했다.

『그렇게나 동생을 생각하는 분은 없어요. 그걸 알면서 왜 그런 말씀을 하십니까.』

"그치만…… 내가 나쁘니까……."

『아야메 님이 그렇게 말씀하셨습니까?』

"마, 말하지 않으니까 내가 말하는 거야……! 아야메가 말하지 않으니까!"

루리는, 지금 방에 틀어박혀있을 언니를 생각하고 또 울었다.

"사실은 그렇게 말하고 싶을 거야! 하지만 말하지 않아! 나라도 말해줘야 해! 나는, 죽는 게 나았을 거라고……!"

『…….』

“다들, 나 때문에 참기만 하잖아…….”

『말 자체는 엉망진창이지만, 당신이 왜 그렇게 말씀하시는지는 이해했습니다.』

린도우는 「잘 들으세요」 하고 운을 떼고서 말했다.

『당신이 그렇게 생각하는 건, 악의 있는 자들이 의도적으로 몰아붙였기 때문입니다. 천벌설이나 생태계 파괴 이야기가 나오지 않았다면 이토록 자신을 몰아붙이진 않으셨겠죠. 잘 생각해 주세요.』

“……그치만.”

『저는, 여름의 두 자매분을 좋아합니다. 그래서 남들에게 이용당하고 있는 현 상황을 참을 수 없어요. 들고일어나 주셨으면 해서…… 이것저것 이야기했습니다. 하지만…… 지금의 루리 님에게 할 말은 아니었습니다. ……그 점은 정말로 죄송합니다.』

그렇지 않다고 말하고 싶었지만, 눈물이 너무 많이 흐르고 가슴이 너무 괴로워서 말이 제대로 안 나왔다.

루리는 눈물을 뚝뚝 흘리며, 린도우의 목소리를 들었다.

『당신이 고귀한 신분이라서 강한 게 아니라, 타인을 위해 강하게 있으려 한다는 것을 깜빡했습니다. 이런저런 일이 일어나서 괴로우실 텐데, 죄송합니다. 다만 이 말만큼은 한 번 더 하고 싶습니다. 당신이 죽는 게 더 나았을 일은 없어요.』

“…….”

『믿어주세요. 당신이 무사해서 기뻐한 사람이 몇 명이나 있습니다. 저도 그렇고요. 모두의 마음을, 없었던 일로 만들지 마세요.』

죽는 게 나았다고 하면, 자신을 구해준 사람들에게 너무나도 실례니까.

다행이라며 울어준 가족을 슬프게 하니까.

"……미안, 해, 요……."

그래서 루리는 줄곧 참았다. 하지만 꼭 말하고 싶었었다. 오열하며 사과했다.

"린도우 님, 미안해요……. 듣기 싫은 소리 해서, 미안해요……."

『아닙니다…….』

"누군가한테 말하고 싶어서, 말이 목구멍까지 올라왔었어……."

『그렇죠. 루리 님의 입장이라면 당연합니다. 오히려 지금까지…… 잘 참으셨다고 생각합니다. 되살아났더니 언니가 대행자가 되어 있는 건…… 보통은 받아들이기 힘드니까요…….』

"도와준 린도우 님한테 말하는 거, 정말로 염치없는 짓이었어……. 나데시코가 노력해준 걸 물거품으로 만들었어……. 미안해……. 나는, 뭔가…… 나는 정말로……."

원치 않아도 이전의 자신이 떠올랐다. 부모와 언니에게 관심을 조르며 애먹였던 것.

가을의 대행자를 구하기 위해 행동했는데, 자신이 도움을 받는 결말이 됐던 것.

쌍둥이신이 되어 버려서 당혹스러워하는 언니를 어떻게든 도와주려고 밝게 행동했지만, 자매 모두 약혼을 파기당하자마자 바로 모든 것을 포기하고 아야메를 혼자 둔 것.

전부, 부끄럽고, 슬프고, 바보 같아서. 자신을 저주하고 싶어졌다.

"뭘 하든 잘 풀리지 않는 인생이야……."

울어버리는 것을 이제 멈출 수 없었다.

왜 일이 이렇게 되었을까. 어떻게 속죄하면 좋을까. 다른 사람이었다면 좀 더 잘 해냈을까? 모르겠다. 그저 가슴이 괴로웠다. 어린 아이처럼 펑펑 울었다. 눈물도 오열도 멈추지 않아서 일시적으로 말도 제대로 하지 못했다.

그래도 린도우는 전화를 끊지 않았다.

『루리 님…… 괜찮으십니까? 수건이랑 물은 있나요?』

루리의 눈물과 콧물이 잦아들자, 린도우는 마침내 입을 열었다.

"갠, 차나……."

『……지금 당장이라도 그쪽으로 가고 싶습니다.』

말에는 절실한 바람이 담겨 있었다.

"……아냐, 지금은 다들 큰일이니까…… 나데시코 옆에 있어줘……. 정말로, 미안해……. 하지만 기분이 나아졌어……. 다른 사람이 말을 들어주는 건 중요하구나……."

『조금이라도 도움이 됐을까요……?』

"응, 무척 도움이 됐어……."

린도우가 부정해줬다. 죽는 게 나았을 거라는 말은 하지 말라고. 그것이 지금의 루리에게는 구원이었다. 루리가 차분함을 되찾았다는 걸 느꼈는지, 린도우는 부드러운 목소리로 말했다.

『그런가요……. 그렇다면 듣길 잘했습니다.』

"고마워……. 아까 그건…… 다른 사람들한테는 비밀로 해주면 안 될까……? 그런 말은, 이제 안 할 거니까……. 내가 말했다는 것 자체를 비밀로 해줬으면 좋겠어…….”

『루리 님…….』

상황은 아무것도 바뀌지 않았다. 다만 자신의 이야기를 들어주는 사람이 있다는 사실이 마음을 상당히 위로해줬다. 친한 친구에게 고민을 이야기했고, 받아줬고, 잔뜩 울었다.

“정말로, 고마워.”

마음은 처음보다 훨씬 가벼워져 있었다.

『……하지만, 아야메 님이나 부모님과는 조금 속을 터놓고 얘기해야 할 것 같은데요…….』

“아냐, 됐어. 가뜩이나 폐를 끼치고 있는데. 또 투정 부린다고 생각할 거야.”

『그렇지 않습니다.』

“……그렇게 여기지 않더라도, 린도우 님을 상처 입힌 것처럼 상처 입힐 테니까, 비밀로 하고 싶어. 미안.”

『알겠습니다…….』

“그리고…… 다른 것도 미안……. 나한테 뭔가 말하려고 했었지?”

린도우는 말을 머뭇거렸다.

『그건…….』

“말 막아서 미안해. ……린도우 님도 내 얘기를 들어줬으니까, 나도 들을게. ……아니지, 듣고 싶어. 들고일어나서, 류구에……까지 말했었지? 내가 류구에서 할 수 있는 일이 있어……?”

『……있지만, 지금의 루리 님에게는 가혹한 일일지도 모릅니다.』

루리는 아직 눈에 눈물이 맺혀 있었지만 미소 지었다.

"괜찮아. 린도우 님이 얘기를 들어줘서 마음이 차분해졌어. 말해줘."

『…….』

"린도우 님?"

전화 너머로 망설이는 감정이 전해졌다.

루리는 말하려던 걸 중간에 막아서 미안하다고 생각했다.

잠시 후, 린도우는 결심한 듯 말했다.

『……이 말을 하면, 또 당신을 슬프게 할지도 모르지만…….』

"뭔데……?"

『어떤 정보통에 의하면…… 류구에서 일어난 암랑 사건은 아직 해결되지 않은 것 같습니다. 대행자는 지금 다양한 이유로 평가가 떨어졌지만…… 제가 생각하기에 이건 만회할 기회입니다.』

"만회……?"

『네. 왜냐하면 루리 님…… 당신은 사계로부터 생명 사역의 권능을 받으셨습니다. 루리 님이라면 암랑을 타이를 수 있지 않을까요?』

루리는 입을 쩍 벌렸다.

『만약 해결된다면, 루리 님과 아야메 님에 대한 흉조 취급도 불식될지도 모릅니다.』

한동안 눈을 깜빡거리며 놀랐지만, 린도우의 말이 점차 이해되며 표정이 밝아졌다.

『한번 류구에 가보시면 어떨까요.』

끝내는 연약했던 목소리에서도 힘이 넘쳐흘렀다.

"그, 그런가……! 만약 정말로 생태계 파괴 때문에 곤란한 거라면,

그게 동물 관련이라면…… 내가 어떻게 할 수 있을지도 몰라!"

『네. 루리 님은 야마토에서 유일하게 해결이 가능한 분이니까요. 아야메 님도 그렇지만…….』

루리는 눈앞이 갑자기 확 트인 심정이었다.

잔뜩 상처받고, 추태를 보이고, 이제는 일어설 수밖에 없는 지점까지 떨어져버린 탓일지도 모른다.

"그러면 히나기쿠 님에 대한 비난도 줄어들까? 다른 사람들도……."

할 수 있는 일이 있는 것만으로도 아직 희망이 있다.

그런 기분이 들었다.

"현인신 때문이라고들 말한다면, 현인신이 해결해버리면 돼……!"

목소리가 밝아진 루리와는 반대로, 린도우의 목소리는 낮았다.

『……그렇죠. 다만 위험도 동반하니…… 다른 사람들에게 말하면 아마 말릴 겁니다.』

"응……. 안 그래도 멋대로 굴지 말라는 풍조니까…… 몰래 가야 할지도."

루리는 말하면서 이미 행동하고 있었다. 타고나길, 생각하는 것보다 움직이는 것이 특기였다.

휴대전화를 귀에 대고 침대에서 내려와 책상 위에 있는 태블릿을 들었다.

아직 손도 발도 움직인다. 죽지 않았다. 그렇다면 끝까지 발버둥쳐보고 싶었다.

"사실은 황혼의 사수님 측과 연락을 하고 싶지만…… 우리는 그쪽에 관해서 전혀 모른단 말이지."

『그렇죠……. 저도 그쪽 정보는……. 다만 사수님은 하늘의 장막을 가르기 위해 시간적 여유를 두고서 성역이 있는 산에 들어간다고 합니다.』

“그럼 목적지는 류구다케구나.”

말하면서 재빨리 손을 놀려 태블릿을 조작한 루리는 마지막으로 화면을 터치했다.

『루리 님, 혹시 마음을 굳히셨다면…… 제가 비행기 준비를…….』

“아, 이미 했어.”

『네?!』

루리는 류구행 항공권을 예약하고 있었다. 그것도 2인분을.

“오늘 출발하는 마지막 비행기를 예약했어. 도착하면 밤일 테니까 바로 조사는 못 하겠지만, 아무튼 갈 거야.”

『……행동력이 대단하시네요.』

“에헤헤…….”

『제가 서포트할 수 있는 건 여기까지입니다. ……저도 나데시코도, 가을 현현을 준비하느라 한동안 바빠질 겁니다. 문자는 답장할 수 있을 테니까…… 뭔가 진전이 있으면 알려주세요.』

“응, 알았어. 힘내서 모두에게 좋은 점을 보여줄 거야!”

『……루리 님.』

“다녀올게, 린도우 님.”

『……네, 잘 다녀오십시오, 루리 님.』

이리하여, 하자쿠라 루리는 모든 사건의 시작점인 암랑 사건을 수

습하기 위해 류구에 가기로 했다.

한편, 츠쿠시에 있는 가을의 마을에서는 다른 문제가 발생했다.

가을의 마을 본전. 가을의 대행자 이와이즈키 나데시코가 현재 거주하는 곳.

그 본전의 일실에서, 잘 태닝된 갈색 피부를 지닌 미남자가 휴대전화를 한 손에 들고 험악한 표정을 짓고 있었다.

상대방의 반응이 좋지 않은지, 얼굴을 옆으로 기울이고서 눈썹을 내렸다. 노란 국화색 머리가 사르르 내려와 뺨을 어루만졌다.

"린도우."

가을의 대행자 호위관 아자미 린도우는 목소리가 들린 방향을 돌아보았다.

그의 사랑스러운 주인이 걱정스러운 얼굴로 보고 있었다.

"루리 님도 아야메 님도, 전화 안 받아……?"

린도우의 휴대전화에서는 불통 상태를 나타내는 소리만 울리고 있었다.

"네……. 어제도 오늘도 줄곧 이 상태라서…… 나데시코의 전화로도 전화해봤지만, 그쪽 번호도 착신 거부 상태입니다……."

주인이 울 것 같은 표정을 지어서, 린도우는 황급히 말했다.

"그 두 분이 갑자기 이런 일을 하실 리가 없습니다. 무슨 일이 생겼다고 여기는 게 타당합니다."

"미움받은 게 아니라……?"

"……네."

린도우는 사랑하는 공주님을 안아 들면서 생각했다.

—무슨 일이 생긴 건가?

가슴속 불안을 조금도 내비치지 않고 웃어 보였다.

—여름 현현은 무사히 끝냈을 터. 역적의 공격을 받지는 않았을 거야.

"나데시코, 때를 봐서 다른 대행자님에게도 확인해보겠습니다. 여름분들과 연락이 되는지 안 되는지."

"응…… 하지만, 그렇게 확인했더니 우리만 연락이 안 되는 거면 어쩌지……."

"아뇨, 그럴 일은 절대 없습니다. 여름 현현 여행이 끝나면 만나자고 약속도 했고…… 바다에 가자는 얘기도……."

"모르는 사이에 미움받을 만한 짓을 한 걸까……."

—문제가 생긴 거라면, 지금 일어나고 있는 대행자에 대한 비판 때문이겠지만.

"그럴 리가요."

—나데시코에게는 말할 수 없어.

린도우는 불안을 감추듯 나데시코를 꽉 끌어안았다. 괴롭지 않도록 세심한 주의를 기울이며.

—루리 님, 아야메 님, 무사하신 걸까?

가을의 별궁에 있는 아자미 린도우는, 그를 사칭한 누군가가 루리와 대화하고 있을 줄은 꿈에도 몰랐다.

하나씩, 하나씩, 대행자들을 포위하는 악의가 늘어나고 있었다.

아직 누구도, 각자의 목으로 다가오는 손을 눈치채지 못했다.

그 아이를 처음 본 것은 여름이었다.

염제가 세상을 끌어안은 것처럼 무더웠던 날.

저택을 나선 것을 곧장 후회했지만, 걸음은 멈추지 않았다.

있다고 듣기만 했던 여동생이 봄의 대행자가 되고 조금 지났을 때였다.

그때까지는 만나고 싶은 생각이 전혀 없었지만, 나는 마침내 행동하기로 했다.

선대 봄의 대행자 유키야나기 코바이가 서거하고, 이어서 그 딸이 『신』의 제물이 되었다.

그걸 알고서 만나고 싶어 하는 것을 보면, 내 성격이 얼마나 나쁜지도 알 만했다.

얼마나 운이 안 좋아야 그런 인생이 되는 걸까.

슬슬 날개 뜯긴 나비를 보러 가자는 그런 기분이었다.

만약 이 무렵의 나와 만약 만날 수 있다면, 목 졸라 죽이고 시체조차 남지 않게 없애버리고 싶다.

어리석었다. 증오에 찬 어린 시절을 보냈다지만, 너무 어리석었다.

자신의 환경이 좋지 않은 것은 그 모녀 때문이라는 생각이 어딘가에 있었을 것이다. 부친은 봄의 대행자를 건드려서 딸을 낳게 했고, 내 모친은 실성했다. 아버지에게 나는 그저 출세의 도구일 뿐인 여자가 낳은 귀엽지 않은 아이였다.

이제 누가 나쁜 건지 알 수 없을 만큼, 나를 둘러싼 인간관계는 최악이었다.

인간은 다들 비열하고 추잡한 생물이라고 주입하기 위해 준비한 듯한 지옥에서 컸다. 그래서 아무런 고생도 안 하며 살았을 그 아이에게 천벌이 내린 것이 기뻤다.

마을에 사는 사람 중에서 사계의 대행자가 되고 싶어 하는 사람은 없다. 꼴 좋다고 생각했다.

그 마음은 그 아이가 사는 저택에 도착하자 급속히 시들었다. 다시 생각해도 정말이지.

아아, 정말이지, 어리석고 우습다.

그곳은, 카요의 아가씨가 살만한 저택이 아니었다.

담장이 더러웠다. 아마 마을의 멍청한 악동들이 적었을 지저분한 낙서가 가득했다. 왜 지우지 않는 걸까. 품격이 요구되는 현인신이 사는 저택은 아니었다.

그 아이가 현인신이라는 점을 일단 제쳐 놓더라도, 나와 같은 카요 일문의 인간이 사는 곳은 아니었다. 이장은 왜 이것을 허락하고 있는 걸까.

아버지는 이 참상을 알고 있을까. 이런저런 의문이 들었지만, 답은 하나였다.

모를 리가 없다. 지배하는 것이 삶의 욕구인 그 두 사람이 파악하지 못했을 리가 없었다. 그렇다면 이건 알면서 방치하고 있는 것이었다.

『…….』

장례식이 끝나고 많은 세월이 지난 것도 아닌데.

정말로, 보호받아야 할 자가 사는 저택인가?

어쩌면 이곳에 온 건 좋지 않은 일일지도 모른다. 나는 몰라도 되는 일을 알려고 하는 게 아닐까? 그런 기분이 엄습해왔다.

그 아이를 미워할 수 없어지는 뭔가가 기다리고 있을 것 같았다.

그건 좋지 않다. 나는 미워하고 싶었다.

그렇게 생각했지만, 여기까지 왔는데 얼굴도 보지 않고 돌아가고 싶지는 않았다.

나는 그대로 추레한 저택에 들어갔다.

당당히 정문으로 들어갔지만, 사람이 전혀 안 보였다.

—분명 대여섯 살이라고 들었는데, 몇 명이 그 아이를 돌보고 있는 걸까.

수상한 자가 훌쩍 들어올 수 있는 경비와, 사람이 거의 없는 것에 놀랐다.

—그 아이는 아버지가 정말로 사랑한 여자가 낳은 아이일 텐데?

아버지는 후계자의 존재는 소중한 모양인지 내게 주어지는 교육과 의식주는 부족함이 없었다.

마을의 명가, 카요에 걸맞은 대우와 공경을 받았다.

—그럼 여기 있는 아이는?

점점 기분이 안 좋아졌다. 나는 추악한 아이를 보러 이곳에 왔다.

사랑받고 태어나 아무런 고생도 모르는, 그러나 벌이 내려서 현인신이 되어버린 어리석은 아이를. 그리고 그 아이를 만나면 말해줄 생각이었다.

『네 엄마가 우리 아빠를 홀렸어.』
『너와 너희 엄마의 존재가 우리 엄마를 미치게 했어.』
『왜 태어났어?』
『카요 가문에 걸맞지 않은 첩의 자식.』
『잘 들어. 온 마을이 너를 싫어해.』
『네가 사계의 대행자가 된 건 벌이야. 벌이 내린 거야.』
『내가 지금껏 얼마나 비참하게 살았는지 넌 몰라.』

생각할 수 있는 온갖 욕을 해줘야지.
그래서 울려야지. 한 방 먹여주고 싶다. 내가 이렇게 비뚤어지게 된 원인에게.
나는 그렇게 생각했었다. 정말로 생각했었다. 거짓말이 아니다. 나는 동생을 싫어했다.
죽어버리라고 생각할 만큼 미워했다.
그 동생을 마침내 상처 입힐 수 있다.
이로써 내 괴로운 인생도 조금은 보답받는 것이다.
정말로, 그렇게, 생각했었는데.
의욕적으로 저택을 배회하던 나는, 이윽고 소리를 들었다.
누군가가 우는 소리를.
그때까지 악랄한 생각을 하던 사고는 뚝 멈추고, 불안이 몸을 지배했다.
나는 주위를 둘러보았다. 아무도 달려오지 않았다.
이봐, 울고 있다고. 어린아이가.

『…….』

그대로 입을 다물고 있었지만, 아무래도 저택에 사람이 없는 것 같았다. 아이를 돌보는 사람이 있을 텐데, 뭐 하고 있는 걸까. 어린 아이가 우는 소리는 계속 들렸다.

나는, 그쯤 되니 이제 알았다.

찌는 듯이 더운 날. 열 살도 안 되는 아이가 방치되어 있는 것만 봐도, 그 아이가 어떤 취급을 받으며 살고 있는지 헤아릴 수 있었다.

사랑받고 있을 거라고 상상했던 것은 그저 나의 망상이었고, 누구에게도 사랑받지 못하고 있다.

이 저택에 있는 것은, 그저 쉬쉬하며 감추는 존재. 세계에 바치는 공물이었다.

나는 동생이 있을 방의 장지문을 살짝 열어 안을 보았다.

심장이 유독 크게 뛰었던 것을 기억한다.

그곳에 있던 것은, 작은 여자아이였다.

정말로 작디작은, 나보다 훨씬 어린 여자아이였다.

널 증오한다고 말하더라도 이해할 수 있을지 의심스러울 만큼 어린 생명이었다.

심지어 방치되어 있었다. 다다미 바닥 위에 웅크려 울고 있었다.

이 나이 때의 아이가 울고 있는데 어째서 아무도 달려오지 않는가.

어른들은 뭐 하는 거야. 그래도 봄의 대행자라고. 이 나라의 봄이라고 해야 할 아이를, 왜.

나는 울고 있는 아이가 오열하며『어머니』,『왜 함께 가지 않은 거예요』,『나도 데려가』하고 비명 같은 울음소리를 내는 모습을 더 보지 못하고 그 자리를 뒤로했다.

—보지 말걸. 보지 말걸. 보지 말걸.

그런 말이 머릿속을 빙글빙글 맴돌며 지배했다.

저택에 있던 것은, 어른들에게 농락당하고, 중압감과 외로움에 울고 있을 뿐인 어린아이였다.

누군가가 지켜줘야 할 나이지만, 복잡한 입장이라서 모두가 멀리했다.

그날부터 동생은 내 마음에 자리를 잡았다.

아침에도, 점심에도, 밤에도, 그 아이를 생각했다. 뭘 하고 있을까 하고.

나는 딱히 평범한 아이를 괴롭히고 싶었던 게 아니다.

그 아이는 내가 생각했던 그런 아이가 아니었다.

좀 더 특별하고, 사랑받아서, 공격해도 되는 존재라고, 내가 더 비참하고 슬픈 생물이라고.

그렇게 생각했었기에, 그래서, 나는.

나는, 너를, 너를, 미워할 수 있었는데.

히나기쿠, 너를 사랑할지 말지 망설이는 사이에 너는 죽어버렸다.

제 5 장
카요 잔세츠

"처음 뵙는군. 봄의 마을, 봄 추부 소속인 카요 잔세츠야."

봄의 주종과 겨울의 주종이 테이슈에서 보낸 즐거운 시간은 이미 끝난 뒤였다.

시곗바늘은 움직여 심야 열 시를 넘긴 시각. 표정을 딱딱하게 굳힌 사람들이 방에 모여 있었다.

봄의 대행자 호위관 히메다카 사쿠라, 겨울의 대행자 칸츠바키 로우세이, 그 호위관 칸게츠 이테쵸.

그들이 대치하듯 보고 있는 사람은 봄의 마을의 거물이었다.

봄 추부는 이장을 주체로 마을을 운영하는 기관이다. 봄뿐만 아니라 다른 마을에도 추부는 있었고, 독자적으로 마을을 다스렸다.

하지만 그가 거물인 것은 추부 소속이라서가 아니었다.

모친은 예로부터 테이슈에 뿌리를 내린 시라후지 가문 출신으로, 보유한 산들과 토지의 가격이 급등하면서 부동산왕이라고 불리게 된 일족의 후손이었다. 부친은 봄의 마을 차기 이장으로 칭송받는 카요 슌게츠. 잔세츠는 그런 두 사람의 아들로, 히나기쿠의 배다른 오빠이기도 한 청년이었다.

"그럼 뭐부터 이야기할까……."

그렇게 중얼거린 잔세츠(잔설)의 외양은 그 이름과 잘 어울렸다. 나이는 20대 초반일 것이다.

운치가 있는 기모노 차림새였다. 흰 눈처럼 투명한 느낌을 주는 빛나는 피부, 색소가 옅은 머리카락. 봄의 남자라기보다는 겨울이 더 어울릴 듯했다.

아마 모친을 닮았을 얼굴은 섬세하고 아련했다. 그러나 본인의 내면에서 풍기는 담대한 분위기와, 등에 철판이라도 넣은 듯 아름다운 자세도 어우러져서 늠름함도 갖추고 있었다.

—히나기쿠와는 전혀 안 닮았어.

로우세이는 다시금 그를 빤히 보며 생각했다. 히나기쿠가 가련한 한 송이 꽃이라면, 잔세츠는 겨울 하늘에 뜬 고독한 달 같았다. 생김새도, 풍기는 분위기도 전혀 달랐다. 두 사람에게 절반이나마 같은 피가 흐른다는 것을 믿을 수 없을 정도였다.

—정말 신용할 수 있나?

잔세츠의 모친은 히나기쿠와 그 엄마인 코바이를 질투하여 죽이려고 했었다.

비극의 배경에는 원래 연인이었던 슌게츠와 코바이 사이에 잔세츠의 모친이 끼어들어 두 사람을 갈라놓았다는 사정이 있지만, 히나기쿠의 부친 카요 슌게츠가 부정을 저지른 것은 틀림없었다. 폭거에 나선 것은 옹호할 여지가 없으나, 정처의 분노는 정당했다.

그리고 카요 잔세츠는 배신당한 정처의 아들이다.

히나기쿠와 그가 복잡한 사이인 것은 틀림없었다. 잔세츠의 입장에서 보면 그는 정처가 낳은 적장자고, 히나기쿠는 첩의 자식이다. 모친이 정신적으로 꺾여버린 원인. 마음에 드는 상대는 아닐 터다.

로우세이는 사쿠라에게로 시선을 옮겼다. 사쿠라는 시선을 알아차리고서 안심하라는 듯 고개를 끄덕였다.

—하지만 사쿠라가 믿고 있단 말이지.

로우세이는 잔세츠 측의 사정을 미리 들었다. 히메다카 사쿠라와 카요 잔세츠의 관계성에 관해서.

간단히 말하면, 히나기쿠를 지켜보는 동지 같은 것이었다.

히나기쿠가 【카사이】의 아지트에서 단독으로 탈출하여 봄의 마을에 돌아온 뒤, 카요 잔세츠는 마찬가지로 마을에 돌아온 사쿠라와 접촉하여 동생을 지켜달라며 보호를 부탁했다고 한다.

그것이 히나기쿠 몰래 생긴 두 사람의 인연이었다.

입장상, 그리고 모친의 사정도 있어서, 히나기쿠와 쉽사리 대화할 수도 없는 잔세츠는 동생을 지키고 싶지만 지킬 수 없어 고민했고, 고육지책으로 호위관인 사쿠라와 접촉했다.

이후로도 사쿠라를 통해 히나기쿠를 지켜보기로 했다고 한다.

그러나 춘하추동 공동 전선이 펼쳐진 이후로 상황이 바뀌었다.

대규모 테러가 일어날 것을 관계자 전원이 피부로 느꼈다.

테러에 대비하여 마을 내부에서도 사계의 대행자를 더욱 지원해야 한다는 의견이 나오기 시작했다.

잔세츠가 움직이는 것에 당황하고 부정하는 의견도 나왔지만, 봄의 대행자가 복귀하자마자 역적의 공격에 노출된 사태를 가볍게 보아선 안 된다며 반대를 무릅썼다고 한다.

지금껏 협력하지 않았던 춘하추동의 대행자와 호위관이 협력 체제를 이룬 상황도 행동의 계기와 이유가 되었다.

【카사이】와의 싸움은 단기간에 결판이 나서 결국 사건 중에는 제대로 원호하지 못했으나, 동향을 지켜보고 있었기에 사건 후 신속히 각 대행자가 묵을 곳으로 테이슈에 있는 숙박 시설을 제공했고, 현재는 봄의 주종에게 개인적으로 경제 지원을 하고 있다고 했다.

그래서 히나기쿠와 사쿠라는 마을에 돌아가지 않고, 보안이 완벽하여 해외 요인이 이용하는 숙박 시설인 테이토 영빈관의 방을 받아 거기서 지내고 있다고 했다.

부동산왕의 손자이기에 가능한 원조 방식이었다.

—수상해.

숙박 시설을 지원해준 사람이 있다는 것은 로우세이도 사건 직후에 들었지만, 설마 그게 잔세츠일 줄은 몰랐다. 겨울도 사건 후 테이슈에 체재할 때는 테이토 영빈관에 묵었으나, 역시 수상쩍다고 로우세이는 생각했다. 보답을 바라지 않고 사재를 들이는 공명정대한 행동은 칭찬해야겠지만 신용이 가지 않았다.

로우세이의 이 감정은 봄의 마을 자체를 불신하는 탓이기도 했다.

봄의 마을은 히나기쿠가 유괴당한 지 석 달 만에 수사를 그만두고 겨울의 마을에 떠넘겼다.

세월이 지났다고 해서 이 행위를 용서할 수는 없었다.

그때 히나기쿠를 버리자고 결단한 자들은 여전히 끈질기게 살아남아서 자기들 좋을 대로 봄의 마을을 움직이고 있을 것이 틀림없다고, 로우세이는 생각하고 있었다.

그리고 잔세츠는 마을의 행정을 관장하는 봄 추부 소속.

히나기쿠를 버리기로 결정했을 이장의 손자다.

—엄청나게 수상하잖아.

로우세이는 잔세츠가 아군인 척하는 적일지도 모른다고 의심하고 있었다.

—속을 떠볼 수밖에 없어.

로우세이는 이테쵸를 보았다.

이테쵸는 로우세이보다 먼저 잔세츠에 관해 사쿠라에게 들은 듯했다.

평소에도 그렇지만, 차분했다. 주인인 로우세이에게 말하지 않은 것은, 상황을 가늠하기 위해 조용히 지켜봤던 것이겠지만.

—일찌감치 말해달라고.

로우세이는 말없이 이테쵸를 노려보았다.

“잔세츠 님.”

사쿠라가 그의 이름을 불렀다. 그리고 걱정스레 옆방의 벽을 보았다.

뭘 걱정하는지 알아차린 잔세츠가 아까보다 조금 부드러운 음성으로 말했다.

“히메다카 사쿠라, 괜찮아. 문 앞에 호위진을 배치했고, 안에는 츠바메를 들여보냈어.”

이런 목소리도 낼 수 있나, 하는 생각이 들 만큼 다정한 목소리였다.

로우세이는 그 목소리에도 놀랐지만, 발언 내용에 눈썹을 찌푸렸다.

잔세츠는 그걸 눈치채고 말을 덧붙였다.

“설명이 부족했군. 츠바메(제비)는 내 종자야. 새가 아니라. 이름은 아보시 츠바메…… 겨울의 대행자님과는 한 번 만난 적이 있지. 내 종자가 무례를 저질렀던 모양인데…… 대신 사과하지. 대행자님에게 결례를 범했어. 미안해.”

로우세이는 사쿠라가 괴롭히지 말라고 했던 소년을 떠올렸다. 평온한 목소리로 대답했다.

“별 탈 없었어. 나야말로 종자에게 미안한 짓을 했어.”

로우세이의 말을 듣고, 잔세츠는 입꼬리를 올렸다.

웃으니 살짝 어려보였다. 잔세츠는 스무 살쯤이라고 했으니, 로우세이 입장에서는 동년배의 청년이었다.

"아니, 대행자님은 츠바메를 어린아이로 대하지 않고 제대로 심부름꾼으로 봐줬던 거잖아. 내 교육이 부족해서 불쾌한 경험을 하게 했어. 그대의 입장을 생각하면 당연한 반응이야. 나는 선뜻 돌아다닐 수 있는 신분이 아니라서…… 앞으로도 그 아이에게 전달을 부탁하는 일이 많겠지."

잔세츠는 조용히 허리를 숙여 사죄하는 자세를 보였다.

"시간을 두고서 그 아이의 성장을 지켜봐 줬으면 해."

"……잘 알았어. 고개를 들어. 선 채로는 얘기하기 불편한데. 앉지."

로우세이가 말해서, 다들 소파에 앉았다.

이 청년이 미리 손을 써뒀다는 호텔은 테이슈 동화 킹덤에서 그리 멀지 않은 인기 있는 숙박 시설이었다. 외국에서 온 손님도 많아서 그런지, 그저 잠만 자고 가는 곳이라기보다는 장기 숙박자를 위해 생활 전반이 곤란하지 않도록 만들어져 있었다. 세 사람이 있는 방은 여러 명이 환담하고 쉴 수 있을 만큼 넓은 팔러룸이었다. 히나기쿠는 거의 바로 옆에 있는 별실에서 자고 있었다.

"아무튼, 잔세츠 공……이라고 하면 되나? 그쪽의 용건을 듣기 전에 묻고 싶은 게 있는데……."

로우세이가 말하자 잔세츠는 고개를 끄덕였다.

"물론 대답하겠어. 갑작스럽게 접촉했음에도 불구하고 응해준 답례로."

묻고 싶은 것은 산더미 같았으나, 우선 소박한 의문부터 꺼내기로 했다.

"중요한 얘기를 하는데 왜 카요 히나기쿠를 동석시키지 않는 거지?"

잔세츠는 동요하지는 않았지만, 로우세이를 보는 시선에 우수가 섞였다.

"사쿠라한테 들었는데, 잔세츠 공은 봄의 주종이 현재 거주하는 테이토 영빈관도 무상으로 제공하고 있다지. 귀공이 아무리 자산을 가지고 있더라도 간단히 할 수 있는 일은 아닐 터. 그걸 말하면 히나…… 봄의 대행자는 고마워할 텐데, 왜 안 만나지? 왜 그 아이를 배제해?"

잔세츠는 쓴웃음을 지었다.

"그 부분부터 묻는 건가……. 겨울의 대행자님은 직설적이군."

그래도 침묵할 마음은 없는지, 히나기쿠가 잠든 방 쪽을 힐끔 보고 나서 다시 로우세이를 보았다.

"이유는 간단해. 동생은 내가 무서울 테니까."

로우세이는 눈을 깜빡였다. 잔세츠가 『동생』이라고 말했기 때문이다.

—이 남자는, 히나기쿠를 제대로 가족으로 인식하고 있는 건가.

로우세이는 우선 그 점에 놀랐다.

"본 적도 없는, 자신을 죽일 뻔했던 여자의 아들이야. 그런 내가 갑자기 다가가면 경계할 게 뻔해. 나는 동생을 겁주고 싶진 않아."

"그건……."

"그래서 안 만나는 거야. 그게 다야. 이야기도 나중에 대행자님이 공유해 주는 편이 나아."

간결한 대답이었다.

"감사받고 싶은 것도 아니고…… 접촉해서 교류할 마음도 없다면…… 더더욱 의문이야. 그렇다면 원조하고 싶다는 마음은 어디에서 오는 거지?"

"죄책감 때문이지."

또 간결한 대답이었다. 로우세이는 잔세츠의 표정으로 사고를 읽는 것을 포기했다.

그는 그런 식으로 허점을 드러내지 않는다.

그렇다면 대화해서 동요를 유발할 수밖에 없었다.

"……죄책감이라는 건 어머니 때문인가?"

"하하!"

잔세츠는 웃었다.

"왜 웃어?"

"모친의 기행이 온갖 곳에 알려져 있다는 게 부끄러워서 말이야."

어쩌면 건드리지 않았으면 하는 부분이었을지도 모른다.

잔세츠는 갑자기 말이 유창해졌다.

"어머니 얘기를 꺼내면 괴로워. 하지만 그 죄를 씻어야 할 사람은 내 아버지, 카요 슌게츠겠지. 나한테 그 책임을 물어도 곤란해. 혈연으로서 미안한 마음은 있지만……."

잔세츠의 긴 속눈썹이 내리깔렸다.

무슨 말을 해도 눈 속에서 조용히 말하는 것처럼 들리는 남자였다.

그 내면이 겨울의 세계에 갇혀 있어서 잘 보이지 않았다.

"원조하는 이유는…… 나 자신이 동생을 미워하여 방치한 것을 후회하기 때문이야."

"……."

"나는, 유감스럽게도 별로 좋은 가정 환경에서 자라지 못했어."

잔세츠는 내씹듯이 말했다.

"그 원인을 어딘가에 갖다 붙이고 싶었어. 동생은 좋은 대상이었지. 어른들도 나한테 나쁜 말을 불어넣었기에 나도…… 멸시해도 되는 대상이라고 착각했어."

로우세이가 경계심을 키웠으나, 잔세츠는 그 시선으로부터 도망치지 않았다.

"지금은 동생을 미워하는 게 잘못됐다는 것을 분명히 이해하고 있어. 어릴 때는 그걸 몰랐지. 나도, 성장하면서 잘못을 깨달았어."

담담히 시선을 받아들이고서, 소복소복 내리는 눈처럼 속삭이는 목소리로 말했다.

"깨닫고, 동요했어. 동생과 얘기해봐야 하는 걸까. 어쩌면 우리는 못난 부모를 둔 동지로서 친해질 수 있을지도 몰라……. 아냐, 역시 그만두자. 주제넘은 짓은 하면 안 돼. 그렇게 내가 망설이는 사이에 세월은 흘렀고……."

너무나도 조용히 이야기해서, 진심으로 하는 소리인지 의심하고 싶어졌다.

하지만 이어서 나온 말에는 분명하게 아픔이 담겨 있었다.

"어느새, 동생은 역적에게 납치당한 뒤였어."

그리고 이번에는 잔세츠가 로우세이에게 강한 시선을 보냈다. 이테쵸 쪽도 노려보듯 보았다.

"겨울의 마을에서, 납치당했어."

그 눈은 말하고 있었다.

너희도 죄를 잊지 말라고.

"눈이 번쩍 뜨이는 심정이었어. 동생이 납치당했을 때 봄의 마을의 내정은…… 심각했어. **이대로 죽어준다면 마을의 오점이 하나 사라지는 거다**. 그런 풍조였으니까. 내 아버지와 어머니, 그리고 유키야나기 코바이가 일으킨 칼부림 사태는, 확실히 부끄러운 일이지만…… 동생과는 관계없어. 아주 억울한 일이야. 존재 자체가 오점인 것처럼 여겨지는 게 얼마나 괴로운지는 나도 잘 알아. 아버지에게 있어 나는 좋아하지도 않는 여자와 만들어야 했던 존재니까."

잔세츠는 로우세이를 압도하며 청산유수처럼 말했다.

"웃기지도 않지. 그 아이도 나도 부모 세대의 진창에 휘말린 피해자야. 마을로서 대행자 구출에 전념해 달라고, 인명 구조에 사사로운 감정을 끌어들이지 말라고…… 그렇게 말하고 싶었지만, 말하진 못했어. 아버지와 이장, 주변 사람들에 대한 불신감을 품은 채 히나기쿠가 귀환하길 기다리는 나날이 계속됐지."

그 말의 나열에는 확실히 분노와 원망이 담겨 있었다.

"그러는 사이에, 봄의 마을은 석 달 만에 수색에서 손을 뗐어."

말하는 모습은 봄의 마을을 향한 혐오를 드러내는 사쿠라와 닮아 있었다.

"그때는 마을의 결정을 믿을 수 없었어."

잔세츠의 일관된 목소리는 조용했지만, 그 말을 듣고 있는 로우세이는 느껴지는 감정의 무게에 등에서 식은땀이 났다. 아름다운 얼굴에 감춰진 열화와 같은 거친 기질이 강하게 느껴졌다.

잔세츠는 사쿠라에게 시선을 옮겼다.

"정신 차리고 보니, 호위하느라 총을 맞은 아홉 살 소녀 종자마저 마을에서 쫓겨난 뒤였어. 아무리 그 아이를 미워했더라도 역시 눈이 뜨일 수밖에 없었지. 저주가 풀린 것처럼 이해했어. 추악한 건 어른들이지, 그 아이가 아니라는 걸."

검은 눈을 뿌리는 것 같은 저주의 말이었다.

"아무것도 해주지 못해서 미안했다. 히메다카 사쿠라."

잔세츠가 또 고개를 숙였다. 사쿠라는 머리를 가로젓고서 고개를 들어 달라고 부탁했다.

"……그, 마을은 원망하지만, 똑같이 10년 전에 어렸던 잔세츠 님을 미워하진 않아요. 역시 그건 원망할 대상이 아니라고 할까……. 잔세츠 님이 이장의 손자로서 뭔가 발언했더라도 어른들이 들어주지는 않았을 테고요. 그저 파란만 일으키고 끝났겠죠……."

"……면목 없어. 당시의 나는 힘도, 용기도 없었어."

"그건…… 저도 마찬가지예요. 히나기쿠 님을 위해 제대로 처신하지 못했어요. 제게도 동생분을 지키지 못했던 죄가 있습니다."

"……똑같은 말을 돌려주지. 10년 전에 너는 어린아이였어. 네가 그 아이를 지킬 수는 없었어. 나도 너는 미워하지 않아."

겨울에게는 원한이 있다는 말처럼 들렸다.

그 부분은 반론할 수 없기에, 로우세이는 아무 말도 하지 않았다.

이런저런 생각은 들지만, 올곧은 건지 꼬여 있는 건지 알 수 없는 이 청년을 조금은 이해할 수 있을 것 같았다.

—그렇군. 이 녀석도 10년 전을 후회하는 동지인가.

그는 동지이면서 특이한 입장이었다. 사실은 아무런 관계도 없는 사람이었다.

그의 감정은, 말하자면 전부 일방적이니까.

—멋대로 미워하고, 멋대로 걱정하고, 멋대로 낙담하고, 그리고.

그 끝에 배다른 동생에게 멋대로 가족의 정을 품고 있었다. 지켜주고 싶었다면서.

멀리멀리 돌아서, 그때 할 수 없었던 일을 지금 하고 있었다. 역시나, 일방적으로.

—외로운 남자야.

하지만 싫지는 않다고 로우세이는 생각했다.

"……그래서 원조하고 싶다고 생각하게 된 거야. ……8년이 지나 동생이 돌아왔어. 마음이 망가졌다고 들었어. 자상한 말이라도 건네줘야겠지만, 나는…… 용기가 나지 않았어. 얘기한 적도 없는데, 동생이 날 인식하고 있지도 않은데, 무슨 말을 해야 하나 싶어서 당황스럽기도 했어. 하지만 이제 내버려 둘 수는 없으니까. 그래서 히메다카 사쿠라를 통해 지켜보기로 했어."

모든 이야기를 듣고, 이 남자의 행동 원리를 대충 이해했다.

—아직 신용할 수는 없지만. 말하는 내용은 일리가 있어.

그런 로우세이의 심리를 아는지, 사쿠라는 보충하듯 말했다.

"잔세츠 님은, 입장상 공공연하게 움직일 수 없지만 히나기쿠 님이 『경질』당하는 걸 저지하기 위해 정보를 알려주시고, 행동해 주셨어."

사쿠라의 말을 듣고, 로우세이와 이테쵸가 엉거주춤 일어났다.

"히나가 경질당할 뻔했어?"

사쿠라는 눈을 내리깔고, 지난 2년간을 돌아보며 중얼거렸다.

"봄을 현현하지 않으셨던 2년간, 경질당할 뻔한 위기가 있었어."

"난 모르는 얘기야!"

로우세이가 동요한 듯 말했다. 사쿠라가 달래듯 앉으라고 손짓했다.

"그야 너는 모르겠지. 그 당시, 봄의 마을은 히나기쿠 님이 살아 있다는 사실을 숨겼으니까. 시초는 험담이었어. 쓸모없다면 차라리 갈아 치우는 게 낫지 않겠냐고……."

"같잖은 소리를!"

"그러니까 말이야……. 하지만 그런 녀석들이 일정 수 있었어."

"……."

"돌아왔으니 봄을 보고 싶다고, 빨리 달라고, 안 줄 거면 당장 죽으라고……."

떠올리니 원한이 샘솟았는지, 사쿠라는 혀를 찼다.

"나는 히나기쿠 님을 지켜달라고 이장과 잔세츠 님에게 호소했어. 그 결과, 카요 가문이 중심이 되어 옹호해줬어. 수상한 자가 있다고 알리면, 눈 깜짝할 사이에 배치가 바뀌어서 히나기쿠 님과 떨어뜨려줬어……."

아무래도 잔세츠에 대한 사쿠라의 신뢰는 이때 쌓인 것 같았다.

사쿠라는 감사를 담아 잔세츠를 보았다.

"내가 한 일은 미미해. 주체가 된 건 이장과 아버지였어. 역시…… 오랫동안 버려둔 딸이 무참하게 암살당하는 건 마음이 안 좋았는지, 아니면 카요에서 배출한 봄의 대행자가 경질당했다는 역사가 만들어지면 집안 망신이라고 생각해서 막고 싶었던 건지……. 어쨌든 경질을 저지하는 방향으로 움직여줬어. 내가 생각하기에 움직인 이유는 후자야."

슌게츠에 관해서는 처음 들었는지, 사쿠라는 순수하게 놀랐다.

"이장뿐만 아니라 아버님도……."

"고마워할 것 없어, 히메다카 사쿠라. 앞으로도 그 두 사람에게는 아무것도 기대하지 않는 게 나아."

사쿠라도 간단히 기뻐하진 않았지만, 다행이라는 마음이 샘솟았다.

"……움직여줬다는 사실은 단순히 기뻐요."

이유가 뭐든 간에, 히나기쿠를 지키는 자들이 여럿 있었다.

그때, 자신은 혼자가 아니었다. 히나기쿠도 정말로 가족에게 버려진 것이 아니었다.

앞으로도 매달릴 마음은 없지만, 고독했던 과거가 조금 위로받은 기분이었다.

"그 무렵 저는 히나기쿠 님의 마음을 달래는 것만으로도 벅찼어요. 보이진 않아도 지켜준 사람들이 없었다면, 히나기쿠 님을 위험하게 만들었을지도 몰라요."

"……너는 잘했어."

"잔세츠 님께는 특히나 감사드리고 있어요. 2년간 만나뵌 적은 손꼽을 정도밖에 없었지만, 자신 외에도 히나기쿠 님을 걱정하는 사람이 있다는 사실은 저를 충분히 위로해 줬어요……."

잔세츠도 사쿠라의 심경을 이해했는지, 그 이상 타인을 깎아내리는 말은 하지 않았다.

대신, 살짝 고개를 숙여버린 그녀가 얼굴을 들만한 말을 했다.

"……네가 고생이 많았지. 누가 치하하지 않아도 진지하게 동생을 지켜줘서 고마워. 네가 없었다면 동생은 복귀하지 못했을 거야."

사쿠라는, 기쁨을 곱씹듯 웃고 나서 잔세츠와 눈을 마주했다.

"잔세츠 님, 감사합니다……."

"네가 고맙다고 하는 건 이상해. 너는 받기만 해도 되는 사람이야."

"그렇지 않아요. 말하고 싶어요. 감사합니다……."

사쿠라와 잔세츠는 두 사람만 알 수 있는 눈빛을 주고받았다.

"……?"

로우세이는 눈을 굴렸다.

—뭔가, 분위기가 괜찮아 보이는데?

옆에 있는 이테쵸의 반응을 엿보았으나, 그저 가만히 두 사람을 보고 있을 뿐이었다.

약간 온화함이 부족하여 과하게 무표정한 것 같기는 하지만, 평소와 같았다.

—이 자식, 조금은 안달내라고.

로우세이는 혀를 차고 싶어졌다. 사쿠라는 어디까지나 잔세츠를 히나기쿠의 배다른 오빠, 자신들의 생활을 도와주는 은인 정도로만 생각하는 것 같았지만, 잔세츠가 사쿠라한테만 묘하게 다정한 것이 마음에 걸렸다.

—일단 방해하자.

특별히 나쁜 짓이라고도 생각하지 않으며, 로우세이는 괜찮은 분위기를 깨부수듯 끼어들었다.

"잔세츠 공, 귀공의 말은 이해했어. 본론으로 들어가지."

잔세츠는 잠시 간격이 있었지만 다시 로우세이 쪽을 보았다.

"귀공이 그토록 동생을 소중히 여긴다면, 히나기쿠의 안전과도 관련된 얘기일 것 같은데. 맞나?"

"……맞아. 하지만 동생만의 문제는 아니야. 사계의 대행자님 전원에게 경고하려고 왔어."

"경고……?"

잔세츠는 크게 고개를 끄덕였다.

"토끼와 거북이 이야기는 들었나?"

로우세이는 순간 무슨 말인지 이해하지 못했다. 조용히 있던 이테쵸가 입을 열었다.

"【한 마리의 뿔토끼】와 【늙은 거북】을 말하는 거야."

그 말을 듣고 겨우 로우세이는 떠올렸다.

"아아…… 그거. 혁신주의와 보수주의인…… 그거잖아. 천벌설을 떠벌리고 있는 것도 봄의 사건으로 체포자가 나온 가문들인데…… 그게 【늙은 거북】이고, 어쩌고저쩌고."

이테쵸는 『대충 맞아』 하고 대답했다. 이테쵸가 사쿠라 쪽을 살폈다. 사쿠라는 고개를 끄덕였다.

"나도 얘기는 들었어. 내용도 이해했다고 생각해. 천벌설과 함께 설명을 들었어. 나는 마을에 돌아가지 않았기에 실태는 파악하지 못했지만, 각 계절의 마을에서 벌어지고 있는 논쟁을 말하는 거지?"

로우세이가 이테쵸를 보았기에 이테쵸가 대답했다.

"큰소리를 내고 있는 건 일부야. 겨울의 마을에서는…… 칸츠바키 가문 및 칸게츠 가문과 대립하는 가문의 사람들이 떠들고 있어. 뭐

랄까…… 의논의 열기에 들떠있는 자가 많다는 인상이야. ……얘기가 안 통한다는 게 타당한 표현이겠지. 정의는 자신에게 있다는 듯 말하는 자가 많아. 로우세이에게 직접 말하는 사람은 없지만, 내가 혼자 있을 때 시비 거는 자는 적지 않아."

"하! 그 녀석들 머리를 식혀줘야겠네……."

로우세이가 코웃음 쳤다. 심술궂게 웃고 있었다. 『생명 동결』 능력을 가진 로우세이가 하기에는 상당히 위험한 말이었다. 이테쵸가 그만두라는 듯 고개를 저었다.

"네가 할 필요는 없어. 나도 누가 내 주인을 헐뜯는데 가만있을 남자는 아니야. 처리는 제대로 했어. 사쿠라, 여름과 가을에 이 일로 연락한 적 있어? 그쪽 상황은 어떤지……."

"얼마 전까지는 연락했었지만…… 천벌설이 나온 뒤로는…… 그게…… 우리 봄 쪽에서 먼저 연락하기는 무서워서……."

생태계 파괴 이야기가 나오고 천벌설이 나왔기에, 그 원인으로 여겨지고 있는 봄은 다른 계절을 끌어들여버린 형태였다. 먼저 연락하기 어려운 상황이었을 것이다.

"……조만간 사과할 생각이긴 해. 겨울도, 미안해."

하지만, 하고 사쿠라는 덧붙였다.

"이건 어디까지나 비열한 사고의 함정에 끌어들여 버린 것에 대한 사과이고…… 히나기쿠 님은…… 잘못 없다고, 나는 강하게 말하고 싶어……."

"사쿠라…… 괜찮아. 알고 있어. 여기 있는 사람은 아무도 그런 생각 안 해. 여름과 가을에 관해서는 내 쪽에서 상황을 물어볼게."

이테쵸가 말을 마치자 이어서 잔세츠가 입을 열었다.

"각 마을에 천벌설의 폐해가 전혀 없다고는 할 수 없는 상황이라는 것은 다들 인식하고 있다는 건가?"

사쿠라, 로우세이, 이테쵸는 고개를 끄덕였다.

"참고로 봄의 마을은 큰 논쟁이 계속 벌어지고 있어. 동생이 마을에 없다는 걸 빌미로 험담하기 좋아하는 자들이 대행자를 격하게 공격하고 있는 상황이야. 카요 가문에 대한 시기도 있겠지만, 그렇다고 해도 심해."

목소리가 뾰족한 것을 보면 상당히 지긋지긋하게 여기고 있는 듯했다.

"그대들에게 모여 달라고 한 건…… 가능하면 한동안 봄의 주종은 겨울의 주종과 함께 행동하며 마을에서 멀리 떨어져 있는 게 좋을 것 같아서야."

"……겨울과, 함께 행동하라고요?"

의아해하는 사쿠라의 얼굴을 보고 잔세츠는 씁쓸한 표정을 지었다.

"이 논쟁은 너무 과열되어 있어. 대행자에 대한 비판에서 개인의 정의를 찾아내고, 신의 이름하에 숙청하려 드는 자들이 나타나기 시작했어……. 불과 며칠 전, 봄의 마을에서 불온분자의 집회가 발견됐어. 천벌설파가 모여서 좋지 않은 생각을 하고 있었지. 겁을 주고 싶은 건 아니지만……."

그렇게 운을 뗀 잔세츠는 말했다.

"당세 사계의 대행자님 전원이 경질당할 위기인 걸 알아줬으면 해."

그 자리에 있던, 잔세츠를 제외한 세 사람의 움직임이 멎었다.

목숨이 위험한 건 익숙한 일이다. 봄의 사건 때도 역적과 싸웠다. 하지만 단순히 천적과 항쟁하는 것과, 한 식구에게 살해당하는 전쟁이 시작되는 것은 충격의 정도가 달랐다.

"지금 우리는 과도기에 있는 걸지도 몰라. 이렇게나 모든 사계의 마을이 흔들리는 사태는 근래에 없었을 거야."

잔세츠는 막힘없이 말했다.

"사계의 대행자끼리 결탁하고, 마을과 사계청, 국가 치안 기구가 역적과 유착해 있었지. 실감이 안 날지도 모르지만, 닫혀 있던 세계에 그대들이 격진을 일으켰어. 언뜻 보기에 궁지에 몰려있는 건 사계의 대행자와 그를 지키는 자들인 것 같지만, 실제로는 그렇지 않아. 【늙은 거북】과 【한 마리의 뿔토끼】의 대립이 그걸 나타내지. 궁지에 몰려있는 것은 입장이 나빠진 자들 쪽이야. 그들은 바라지 않는 변화를 봉쇄할 거야. 무위를 드러내서 복종시키고자 하는 자들이 반드시 나와. 천벌설은 시작에 불과해. 수동적으로 굴어선 안 돼. 고분고분 따르면 그대로 해를 입을 뿐이야. 아무쪼록 춘하추동 공동 전선을 살려서 서로 도왔으면 해. 나는 그걸 도와주러 왔어."

잔세츠는 말을 매우 옳았다. 그 말은 로우세이, 이테쵸, 사쿠라를 분기시키기 충분했지만, 동시에 큰 불안도 불렀다.

"히나기쿠 님…… 히나기쿠 님이 안전하신지 확인해야 해……!"

사쿠라가 곧장 일어났다. 단숨에 얼굴이 창백해진 그녀는 황급히 방을 나가려고 했다.

잔세츠가 팔을 잡아 만류했다.

"히메다카 사쿠라! 괜찮아! 당장 위험하진 않아! 마을의 불온분자도 이미 숙청했어!"

"아뇨, 무슨 일이 일어날지 몰라요!"

"괜찮아. 히나기쿠의 방에는 츠바메가 있어!"

"잔세츠 님이 경고하러 오실 정도라면 그 집회라는 것은 단순한 소동이 아니었다는 거잖아요! 히나기쿠 님 곁으로 돌아가겠어요. 놔주세요!"

"지킬 방도를 마련하고 싶어서 널 이곳에 부른 거야. 얘기가 끝난 다음에……."

사쿠라는 고개를 저었다. 잔세츠를 끌고 갈 기세였다.

이번에는 이테쵸가 움직였다. 사쿠라를 붙들고 있는 잔세츠의 팔을 이테쵸가 잡았다.

사쿠라와 잔세츠가 동시에 이테쵸를 올려다보았다.

"……3분간 쉬었으면 합니다. ……카요의 도련님."

이테쵸는 평소보다 훨씬 감정을 배제한 얼굴로 그저 조용히 속삭였다.

"히나기쿠 님의 얼굴을 보고, 호흡을 확인할 시간을 사쿠라에게 주시길. 갑작스러운 이야기를 듣고 동요한 상태입니다."

이테쵸의 목소리는 냉정함 그 자체였다. 키 큰 그가 내려다보며 말해서 그런지 매우 위압감이 들었다. 부탁하고 있지만 반론을 허락하지 않는 모습이었다.

잔세츠는 이테쵸를 노려보았다. 노려본다고 해도 될 시선이었다. 이테쵸는 주눅 들지 않았다.

"……사쿠라, 확인하고 돌아오면 다시 얘기 나눌 수 있지? 카요의 도련님이 일부러 오셔서 우리 겨울에게도 말을 걸어주셨어. 본론은 지금부터일 거야. 겨울과 봄이 협력하여 호위 체제를 짤 거면 네가 있어야 회의가 성립해. 히나기쿠 님이 주무시는 동안 전부 조정해야 해."

"이테쵸……."

"복도에는 우리 호위진도 있어. 얼굴을 보고 나면 안심이 되겠지?"

"응."

"좋아. 다녀와."

사쿠라는 사과하듯 잔세츠를 보았다.

"잔세츠 님, 곧바로 돌아오겠습니다. 로우세이, 내가 확인하고 올게!"

당장에라도 울 것 같은 얼굴로 말하니 잔세츠도 거절할 수 없었다. 사쿠라는 뛰다시피 방을 나갔다.

그렇게 무거운 침묵에 휩싸인 남자들만 남았다. 잠시 후, 잔세츠가 낮은 목소리로 속삭였다.

"놔줬으면 하는데."

"실례했습니다."

이번에는 이테쵸가 붙들고 있던 잔세츠의 팔을 놓았다.

"……히메다카 사쿠라한테도 오빠 행세인가?"

"허……?"

이테쵸는 무슨 말인지 이해하지 못했다. 그러다 이윽고 그의 동생이 자신을 뭐라고 부르고 있는지 떠올렸다. 히나기쿠는 친애를 담아 이테쵸를 이렇게 부르고 있었다. 『이테쵸 오라버니』라고.

"저 아이도 봄이야. 겨울의 아이가 아니라."

아무래도 잔세츠는 그 사실을 알고 있으며, 마뜩잖게 여기고 있는 듯했다. 하지만 그건 이테쵸가 어떻게 할 수 있는 일이 아니었다. 애초에 히나기쿠가 먼저 부르기 시작한 애칭이었다.

곤혹스러워하는 이테쵸와, 적의라고 할 수준은 아니지만 혐오감을 훤히 드러내는 잔세츠.

그리고 사쿠라와 마찬가지로 창백해진 로우세이. 남은 세 남자 사이에 어색한 분위기가 흘렀다.

하지만 로우세이는 회복이 빨랐다. 쌍방 사이에 끼어들듯 말했다.

"두 사람 다…… 앉지. 잔세츠 공, 우리 호위관이 거슬리는 짓을 했다면 내가 사과하겠어."

"……아니, 방금 그건……."

"하지만 싸움은 나중에 하지. 먼저 해야 할 일을 해야 해. 잔세츠 공, 이 층을 통째로 빌렸다고 들었는데, 사실인가?"

"그래."

역시 겨울의 대행자에게 불경한 태도는 보일 수 없었다. 잔세츠는 자세를 바로 앉았다.

"우리 호위진의 절반은 지금 복도에 세워뒀지만, 나머지는 우리가 배정받은 방에서 쉬고 있어. 전원 이리로 불러도 될까?"

"지금……? 그, 아까도 말했지만 당장 위험한 건 아니야. 그런 불온한 분위기가 형성되고 있으니까 앞으로 경비를 생각하자는……

그런 얘기였는데."

"알고 있어. 하지만 귀공과 우리는 목숨의 위기에 대처하는 자세가 달라."

"……!"

"미안, 모욕한 건 아니야. 귀공이 자기 일처럼 여겨줬기에 하는 대응인 거야. 봄의 마을에서 이미 멍청한 녀석들이 집회까지 열었을 줄은 몰랐어. 가르쳐줘서 고마워. 경비 수준을 높이고 싶어. 층이 다르면 호위하기 어려워. 방을 옮기고 싶어. 물론 여성의 방에는 되도록 출입하지 않을 거야. 우리 쪽에서 배신자가 나올 것을 경계하고 있을지도 모르지만, 만약 나온다면 내가 직접 처리하겠어."

잔세츠는 그 말이 그냥 하는 말은 아닌지 살피듯 로우세이를 계속 바라보았다.

"봄의 사건 때 나온 배신자는 정보 제공자로 처리해서 봐줬지만, 그건 긴급한 상황이라 내린 조치였어. 가을의 대행자 이와이즈키 나데시코의 목숨이 걸려있었지. 앞으로 그런 온정은 없어. 우리 호위진을 이동시키고 싶어. 내게 쓰는 기재도 있어. 방에 설치하는 감시 카메라야. 전화로 화면 공유도 가능해. 자는 여자를…… 감시하고 싶지는 않지만…… 그런 짓도 하는 편이 좋겠지. 사쿠라는 어떻게 쓰는지 알아. 그 녀석한테 맡기겠어. 그러면 사쿠라도 신경 쓰면서 회의할 수 있을 거야."

"……알았어. 호텔 사람에게 방을 준비시키지."

잔세츠는, 말하고 나서 한숨을 쉬었다.

"……동생은 이런 위험 속에서 살고 있는 건가……."

잔세츠는 히나기쿠가 있는 방 쪽을 보았다. 앞으로 기다리고 있을 고난을 모른 채 자고 있을 그녀가 가여운지, 목소리에 그 감정이 배어 있었다.

"내 대응은 너무 느긋했던 거군……."

근심을 감추지 못하는 잔세츠의 모습을 보고, 로우세이는 마침내 그에게 친근감이 들었다.

"아니, 평소 목숨이 위험하지 않은 사람치고는 오히려 움직임이 빨라."

"……."

"방금 그것도 모욕한 거 아니야. 칭찬이야."

결국, 경비 체제를 강화하고 나서 다시 대화가 이루어졌다.

이야기를 정리하면, 봄의 마을에서 천벌설파 집회가 발각되어 당장 동생의 보호를 강화해야 한다고 생각한 잔세츠는 마침 봄의 주종이 겨울의 주종과 교류하는 날이라는 것을 듣서 움직였다고 한다.

로우세이가 말한 대로 잔세츠의 움직임이 느린 것은 아니었다. 오히려 그가 행동할 수 있는 범위에서 가장 빠르게 달려와 회담을 성사시켰다고 할 수 있었다. 봄의 마을이 버티고 있는 상황에서 그가 할 수 있는 일은 가족이라는 명목으로 행하는 경제 지원 정도였다. 그래서 폭력에 대한 대응 수단으로 로우세이를 주목했다. 그리고 겨울과 접촉한 것은 히나기쿠 방위에 관해 교섭하려는 목적도 있었지만 충고하기 위함이기도 했다.

잔세츠가 말했던 불온분자의 집회는 히나기쿠를 경질시키려는 자들의 모임이었다.

봄의 마을에서 움직임이 빨랐을 뿐, 다른 계절에서도 비슷한 생각을 하는 자들이 나오는 것은 시간문제였다. 이로써 봄, 겨울, 잔세츠에게 공통 과제가 생겼다. 각 계절의 경질 방지다.

다시 히나기쿠를 빼고 열린 회의는, 맨 처음 어색하게 인사했던 때보다 훨씬 거리감이 줄어들었다.

"잔세츠 공, 일단 확인하겠어. 우리 쪽에서 봄의 경비를 겸하는 건 전혀 문제없어. 그쪽에서 의뢰하지 않아도 하고 있었어. 다만, 나는 당신의 동생이 납치당한 원인이야. 동생을 아끼는 귀공 입장에서는…… 아마 맡기고 싶지 않은 상대겠지. 그래도 우리한테 맡겨 주는 거지?"

잔세츠는 그 물음에 순순히 고개를 끄덕였다.

"동생을 멀리서 지켜보며 겨울의 대행자님도 조사했어. 『목숨과 맞바꿔서라도』라는 말로도 알 수 있었지만…… 아주, 소중히 여겨 주고 있는 것 같아."

"……그렇지."

"봄의 사건 때는 구출하기 위해 수도 고속도로도 얼렸다지."

"아아, 아니, 그건…… 음……."

"연모든 죄책감이든 상관없어. 그렇게나 소중히 여겨주는 현인신님이라면 최강의 수호자가 되겠지. 【카사이】가 반파된 탓인지 역적의 움직임은 일단 잠잠한 상태고……."

잔세츠는 로우세이가 히나기쿠를 연모한다는 것을 가미하고서 의

뢰한 것 같았다. 로우세이가 헌신하는 것이 그저 사랑해서가 아니라 죄책감에 의한 속죄라는 것도 염두에 두고 있었다.

"……즉, 앞으로도 동생과 친분을 쌓아도 된다는 거지?"

"……."

입을 다문 것을 보면, 그 부분은 그도 심경이 복잡한 듯했다. 그야 그럴 것이다. 로우세이는 히나기쿠가 유괴당한 원인 중 하나다. 동생의 교제 상대로 인정하고 싶지는 않지만, 경호원으로는 채용하고 싶다. 고민스럽긴 해도 지금은 히나기쿠의 목숨이 가장 중요하다는 입장이리라.

"……괜찮은지 안 괜찮은지를 따질 문제가 아니라 최선이냐 최악이냐를 보는 거지. 봄의 사건으로 한차례 정리가 됐다지만, 국가 치안 기구도, 사계청도, 마을도, 지금은 모두 의심하는 편이 좋아. 자연스럽게…… 믿을 건 정이 돼. 취할 수 있는 최선책은, 자기 몸처럼 지켜줄 수호자를 두는 거야."

잔세츠 자신도 득실을 넘어선 정으로 움직이고 있기에 한 발언이었다. 그래서 로우세이의 연모도 정면으로 부정하지 않는 것이다. 역시 어딘가 사쿠라와 사고방식이 비슷했다.

"……그렇군. 고속도로도 얼려볼 만하네. 생각지 못한 신뢰의 증거가 될 줄이야. 이테쵸, 또 할까?"

"하지 마, 로우세이. 다시는 얼리지 마."

봄의 주종의 경호원은 현재 믿을 수 있는 사람이 사쿠라와 겨울이 보낸 두 경호원밖에 없었다.

10년 전과는 달리 최강의 전력이 된 로우세이를 쓰지 않을 이유가 없었다.

천벌설파의 불온한 움직임이 잠잠해질 때까지라는 기한은 있지만, 봄의 주종은 겨울의 주종의 비호하에 놓이는 것이 정식으로 결정되었다. 그러면서 문제가 된 것이 어디에 기거하느냐 하는 것이었다.

마을에 돌아가는 것은 논외다. 그렇다면 별궁에 틀어박히거나, 히나기쿠가 지내고 있는 테이토 영빈관에 겨울도 체재하거나, 거처를 계속 옮긴다는 선택지가 나온다.

"현시점에 한곳에 머무르는 건 좋지 않을 것 같아."

계속 이동하자고 제안한 사람은 사쿠라였다.

"봄의 사건 때와 똑같은 일이 벌어질 것 같은 기분이 들어. 여름 별궁이 습격받으면서, 우리를 제외한 계절은 한곳에 머무르게 됐었잖아? 외출도 못 하게 됐었어. 발전소가 파괴당하기도 해서, 비상시에 방위 기능이 강력한 요새, 혹은 이탈하여 즉시 적을 교란하며 도망칠 수 있는 입지 조건을 갖춘 곳에 틀어박히게 됐지. 아마 가을 별궁의 장소와 함께 대행자가 늘 거기 있다는 정보를 흘린 자가 있었을 거야. 이쪽의 예상을 배신하고 미사일을 때려 박는 게 그놈의 대단한 점이지만…… 어쨌든, 가을 별궁 습격을 성공시키는 하나의 요인이 됐어. 테이토 영빈관은 외국의 요인이 이용하기도 해서 방범에 적합한 입지지만…… 언젠가 돌아가더라도 지금은 계속 움직이는 편이 좋을 것 같아. 특히나 우리 봄과 여름은. 잔세츠 님…… 경질당할 가능성이 가장 큰 건 이 두 계절이죠……?"

"……이런 말은 하고 싶진 않지만…… 히메다카 사쿠라의 말이 맞

아. 이미 계절 현현을 끝으니까."

로우세이가『그럴 수가』라고 말하는 듯한 표정을 지었다. 잔세츠는 애써 냉정히 이야기했다.

"동생은 2년간 봄을 현현하지 못해서 경질당할 뻔했어. 새로운 봄의 대행자로 갈아치우고 수행시키는 기간을 고려해도 그편이 낫다고 생각하는 자들이 있었어. 그리고 현재, 봄과 여름은 계절 현현을 마친 상태야. 천벌설파가 만약 정말로 움직인다면, 대행자가 계절 현현을 마친 뒤에 움직이겠지. 차기 대행자를 1년간 수행시키고 현현 여행에 보내더라도 기간이 그렇게 크게 어긋나지 않아. 대행자 경질의 가장 큰 불이익은, 새 대행자가 탄생하더라도 신참은 대규모 계절 현현이 불가능하다는 점이니까."

매우 단순하며 몹시 잔혹한 계절의 순환 이야기였다.

사계의 대행자는 사망하면 즉시 새로운 사계의 대행자가 초자연적으로 선출된다.

하지만 신참 대행자는 약 1년간 수행해야 대규모 현현이 가능한 숙련도에 도달한다.

효율적으로 대행자를 갈아 치울 거라면, 계절 현현을 끝내고 바로 죽이는 게 좋았다.

딱 1년 후에 새 대행자가 수행을 마칠 테니, 문제없이 계절을 순환시킬 수 있는 것이다. 이 이론을 생각하면, 현재 가을과 겨울은 비교적 안전하다고 할 수 있었다.

현시점에 가을과 겨울을 죽이면 새로운 대행자는 바로 탄생하겠지만 당장은 계절을 현현할 수 없다. 즉, 올해는 계절이 부재한 기간이 발생한다.

야마토에 사는 많은 사람의 생활에도 지장이 생길 것이다. 그러니 현재 가장 위험한 것은 이미 올해 계절을 가져온 봄과 여름이 된다.

지금 죽여도 계절의 순환 시기가 틀어지긴 하겠지만, 계절이 부재할 일은 없다.

희생되는 자의 감정을 배제한 추론이었다. 잔세츠는 이어서 말했다.

"……하지만 겨울과 가을도 무조건 안전한 건 아니야. 애초에 천벌설이 유포된 것이 봄의 사건으로 불이익을 당한 자들의 계략이라는 건 조사로 알아냈어. 사적인 감정이나 이익을 위해 역적에게 영혼을 판 자가 있는 것만 봐도, 계절 순환의 올바름 같은 건 내팽개치고서 폭력을 행사하는 자들이 없을 거라고 장담할 수 없어. 민초의 세계에서도 그렇지만, 폭력이나 살인에 반드시 올바른 이유가 있지는 않아. 왜 지금 그런 짓을 저지르나 싶은 자는 반드시 나와. 계획적인 살인범, 행동과 동기를 예측할 수 없는 짐승. 양쪽 모두 경계해야 해."

결과적으로 마을과 거리를 두는 것은 필수였다. 천벌설파의 움직임을 보며 행동하는 편이 좋겠다는 결론이 나왔다.

"내 외가인 시라후지 가문은 주로 테이슈의 땅을 소유하고 있는데, 사람을 고용해서 부동산업과 관광업 등 폭넓게 다루고 있어. 테이슈 외 다른 지역도 숙박 시설은 제공할 수 있어. 히메다카 사쿠라가 말한 대로, 며칠마다 이동하는 것이 가장 좋은 교란이 되겠지. 여름과 가을은 현재 마을에 있다고 했는데, 그들도 지금은 마을에서 나오는 게 좋아. 별궁은 봄의 사건 때 역적에게 습격당해서 못

쓰는 상태지? 그대들 쪽에서 연락이 된다면, 내일이라도 당장 받아들일 수 있도록 묵을 곳을 준비하겠어."

잔세츠의 조언도 있었기에, 심야이긴 했지만 여름의 하자쿠라 자매와 가을의 주종에게 연락하기로 했다.

하지만 거기서 문제가 발생했다.

『카, 칸게츠 님이십니까? 오랜만입니다. 어쩐 일이십니까?』

"아자미 군, 이런 시간에 미안해. 조금 묻고 싶은 게 있어서 연락했어."

전화기 너머에 있는 것은 가을의 대행자 호위관, 아자미 린도우. 대선배인 이테쵸로부터 연락을 받고 조금 동요한 모습이었다.

『아닙니다. 저도 겨울분들에게 여쭙고 싶은 것이 있었던지라 마침 잘됐습니다!』

"무슨 일인데? 먼저 듣지."

『감사합니다. 칸게츠 님은 다른 대행자님이나 호위관과 연락하고 계시는지요?』

"나는 한동안 연락하지 않았어. 로우세이도 봄의 주종과만 연락했을 거야. 지금 봄의 주종은 우리랑 같이 있어. 히나기쿠 님은 취침하셨지만, 사쿠라는 바로 옆에 있어."

『네? 같이 계신 건가요?! 그렇다면…… 각자의 전화로 루리 님과 아야메 님에게 전화를 걸어주실 수 있을까요?』

"연결이 안 돼……? 우리도 마침 여름분들에게 연락하려던 참이긴 한데."

『네. 몇 번이나 걸고 있는데…… 문자도 답장이 안 와서…… 일단

안부를 확인하고 싶습니다. 꼭 좀 부탁드립니다.』

이테쵸는 전화를 끊지 않은 채로, 로우세이와 사쿠라에게 말하여 하자쿠라 자매에게 각각 연락해 보라고 지시했다. 로우세이는 루리에게, 사쿠라는 아야메에게 전화하는 형태가 되었다.

몇 번 시도해 봤으나, 린도우가 말한 대로 둘 다 연락이 되지 않았다. 누구 한 명이 아니라 연락처를 아는 모두가 연락이 안 된다면 문제가 발생한 것은 저쪽이라는 뜻이었다.

"……안 받아. 그 녀석들 자는 거 아니야?"

"아니, 아야메 님이라면 취침 중이어도 착신음에 일어날 거야. 호위관은 그런 존재야. 그렇지? 이테쵸."

"맞아……. 확실히 이건 걱정되는데. 조금 번거로워지긴 하지만, 친척을 통해 확인하기로 할까. 여름의 마을로 시집간 사촌이 있어. 연락해 달라고 하면……."

이테쵸의 제안을 잔세츠가 차단하듯 말했다.

"아니, 그렇다면 내가 여름 추부에 있는 지인에게 부탁하지. 가을 쪽에서 말하길, 연락이 안 된 지 꽤 됐다고 했잖아? 안부 확인이라면 추부의 관리를 직접 보내는 게 나아."

"잔세츠 공은 여름과도 친분이 있는 건가?"

로우세이의 물음에 잔세츠는 고개를 끄덕였다.

"【한 마리의 뿔토끼】 멤버에게 부탁하기로 하지."

"……귀공은【한 마리의 뿔토끼】였어?"

놀란 얼굴을 보고, 잔세츠는 쓴웃음을 지었다.

"겨울의 대행자님이 생각하는 그런 위험한 사람은 아니라고 말해

두지. 애초에 나는 카요 가문이라서 탄압받은 입장은 아니니까…….
군이 따지자면【늙은 거북】에 들어갈법한 인재야. ……그래서【한 마리의 뿔토끼】사람들도 처음에는 나를 받아들이지 않았어."

잔세츠는 어깨를 으쓱이며 휴대전화를 꺼냈다.

"하지만 조모가 허락하고 있는 썩은 정치에는 신물이 난다는 것을 꿋꿋하게 피력했어. 추부에도 부모가 지시해서 들어간 게 아니야. 내 대에서 바꾸고 싶었기 때문이야. 똑같이 추부에서 일하는 동료 중에 뜻을 같이하는 자와도 얘기하게 돼서…… 의견을 나누다 보니 다른 마을 추부에서 일하는 동료도 생겼어. 그 커뮤니티의 일원에게 물어볼 생각이야. 아마 바로 움직여줄 거야. 밤중에 찾아간 이유도, 대행자님들의 염려를 해소하기 위해 부탁받았다고 말하라고 하지."

전화로 연락이 안 된다면 여름의 마을이 있는 이요의 현지인에게 부탁할 수밖에 없었다. 하자쿠라 자매에게 연락하는 것은 일단 잔세츠의 지인에게 맡기게 되었다. 린도우는 송구스러운 듯 말했다.

『수고를 끼쳐서 죄송합니다. 하지만 정말로 계속 연락이 안 되는지라 걱정되어서…….』

"신경 쓰지 마. 필요한 조치니까. 아무튼 아자미 군, 우리 얘기도 들어줬으면 해. 실은 지금, 천벌설파를 경계하고 있는데……."

린도우에게도 현재 상황을 전달했다.

그런 다음에 마을과 거리를 둘 것을 제안해 보았다.

그도 불안을 느끼고 있었는지 찬동은 금방 얻을 수 있었다.

가을의 마을은 츠쿠시에 있다. 그대로 츠쿠시 내 숙박 시설로 이동하는 것이 가장 빠른 피난 방법이지만, 린도우는 정보도 교환할

겸 일단 합류하고 싶다고 했다.

『나데시코에게, 상황을 설명하더라도…… 다른 대행자님들도 같은 상황임을 이해시키는 게 나을 것 같아서요……. 그, 어린아이를 상대하게 만드는 것 같아서 죄송스럽지만…….』

“아니, 아자미 군의 고생도 이해해. 어린아이를 이해시키려면 제대로 설명해야 해. 특히 이번 일은 그저 사실만을 전해도 혼란스럽겠지. 이쪽에는 히나기쿠 님과 사쿠라도 있고, 나랑 로우세이도 면식은 있어. 아는 사람과 만나게 하고서, 불안해하지 않도록 이야기해 주는 편이 좋아. 나데시코님이라면 특히나……. 봄에 그런 일이 있었는데, 마을이 안전하지 않다고 모르는 곳으로 대피시키는 건 너무 가여워……. 어른이 제대로 지켜 줘야 해…….”

『……칸게츠 님, 감사합니다. 정말 큰 도움이 됩니다. 갑작스럽지만 내일, 날짜가 바뀌었으니 오늘이네요. 테이슈로 출발하겠습니다.』

“알았어. 공항에 우리 호위진을 보낼게. 호송시킬 테니까 아무 때나 연락해줘.”

가을의 주종도 합류한다고 하여서, 적어도 하루는 더 이 호텔에 체재하게 되었다.

슬슬 해산하여 자자는 분위기가 됐지만, 때마침 잔세츠의 휴대전화로 연락이 왔다.

“……수고했어. 고마워.”

잔세츠는 통화를 끝내고서, 말하기 껄끄러운 모습으로 모두에게 고했다.

“안 좋은 소식이야……. 하자쿠라 아야메, 하자쿠라 루리, 두 사람이 여름의 마을에서 모습을 감췄다고 해.”

일은 천천히, 그러나 확실하게 진행되고 있었다.

특별한 애정을 갖고 싶었다.

아빠, 엄마, 형, 누나. 이 가족의 틈바구니에 끼고 싶어서.

『넌 귀여운 맛이 없어. 여자애였다면 그나마 나았을 텐데.』

왜 다들 나한테만 엄격한지 모른 채 살아왔다.

『내가 아빠한테 미움받으면 어쩔 거야.』

나중에 공부하고 알았다. 이런 것을 역기능 가정이라고 한다는 모양이다.

『렌리 네가 참으면 전부 잘 풀려.』

가정 내에 제물을 만들면 잘 돌아가는 가족은 실제로 많다고 들었다.

『참아.』

잘 처신해.

『형보다 잘하면 안 돼.』

뒤떨어지렴.

『누나 말 들어.』

희생해.

『렌리, 왜 그렇게 못났니.』

가족들이 바라는 대로, 못난 아들을 연기하며 희생해줬다.

사랑받고 싶어서.

어린아이는 바보다.

그런 소년이었기에, 외톨이를 보면 자기 일처럼 신경 쓰였다.

그날의 모임은 봄에 매년 열리는 다과회였다.
다양한 품종의 벚나무가 심긴 정원을 가진 높으신 분의 대저택에서 열리는 모임이었다.
넓은 정원에 연분홍색 꽃잎이 퍼져서 벚꽃 바다 같았다.
봄의 마을에 있는 벚꽃 명소를 본떠 만들었다고 했는데, 확실히 이곳은 훌륭하다고 어리지만 감탄할 만큼 아름다운 정원이었다. 벚꽃 구경을 하러 굳이 멀리 갈 것도 없이 여기서 봐도 충분했다.
당시 봄의 대행자였던 유키야나기 코바이 님이 봄을 가져와주신 덕분에, 멋진 다과회는 별 탈 없이 개최되었다.
하지만 솔직히 말하면 내게는 탐탁지 않은 행사였다.
—빨리 끝났으면 좋겠다.
어른들이 서로를 탐색하고 암약하는 모임인지라, 어린아이는 필연적으로 심심해하며 정원에서 놀게 되었다. 그 사이에 끼면 되지만, 낄 수 없기에 이럴 때 항상 곤란했다. 그저 시야 속에서 움직이는 것을 바라보고 있을 수밖에 없었다.

하늘하늘, 팔랑팔랑, 벚꽃이 흩날렸다. 새는 노래하고, 신록은 바람에 흔들려 잎사귀 소리를 냈다.

떨어지는 꽃잎을 쫓아 뛰어다니는 망아지 같은 아이들. 그런 아이들을 흐뭇하게 보는 어른들.

평화롭고, 추한 것은 존재하지 않는, 만들어진 경치였다. 그런 풍광명미한 봄 잔치지만, 나는 있을 곳이 없었다. 흐드러지게 핀 벚꽃의 아름다움도 우울함에 묻혔다.

—투명 인간이 된 것 같아.

또래 아이들은 전부 형과 누나의 친구들이었고, 그들은 동생인 내가 다가오는 것을 싫어했다. 그래서 나도 눈치 있게 혼자 있어야 했다.

부모도 그런 상황을 묵인했다. 그러니 역시 투명 인간이 될 수밖에 없었다.

참아.

잘 처신해.

뒤떨어지렴.

희생해.

헤실헤실 웃으며 팔푼이를 연기해.

모두가 널 무시하기 쉽도록.

멍청한 짓이지만, 규칙을 따르지 않으면 집 안에서 더더욱 있을 곳이 없어진다.

광대로 있는 것이 어릴 때부터 나를 지키는 방법이었다. 바보같이 굴면 다들 만족했다.

—얼른 집에 가고 싶어. 그리고 혼자가 되고 싶어.

그때 시야에 들어온 것이 그 아이였다.

꽃비가 내리고 있는 탓인지, 윤기 흐르는 긴 흑발에 벚꽃 꽃잎이 장식처럼 붙어 있었다.

무심코 돌아볼 것 같은 여자아이였다. 나이는 네다섯 살 정도일까.

『너, 혼자야?』

당시에는 몰랐지만, 그날은 하자쿠라 자매가 공적인 행사에 처음 얼굴을 보인 날이었다.

『부모님은?』

『…….』

널찍한 정원에서 열린 다과회 중에, 어린 하자쿠라 아야메는 멍하니 긴 의자에 앉아 있었다.

아이의 시선 끝에는 똑같이 생긴 여자아이가 있었고, 엉엉 울고 있었다. 넘어졌다든가, 과자를 떨어뜨렸다든가, 분명 그런 이유였을 것이다. 달래듯 모친이 안아 들고 있었다.

평범한 아이같으면 엄마 발밑에서 어슬렁거릴 텐데, 그러지 않는 것은 익숙해서일까.

이렇게 혼자 기다리는 것이 아이의 일상일지도 모른다.

『쌍둥이구나. 처음 봤어.』

『…….』

『신기하네.』

『…….』

『저 아이, 엄청 우는데…… 엄마 뺏겨도 괜찮아?』

그건 그 아이에게 있어서 환영할 말이 아니었던 모양이다.

고개를 팽 돌렸다. 그리고 뾰족한 음성으로 말했다.

『루리를 나쁘게 말하지 마.』

짧은 음성으로 확실하게 거부했다. 깜짝 놀랐다. 가족을 나쁘게 말하는 것이 싫은 듯했다.

『내 동생이야.』

그게 평범한 감각임을 나중에 배우게 되지만, 이때의 나는 몰랐다.

우리 가족은 나를 나쁘게 말하는 것이 일상이었으니까.

나도 그게 이상하다고 생각은 했지만, 어린아이에게 있어서 세계 자체인 집이 나를 포근하게 감싸지 않았다. 그러니 이 아이도 뭔가 사정이 있어서 집 안에 있을 곳이 없는 거라고, 멋대로 그렇게 생각해 버렸다.

『미안, 불쾌하게 했네. 우리 집은 형제 사이가 안 좋아서 너희 집도 그런 줄 알았어.』

『……나쁘게 말하지 마.』

『그럴 생각은 없었어. 미안해…….』

순순히 사과하자, 아이는 빨려 들어갈 듯이 예쁘고 올곧은 눈으로 나를 보았다.

『……오빠는, 엄마 뺏겼어? 그래서 혼자야? 형제랑 안 놀아?』

잇따른 질문을 듣고 쓴웃음을 지었다.

『아니, 나는 가족 내에서 가장 아래라 별 이유 없이 모두에게 괴롭힘당하는 역할이라서 같이 놀 사람이 없어.』

아이는 처음 보는 생물을 관찰하듯 놀란 시선을 보냈다.

『가족, 인데?』

『……응. 그런 가족도 있어. 너희 가족은 사이좋아?』

『평범해.』

『평범한 게 제일이야. 좋겠다…….』

절절히 중얼거려서 그런지, 어리지만 마음이 쓰인 듯 물어보았다.

『오빠네…… 가족은, 어째서…… 심술부려?』

—그건 나도 알고 싶어.

『내가 가장 반항하지 않으니까? 반항…… 으음, 괴롭혀도 대들지 않는다는 거야.』

『가족, 사이좋게 지내는 게 좋은데도……?』

『그러게나 말이야. 하지만 다른 사람에게 심술부리지 않으면 살 수 없는 사람도 있는 거겠지.』

『어째서…….』

『심술부려서, 슬퍼하는 사람을 보면 자신이 대단한 사람이 된 것 같으니까……?』

『……그런 거 이상해.』

『그렇지? 나도 그렇게 생각하지만…….』

『싫다고 말 안 해?』

『말하고 싶지만…… 그랬다가 밥을 안 주면 어떡해?』

『…….』

『받아들여야 살 수 있어. 나는 어린애니까.』

아이는 자기 일도 아닌데 슬픈 표정을 지었다.

—이게 정상이야.

진심으로 그렇게 생각했다. 그리고 매우 안도했다. 이게 바로 내가 세상에 원하던 반응이었다. 타인의 감정에 공감하는 것, 약자를 지키는 것, 한 사람을 제물 삼아 전체의 감정을 조절하지 않는 것. 이야기 속에서만이 아니라 현실에서도 그래야 하는 것이다.

—그렇구나. 역시 우리 집이 이상한 거야.

이 아이가 내 동생이었다면 여러 가지가 다르지 않았을까.

혼자 무릎을 끌어안고서 울었던 날도. 심각하게 무시당하여 분노한 나머지 떨었던 날도. 애정의 격차에 낙담했던 날도. 분명 내 편이 되어줬을 것이다. 싸우더라도 손을 맞잡고 생활할 수 있었을지도 모른다.

—왜 우리 집은 안 그런 거지?

『…….』

어렸지만 답은 어느 정도 내 안에 있었다.

부모님도 높으신 분이나 같은 가문 사람들의 눈치를 보며 살고 있었다.

집안을 지키기 위해 그들도 부조리한 분노를 받고 있을 것이다.

형과 누나도 장남과 장녀로서 다해야 할 본분이 잔뜩 있었다.

막내로 태어난 아이에게 화풀이하여 스트레스를 푸는 것이다.

그저 그것뿐이다. 가족이라는 이유는 통하지 않는다.

가족은 타인이 모인 최소 단위. 내가 생각하는 가정은 환상이다.

어쩌면 어딘가에 있을지도 모르지만, 우리 집은 아니었다. 그저 그것뿐.

—애초에 마을이 따뜻한 가정을 이루기에 부적합해.

다들 자신의 괴로움을 해소하기 위해 누군가를 상처 입히고 싶어 했다. 남을 상처 입힐 때는 그 사람보다 우위에 설 수 있다. 그 쾌감이 자기 긍정이 되는 것이리라.

—내게는, 쾌감이 아니야.

허망했다. 상처받는 슬픔을 알면, 누군가를 일부러 상처 입히고 싶다는 생각은 안 한다. 그래서 묵묵히 어리석은 자로 있기를 선택해 버린다. 자신이 멍청하게 구는 것을 그만두면 가족이 슬퍼하지 않을까, 상처받지 않을까 걱정하고 마는 것이다.

—바보야.

알고 있다. 하지만 자신을 증명할 방법은 그것뿐이었다. 가족의 관심을 얻기 위해 어리석은 자로 있는 것은 자기방어였다. 언젠가 그만둘 수 있는 날이 올까? 그렇게 자문해봤으나, 답은 나오지 않았다.

『오빠…….』

잠시 침묵한 탓인지, 아이가 걱정스레 나를 보았다.

『응?』

머뭇머뭇 다가와서 손을 뻗었다. 조심스럽게 옷자락을 잡았다.

『있잖아…… 우리 집에…… 올래?』

그리고 되지도 않는 소리를 했다.

『어?』

—무슨 말을 하는 거야.

그런 건 무리다. 고작해야 어린아이의 헛소리. 정말로 구해 줄 리가 없다.

하지만 아이는 똑바로 나를 보고 말했다.

『우리 집에, 와도 돼…….』

만약, 가고 싶다고 하면, 이루어 줄 것 같은 결의가 느껴지는 눈으로 말했다.

—무리야. 너는 아무런 힘도 없어.

아이의 다정함은 의미가 없었다.

현실적이지 않기 때문이다. 그런 일은 내 부모님도, 아이의 가족도 허락하지 않을 것이다.

『손님방, 있고…… 엄마 아빠가 안된다고 하면, 내 방에 살면 돼…….』

똑똑해 보이니까 그 정도는 알 것 같은데, 그런데도 말했다.

『올래……?』

불안한 얼굴로, 배려하듯 말했다.

『오빠, 우리 집에 와도 돼…….』

도망쳐도 된다고.

『…….』

아무도 해주지 않았던 말을, 작은 여자아이가 말해줬다.

『……고마워.』

말해준 것이 중요했다. 그저 조금 걱정해 준 것이 이렇게나 기뻤다.

『고마워……. 하지만 조금 더…… 참아볼게.』

그 순간부터, 아이가 무척 빛나 보였다.

『……너만 괜찮다면…… 기다리는 동안 같이 놀지 않을래? 나도 부모님이 돌아올 때까지 한가해.』

『……좋아. 오빠랑…… 같이 놀래. ……그러면 기운이 나?』

『그럼. 화관 만들어 줄까? 어떻게 만드는지 알아? 예쁘게 안 만들면 뜯어버려서 열심히 배웠어. 저기 있는 꽃으로 만들까?』

『……두 개, 만들 수 있어?』

『만들 수 있어. 저 아이한테도 주려는 거구나. 몇 개든…… 네가 원한다면 만들어 줄게.』

아이와는 그 후로도 몇 번인가 만날 기회가 있었다.

부모를 따라간 행사와 마을 축제에서 한 번.

어른이 되어 재회하니 아이는 나를 기억하지 못했다.

『네 이름은?』

하지만 나는 기억했다.

『아야메.』

아야메, 나는 기억하고 있었어.

『나는 렌리.』

네가 기억하지 못한 건 어쩔 수 없는 일이다.

나는, 누군가의 특별한 사람이 될 수 없는 인간이니까.

제 6 장

여름의 신랑

레이메이 20년 7월 22일. 무대는 여름의 마을로 이동한다.

마을 변두리의 숲속에 청년이 있었다.

살구색에 가까운 밝은 머리, 세련된 얼굴. 요즘 젊은이, 유약하고 상냥한 남자 같은 외모였다.

특필할만한 점이라면 아직 치료도 받지 않은 찰과상을 얼굴에 잔뜩 입었다는 것이었다.

"……."

청년은 바지 주머니에서 휴대전화를 꺼냈다.

기기를 조작하여 전화를 걸어봤지만, 상대가 받을 기미는 없었다.

—안 받아.

상처투성이 청년은 속으로 그렇게 중얼거렸다.

—예전부터 그랬지만, 좀 더 위기감을 가졌어야 했어.

그는 로오 가문의 차남이란 역할을 지닌 인물, 로오 렌리였다.

얼마 전까지 하자쿠라 아야메의 약혼자였던 청년이기도 했다.

—역시 뭔가 일이 벌어진 거야.

렌리는 한숨을 쉬었다.

약혼이 파기됐다는 것을 알리면서, 부모는 렌리에게 아야메의 연락처를 지우라고 했다. 그 자리에서는 순순히 따랐지만, 번호는 이미 외우고 있었다. 그 후 지금처럼 생각날 때마다 전화를 걸고 있으나 연결된 적은 없었다.

렌리의 휴대전화가 아니라 다른 유선 전화기로 걸어봐도 안 받았다.

—번호, 다른 걸로 바꿨나?

고민하며 묵묵부답인 휴대전화를 바라보았다.

렌리는 오늘까지 있었던 일들을 회상했다.

하자쿠라 아야메의 약혼자가 된 렌리는 순조롭게 그녀와 친분을 쌓고 있었다. 소위 말하는 계약 결혼이라는 형태로 약혼을 진행 중이었지만, 실제로 그렇게 여기고 있는 사람은 아야메뿐이었다.

렌리는 명확하게 아야메에게 호감을 가지고 있었다.

두 사람은 어릴 적에 만났었고, 호감에 이를 만한 일이 적잖이 있었기 때문이다.

하지만 항상 마을 행사 중에 대화를 나누었을 뿐, 이렇다 할 교류는 없었다.

아야메에게는 잊어버릴 만한 남자아이였고, 렌리에게는 잊을 수 없는 여자아이였다.

동생 루리가 사계의 대행자로 뽑히지 않았다면, 어쩌면 전개는 달랐을지도 모른다. 현인신으로 선정된 자는 기본적으로 마을 내에서 격리되다시피 양육된다. 그 호위관인 아야메도 당연히 비슷한 생활을 했다.

아야메의 어릴 적 기억은 자신과 관련된 작은 인간관계의 기억만으로 고정되었다.

한편 렌리는 여름이 올 때마다, 마을에서 아야메를 볼 때마다 의식했다. 의식하긴 했지만, 특별한 사이가 될 마음도, 뭔가를 할 마음도 없었다.

—그렇구나. 그 아이의 동생은 여름의 대행자님이, 그 아이는 호위관이 되어 버렸나.

—다정하고…… 야무지고, 착한 아이였으니까, 동생을 도와주고 싶었던 거겠지.

—크게 다치지 않으면 좋겠는데.

그런 일방적인 기도를 했을 뿐이다.

어릴 적 만난 여자아이와의 기억을 소중히 하는 정도의. 그런 귀여운 집착이었다.

두 사람의 인생은 몇 번 교차했으나, 특별히 사이가 깊어지는 일 없이 멀어지게 될 터였다.

전환기가 찾아온 것은 아야메가 가출했을 때였다.

오도 가도 못하는 아가씨를 도와주려고 말을 걸었더니 성장한 아야메였다.

처음에 아야메는 렌리를 매우 경계했지만, 이야기하다 보니 경계도 풀렸다.

그녀도 렌리를 어렴풋이 떠올리고 무례를 사과했다.

자신을 잊어버려서 섭섭했으나, 금세 기분이 고양되었다.

렌리에게 하자쿠라 아야메는 손이 닿지 않는 곳에 있던 여자아이였다.

—돕게된 사람이 그 아이였다니. 기뻐. 착한 일도 할 만하네.

그 정원에서 친해졌던 여자아이와 또 얘기할 수 있었다. 그저 그것뿐인 일이 무척 기뻤다.

—무사히 데려다주자.

억지로 친해질 마음은 없었다. 이쪽이 일방적으로 호감을 가지고 있는 것은 명백했다. 괜히 곤란하게 만들고 싶지는 않았다. 그녀와의 교류는 집에 데려다주면 그걸로 끝.

조금이라도 좋은 사람이라고 여겨준다면 감지덕지다.

그 후로는 만날 일도 없을 것이다. 그렇게 될 터였다.

그럴 터였는데.

『……달라지고 싶어. ……자유로워지고 싶어. ……마을에 있으면, 괴로워요…….』

이후로는 아야메가 회상한 대로였다.

마을에서 사는 게 힘들다고 울며 고백한 아야메에게, 렌리는 동조했다. 작았던 그 여자아이가 어느새 이런 고민을 품게 됐다니. 가슴이 괴로워졌다.

어떻게든 해주고 싶었지만, 그녀의 고민은 빠르게 해결될만한 간단한 문제가 아니었다.

아야메의 위치는 마을 사람들 중에서도 상당히 특이하기 때문이다. 단순히 하자쿠라 가문의 아가씨가 아닌 사계의 대행자 호위관. 자유로워지려면 해임되는 것을 기다릴 수밖에 없다.

해임되는 조건은 이것저것 있는 것 같지만, 하자쿠라 자매의 경우는 마을의 관례를 고려하건대 루리가 결혼하면 그 남편이 다음 호위관이 될 것이다. 그렇게 먼 훗날은 아닐 터.

기다리면 그만이다. 렌리와 마찬가지로.

렌리도 언젠가는 가족에게서 해방된다. 가정을 꾸리게 되면 자기 집을 마련하는 것도 허락되고, 친가에 돌아가지 않아도 된다.

가족 중에서는 렌리가 가장 젊다. 큰 병에 걸리지 않는다면 다들 먼저 죽을 것이다.

참을성 있게 기다리면 된다. 못 할 일은 아니었다.

아야메도 분명 렌리처럼 타인에게 자신의 마음을 보이지 않으며 살아왔을 것이다.

힘들다는 말은 하지 않고서 여러 가지를 감내하며 지냈을 터다.

렌리는 이 길 잃은 어린양을 그저 타이르면 된다.

지금까지 그랬듯 숨죽이고서 기다리라고. 그리고 아군을 찾으라고.

너를 괴롭히지 않고, 슬프게 하지 않고, 도와주고, 행복하게 해주고, 버팀목이 되어주는, 그런 사람을 골라서 언젠가 이 답답한 세계에서 도망치라고.

—도망쳐, 아야메.

그렇게 말하면서 달래주면 그만이었지만.

『……돌아가고, 싶지, 않아……. 돌아가기, 싫어, 요…….』

아야메가 울었다.

냉정침착한 우수한 호위관으로 유명한 아가씨가, 존재도 잊었던 남자에게 약한 소리를 할만큼 궁지에 몰려서, 눈물을 흘리고 있었다.

이때의 하자쿠라 아야메는 몇 년 만에 해후한 렌리가 보기에도 한계였다.

더는 한 발짝도 움직일 수 없었다. 이제 눈물을 닦을 손도 부족했다. 다시 달려갈 용기가 없었다.

누군가가 지금 당장 도와주지 않으면 꺼질 듯한 생명이 되어 가고 있었다.

흐느끼는 아야메를 보고, 렌리는 어쩌면 좋을지 잠시 머리를 굴렸다.

그녀에게는 압도적인 아군이 없었다. 정치적 입장, 가정 내 위치, 그러한 굴레에 사로잡히지 않는 위치에서 괜찮다고 말해줄 사람을 원하고 있었다.

아야메의 문제는 당장 해결되지 않는다. 그건 변함없다. 하지만 누군가에게 위로받는 것으로 마음가짐은 얼마든지 변한다. 그건 렌리도 과거에 경험했다.

—내가, 도와주면 안 되나?

렌리는 하늘의 계시를 받은 것처럼 그렇게 생각했다.

근거 없는 자신감이 아니라, 조건이 적합했다.

다행히 렌리는 조만간 테이슈에 있는 사계청 관련 의료 시설로 전근 가는 것이 확정된 상태였다. 아내가 될 사람도 같이 가고 싶다고 하면 전혀 의심받지 않고 마을에서 데리고 나갈 수 있을 것이다.

누군가를 사랑할 준비도 되어 있었다.

만약 자신 같은 인간과 인생을 함께해도 좋다는 사람이 나타나면 소중히 여기고 싶다고 예전부터 생각했었다. 사랑받지 못했던 청년이기에 가진 소망이었다.

그리고, 먼 옛날 아야메도 말해 주지 않았던가. 우리 집에 오겠느냐고.

똑같은 일을 다른 방식으로 할 뿐이다. 나한테 오면 된다고.

다른 사람을 돕는 일이다. 나쁜 일은 아니다.

악마의 유혹과는 다를 터.

—궤변이야.

알고 있다. 사실은 자신이 이 아가씨를 원할 뿐이다.

슬퍼하는 사람을 꼬드기는 짓은 하면 안 된다.

하지만, 그렇게 해서 구할 수 있는 생명이라면?

—이 아이에게는 나 같은 놈보다 훨씬 더 좋은 사람이 어울려.

그런 건 알고 있다.

하지만, 지금 그녀의 눈앞에 있는 사람은 더 어울리는 그 누군가가 아니다.

힘들다고, 괴롭다고, 아야메가 호소하고 있는 사람은 다름 아닌 렌리였다.

—아직 누구도 꺾지 않은 꽃을 갖고 싶어 하는 게 그렇게 큰 죄일까?

렌리가 갖고 싶다며 훔치려 든 것이 아니다.

꽃 쪽에서 찾아와줬다. 그리고 도움을 원하고 있었다.

차갑게 대하는 것이 더 잔인무도한 일이지 않을까.

—이게 죄가 된다면, 죄인이여도 좋아.

줄곧 남을 위해 헤실헤실 웃으며 살아온 남자가 광대 짓을 그만둘 때가 왔다.

『아야메, 나 있지…….』

지금 생각해보면, 렌리는 한참 전에 아야메에게 첫사랑을 바쳤던 것이리라.

『나…… 지금 권유받은 혼담을 거절하고 싶어서…… 똑같이 자유로워지고 싶어서, 그걸 쟁취하기 위해 함께 싸울 수 있는 사람과 결혼하고 싶어.』

사랑받은 적이 없기에, 사랑임을 눈치채지 못했다.

『즉, 그러니까, 연애 같은 게 아니라…… 타산이 되지만.』

알아차리니 뭐든 할 수 있었다.

『……하지만 그 대신 서로의 삶에 간섭하지 않고 응원하는 관계라고 할까. 친구라고 할까. 그런 거…… 아야메, 어떻게 생각해……?』

이런 어리석은 자여도 돌아봐 줬다면.

『모두에게 거짓말하게 되겠지만, 가짜 결혼…… 나랑 하지 않을래?』

단 한 번이라도 돌아봐줬다면.

그 아이에게 사랑뿐만 아니라 목숨마저 바쳐도 좋다.

『널 소중히 여길게.』

아야메가 자신의 인생에 렌리를 끌어들인 것이 아니었다. 렌리가 아야메를 원한 것이다.

렌리는 경계심 강한 그녀가 쉽게 수긍할 조건을 제시했다. 단순히 자신을 좋아해 달라고 말해 봤자 수긍할 리가 없다고 확신하고 있었다. 아야메의 본심은 알 수 없지만, 그녀는 이야기를 받아들였다.

로오 가문은 이 혼담을 흔쾌히 승낙했다.

맨 처음 거론되었던 맞선보다 하자쿠라 가문이 더 좋은 혼처였기 때문이다. 모두를 위한 바보, 뒤떨어진 차남도 드디어 가문에 도움이 된다. 그런 부모의 사고가 훤히 보였으나, 그딴 건 어찌 되든 좋았다. 중요한 것은 지금의 가족이 아니다. 미래의 가족이다.

하자쿠라 가문은 루리를 지키기 위해 루리의 상대는 일찌감치 손을 써뒀지만, 아야메는 고생시킨 만큼 자유롭게 해주고 싶었던 모양이었다. 좋아하는 상대라면 상관없다고 허락이 떨어졌다.

그 이후로는 렌리의 싸움이 되었다. 계약 결혼을 연애 결혼으로 바꾸고 싶었다.

조금이라도 아야메의 호감을 얻으려고 노력했다.

그 보람이 있어서, 아야메도 렌리를 인간적으로 싫어하는 것 같지는 않았다.

일정 거리 이상으로 다가오지는 않지만, 대화를 거듭할수록 허물없는 태도도 허락해줬다.

아야메는 렌리가 예상한 그대로였다. 조용한 사람이지만, 정이 깊고 상냥했다.

결혼만 하면 어떻게든 될 터. 시간을 들여서 언젠가 자신을 좋아하게 만들자.

—언젠가, 조금이라도 좋으니. 나를 좋아해 준다면.

순수하게, 그렇게 바랐었다.

연애에 들떠서 갑작스러운 공격에 대처할 준비는 하지 않았다.

"……."

지금, 렌리는 아야메와 아무 사이도 아닌 남자가 되어버렸다.

전 약혼자 따위, 타인일 뿐이다.

하자쿠라 자매가 마을에서 탄압받고 있는데 방패가 되어주지도 못했다.

하지만 아무 사이가 아니어도 돕고 싶었다. 그리고, 그녀에게 묻고 싶었다.

—이제, 내가 싫어?

부모가 말하는 대로 움직이지 못하게 된『공범자』따위, 한심하다고 여기고 있을까.

이제 관심 없다고. 필요 없다고. 쓸모없다고.

그런 말을 듣는 모습은 쉽게 상상이 갔다.

—최소한, 한 번 더 만나서 얘기하고 싶어.

그녀가 자신을 싫어하더라도, 그녀를 위해 뭔가 할 수 있는 일은 있을 터.

"아야메……."

고뇌에 빠진 렌리가 그리운 사람의 이름을 나직이 중얼거렸을 때.

"렌리 군, 슬슬 가죠."

뒤에서 부르는 소리에 흠칫거리면서도 렌리는 돌아보았다.

렌리보다 조금 나이가 많아 보이는 남성이 있었다.

"누가 보면 마을에서 나가기 어려워져요. 우리는 그들과 달리 두 사람이 어디로 갔는지 아니까요."

정중한 말씨만 들으면 태도가 부드럽고 조심스러운 인물 같았다.

"우리의 신부를 되찾으러 가죠."

하지만 실제로 그는 매우 당당했다.

"……키미카게 씨."

"라이쵸라고 불러요. 우리는 친척이 될테니까요."

"……라, 라이쵸 씨."

"그렇게 겁먹지 말아요. ……저는 아군이잖아요?"

작게 고개를 갸웃하며 렌리를 향해 귀엽게 웃어 보인 사람은 하자쿠라 루리의 전 약혼자, 키미카게 라이쵸였다.

라이쵸의 생김새는 매우 건장했다. 우람하지는 않지만 잘 단련된 육체, 탄탄한 팔과 허벅지. 그저 서있기만 해도 벽처럼 큰 그림자를 만들어내는 체구를 가지고 있었다.

얼굴은 험악한 쪽에 가까웠다. 눈빛도 매처럼 날카로웠다. 입은 컸고, 입술은 피처럼 붉었다. 나이는 20대 후반이리라. 검정 일색인 밀리터리 패션이 잘 어울렸다.

"저는 렌리 군과 친하게 지내고 싶어요. 저의 루리의 언니의 남편이 될 사람이니까요. 루리와 아야메 씨가 그렇게나 정다우니까, 저희도 그렇게 된다면 최고잖아요. 믿어주세요. 집에서도 꺼내줬잖아요?"

"……."

"집에서 꺼내줬죠?"

"네……."

겁먹은 모습인 렌리와 친해지고 싶어 하는 라이쵸.

두 사람 사이의 공통점은 하자쿠라 자매와의 약혼을 파기당했다는 것뿐이었다.

친족 모임에서 몇 번 인사는 했지만, 지금까지 깊이 엮인 적은 없었다.

교류가 깊어지는 것은 서로 결혼하고 나서일 터였다. 연중행사 등으로 만나다 보면 친해질 일도 있었을 것이다. 그 정도 관계였다.

높으신 분으로부터 파혼을 통보받은 후로도 만나지 않았고, 연락처도 몰랐다.

그런데 갑자기, 라이쵸는 로오 가문에 나타났다.

오늘, 렌리는 로오 가문의 부지에 있는 창고에 갇혀있었다.

약혼 파기에 관해 높으신 분에게 항의하러 가는 것을 아버지와 형에게 여러 번 들키고, 구박받고, 실패하여, 다시 끌려가는 나날을 보낸 결과였다.

지금껏 얌전했던 막내가 갑자기 대드니 화가 났을 것이다.

끝내는 얻어맞고, 손을 묶이고, 창고에 감금되었다.

무더운 날씨에 공조 설비도 없는 곳에 갇힌 것은 위험한 상황이라고 할 수 있었다.

그러던 차에, 밖에서 말을 걸어온 것이다.

『렌리 군, 도와줄게요.』

동화 속에서 마법사가 길 잃은 자에게 속삭이는 듯한 음성이었다.

마침내 환각 증상까지 일어났나 싶어서 렌리는 자신의 상태에 절망했지만.

『머리 숙여주세요.』

다음 순간, 폭탄이라도 날아온 것 같은 소리가 울려서 현실임을 재인식했다.

아무리 몸을 부딪쳐도 꿈쩍도 하지 않았던 문이 쓰러져서 간담이 서늘해졌다.

위치가 안 좋았다면 밑에 깔렸을 것이다. 어두운 창고에 빛이 들어오며 방문자의 정체가 드러났다.

맨 처음 보인 것은 긴 다리였다.

그리고 돌벽처럼 큰 몸.

이윽고 낯익은 남자의 얼굴을 확실히 인식할 수 있었다.

『……키미카게…… 씨?』

튼튼한 문을 걷어차고 들어온 사람은 렌리와 마찬가지로 하자쿠라의 약혼자, 키미카게 라이쵸였다.

창고 문은 목제지만, 걷어차서 간단히 파괴할 수 있게 만들어지지는 않았다. 톱밥이 훌훌 날리는 가운데, 렌리를 보고 씩 웃는 라이쵸는 구세주로도 보였고 파괴신으로도 보였다.

『오랜만이에요, 렌리 군. 여기 지저분하네요. 청소 안 하나…….』

라이쵸는 활짝 웃으며 쾌활하게 인사했으나, 그럴 상황은 아니었다.

『괜찮아요? 제가 왔으니 이제 안심이에요.』

『…….』

『여보세요~ 렌리 군?』

렌리는, 미묘한 관계인 남자가 저지른 호쾌한 등장에 놀라서 말을 잇지 못했다.

짐승끼리 갑자기 맞닥뜨린 것처럼 한동안 서로를 마주 보았다.

『이상하네. 만화 같은 걸 보면 이럴 때 눈물을 흘리며 고마워하던데…… 뭐, 상관없나.』

이윽고 기다리다 못한 라이쵸가 창고 안으로 성큼성큼 들어왔다. 렌리의 손을 구속한 접착테이프를 떼어줬다.

『허, 이것 참.』

그리고 바로 얼굴을 찌푸렸다. 렌리의 얼굴에 난 파란 멍과 찰과상이 보인 듯했다.

『……너무한 짓을 하는군. ……되받아치지 그랬어요.』

정말로 걱정스럽게 말해서, 마침내 렌리의 사고도 정상으로 돌아왔다.

뭐가 뭔지 모르겠지만 살았다.

일단은 고맙다고 인사해야겠다 싶어서 메마른 입에서 말을 짜냈다.

『저기, 감사합니다……. 갇혀있었던지라……. 그런데 왜 여기에…….』

라이쵸는 어디서 연습했냐고 묻고 싶어질 만큼 완벽한 윙크를 했다.

『의국에 출근하지 않은 모양이라, 신경 쓰여서 이 집의 방범 카메라 영상에 접속했죠. 마침 렌리 군이 마당에서 가족한테 얻어맞는 게 보여서, 이거 큰일이다 싶어서 도와주러 온 거예요.』

『……네?』

『방범 카메라에 보이는 위치에서 싸움이 시작되어 다행이었죠. 바로 달려올 수 있었어요.』

『…….』

『렌리 군?』

『……저기, 접속……을 어떻게 하실 수 있었던 거죠? 남의 집 방범 카메라에…….』

『그야 해킹했으니까요.』

『네?』

『해킹. 부정 접속.』

『…….』

렌리의 목에서 끅 하고 이상한 소리가 났다.

자신의 가족도 상당히 이상하지만, 이건 별종의 괴짜라고 머릿속에서 피난 경보가 울렸다.

―위험한 사람이야.

경솔하게 상종해선 안 되는 인종이었다.

렌리는 본능적으로 도망치려 했지만, 창고는 좁았고, 입구는 하나였다. 도주로는 막혀 있었다. 라이쵸는 렌리가 겁먹든 말든 계속 말했다.

『이야~ 결단하길 잘했다니까요. 저는 착하지 않아서 평소엔 이런 일 안 하지만…… 렌리 군은 도와줘야겠다 싶어서……. 실제로 도와보니 기분이 좋네요.』

그는 본인이 말한 대로 상쾌한 표정을 짓고 있었다. 행복하다는 것처럼. 웃으니 송곳니가 보였다. 발언도 육체도 흉포하지만, 웃는 얼굴만큼은 개가 웃는 것처럼 애교가 있었다.

『걱정하지 말아요. 부정 접속하는 건 렌리 군네 집만이 아니니까.

이제 안 무섭죠?』

『아뇨…… 엄청 무서운데요…….』

너무 무서워서 렌리는 본인이 앞에 있는데도 속마음을 말했다.

『안 무서워요. 엿보려고 그러는 게 아니거든요. 렌리 군은 의사 선생님이죠?』

갑자기 다른 이야기로 튀었다. 렌리는 일단 고개를 끄덕였다.

로오 가문은 마을의 의국을 관리하는 일문이고, 렌리의 집은 방계였다.

일족은 기본적으로 의료에 종사해야 했다.

렌리를 가둬서 의국 인원이 한 명 줄어들었을 테지만, 그렇게 해서라도 부친과 형은 제재를 가하고 싶었을 것이다.

간호사들이 상당히 원망하고 있겠네, 하고 지금 의국이 얼마나 바쁠지 상상했다.

하지만 직장 일로 고민하고 있을 때는 아니었다.

렌리도 어떤 의미에서 위험한 상황이었다.

『저는, 으음…… 이런저런 일을 하고 있지만, 계약상 말할 수 없는 지라 두루뭉술하게 표현하면…… 전투와 경호의 전문가였어요.』

『……키미카게 가문 사람이시니 말이죠…….』

『맞아요! 저희 집안은 마을의 경비를 도맡고 있어요. 마을을 지키고 감시하는 데 변태적으로 집착하는 집안이라고 해도 과언이 아니에요.』

『…….』

흘려들을 수 없는 말을 들은 것 같지만, 이야기가 진행되지 않을 테니 렌리는 입을 다물었다.

『그리고 제가 현재 경호하는 대상은 루리니까, 루리를 지키기 위해 마을의 감시 시스템을 슬쩍 빌려서 지켜보고 있었거든요. 부족한 부분은 직접 증설해서 보고 있었어요.』

『그건…… 키미카게 가문 내에서 허락되는 일인가요……?』

『좋진 않지만…… 지금 마을에서 큰일이 벌어지고 있으니까요. 제 나름대로 소중한 사람들을 지키고 싶어서 그랬어요. 집안 따위, 알 바 아니죠.』

『…….』

『자, 이유를 아니까 안 무섭죠?』

안심시키듯 말했지만, 요컨대 이 남자는 개인적으로 직권을 남용하여 타인의 생활을 엿보고 있었다는 말이다.

심지어 감시 시스템을 해킹할 수 있는 기술을 가지고 있으며, 나쁜 짓이라고 여기지 않고서 저지르고 있었다.

―악의 없는 정의감이라니, 위험하지 않아?

렌리 안에서 라이쵸의 위험도가 쭉쭉 올라갔다.

여하튼, 이런 상황에서 상대방의 신경을 건드리면 위험하다는 것 정도는 렌리도 알고 있었다. 지극히 차분한 모습을 가장하며, 신경 쓰인 점을 질문해 보았다.

『저기…… 키미카게 씨.』

『네, 렌리 군.』

『……약혼…… 파기당했는데, 루리를…… 지키기 위해 감시하고 있는 건가요.』

『물론이죠. 루리에게 미움받은 것도 아닌데 경호를 그만둘 필요가 없잖아요?』

『하지만, 결혼하지 않을 건데…….』

그때, 처음으로 라이쵸가 울컥한 표정을 지었다.

험상궂은 그가 언짢은 표정을 지으니 박력이 있었다.

호통치려나 싶어서 몸을 긴장시켰지만, 라이쵸는 어린아이가 떼쓰는 듯한 어조로 말했다.

『할 거예요. 반드시 할 거예요! 해주지 않으면 곤란해요! 저는 루리와 결혼하는 게 결정된 뒤로 신의 화신을 지킬 수 있는 남자가 되려고 노력해왔어요. 이제 와서 평범한 여자와 결혼하라고 해도 곤란해요!』

『곤란하다니…….』

『평범한 여성은 지키는 보람이 없잖아요?』

『……그런 이유인가요.』

『그리고, 루리를 좋아해요.』

『아, 제대로 좋아하는 거군요…….』

『그야 그렇죠. 안 좋아했다면 이런 일도 안 했어요. 절 뭐라고 생각하는 건가요.』

—아주 위험한 사람이요.

그렇게 생각하지만, 렌리는 조금 안도했다. 그도 약혼을 포기하지 못하는 동료였다.

방식은 잘못됐고, 친척이 되고 싶은 남자는 아니지만, 공통점이 있으니 친근감은 들었다.

『지금까지는 상황을 조용히 지켜봤지만, 마침내 움직여야 할 때가 왔어요. 렌리 군, 저랑 같이 가요. 루리와 아야메 씨가 마을에서 탈주했어요.』

『네……? 어, 어째서……?』

『그러도록 부추긴 자들이 있는 것 같아요.』

『뭣 때문에……?』

『그야 뻔하죠. 어느 한쪽을 죽이기 위해서예요.』

렌리의 시간이 일순 멈췄다.

—어느 한쪽을 죽인다고?

무슨 소리인가 싶어서 머릿속이 새하얘졌다.

『아니면 양쪽 다 죽이거나. 반반이려나요.』

라이쵸는 무서운 소리를 아무렇지도 않게 했다.

『어, 어째서 그런 일이 벌어진 거죠?!』

『그 얘기를 하자면 길어지니까, 일단 여기서 나가죠.』

『하, 하지만!』

『이해해요. 듣고 싶겠죠. 하지만 일단은 도망쳐야 해요. 가족에게 들키면 눈 깜짝할 사이에 다시 갇힐 거예요. 렌리 군은 집 안에서 위치가 좋지 않잖아요.』

렌리의 뺨을 손끝으로 톡톡 쳤다. 살짝 아팠다.

『이렇게 요란하게 저지른 걸 보면, 당분간 렌리 군을 밖에 내보낼 마음이 없다는 거니까.』

렌리로서는 조금 받아들이기 어려운 이야기였으나 사실이었다.

렌리의 아버지와 형이 앞으로도 렌리를 폭행하고 감금하려는 것은 명백했다.

옷으로 가릴 수 없는 상처. 계단에서 굴렀다고 변명할 수도 없다.

좁은 마을에서 렌리가 누군가와 싸우면 저절로 소문이 난다.

폐쇄적인 사회에서 밀고는 질서 시스템이다.

렌리에게 상처를 입힌 상대의 정보가 특별히 부상하지 않는다면, 사람들은 틀림없이 가정 폭력을 의심할 것이다.

마을의 의국을 관리하는 일족인 로오 가문에서 그런 일이 있었다는 이야기가 퍼지면 좋지 않다.

렌리의 아버지와 형도 의국에서 근무한다. 폭력을 행사하는 의사에게 치료받고 싶어 하는 환자는 없을 터. 지금까지 쌓아 온 신용이 무너진다.

—아버지와 형이 망신당할 짓을 할 리가 없어.

아마 렌리는 병이나 심신 쇠약으로 휴가를 받았다고 처리되었을 것이다.

마을 중진의 명령을 거스르려고 하는 아들이 눈엣가시가 되었다.

그래서 때리고 창고에 넣어 렌리의 마음을 꺾고자 했다.

그들은 아들보다도 자신들의 안위를 택한 것이다.

라이쵸가 말한대로 느긋하게 떠들고 있어서는 안 됐다. 여기서 당장 도망쳐야 했다.

렌리에게 집은 안전한 곳이 아니고, 가족은 아군이 아니니까.

—아야메.

렌리의 가슴속에 어릴적 추억이 떠올랐다.

자기 집으로 도망쳐도 된다고 말해줬던 여자아이의 모습이.

그때로부터 많은 시간이 흘렀다.

—아야메, 지금 뭐 하고 있어? 무사한 거야?

이제 마음속에 자신을 상처 입히는 인간을 둘 여유는 없었다. 이미 아야메가 있었다.

가족에게서 도망칠 때가 마침내 찾아왔다.

『렌리 군, 저는 두 사람이 어디로 갔는지 독자적인 정보망으로 이미 파악했어요. 원래는 혼자 갈 생각이었어요. 단독 행동이 특기기도 하고. 하지만 렌리 군도 같이 가는 게 좋을 것 같아서 이곳에 왔어요. 렌리 군은, 아야메 씨를 아주 소중히 여기는 것 같으니까……. 아닌가요?』

『맞아요…….』

『그럼 각오를 다져주세요. 같이 가죠. 그 아이들을 지키기 위해 함께 싸워줄 사람은 많을수록 좋아요.』

『…….』

—믿어도 될까.

달콤한 말을 속삭이는 자는 요주의 인물이다. 상종 안 하는 게 좋은 인종인 것은 틀림없다.

하지만, 지금은 그를 의지할 수밖에 없다는 것도 사실이었다.

—나는 가진 게 아무것도 없어.

렌리는 현인신처럼 초자연적인 힘을 가지고 있지 않았다.

마을을 감시하는 알 수 없는 시스템도 모른다.

싸움을 해 본 적도 없고, 무력도 없었다.

노력해서 의사는 됐지만, 그 일은 지금 버리려 하고 있었다.

이런 상황에서 요구되는 것은 아무것도 가지고 있지 않았다.

그는 정말로 평범한 인간이었다. 라이쵸가 원하는 존재가 전투할 줄 아는 자라면, 렌리는 부적합했다. 안전을 위해서도 제안을 거절하는 게 낫다.

—하지만.

확실하게 무기라고 할 수 있는 것이 딱 하나 렌리 안에 있었다.

—이것만큼은, 누구에게도 지지 않아.

바로 아야메에 대한 마음이었다.

좋아하는 여자에게 쏟는 헌신적인 애정은 누구보다도 올바르게 가지고 있었다.

『……저도 도움이 되나요?』

렌리는 기도하듯 물었다.

가진 게 사랑밖에 없으니, 좋아하는 사람이 죽을지도 모른다는 걸 듣고서 움직이지 않을 이유는 없었다.

『만약, 이런 저라도…… 그 두 사람을 지키는 무언가가 될 수 있다면…… 저는 가겠어요.』

로오 렌리는 마침내 한 명의 인간으로서 살고자 하고 있었다.

부모에게 속박당하지 않고, 자신의 마음을 죽이지도 않고, 그저 자신이 하고 싶은 일을 한다.

지금 아무것도 가진 게 없는 렌리가 바라는 것은, 만나지 못하는 약혼자의 안전뿐이었다.

물론 그녀의 동생도 위험한 상황에 놓여있다면 돕고 싶었다.

무력한 자신이 그렇게 바라는 것은 주제넘은 짓일지도 모른다고 생각했다.

그래도, 이 마음마저 죽이고 싶지는 않았다.

—아야메.

무엇을 할 수 있을지 모르겠다.

—나, 아직 좋아해.

아무것도 못 할 가능성이 더 클지도 모른다.

—너를 좋아해.

그렇더라도, 그녀 곁으로 달려가고 싶었다.

—무사히 있어줘.

그녀를 사랑하니까.

『아야메와 루리를 돕고 싶어요. 저도 데려가 주세요.』

렌리의 대답을 듣고 라이쵸는 만족한 듯 손뼉을 쳤다.

『그렇게 말할 줄 알았지!』

그는 이때만큼은 정말로 웃었다. 기쁘게 렌리를 포옹했다.

『렌리 군은 의외로 근성이 있으니까요! 저는 가족에게 얻어맞고서도 굽히지 않는 렌리 군의 자세에 감동했어요. 이 아이는 장래성이 있다고, 날 따라올 수 있을 것 같다고 생각했어요!』

『그것도 감시 영상으로 본 건가요…….』

『네. 아, 어…… 네.』

『…….』

『하지만 도중에 씻으러 들어가서 전부 보진 않았어요. 렌리 군과 만나기 전에 목욕 좀 해야겠다 싶어서. 차림새는 중요하잖아요. 특히나 친족과 만날 때는 냄새난다고 여겨지기 싫었고, 미움받기 싫어서……. 렌리 군의 꼴사나운 모습을 몇 시간이나 본 건 아니에요.』

—역시 이상한 사람이야.

라이쵸가 괴짜라는 사실은 일단 제쳐 놓기로 하고, 렌리는 그를 따라가기로 했다.

그리고 시간은 서두로 돌아간다.

"렌리 군, 직성이 풀렸나요?"

휴대전화를 바라보는 렌리에게 라이쵸가 말했다.

"그 두 사람을 따라잡아야 해요. 저희는 다른 자들이 실종을 눈치채기 전에 행동할 거예요."

"……예비 장인어른과 장모님에게, 말씀드리러 가지 않아도 될까요……."

라이쵸는 안 된다며 고개를 저었다.

"제가 정보를 제공하지 않아도 국가 치안 기구가 움직일 거예요. 공공 교통 기관이라든가 도로 등 이런저런 장소의 영상을 끄집어내면서 목적지를 파악하겠죠. 그 아이들은 눈에 띄기도 하고요. 부모님을 안심시키고 싶은 마음도 이해하지만, 그 주변 사람이 믿을만한 인간이라는 보장은 없어요. 아야메 씨와 루리를 부추겨서 고립시킨 자가 이 마을에 있어요. 그들보다 먼저 행동하지 않으면 최악에는 우리가 두 사람과 접촉하기 전에 어느 한쪽이 해를 입을 거예요. 지금 해야 할 일은 누구보다 먼저 움직이는 거예요."

"알겠습니다……. 죄송해요. 바로 갈게요."

아직 망설임이 느껴지긴 하지만, 렌리는 처음보다 또렷한 목소리로 대답했다. 직접 라이쵸 옆에 섰다. 그게 기뻤는지 라이쵸는 웃었다. 렌리는 이어서 말했다.

"가면서 가르쳐 주세요. 왜 이런 일이 벌어지고 있는지……."

"물론이죠. 저쪽에 차를 세워뒀으니까, 운전하며 얘기할게요."

"목적지는?"

라이쵸는 싱긋 미소 지은 채 속삭였다.

"남쪽 끝, 류구예요."

하나씩, 하나씩, 게임판에서 말이 움직였다.

고독한 짐승 한 마리가 달리고 있었다.

하늘 가득 수놓인 별들. 아름다운 밤하늘이 펼쳐져 있었다.
짐승에게 밤은 커다란 아군이었다.

『밤이 오지 않으면 곤란한 사람도 있어. 그저 잠만 가져오는 게 아니야. 도망치고 싶은 곳에서 도망치기 위해 어둠이 필요한 사람도 있어.』

머릿속에 문득 주인의 말이 떠올랐다.
그때는 그게 무슨 뜻인지 잘 몰랐지만, 지금이라면 이해할 수 있었다.
도망치는 짐승에게 밤은 아군이다.
"붙잡아!!"
자신을 추적하는 자들의 목소리가 들려서, 짐승은 달리는 속도를 더 높였다.
주인이 잘 뛴다고 칭찬했던 다리가 땅을 박찼다.
―카구야 님.
그저 주인과 한 번 더 만나고 싶어서.
죄책감에 가슴이 미어질 것 같았다. 자신이 저질러 버린 짓을 그에게 변명하고 싶었다.
분명 지금도 그 산에서 화살을 쏘고 있을 터다.
자신과 마찬가지로 사면초가 상태일 것이다.

—더 빨리 결심해야 했어.

상황에 현혹당하기만 했다. 이렇게 하는 것이 그분에게 가장 좋다고 하니, 세상물정을 모르는 짐승은 따를 수밖에 없었다.

—아니, 그것도 변명이야.

주인을 제일로 생각하고 행동했다. 그건 분명했다.

하지만 무엇이 옳은가 하는 판단을 남에게 맡긴 것은 잘못이었다.

다시는 남의 말 따위 듣지 않으리라.

—카구야 님.

자신에게 명령해도 되는 것은 그분뿐이니까.

그렇게 생각하고서, 짐승은 달렸다. 밤을 달리고 달렸다.

이윽고 강을 넘고, 골짜기를 넘고, 바다를 넘어, 그리운 섬으로 되돌아왔다.

추적이 붙기 전에 주인과 만나야 했다. 어쩌고 계실까.

잘 지내고 있지는 않을 것이다. 지금 듣고 계신 말들은 거짓말이라고 하면 믿어주실까.

분명 거절당할 것이다. 하지만, 만나고 싶다.

—다시 한번, 뵙고 싶어.

만나서, 자초지종을 이야기하고, 거절당한다면 그건 받아들이자.

아마 다시는 보고 싶지 않다는 말을 들을 가능성이 더 크다.

—하지만, 아직 『그것』을 쓸 수 있어.

그 사실이 짐승을 주인에게 달려가도록 했다.

—그런 일이 있었는데, 그분과의 연결은 사라지지 않았어.

그것이 짐승에게 희망을 안겼다.

확인하듯 도중에도 몇 번 써봤지만, 약해진 것 같지는 않았다.

떨어져 있는 동안에도 그것만이 마음의 버팀목이었다.

오늘도 쓸 수 있었다. 그러니 아직 자신이 필요한 것 아닐까.

짐승은 하염없이 주인을 생각하며 산을 올랐다.

—카구야 님, 카구야 님.

친숙한 산길을 올랐다. 지금 시간대라면 분명 산의 성역에 있을 터.

—카구야 님, 저예요. 돌아왔어요.

당신은 저를 기다려 주신 것 아닌가요?

저는 당신을 위해서라면 뭐든 할 수 있었어요. 앞으로도 그럴 거예요.

당신은 아직 제가 필요하니까, 그러니까…….

"오늘도 사수님 덕분에 야마토에 밤이 왔습니다. 아름다운 저녁노을이에요."

거기서 짐승은 현실을 보았다. 인생을 날리면서까지 지켰던 주인이 새로운 종복에게 웃어주는 모습을.

"츠키히 씨."

어쨌든 짐승은 주인이 기른 개다. 얼굴을 보고, 주인이 그 종복을 얼마나 사랑하는지 알아 버렸다. 가슴 깊은 곳에서 절망이 솟구쳤다. 그럼 자신은 뭘 위해 죄를 저질렀는가, 이제 자신들은 잊어버렸는가, 그러한 감정이 몸을 지배했다.

—카구야 님.

이쪽을 봐줬으면 했다.

—카구야 님.

울음소리를 들어줬으면 했다.

—카구야 님.

왜 그랬냐고 물어봐 줬으면 했다.

—카구야 님.

이어져 있고 싶었다.

—카구야 님, 저는 이제 잊으셨나요.

누가 소년을 죽여 늑대로 만들었는지는 의논되지 않는다.

제 7 장

늑대의 야상곡

대서부터 시작된 격동의 하루가 끝나고, 각 진영은 똑같이 7월 23일의 아침을 맞이했다.

봄의 주종과 겨울의 주종은 카요 잔세츠가 제공한 숙박 시설에 있었고.

가을의 주종은 경질 정보를 듣고 가을의 마을에서 테이슈로 한창 이동 중이었고.

여름의 자매는 여름의 마을을 비밀리에 빠져나와, 심야에 류구에 도착했다.

그리고 황혼의 사수, 후게키 카구야는 자신이 소유한 저택에 있었다.

저택은 류구다케에서 그리 멀지 않은 삼림 속에 은밀히 존재했다.

숲 자체도 사유지로서 출입 금지 구역이었다. 마을과 떨어져 있기에 장을 보러 갈 때는 불편하지만, 최단 거리로 산에 다다를 수 있다는 점을 생각하면 좋은 입지라고 할 수 있었다. 사수에게 류구다케는 통근지다. 짧게 왕복할 수 있는 게 좋다.

그런 입지 조건에 있는 후게키 카구야의 저택은 얼핏 보면 리조트 호텔 같은 외관이었다. 높은 담이 보호하듯 둘러쳐 있고, 담 안에는 그다지 관리되지 않은 정원과 수영장이 있었다.

전문 정원사는 없는 듯했다. 꽃나무와 꽃들이 자연 그대로 피어 있었고, 나비들이 꽃들을 돌보듯 날아다니고 있었다.

—슬슬 일어날까.

그런 아름다운 저택 한편에서, 카구야는 오늘도 책무를 다하기 위해 기지개를 켜며 기상했다.

그는 아침에 일어나면 먼저 침실의 차광 커튼을 걷었다. 그런 다음 창문을 열고 하늘의 색을 확인하는 것이 일과였다. 아침의 장막이 아름답게 하늘을 꾸미고 있는 것을 보고 가슴을 쓸어내리며 속으로 생각했다.

—수고했어, 카야. 오늘도 아침을 줘서 고마워.

에니시에 있는 유일한 동료, 새벽의 사수의 일 처리를 칭찬하고서 하루를 시작하는 것이다.

아직 새벽이라고 할 수 있는 시간이었지만, 카구야는 아침 식사를 준비하기 위해 채비를 했다. 3층에 있는 침실에서 나선계단을 내려가 1층으로. 그리고 홀에 들어갔다. 밖에서 카구야의 경호 부대가 뛰고 있는 모습이 유리창으로 보였다. 카구야가 가볍게 손을 들자, 그들도 허물없이 손을 흔들었다.

그대로 주방으로 향하니, 또 다른 아침밥 담당이 이미 앞치마를 착용하고서 요리를 하고 있었다.

—오늘은 츠키히 씨인가.

카구야의 근접 보호관인 아라가미 츠키히는 어째선지 도마에 올린 소고기를 지그시 보고 있었다.

—직화구이라도 하고 싶은가.

먹보인 츠키히라면 그럴 법하다고 카구야는 생각했다.

"츠키히 씨, 안녕."

인사하자 츠키히는 흠칫했다. 그리고 얼굴을 들었다.

"카구야 님, 안녕히 주무셨습니까."

목소리는 밝았지만, 표정은 어딘가 어두워 보였다.

"푹 주무셨나요? 어제 다 같이 술을 드셨잖아요. 숙취가 없어야 할텐데요."

암랑 사건이 일어난 뒤로, 카구야의 경호를 도맡고 있는 츠키히는 몹시 바빴다.

매일 대책 회의를 열고, 카구야가 안전히 저택에 돌아올 수 있도록 경호 계획을 짜고 있었다. 힘든 나날이지만, 그래도 이렇게 확연하게 무슨 일이 있었나 싶은 얼굴은 보이지 않았었다.

—무척 피곤한 모양이야.

"츠키히 씨도 다음에 같이 마시자. 그보다 안색이 안 좋아. 제대로 잤어?"

걱정되어서, 카구야는 무심코 힐문하듯 묻고 말았다.

"자, 잤습니다."

"정말로?"

"……."

여기서 거짓말을 못 하는 것이 츠키히답다면 츠키히다웠다. 카구야는 쓴웃음을 지었다.

"……요즘은 매일 밤 술잔치를 열고 있으니까, 다음에 또 잠이 안 오면 츠키히 씨도 참가해. 아, 아침 준비 벌써 끝나버렸어?"

"어어…… 계란말이는 다 됐고, 밥은 지어지길 기다리고 있어요. 반찬을 몇 가지 더 만들려던 참이에요. 된장국은 아직 안 만들었고, 지금 부하가 장을 보러 갔어요."

"음, 알았어. 된장국은 내가 만들게. 맞다, 츠키히 씨, 소시지 전부 써버릴까? 분명 사오겠지?"

카구야도 자신의 전용 앞치마를 꺼내 착용했다. 황혼의 사수와 근접 보호관. 원래는 같이 요리하는 관계는 아니다. 경호를 위해 츠키히와 부하들도 저택에 묵게 되었고, 주방을 빌려주다 보니 식사도 함께하게 되었다. 돕는 것도 그 흐름이었다.

"항상 감사합니다."

"아냐, 내가 요리하길 좋아할 뿐이니까."

만들면 맛있게 먹어주는 사람들이 있으니 역시 만드는 보람이 있었다. 냉장고에서 식품을 꺼내며, 카구야는 신경 쓰였던 점을 물었다.

"근데 그 고기는 뭐야? 그런 걸 샀던가? 아침으로 먹기엔 부담스럽지 않아……? 젊은 애들은 아침부터 고기도 괜찮으려나……."

얇게 썰어서 채소랑 같이 볶으면 어떻겠냐고 카구야가 제안했지만, 츠키히는 고개를 저었다.

"아뇨…… 이건 무기입니다."

뒤숭숭한 말을 듣고 카구야는 눈썹을 찌푸렸다.

"무기."

똑같이 복창해 봤지만, 어떻게 봐도 고기였다.

"맛있는 건 무기다…… 뭐 이런 거야?"

「요리는 애정」 같은 어록인 걸까, 카구야는 생각했다.

"아니요. 이걸 투척 무기처럼 던져서, 그 늑대 새끼가 덥석 물었을 때 다 같이 마취총을 쏴대면 어떻게든 되지 않을까 싶어서……."

"늑대 새끼."

"……늑대 새끼요."

"츠키히 씨, 뭔가 궁지에 몰려 있지 않아? 높으신 분들한테 혼났어?"

"……."

정곡을 찌른 듯했다. 암랑 사건이 일어난 뒤로 카구야도 스트레스를 받고 있었지만, 츠키히도 중압을 견디고 있는 상황이었다. 화상회의를 하는 모습을 몇 번인가 봤고, 휴대전화를 한 손에 들고서 누군가에게 보고하며 사죄하는 모습도 봤다. 밤에 열리는 술잔치에 참가하지 않는 것도 보고서를 작성하느라 그런 거였다.

"츠키히 씨의 지시가 있어서 암랑과 조우해도 무사히 도망치고 있는데, 윗사람들한테는 전해지지 않은 건가……."

"……다정하게 말씀해 주셔서 감사합니다."

"아니, 단순히 위로하는 게 아니라 사실을 말한 거야. 아무도 안 다쳤잖아."

"방위는 성공하고 있지만, 제거에는 이르지 못하고 있습니다. 카구야 님의 심로를 늘리기만 하고…… 질책받는 것도 어쩔 수 없습니다."

"그렇지는……."

"이 상태가 너무 장기간 이어질 것 같으면 다른 적합한 사령탑을 투입하겠다는 말도 나오기 시작했습니다……."

생각지도 못했던 말을 듣고, 카구야는 큰 목소리를 내고 말았다.

"뭐?"

츠키히가 또 몸을 흠칫 떨었다. 그리고 송구스러운 듯 말했다.

"……저는 카구야 님의 근접 보호관으로 부적합하다는 얘기가 나와서……."

"……거짓말이지?"

"거짓말이 아닙니다……. 어제, 들었습니다. 부대는 잔류하고, 머리만 교체하자는 안건이……."

카구야는 한동안 아무 말도 못 하고서 입을 쩍 벌리고 말았다.

—웃기지 마.

이제 와서 모르는 자들과 새로운 관계성을 구축하라고 해도 곤란하다. 어떻게든 지내고 있는 것은 지금 이 멤버라서였다. 다들 소탈했다. 한 명을 교체하는 것도 싫었다.

그게 대장인 츠키히라면 충격은 몇 배나 컸다.

—말도 안 돼.

츠키히가 없어진다. 언젠가는 없어질 사람이라는 건 알고 있었지만, 이럴 때 없어질 거라고는 생각도 못 했다.

"국가 치안 기구의 윗사람과 얘기해봐야겠네……."

카구야에게는 이제 없어서는 안 될 사람인데.

카구야는 냉정함을 가장하면서도 화가 나 있었다. 원래 다혈질이지만 이번에는 도화선에 불이 붙는 것이 평소보다 빨랐다. 츠키히에게 화난 것은 아니지만, 카구야의 분노를 받고 츠키히는 고개를 숙였다.

그녀는 이 일 때문에 낙심한 거였다.

"내 생활을 다시 일으켜 준 건 너인데 말이야……."

"……."

"없으면 곤란하다고…… 내가 고집을 부린다고 윗사람에게 말해도 무리일까……?"

"……카구야 님."

츠키히도 사이에 끼어서 힘들 것이다. 입술을 깨물고 침묵했다. 카구야도 츠키히를 타박하고 싶은 것은 아니었다. 하지만 구도는 그렇게 되어버렸다.

그녀는 어디까지나 국가 치안 기구에 소속된 인간이지, 현인신 측 사람이 아니다.

츠키히는 암랑 사건 때문에 상관에게 혼나고, 카구야에게도 압박당하고 있는 상태였다.

"뭐가 문제인데?"

"총애받는 듯한 인상을 줄 거예요……."

카구야는 눈을 몇 번 깜빡였다. 들은 말을 이해하는 데 몇 초가 걸렸다.

"뭐? ……네가, 나한테?"

"네. 카구야 님의 근접 보호관으로 임명됐을 때부터 상관에게 알랑거려서 발탁된 거라는 얘기는 들었었고, 이 상황에 카구야 님이 말씀을 보태시면…… 그런 목소리가 더 강해져서…… 저를 끌어내리려는 자들이 옳다구나 하며 『역시나 그랬다』라고 말할 게 눈에 보이는지라……."

츠키히는 말하기 껄끄러운 듯 작은 목소리로 말했다.

"그래서, 카구야 님의 말씀으로 비호받는 건 역효과예요."

—총애?

말뜻을 떠올렸다. 특별히 예뻐하는 것이다.

그야 그렇지 않겠냐고, 그게 뭐 어쨌다는 거냐고 소리 지르고 싶어졌다.

눈앞에 있는 아가씨는 자신의 생활을 다시 일으켜준 사람이고, 구해준 사람이다.

사랑스러운지 안 사랑스러운지 묻는다면 사랑스럽다. 서툴지만 나름대로 소중히 여기고 싶었다. 그녀뿐만 아니라 부대원 전원이 그랬다.

"……구체적으로 뭐가 문제인데?"

"카구야 님에게 빌붙어 있는 것처럼 보여요……."

"나는 위정자도 뭣도 아닌데, 특권을 부여하고 있다는 인상을 준다는 거야?"

"네……. 저도 그만두고 싶지 않다는 말을 카구야 님에게 했었고…… 확실히 제가 생각하기에도 그런 말을 들을 만하다고…… 매우 반성하고 있습니다……."

"아니, 아니, 아니, 그런 건…… 이상하잖아! 그건……! 그건 대화의 일부분이었어. 그렇게 따지면 네 부하들은? 나는 그 애들과도 친한데? 총애하는 것에 들어가지 않아? 왜 너만 그런 소리를 들어?"

"……."

츠키히는 답하지 않았다. 성별을 트집 잡히고 있다고 자기 입으로도 말하고 싶지 않은 것이다.

국가 치안 기구는 사계의 마을이나 후게키 일족과 비교하면 현대적인 감각을 가진 조직이다. 그래서 이런 의견은 꺼낸 사람이 비판받지만, 그렇지 않다는 것은 츠키히를 잡으려 드는 일파가 힘이 아주 세거나, 큰소리로 말하는 것이 아니라 교묘하게 말을 퍼뜨려 비난을

면하고 있는 것이리라. 카구야는 깊은 한숨을 쉬고서 결심했다.

"알았어. 전화하고 올게."

주방에서 나가려 하는 카구야를 츠키히가 팔을 붙잡아 만류했다.

"어, 어디에 전화하시려고요!"

"우리 일족의 높으신 분."

"아, 안 돼요! 그렇게 대응하시면 이곳을 떠나는 날짜가 앞당겨진다니까요!"

"내가 너를 품에 끼고 있는 건 사실이고, 네 부하도 귀여워. 하지만 그건 네가 말하는 그런 이유 때문이 아니야. 너희가 나를 다시 일으키기 위해 얼마나 마음 써줬는지 제대로 말할게. 지금 받고 있는 비판은 엉뚱한 비판이야."

"카구야 님, 안 됩니다……!"

"아니, 말할 거야!"

"기다려 주세요! 이건 국가 치안 기구 내의 파벌 투쟁도 관련되어 있어요!"

또 이상한 문제가 솟아났다.

"……뭐? 파벌 투쟁?"

"저 말고도 카구야 님의 근접 보호관 후보가 있었다는 말씀은 드렸었죠……?"

확실히 그건 들었다. 하지만 이제는 상관없을 터다. 뽑힌 사람은 츠키히니까.

"저를 밀어주시는 상관과 적대적인…… 다른 상관이, 다른 후보를 앉히려 하고 있어요. 제가 지금 공격받고 있는 건 그런 배경도 있어요. 암랑 사건이 해결되지 않은 탓에 약점을 찔리고 있죠. 상대의 의견을 봉쇄하려면 권위자가 말을 보태는 것보다…… 실력을 보여야 해요…….”

카구야는 머리를 싸매고 싶어졌다.

“……시답잖네! 그럼 츠키히 씨는 그저 휘말렸을 뿐이잖아! 다른 사람이었다면 이 시점에 부대의 대장을 바꾸라는 말은 안 들었을 거라는 얘기 아니야!”

“카구야 님…….”

츠키히의 작은 어깨가 더 움츠러들고 말았다.

“아니…… 아니야, 너한테 화난 게 아니야……. 소리 질러서 미안해…….”

카구야는 어떻게든 짜증을 억누르려고 노력했다. 의도적으로 심호흡을 두 번 하고 나서 물었다.

“츠키히 씨는…… 테이슈에 돌아가고 싶어?”

우선 본인의 의지를 확인해야 했다. 카구야가 예상한 대로, 츠키히는 고개를 저었다.

“돌아가고 싶지는…… 않아요. 저를 곁에 둬 달라고 말씀드렸잖아요.”

“응…… 말했었지.”

“그리고, 이 부대는…… 제 부대예요.”

“맞아.”

“카구야 님과 함께 지금껏 노력한 것도 저예요…….”

“맞아.”

츠키히는 울지는 않았지만, 입술은 떨리고 있었다.

"모처럼 만든 제 장소를, 뺏기고 싶지 않아요……."

카구야는 무심코 손을 뻗었다. 손은 어깨 근처를 맴돌다가, 건드리지 못하고 허공을 갈랐다.

오해할만한 짓을 한 사람은 츠키히뿐만이 아니었다.

—이거, 내 잘못일지도 몰라.

카구야는 츠키히에 대한 마음이 연애 감정이 아니라고 생각했다. 대등한 관계가 아니기 때문이다.

일방적인 봉사를 받고 있을 뿐이다.

—일이라서 잘 대해 주는 사람에게 그런 생각을 하면 안 돼.

좋아하지만, 이건 우애고, 그러니까 다르다.

—안 돼.

다르다고 타이르며, 곁에 둘 방법을 어떻게든 생각해야 했다.

"알았어……. 암랑 사건을 해결하기 위해 나도 노력할게."

"카구야 님……."

"어쨌든 나는 움직일 거야. 그…… 너에 관해 항의하는 건 일단 참겠지만, 암랑에 관해서는 확인하고 싶은 게 있어."

"……확인이요? 뭘 말인가요?"

카구야는 주위를 둘러보았다. 다른 사람이 아무도 없음을 확인했다.

"내가 지금 의심하고 있는 게 맞는지. 부대원들에게도 이 정보를 공유해야겠지만…… 일단은 숨겨야 할 내용이니까, 발설하지 않겠다고 맹세해줘."

그가 이런 말을 꺼낸 것은 처음이었기에, 츠키히는 조금 놀라면서도 고개를 끄덕였다.

“맹세합니다. 절대 발설하지 않겠습니다.”

“고마워……. 그럼 말하겠는데…….”

카구야는 결심하고서 속삭였다.

“그 늑대는 어쩌면, 존재하지 않는 자일지도 몰라…….”

그건 수수께끼 같은 말이었다.

“예……?”

아니나 다를까, 츠키히는 이해하지 못하고 의문스러워했다. 그런 그녀에게 카구야는 거듭 말했다.

“우리는 환영을 보고 있을 가능성이 있어.”

“카구야 님……?”

츠키히는 카구야가 혼란스러운 나머지 조금 이상해진 건가 의심했다.

하지만 카구야는 츠키히보다 냉정하고 차분한 모습이었다. 거짓말하는 것처럼 보이지도 않았다.

“거짓말하는 거 아니야, 츠키히 씨.”

생각하고 있던 것을 딱 맞췄다.

“심지어 그 환영을 만들고 있는 건…… 사라진 내 사수지기인 것 같아. 그렇게 생각할 수밖에 없어.”

“…….”

눈을 크게 뜬 채로 침묵하고 말았다.

"……못 믿겠어?"

카구야의 물음에 츠키히는 반사적으로 고개를 가로저었다. 지금 여기서 그를 믿지 않는다면 쌓아 올린 신뢰도 무너질 것이다.

"……아직, 이해하지 못했지만 믿습니다. 카구야 님이 이런 상황에서 농담하시진 않겠죠. 다만, 제가 이해하도록 설명해주실 수 있을까요?"

츠키히가 양보하는 자세를 보이자 카구야는 알기 쉽게 안도한 표정을 지었다.

"물론이지. ……미안, 이상한 말을 한다고 여기더라도 별수 없는 일이야."

"아뇨. 아무튼…… 암랑이 환영이라니……? 사수지기가 관련이 있는 건가요?"

"맞아. 내 사수지기였던 후게키 에켄의 소행인 것 같아."

츠키히는 당황하면서도 정보를 정리했다.

우선 짚이는 부분을 말했다.

"카구야 님의 아내분과 불륜에 빠져서…… 도망쳤다는 괘씸한 놈 말이지요……?"

순간, 두 사람 사이에 미묘한 분위기가 흘렀다.

"……사실이지만, 다른 사람한테 들으니까 심장에 박히네……."

카구야는 살짝 상처받은 얼굴이 되었다. 하지만 츠키히는 상관하지 않고 말했다.

"시대가 달랐다면 조리돌림당하고 목이 떨어졌을 대역죄인, 후게키 에켄을 말씀하시는 거죠?"

"그 정도는 아니잖아. 그리고 그 두 사람이 정말로 연애 관계였는지는 확실하지 않아. 같이 없어졌으니까 내가 그렇게 생각했을 뿐……. 아니, 상황적으로 그렇겠지만……. 내 아내도 에켄도 실종된 채 발견되지 않은 것 같으니까…… 진상은 아직 몰라."

"어쨌든 제 안에서는 대역죄인이에요. 카구야 님을 상처 입혔어요."

"아니…… 나도 여러모로 나쁜 점이 있었어. 도망칠만한 상황으로 몰아넣은 건 나야."

"카구야 님은 평범한 인간과는 지위가 다릅니다! 각오를 했으니까 시집을 오고, 섬기기로 한 것 아닙니까!"

"……그럴지도 모르지만, 지위나 입장으로 사랑이 결정되진 않잖아……. 그리고 실제로 사수 곁에 있는 인간은 인생이 제한돼. 나는 역할을 다하기 위해 어디에도 갈 수 없으니까…… 가족에게도 그걸 강요하게 돼."

츠키히는 드물게도 카구야에게 짜증을 냈다.

"그러니까…… 그런 건 뻔히 알고 있던 일이 아니냐고요……!"

카구야를 위해 화내고 있다는 것을 그도 알기에 조용히 받아들였다.

"지식으로 아는 것과 체험해서 느끼는 건 달라. 게다가 아내는, 이혼하고 싶다고 하면 친척들에게 구박받았을 테니까……. 그 사람은 힘든 처지였어. 그래서 가족한테서도, 나한테서도 도망치는 선택을 했을 거야……."

"……."

화낼 상대는 따로 있지만, 츠키히는 무심코 카구야에게 분노한 시선을 보내고 말았다.

카구야를 상처 입힌 상대를 그 자신이 감싸는 것을 도저히 참을 수 없었다.

"착한 척하려고 이렇게 말하는 건 아니야. 토오코 씨는…… 아아, 아니…… 아내는 불쌍한 처지였어. 그건 틀림없어."

"하지만……!"

"높으신 분이 이제 결혼할 나이라며 권하는 대로 아내를 들였어……. 나도 젊어서 혼자 지내기 외로웠기에 고분고분 따르고 말았어. 너무 나쁘게는 말하지 마. 그 사람도, 에켄도…… 없어졌지만 내게는 가족이었어."

—실제로 잘못한 건 나겠지.

답답하다는 표정을 짓는 츠키히를 보며, 카구야는 지금 같은 상황에 몰리게 된 계기를 떠올렸다.

몇 달 전, 아내와 사수지기가 홀연히 모습을 감춘 것이 사건의 시작이었다.

아침에 일어났고, 평소처럼 나야 할 홍차 향이 나지 않아서 의문을 품었다.

『에켄? 토오코 씨?』

두 사람의 이름을 불렀으나 반응은 없었다. 아침 일찍부터 산책이라도 간 걸까 싶었지만, 아무리 기다려도 돌아오지 않았다. 일단 허기진 상태로 돌아올 그들에게 먹이려고 아침 식사를 3인분 차렸으나 시간만 흘러갔다. 불안해져서 휴대전화로 전화를 걸었지만, 전원이 꺼져 있다고 기계음이 말했다. 방 안을 뒤졌더니 메모가 나왔고, 그제야 알았다.

—아, 나는 버려졌구나.

두 사람은 이제 자신 곁으로 돌아오지 않는 존재가 되었음을.

원래 같으면 먼저 사건을 의심했겠지만, 카구야는 그렇게 생각했다.

그 후 한동안 멍하니 있다가 역적의 짓일 가능성도 떠올랐으나, 자신 혼자 무사한데 역적일 리가 있겠냐며 사고는 다시 원래대로 돌아왔다. 아아, 자신은 버려진 것이다.

카구야의 가족 구성은 아내와 사수지기 소년뿐이었다.

생각해 보면 아내를 들였을 때부터 파탄은 시작됐던 걸지도 모른다.

『신에게 시집가라. 평생을 함께해라. 섬에서는 나오지 마라. 신의 아내니까.』

그런 분부를 받고서 시집왔다고, 카구야는 아내 토오코에게 들었다.

당연히 부모에게 돌아가라고 했지만, 카구야와 결혼하는 것이 집안에 도움이 된다고 했다. 사수의 아내를 배출한 가문이 금전적 보조를 받는다는 것도 카구야는 이때 처음으로 알았다. 카구야의 아내가 된 토오코는 오빠가 중병을 앓고 있었다. 치료비 때문에 가정이 경제적으로 힘들었다. 그녀는 가족을 위해 인신 공양으로 온 것이었다.

토오코와의 혼인은 모든 것이 맞지 않는 슬픈 결혼이었다.

무의 사수는 화살을 쏘기 위해 영산 부근을 벗어날 수 없다. 그래서 카구야는 평생 이 땅에 있어야 했다. 아직 꽃다운 나이였던 아내가 사수와 결혼하는 것은 고행에 가까웠을 것이다. 그래서 이혼하자는 말을 듣는 것 자체는 늘 각오하고 있었다.

아내가 도망칠 것은 예상했었다. 하지만 카구야에게 가장 충격적이었던 것은 사수지기도 같은 날 저택에서 사라져 버렸다는 것이었다. 사수지기는 아직 열여섯 살 소년이었다.

무의 사수와 사수지기도, 사계의 대행자와 그 호위관처럼 차원이 다른 신뢰 관계를 맺는다.

카구야의 착각이 아니라면, 사수지기와의 사이는 지극히 양호했다.

서른을 넘긴 카구야와 10대 소년인 에켄. 나이 차이 나는 형제나 친구, 사제 관계라기보다는 부자지간에 가까워서 가족처럼 지냈다. 자신을 잘 따르는 어린 소년은 카구야에게 커다란 존재였다. 하지만 그런 사수지기도 아내와 동시에 자신 곁을 떠났다.

—에켄, 왜 너까지.

아내가 집을 나갔다는 것보다, 사수지기에게 버려졌다는 것에 더 상처 입었다. 단순히 토오코와 사이가 안 좋았기 때문만은 아니었다.

현인신과 최측근은 마치 어떤 힘이 작용하는 것처럼 서로에게 강하게 이끌리며 의존 관계에 빠진다. 사계의 대행자와 호위관과 비슷했다. 두 사람의 실종을 후게키 일족과 국가 치안 기구에 알리고, 카구야는 어떻게든 자신을 분기시켜서 역할을 소화했으나, 이윽고 후게키 일족의 높으신 분이 최악의 제안을 했다. 즉시 새 아내와 사수지기를 보내겠다고.

—망할 영감탱이들.

카구야는 대체품을 바라지 않았다.

실종된 그들을 찾았다면 의향을 확인하고, 가능하다면 돌아와주길 바랐다.

고작 세 명인 가족이었다. 무슨 일이 벌어졌든 아직 정이 있었다.

그걸 알면서, 신경을 건드리는 듯한 제안을 했다.

그것이 피폐했던 카구야의 정신에 추가타를 먹였다. 인간과 엮이면 좋을 게 없다.

카구야는 저택을 뛰쳐나가 산에 틀어박히고 타인을 거부하게 되었다.

나타나는 모든 자를 쫓아냈다. 돌아가지 않는다면 하늘에 화살을 쏘지 않겠다고 협박했다.

그런 카구야 앞에 나타난 것이 츠키히가 이끄는 경호 부대였다.

일족 사람을 감시인 겸 경비원으로 붙이려 해도 쫓아내니 최소한 생존 확인을 위해 사람을 붙이자며 국가 치안 기구의 근접 보호관을 보내게 된 것이다. 후게키 일족으로서는 험상궂은 집단이 강제하면 예전처럼 관리받는 삶으로 돌아갈 거라는 의도도 있었다.

하지만 츠키히의 지시도 있어서, 카구야의 생활은 경호 부대가 감시하긴 해도 그의 의향이 우선되었다. 카구야와 경호 부대 사람들은 천천히 신뢰 관계를 구축했다. 카구야가 이렇게 다시 타인과 생활하게 된 것도 그들 덕분이었다.

개중에서도 츠키히는 카운셀러 같은 존재였다.

"카구야 님…… 기분이 상하셨나요?"

"아, 아니……."

지금까지 있었던 일을 회상하다 보니 무심코 침묵하고 말았다. 카구야는 황급히 입을 열었다.

"미안. 그렇지 않아. 네가 나 대신 화내줬다는 건 이해하니까."

"……네."

"하던 얘기로 돌아가서, 그 늑대를 에켄이 만들었다고 생각하는 이유가 있어."

"……후게키 에켄은 뭔가 특별한 존재라는 건가요?"

"특별한 존재이긴 하지. 하지만 그건 에켄이 특별하다기보다 사수지기가 특별한 거야."

"……?"

"황혼의 사수의 사수지기는 환영을 다루는 권능을 받아."

츠키히는 눈을 크게 떴다.

"……사수님이 아니라 사수지기가, 말인가요?"

"그래. 사수가 치르는 의식이 외부에 새어 나가지 않도록 숨기기 위해 갖추는 능력이라고 하면 되려나. 하지만 그 능력은…… 예를 들어 우리가 이용하는 비밀 등산로에 일반인이 들어오면 그 이상 들어오지 못하도록 풍경을 조작해서 보여준다거나, 대형 짐승이 나타난 경우, 포식 동물의 모습을 보여줘서 다른 장소로 유도하는 식으로 사용해. 늑대 환영을 만들어서 사람을 덮치게 하는 건…… 금기고…… 사수와의 유대나 신뢰가 없으면 사수지기의 힘도 끊어진다고 하니까, 정말로 그 녀석의 짓인지 의심스럽지만……."

"……."

"내가 새로운 사수지기를 맞이하지 않았으니 가능할지도……. 으음, 이해하기 어렵지? 미안."

"아, 아뇨……. 납득하고 있었어요."

츠키히는 생각하는 모습으로 말했다.

"사계의 대행자님과 달리 사수님들은 의식을 치르는 성역이 산으로 정해져 있죠."

"그렇지."

"옛날에는 산을 오를 때마다 산적이나 곰과 만나지 않도록 대책을 세우는 게 과제였어요. 성역이 어디 있는지 숨기는 것도 그렇고요. 좋지 못한 족속에게 방해받으면 의식을 뜻대로 치를 수 없으니까요."

이야기하면서 본인도 납득이 됐는지, 말이 점점 물 흐르듯 매끄러워졌다.

"그러니 사수지기에게 제삼자의 눈을 속일 수 있는 『환술』 권능이 있는 건 이상한 일이 아니에요. 후천적으로 받은 능력이라고 해야겠죠."

"……."

이번에 입을 다문 사람은 카구야였다.

"카구야 님?"

"……아니, 놀랐어. 순식간에 용케 거기까지 이해했네."

"카구야 님, 저를 별로 머리가 좋지 않은 아이라고 생각하시죠? 이래 봬도 이론 성적은 좋은 편이에요. 그리고 대학에서는 종교학을 조금 배웠어요."

이번에는 카구야가 납득했다. 그리고 아라가미 츠키히가 얼마나 희한한 존재인지 다시금 느꼈다.

이렇게나 이해력이 좋은 것은, 본인의 성격도 있겠지만, 역시 자란 환경의 영향이 클 것이다.

"현인신님들의 권능은 선천적인 것이 아니라 인간이 진화하는 과정에서 다양한 힘을 얻었듯이, 처음에는 없었던 힘을 후천적으로 신들에게 받은 것이라고 생각하는 사람은 예로부터 많았어요. 그런 논문도 많이 있어요. 예를 들면, 사계의 대행자님들은 자기방어가 가능하다고 할까…… 역적을 공격할 수 있는 능력을 가지고 계시지만…… 카구야 님은 없으시죠?"

"없지. 사람한테 화살을 쏴보진 않았고……. 애초에 우리는 대행자님들보다 안전한 환경에 있고, 네가 말한 진화 과정에서 사수가 남을 공격할 필요가 없었던 걸지도 몰라. 대신 사수지기가 사수의 존재를 감추는 힘을 얻은 거지."

"네. 그래서 놀라기는 했지만, 현인신님의 권속이 되는 자도 은혜를 입는 것이 그렇게까지 이상한 일은 아니라는 결론에 이르렀어요."

츠키히는『이거 시험에 나왔어요』라고 말하듯 흥분한 기색으로 수긍했다.

"아, 하지만……."

수긍은 했지만, 그러고 나서 지금 자신에게 닥친 문제와 직면했다.

"카구야 님……."

"네, 츠키히 씨."

"즉, 카구야 님의 전 사수지기가 늑대 환영을 만들어서 저희에게 보내고 있다는 건가요?"

"응."

"인간의 지혜를 넘어선 권능과 싸워야 한다고요?"

"응……."

"전문가의 도움은……."

"이 일에 전문가는 없어. 있다면 내가 전문가겠지만, 그 녀석과 적대할 거라고는 지금껏 한 번도 생각한 적이 없는지라…… 어쩌면 좋을지 지금부터 고민해야 해."

역시 이 말에는 츠키히도 안색이 나빠졌다.

"이, 이길 수 있는 상대인가요? 환상이라면 총도 소용없는 거잖아요……."

"응……. 애초에 사수지기와 적대하는 건 역사상 처음일지도……. 사수와 사수지기는 굳건하게 결속돼서 심리적으로 배신 같은 건 못하게 되는 모양이야. 그건 나도 마찬가지고. 결국은 인간인지라 다소 말다툼은 하더라도, 목숨을 노린다는 생각은 못 해. 하지만 곰곰이 생각해 보니 그 늑대는 결정적인 공격을 가한 적이 없고…… 그러니까 더더욱 에켄 같아졌어……."

츠키히는 알기 쉽게 머리를 부여잡았다. 카구야는 황급히 말했다.

"아니, 아직 몰라! 내 추리가 빗나갔을 수도 있어. 진짜 늑대일지도 모른다는 가설을 버린 건 아니야. 다만…… 엽우회 사람이 흔적도 안 보인다고 했던 게 굉장히 신경 쓰여."

"그러네요……. 사정을 전부 듣고 나니 저도 그럴 것 같다는 생각이 들어요. 카구야 님, 만약 말씀하신 대로 사수지기였던 후게키 에켄이 행패를 부리고 있는 거라면……."

츠키히는 한 호흡 간격을 두고서 물었다.

"카구야 님은 괜찮으신가요?"

그건 전투 대책도 아니었고, 처벌에 관한 내용도 아니었다.

카구야의 내면을 걱정하고 있었다.

—이런 부분이야.

카구야는 웃어버렸다. 난처해 보이는 웃음이었다. 어느 때든 츠키히는 카구야의 마음을 먼저 걱정해줬다. 그렇기에 카구야도 이제껏 힘낼 수 있었다.

"……고마워. 나는 괜찮아."

다시 한번 사람을 믿고자 했다.

"지금은 나보다도 네가 걱정이야. 네 입장이 나빠지지 않는 방법으로…… 잔류할 수 있게 힘내자."

"카구야 님……."

이제껏 그녀가 지켜준 만큼, 이번에는 카구야가 츠키히를 지켜야 했다.

"언젠가 작별하게 되더라도, 지금은 아니야. 그렇잖아?"

카구야는 자신에게도 말해주듯 그렇게 속삭였다.

제 8 장

겨울과 봄과 가을의 소야곡

7월 23일, 테이슈, 테이토.

소나기가 내리는 가운데, 어린아이의 모습을 한 가을의 신이 자동차 안에서 바깥 풍경을 바라보고 있었다.

차창 위에서 빗방울이 바람에 밀려 춤추고 있었다. 별안간 누군가가 어깨에 손을 얹어서, 그녀는 옆으로 얼굴을 돌렸다.

"나데시코, 슬슬 도착합니다."

자신의 호위관인 미장부 청년을 향해 나데시코는 고개를 끄덕였다.

"린도우, 선물은……."

"네, 잊지 않고 챙겼습니다."

"다들…… 좋아하실까……."

"분명 좋아하실 겁니다."

거짓말이더라도 믿어버릴 감미로운 음성이었다.

아무한테나 보여주지 않는 자애로운 눈동자도 살짝 요염했다.

"저도 받고 싶을 정도입니다. 나데시코가 고른 거니까요."

가을의 신의 종자는 그것들을 아낌없이 그녀에게 바쳤다.

"후후…… 거짓말."

"거짓말이 아닙니다."

"싫어하는 과자여도……?"

"저는 그렇게 싫어하는 게 없습니다."

"뭐든 좋아해……?"

"뭐든 좋아하진 않죠."

"뭐든 좋아하지는 않지만…… 내가 고른 거라면…… 린도우는 좋아?"

두 사람의 관계를 모른다면 과도한 자신감으로 들릴 말이었으나, 린도우는 주인이 정답을 맞힌 것이 기쁜지 즐겁게 웃었다.

"잘 아시네요, 나의 공주님."

느끼한 대사였지만 그가 말하니 그럴싸했다.

가을의 대행자 이와이즈키 나데시코와 그 호위관 아자미 린도우는 봄, 겨울과 합류하기 위해 새벽부터 이동 중이었다. 츠쿠시 공항에서 테이슈 공항으로, 거기서 겨울의 호위진에게 호송되어 목적지인 호텔에 도착한 형태였다. 달리던 자동차가 천천히 정차했다. 두 사람은 마침내 긴 이동을 끝냈다.

"괜찮나요? 나데시코."

남의 이목을 피해 정면 입구가 아니라 호텔 뒤쪽에 있는 요인 전용 입구로 들어온 탓에 약간이지만 비에 젖고 말았다.

그렇긴 해도, 젖은 사람은 나데시코를 지키는 청년 아자미 린도우뿐이었다. 우산을 쓸만한 거리도 아니었고, 땅을 걷게 하고 싶지 않다며 그가 우겨서 나데시코를 안고 이동했다.

"나는 괜찮아. ……린도우가 젖었어."

나데시코는 물망초색 눈을 걱정스레 찡그렸다.

"감기 걸리면 안 돼……."

단풍잎처럼 작은 손이 린도우의 젖은 뺨을 만졌다. 린도우는 아무렇지도 않다는 듯 미소 지었다.

"걱정도 많네요. 저는 이 정도로 감기에 걸리지 않습니다."

나데시코는 린도우에게 내려달라고 한 다음, 들고 있던 주머니에서 비단 손수건을 꺼냈다.

자신의 호위관을 걱정할 때의 나데시코는 매우 어른스럽고 신비로워서 거역할 수 없었다.

"숙여봐."

반론을 허락하지 않는 말이었다. 이럴 때면 이 아이가 가을의 여왕이라는 것이 느껴졌다.

빨리 다른 대행자와 호위관들과 합류해야 하지만, 린도우는 호텔 복도에서 한쪽 무릎을 꿇었다.

나데시코가 손을 뻗어 머리와 어깨를 손수건으로 닦아줬다.

움직일 때마다 그녀의 호두색 곱슬머리가 흔들렸다.

린도우는 자신을 위해 열심히 애써 주는 주인의 모습을 내심 기쁘게 여기며 바라보았다.

봄의 사건 때 폭행당해 생긴 상처는, 나데시코가 아직 어리기도 해서 다행히 금방 피부가 재생되어 흔적이 남지 않았다. 천사 같은 얼굴은 깨끗했다. 흰 눈 같은 피부를 보니 감개무량해졌다. 흉터를 철저히 케어하길 잘했다.

—다른 호위관의 마음을 드디어 알겠어.

이제까지는 자각 없이 예뻐했지만, 지금은 알았다. 나데시코가 너무나도 사랑스러웠다. 예쁘게 꾸미고, 어리광을 받아주고, 비호하고 싶었다.

—나의 가을이니까.

인형처럼 다루는 것과는 달랐다. 린도우의 자기희생이 따르기 때문이다. 그저 자기만족을 위해 이만한 헌신은 불가능하다.

—내 여자니까.

봄의 대행자 호위관 히메다카 사쿠라가 했던 말이 떠올랐다. 『네 여자잖아』라고 했었다.

—그래서 뭐든 손수 해주고 싶은 거야.

린도우가 과보호해서 그런지, 나데시코도 그 성질이 옮아버린 듯했다.

쓱쓱 닦고 끝낼 줄 알았더니 나데시코의 손길은 정중했다. 앞머리가 갈라지고 이마에 손수건이 닿았다. 린도우는 자연스럽게 눈을 감았다. 코에서 뺨으로 손수건이 이동하더니 마지막으로 부드러운 입술 감촉이 뺨에 닿았다.

"……공주님의 입맞춤인가요?"

눈을 감은 채 묻자, 작게 웃는 소리가 들렸다. 린도우는 눈을 떴다.

"아니야. 빗방울을 닦았어."

"정말인가요? 이상하네."

"절대 아니니까, 다시 눈 감아."

"알겠습니다……."

린도우는 순순히 다시 눈을 감았지만, 나데시코가 얼굴을 가까이 가져와 숨이 닿은 순간, 눈을 뜨고 그녀의 턱을 손끝으로 잡았다. 깜짝 놀란 표정을 눈으로 확인한 후, 보복하듯 그녀의 뺨에 입을 맞췄다. 일련의 동작은 물 흐르듯 빨랐다.

나데시코는 눈을 동그랗게 떴다. 확실하게 끝장내겠다는 것처럼 린도우가 귓가에 속삭였다.

"거짓말쟁이네요, 나데시코."

종자가 너무 관능적이라 나데시코의 얼굴이 장밋빛으로 물들었다.

린도우는 한 방 먹였다는 듯 웃었다.

"린도우는 심술쟁이."

"어딜 봐서 심술쟁이라는 건가요? 요즘 툭하면 저한테 장난치면서."

"……장난치는 거 아니야. 린도우는 내 기사고 왕자님이니까, 공주님이 키스하는 건 이상하지 않아."

"그러네요. 저는 나데시코의 입맞춤을 받기에 걸맞은 남자고요."

"그리고, 그리고…… 지금은…… 린도우가 내 모습을 가리고 있으니까…… 지금이라면 할 수 있을 것 같았어……. 다른 계절 사람들과 만나기 전에……. 싫었어……?"

"그럴 리가요. 영예로운 일을 싫어할 리가 없잖아요? 오늘은 안 했으니 말이죠."

"응, 오늘은 안 했으니까……."

두 사람이 이러한 대화를 나누는 동안, 겨울의 호위진은 조금 떨어진 곳에서 그들을 기다려 주고 있었다. 어이없다는 시선과 살짝 선망이 담긴 시선, 그것들이 린도우에게 쏟아지고 있었다.

기다리게 하고 있으니 어이없어하는 것은 당연하고, 선망의 대상이 된 것은 주인이 린도우를 애지중지하기 때문이리라. 주인에게 총애받는 것은 신하의 명예다.

둘만의 시간이 끝나자, 린도우는 겨울의 호위진을 향해 산뜻하게 웃으며『죄송합니다』하고 사과했다.

건방진 인상을 주기 쉬운 청년이지만, 주인과 교류한 직후라서 표정이 온화했다.

“혹시 장래를 약속한 사이십니까?”

어이없다는 시선을 보냈던 겨울의 호위진 중 한 명이 물었다. 린도우는 어리둥절했다.

“아뇨? 왜 그렇게 생각하셨죠……?”

“아니…… 다들 궁금해하는 점이라……. 저희쪽 주종과는 관계가 너무 다르니까요.”

그가 말한 『저희쪽 주종』이란 로우세이와 이테쵸를 가리켰다. 이번에는 린도우가 어이없어했다.

“칸츠바키 님과 칸게츠 님의 사이와 비교하면…… 그야 그렇겠죠. 두 분은 주종이면서 형제 같은 관계일 테고.”

“공주님이라는 둥 왕자님이라는 둥 하셨고…… 너무 정다우셔서…….”

“아아…… 이건 뭐랄까, 저희끼리 하는 놀이 같은 거라…… 예전부터…….”

—나데시코 나이 때의 여자아이는 공주님이나 왕자님을 동경하지 않나.

사이가 나빠서 타박한다면 모를까, 사이좋게 장난친 것 가지고 왜 이렇게 당혹스러워하며 말하는 건지 이해할 수 없었다. 나데시코는 린도우와 손을 잡고서 묵묵히 대화를 듣고 있었다.

“아자미 님은 외국에서도 지내셨다고 들었습니다. 그럼 다른 뜻이 있는 게 아니라 습관인가요?”

겨울의 경호원이 자신의 뺨을 손으로 톡톡 쳤다. 입맞춤을 말하고 있었다.

—그런 거였군.

둔감한 린도우는 그제야 그가 하고자 하는 말을 이해했다. 겨울의 마을은 여성이 적은 남초 사회였고, 현 겨울의 대행자와 호위관도 둘 다 남자였다. 과도한 접촉이 이상하게 보일 것이다.

린도우의 행동을 핀잔하는 것처럼 보이기도 했다. 가을의 마을에서 나데시코를 함께 키우고 있는 경비팀 사람들은 두 사람이 얼마나 찰싹 붙어 있든 특별히 수상쩍게 보지 않았기에 눈치채는 것이 늦었다. 걱정하는 것이 이해는 됐다. 그렇게 여겨도 별수 없지만.

—당신들은 이 아이의 외로움을 몰라.

얼굴을 잊어버릴 만큼 적게 만나는, 아니, 만나러 오지 않는 나데시코의 부모를 떠올렸다.

—당신들은 현인신과 호위관 사이에 있는 특별한 감정을 몰라.

사계의 대행자와 호위관들도 주종 간에 생기는 특별한 집착심과 의존 관계를 이해하기에, 겨울의 경호원처럼 걱정하는 의견을 말한 적도 없었다.

린도우는 나데시코를 힐끔 보았다. 표정이 딱딱했다. 나데시코를 잡은 손에 살짝 힘을 주며 말했다.

“글쎄요? 몇몇 나라를 다녔지만, 나라에 따라서 다릅니다. 친애를 나타내는 방법은 기본적으로 포옹하거나 뺨과 뺨을 맞대는 곳이 많을 겁니다. 그러니 외국 생활의 영향이라기보다는 저와 나데시코라서 그러는 거죠. 특별히 그쪽한테도 해 드릴까요?”

"예?"

"그렇게 신경 쓰이면 빰에 해드리겠습니다. 다른 뜻은 없으니……."

실제로 할 마음은 없었다. 다른 계절의 주종 관계에 참견했으니 보복하고 싶었을 뿐이다. 린도우는 웃으며 농담으로 말했지만, 그 순간 나데시코가 외쳤다.

"안 돼!"

평소 얌전한 아가씨가 큰 소리를 냈다.

"나데시코……?"

"안 돼!"

그녀의 눈에 순식간에 눈물이 차올랐다.

"린도우는, 내 거잖아……?"

금세 울먹거리는 목소리가 되었다.

"당신은 린도우가 좋아……?"

겨울의 경호원은 자신 때문에 가을의 신이 울려고 하자 몹시 당황했다.

"죄, 죄송합니다! 가을의 대행자님!"

"사과하지 말고, 좋아하는지 묻잖아……."

좋아하고 자시고 그냥 업무 상대였다. 하지만 좋아한다고 하면 이 가을의 대행자가 질투할테고, 싫어한다고 하면 겨울의 마을 자체에 좋지 않은 감정을 품을 것이다.

"가을의 대행자님, 호위관님…… 저기, 실언했습니다. 용서해 주십시오."

겨울의 경호원은 두 사람 사이의 주도권이 나데시코에게 있음을 인정했다.

린도우에게 도와달라는 시선을 보냈다.

린도우는 나데시코를 안아 들며 쓴웃음을 지었다. 이해해준 것 같으니 다행이지만, 동시에 씁쓸하기도 했다. 언젠가는 지금 같은 관계를 그만둬야 한다는 것을 통감했다.

—앞으로 10년 정도 지나면. 하지만 지금은.

지금은 그저 나데시코가 바라는『왕자님』으로 있어 주고 싶었다. 그녀가 이제 필요 없다고 할 때까지. 그때가 되면 분명 나데시코도 보호자가 아닌 다른 소중한 존재가 생길 것이다.

"나데시코…… 저는 나데시코만의 것입니다. 이분 잘못이 아니에요. 불건전한 사이가 아니라는 걸 보여주고 싶은 나머지 좋지 않은 말을 했습니다. 죄송합니다."

나데시코는 들은 말을 곱씹고 있는지 린도우에게 꼭 달라붙은 채 침묵했다.

잠시 후, 나데시코는 글썽거리는 눈으로 겨울의 경호원을 보았다.

"여기까지 데려다줘서 고마워요……. 당신은 아주 상냥한 분이지만…… 린도우의 키스를 원하는 건 안 돼……. 린도우는 내 거니까……."

"옳으신 말씀입니다, 가을의 대행자님……. 그럴 마음은 전혀 없었습니다."

"더는 키스해 달라고 조르지 않을 거야……?"

처음부터 조르지는 않았지만, 겨울의 경호원은 연신 고개를 끄덕거렸다. 린도우는 어떻게든 웃음을 참았다.

"죄송합니다…… 가을의 대행자님, 호위관님도……. 저 때문에 시간을 잡아먹었습니다. 주인께서 계신 방으로 안내하겠습니다."

"저야말로 기다리게 했습니다. 잘 부탁드립니다. 가죠, 나데시코."

바닥에 내려주는 것보다 안고 가는 게 빠를 것 같아서, 린도우는 그대로 겨울의 호위진을 따라가기로 했다. 시선을 내리니 나데시코는 린도우의 품속에서 아직 납득하지 못한 표정을 짓고 있었다.

린도우는 호위진이 돌아보지 않는다는 것을 확인하고 나데시코의 하얀 이마에 입을 맞췄다.

나데시코는 깜짝 놀라서 눈을 끔뻑였다.

『쉿』 하고 린도우가 비밀스럽게 속삭이자, 그제야 나데시코는 미소 지었다.

가을의 주종이 겨울의 호위진을 따라 호텔 방에 도착하니 쟁쟁한 멤버가 모여 있었다.

"나데시코, 오랜만, 이에요. 아자미, 님, 안녕, 하세요."

봄의 대행자 카요 히나기쿠.

"아자미 님, 짐은 이쪽으로. 나데시코 님, 오랜 여행으로 피곤하시죠. 앉으세요."

봄의 대행자 호위관 히메다카 사쿠라.

"아자미 공, 고생했어. 귀공도 이쪽에 앉아. 나데시코…… 조금 컸나?"

겨울의 대행자 칸츠바키 로우세이.

"나데시코 님, 마실 것을 가져오겠습니다. 주스면 될까요? 아자미 군은 저번에 아이스 커피를 마셨지? 그거면 될까?"

겨울의 대행자 호위관 칸게츠 이테쵸.

총 네 명의 현인신과 호위관이 가을 주종을 따뜻하게 맞이해 줬다.

"여러모로 배려해 주셔서 감사합니다. 나데시코와 함께 잘 부탁드립니다."

"여러분, 오랜만이에요. 저기, 실례할게요. 서, 선물도 있어요……."

예의 바르게 고개 숙이는 나데시코를 보고, 연상의 현인신 두 명은 인사는 됐다며 소파에 앉혔다. 린도우도 마침내 안도하여 가슴을 쓸어내렸다. 겉으로 드러내지는 않았지만, 오면서 쭉 불안했었다. 방에 있는 이들은 이전엔 교류도 별로 없는 타인에 가까운 사이였지만, 이제는 마을 사람들과 지내는 것보다도 편했다.

—나데시코를 해치지 않을 거라고 믿을 수 있어.

린도우에게는 그것이 지금 무엇보다도 중요했다. 그리고 다른 걱정거리도 있었다.

—루리 님, 아야메 님도 무사하시면 좋겠는데.

이곳에 없는 하자쿠라 자매는 가을의 맹우였다. 이쪽에 합류하여 봄, 겨울과 지혜를 짜내서 여름의 자매에게 일어난 일을 해결하고 싶다는 희미한 기대도 있었다.

한차례 인사를 마치고, 어째서 대행자들이 여기 모여있는지 나데시코에게 자세히 설명했다.

이번 사계의 대행자들이 저마다 트집을 잡혀 나쁜 말을 듣고 있다는 것.

그것이 천벌설이라는 이름을 얻고, 소문이 멋대로 퍼지고 있다는 것.

봄의 사건으로 집안에서 범죄자가 나온 가문의 사람들이 필두가 되어 천벌설을 유포했다는 것.

이에 반발하는 자들이 지금도 대립하고 있다는 것.

그게 바로【늙은 거북】과【한 마리의 뿔토끼】의 싸움이라는 것.

사계의 대행자는 천벌설을 방패로『경질 = 암살』을 감행하려는 불한당으로부터 몸을 지키기 위해 일단 이곳에 모였다는 것.

여름의 하자쿠라 자매만이 여전히 연락이 되지 않는다는 것.

그런 설명을 듣고, 나데시코는 아까와 달리 언성을 높이거나 울음을 터뜨리지 않았다.

그저 담담히 받아들이고, 모르는 게 있으면 물었다.

그러는 동안, 린도우는 나데시코가 이 상황을 무서워하지 않도록 손을 잡아줄 수밖에 없었다.

"즉, 여기 모인 건 춘하추동 공동 전선인 거네요."

나데시코는 자신도 마을에서 피난 온 것을 그렇게 결론지었다.

틀린 말은 아니었다. 적의 모습은 보이지 않지만, 일단은 같은 편끼리 결속해야 하니까.

"생태계 이상, 천벌설…… 무서운 얘기예요……. 다 같이 서로 돕지 않으면, 봄에 그랬던 것처럼 또 무서운 일이 일어날지도 몰라요……."

나데시코는 테이블에 놓인 노트를 애처롭게 쓸었다.

각자가 앉은 소파의 한가운데에는 길쭉한 테이블이 있었고, 이테쵸가 나데시코를 위해 재치를 발휘하여 알기 쉽게 핵심을 적은 노트가 펼쳐져 있었다.

찬찬히 설명한 보람이 있어서 혼란은 적은 듯했다. 남은 것은 대행자로서 각오하는 것뿐이었다.

나데시코의 말에는 테이블 너머 맞은편에 앉아 있던 로우세이가 대답했다.

“맞아. 원래는 이곳에 여름도 모였으면 했지만…… 연락이 안 돼. 국가 치안 기구가 조사한 바에 따르면 두 사람은 류구에 있는 것 같다더군. 이요 공항에서 류구행 비행기에 탄 것을 확인했어.”

“류구…… 가우가우 나온 곳…… 가을을 현현하러 가는 곳 말이죠?”

“가우가우……?”

“아, 죄송합니다, 칸츠바키 님. 늑대를 말하는 겁니다. 되도록 겁주고 싶지 않아서…… 그런 호칭을 썼습니다.”

린도우가 덧붙여서, 로우세이는『아자미 공도 힘들겠어』라는 표정을 지으며 고개를 끄덕였다.

“맞아, 가우가우가 나온 곳이야. 정확히는 류구에 있는 류구다케에 간 거겠지.”

긴장감 있는 대화였지만, 로우세이의 상냥함이 묘하게 재미있었는지, 로우세이를 제외한 모두가 온화하게 웃었다.

“뭐야! 나는 어린아이의 표현을 존중해서…….”

“알고 있어, 로우세이. 아무도 뭐라고 안 했잖아. 가우가우라고 하면 어때.”

이테쵸가 타일러서, 로우세이는 훅 올라오는 창피함과 자신을 향한 뜨뜻미지근한 시선을 참았다. 하지만 철회했다.

“나데시코, 늑대야, 늑대. 이번 사건에서는 암랑이라고도 불려. 나는 이제 가우가우라고 안 할 거야.”

나데시코는 생긋 미소 지었다.

"네, 로우세이 님."

겨울의 왕이 자신을 신경 써주고 있었다. 그게 기쁜 듯했다. 로우세이 옆에 앉아 있는 히나기쿠는 좋아하는 사람이 쑥스러워하는 모습을 보고 웃었다. 그리고 중얼거렸다.

"……그나저나, 어째서, 두 사람은, 류구, 에, 간 걸까, 요……?"

어제 나눈 이야기는 잔세츠와 관련된 점을 빼고서 히나기쿠에게도 전달했다.

지금 이 자리는 나데시코와 히나기쿠에게 설명하기 위해 마련된 것이지만, 동시에 모두의 인식을 똑같이 맞추려는 목적도 있었다. 이번에는 사쿠라가 입을 열었다.

"류구에 간 게 확실하다면, 아마 두 분은 암랑 사건을 해결하러 간 게 아닐까요……."

히나기쿠는 커다란 눈으로 사쿠라를 보았다.

"……그건…… 루리 님, 아야메, 님, 동물을, 친구, 로, 만들 수, 있으니까……?"

"네. 여름의 대행자의 권능은 『생명 사역』. 아마 암랑을 권속으로 삼으려고 류구에 가시지 않았을까요……. 애당초 이번에 천벌설이 과열된 것은 황혼의 사수님이 류구다케에서 암랑에게 습격받았기 때문이에요. 하지만 그 문제는 방치되고, 사계의 대행자를 공격하는 쪽으로 바뀌었어요."

사쿠라의 말에 린도우도 고개를 끄덕이고 말했다.

"후게키 일족과 국가 치안 기구, 환경보호청이 암랑에 관해 이야기할 적에 생태계 파괴는 그저 한 가지 가능성으로 제시됐었다고 들었습니다. 천벌설이 나온 건 사계 분야가 회의에 참가한 이후부터예요. 그때부터 후게키 일족은 소외된 인상이죠. 정식으로 항의하지도 않았는데 사계 측에서 혼자 열을 내고 있다고 할까."

"바로 그거예요. 저는 저쪽이 줄곧 조용한 게 신경 쓰여요……. 무슨 생각인 건지……."

히나기쿠가 고개를 갸웃해서 사쿠라가 설명했다.

"으음…… 후게키 일족은 무의 사수…… 즉, 아침과 밤을 가져오는 새벽의 사수와 황혼의 사수를 육성하고 운영하는 기관이에요. 우리 사계로 비유하면, 사계의 마을과 사계청이 일체화한 조직이죠. 사계청처럼 테이슈에 떡하니 빌딩이 있다거나, 사계의 대행자의 현현 여행이 시작되면 각 지자체에 알리는 일은 안 하지만요. 공공연한 활동은 하지 않아서 대부분이 베일에 싸여 있어요."

히나기쿠는 눈을 깜빡였다.

"어째, 서, 비밀, 로, 해?"

"그게 가능하니까요. 사계보다도 은밀하게 유지할 수 있는 조건이 갖춰져 있어요. 그들은 우리처럼 이동하지 않아요. 각 지자체의 협력도 필요 없어요. 보도 기관이 벚꽃 전선을 쫓는 식으로 주목하지도 않아요. 아침과 밤은 매일 오는 거니까요. 자연스럽게 역적이나 컬트 집단과 접촉할 확률도 낮아지죠. 그래서 사수님들은 우리보다 비교적 안전해요."

사쿠라는 「그리고」 하고 말을 끊고 나서 덧붙였다.

"……아마 후게키 일족 자체가 정보를 감추기 좋은 기술을 가지고 있는 게 아닐까요? 우리와는 전혀 다른 신의 혈족 집단이니, 가지고 있는 노하우도 다르겠죠. 같은 현인신 측인 사계에서 봐도 베일에 가려진 분들이에요."

히나기쿠는 이해한 것 같았다.

나데시코와 눈이 마주쳤다. 전혀 모르겠다는 얼굴이었다.

사쿠라도 히나기쿠를 위해 풀어서 말할 때가 있지만, 더 알기 쉽게 말해야 할 것 같았다. 사쿠라는 린도우에게 시선을 보냈다. 배턴을 건네받은 린도우가 대신 설명했다.

"나데시코, 저희는 입추 시기가 되면 현현 여행에 나서죠?"

"응."

"나데시코가 각지를 다니지 않으면 가을이 안 오니까, 저희는 당연히 전국을 이동합니다. 봄과 여름은 류구에서 에니시로, 가을과 겨울은 에니시에서 류구로, 계절을 전하는 루트가 정해져 있어요. 그러면 역시 역적에게 습격받기 쉽죠. 민초를 대상으로 한 방송에서 어느 지역에 가을이 왔다며 알려주고, 가는 방향이 정해져 있으니 찾기 쉽잖아요. 1년에 한 번 있는 일이니까 백성도 주목해요."

"……그렇지. 몰래 순간이동할 수 있다면 좋을 텐데……."

"네. 하지만 저희는 몰래 순간이동할 수 없으니까, 역적에게 들키든, 보도되든, 계절을 전하는 여행을 완수할 수밖에 없어요. 사계의 대행자는 『장소가 한정되지 않는 현인신』이라고 불려요. 나데시코는 이동하는 신이에요."

장소가 한정되지 않는 현인신이라는 말은 나데시코에게 새로운 말이었다.

"오늘처럼 이렇게 다른 사계의 대행자님들을 만나러 갈 수 있다는 게 이점이죠."

나데시코는 자신이 가을의 마을에서 츠쿠시 공항으로, 거기서 테이슈 공항으로, 또 이 호텔까지 온 대이동을 떠올렸다. 확실히 자신은 이동할 수 있는 신이라고 이해했다.

"황혼의 사수님과 새벽의 사수님은, 테이슈에 못 와……?"

"그쪽은『장소가 한정되는 현인신』이에요. 테이슈뿐만 아니라 어디든 나가서 외박하는 건 무리예요. 사수님들이 성역이라고 불리는 곳에서 화살을 쏘지 않으면 아침과 밤이 오지 않는다고 해요. 그래서 성역이 있는 곳에서 기본적으로 움직이지 않아요. 아뇨, 움직일 수 없어요."

나데시코는 어떻게든 이야기를 따라오고 있는 것 같았다.

"우리랑 다르게…… 외출할 수 없어?"

"네."

"하지만 그 대신, 우리랑 다르게…… 눈에 안 띄어?"

린도우는 웃으며 나데시코의 구불구불한 머리를 쓰다듬었다.

"네, 바로 그거예요."

칭찬받은 나데시코는 기쁜 듯 입꼬리를 올렸다.

"눈에 안 띄니까, 역적 사람들한테 무서운 일도 안 당하는 거구나……. 하지만 사수님들은 어디로도 갈 수 없어……. 야마토의 여러 아름다움을 못 보는 거네……."

나데시코가 보기에 무의 사수는, 대신하고 싶냐고 하면 미묘한 존재인 것 같았다.

대행자들은 사계를 순환시키기 위해 대지를 순회한다.

여행은 위험을 동반하지만, 나데시코가 말한 것처럼 각 토지의 아름다운 자연을 즐길 수 있었다.

"친한 사람이 멀리서 어려움을 겪어도 만나러 갈 수 없는 거구나……. 멋진 곳을 알아도, 그곳에 갈 수는 없는 거구나……."

"그 대신 목숨이 위험할 일은 거의 없는 것 같으니까요……."

"응, 그건 아주 좋은 일이야."

나데시코는 린도우의 몸에 찰싹 붙었다.

봄의 사건 이후로 나데시코는 공포가 뚫은 마음의 구멍을 메꾸듯 린도우에게 자주 붙었다.

자신을 가장 소중히 여겨주는 사람과 접촉함으로써 불안을 달래고 불합리함을 흘려보내는 것이리라. 여러 정보를 듣고 혼란스러워서 투정을 부릴 법도 한데 그러지 않았다. 이미 역적에게 납치, 감금당한 적이 있는 아이였다.

어른들에게 몸을 맡길 수밖에 없다고 달관한 모습이 보였다.

"무서운 일을 당하는 건, 무서우니까……."

린도우는 그 불안을 거두듯 나데시코의 어깨를 안았다.

그리고 어쩌다 보니 이 자리의 리더 같은 존재가 된 로우세이를 보았다.

"……칸츠바키 님, 여름분들은 어떻게 하실 건가요?"

"도와주러 가야겠지. 통신 수단이 끊어져 있는 게 신경 쓰여."

린도우는 즉결하는 대답에 놀랐다.

"루리 님과 아야메 님을 구하기 위해 움직여 주시는 건가요?"

"어……? 안 구하려고?"

"구, 구해야죠!"

린도우가 득달같이 말했다.

"……죄송합니다. 루리 님과는 사이가 좋지 않으시다고 들어서…… 힘을 보태주실지 일말의 불안이 있었던지라…… 기우였네요. 겨울의 대행자님이 움직여주시면 대단히 든든합니다."

"확실히 사이가 좋진 않지만, 죽으면 찝찝하잖아."

""로우세이!""

사쿠라와 이테쵸가 동시에 화냈다.

"……로우세이, 님……."

히나기쿠가 타박하는 목소리를 냈다. 로우세이는 멋쩍은 표정을 지었다.

"방금 그건 표현이 안 좋았어. ……그, 나도 동포의 위기를 간과할 마음은 없어. 춘하추동 공동 전선은 유지해 나가고 싶어. 저쪽에서 필요 없다고 해도 도와야겠지. 걱정하지 마. 이건 아자미 공이 오기 전에 결정한 일이야. 인원을 어떻게 보내는가가 문제지."

현재 이 호텔에는 봄의 주종, 가을의 주종, 겨울의 주종, 그리고 겨울의 호위진과 사계청 겨울 직원이 모여 있었다. 대행자의 안전 확보를 최우선으로 하면서, 여름의 자매 수색에 인원을 할애해야 했다.

"가을의 경비팀을 움직일까요?"

린도우가 먼저 제안했다.

"현재 나데시코와 저는 마을에 있는 것으로 되어 있습니다. 경비

팀에 공작을 부탁해서 몰래 빠져나온 형태죠. 소집하고자 하면 가능합니다. 현재로서는 놀리고 있는 노동력이니 겨울의 호위진과 협력하면 어떨까요? 칸게츠 님, 어떻습니까?"

린도우의 제안에 이테쵸가 생각하는 모습으로 고개를 끄덕였다.

"그러네…… 우리 호위진에서 몇 명 차출해서 가을과 겨울의 공동 부대를 류구에 투입하는 게 좋을지도 몰라. 수색 자체는 국가 치안 기구도 하겠지만, 춘하추동 공동 전선의 이름으로 국가 치안 기구의 수사에 협력하겠다고 선언하는 것도 나쁘진 않지. 좋지 못한 생각을 하는 자가 있다면 다소 견제는 될 거야."

로우세이가 린도우와 이테쵸의 대화를 듣고 고민하는 모습을 보였다.

"나쁘지는 않지만, 좀 부족해."

"부족한가요?"

린도우가 묻자 로우세이는 나데시코 쪽을 걱정스레 보았다.

"……나데시코를 겁주고 싶지는 않지만……."

"로우세이 님, 저는 괜찮아요."

나데시코의 대답을 듣고 로우세이는 린도우에게 승낙받으려는 듯 눈을 맞췄다. 린도우가 고개를 끄덕였다.

"그럼 공통 인식을 가지기 위해 확실히 말하지. 아마 여름의 대행자 두 명은 류구에서 경질당할 위기에 처해 있어."

방 안이 쥐 죽은 듯 고요해졌다.

"현재 진행형으로 말이야. 그건 다들 어렴풋이 느끼고 있지?"

말은 하지 않았지만, 그렇지 않을까 하는 불안은 다들 품고 있었다.

로우세이도 모두를 겁주고 싶은 것은 아니었으나, 딱 잘라 말할 사람이 따로 없었기에 말할 수밖에 없었다.

"여름은 우리 말고 다른 사람들과도 연락불능 상태인 것 같아. 그런 상태로 류구에 간 것을 보면, 누군가가 살해하기 쉬운 곳으로 꾀어냈을 가능성이 커. 죽으라는 거나 마찬가지야. 내가 경질을 노리는 자라면 반드시 류구에서 죽일 거야. 마을 안에서는 하기 어려워. 밖에서 죽이는 게 나아. 불행한 객사로 처리할 수 있으니까."

역시 계절 중에서 가장 죽기 쉬운 대행자답게 태연하게 잔인한 말을 했다.

"어쩌다 단둘이 류구에 갔는지는 차치하고, 최악의 상황을 생각해야 해. 경질을 노리는 자가 실제로 있고, 여름의 대행자의 목숨을 노린다면, 적은 그에 상응하는 무력을 준비할 거야. 호위진을 보내면 확실히 경질을 노리는 자들을 견제할 수 있겠지만, 억지력이 될지는 의문스러워. 지금 손대면 위험하다고 여기게 할 만한 압력이 부족해. 그렇다면 내가 가는 게 낫겠지."

"로우세이……."

"시끄러워, 이테쵸."

"아직 아무 말도 안 했어. 네 말을 이해는 하지만, 이쪽의 방비는 어쩌고? 네가 가면 나도 가. 그렇게 되면 히나기쿠 님은……."

"그건 나도 무서워. ……히나의 경비가 허술해지는 건 피하고 싶어."

로우세이는 조금 망설이는 것 같았지만, 이어서 말했다.

"그러니까…… 아예 다 같이 가는 건 어때?"

그 자리에 있는 모두가 얼떨떨한 표정을 지었다.

"로우세이…… 제대로 생각하고서 말하고 있는 거야?"

이테쵸가 쓴소리를 했다. 로우세이는 주눅 들지 않고 답했다.

"생각하고 있어. 이테쵸 너도 알잖아? 어디 있어도 위험해. 이곳에는 이미 이틀 있었어. 이제 이동해야 해. 류구로 가서 교란하는 게 그렇게 이상해? 다 같이 류구에 가면 여름의 대행자를 노리는 자들에게 최강의 억지력이 될 거야. 춘하추동 공동 전선을 짠 무리가 류구에 들이닥치면 섣부른 짓은 못 하잖아? 아자미 공, 귀공에게 묻고 싶어."

"앗, 네."

갑자기 말을 걸어와서 린도우는 등을 꼿꼿하게 세웠다.

"아자미 공은 무예의 달인이야. 【카사이】 상대로도 치고 베는 대난투를 벌였다지. 생각해봐. 귀공이 경질을 꾀하는 자라면 이 집단을 적으로 돌릴 수 있겠어?"

질문을 받고, 린도우는 현재 무력을 확인했다.

선봉, 대테러리스트 요격 집단으로서 단련된 겨울의 호위진. 사계청 겨울 직원.

중견, 【카사이】를 각개 격파한 사계의 대행자 호위관들.

대장, 【카사이】의 예전 아지트를 반파시킨 봄의 대행자. 생명 부패의 권능을 제 것으로 만들고 있는 가을의 대행자. 테이슈의 수도 고속도로를 동결시킨 겨울의 대행자.

위와 같은 포진이었다.

"……살짝…… 전차 같은 게 있으면 좋겠네요."

특히 로우세이를 보며 그렇게 생각했다.

생명 동결의 강함은 인간의 지혜를 넘어섰다. 심지어 로우세이는 호전적인 성격이었다.

그의 기질을 생각하면 상대에게 가차 없을 것이다. 동료에게는 다정하지만 그 외에는 차갑다.

"그치? 우리가 흩어지는 것보다 뭉쳐있으면 손댈 수 없을 거야. 적은 역적이 아니라 마을 내의 반란 분자야. 아마 암살자들과 싸우게 되겠지. 적은 공공연하게 신분을 드러내지 않아. 그렇다면…… 오히려 대행자가 직접 현지에 가는 게 낫지 않을까? 마을 사람들도 세게 나올 수 없을 거야. 정보 통제도 안 하고 대행자들이 마음 아파할 천벌설을 유포하고 있잖아. 저쪽은 우리가 타격받아 얌전히 굴기를 기대하고 있겠지만, 예상을 배신하고 씩씩하게 류구에 가면 경질을 노리는 자들의 움직임도 파악하기 쉽지 않을까? 갈 이유는 적 덕분에 얼마든지 만들 수 있어."

듣고 있던 이테쵸는 머리가 아파졌다.

다 같이 가게 되면 경비의 규모도 커진다. 호위하는 입장으로서는 말리고 싶었다.

더욱 머리가 아픈 게, 이 곤란한 주인이 한 말이 결코 틀린 말은 아니었다.

확실히 가을과 겨울의 호위진을 류구에 투입하는 것보다도 각 기관을 견제할 수 있을 것이다.

사계의 대행자들이 결탁하면 어떻게 되는지는 봄의 사건으로 증명되었다.

로우세이는 정면으로 이렇게 말하고 싶은 거다.

『우리 동포에게 손대면 어떻게 되는지 알고 있겠지?』

"……너랑 나뿐이라면 채용하겠지만……."

이테쵸는 여성진을 데려가는 것이 주저되었다.

모처럼 피난시켰는데, 위험한 걸 알면서 류구에 가는 것은 용기가 필요했다.

봄의 주종과 가을의 주종이 역적에게 목숨을 위협받은 게 불과 얼마 전이었다. 무서운 일을 겪게 하고 싶지 않았다. 안전한 곳에 있었으면 했다.

같이 가더라도 각자에게 제대로 생각을 확인해야 했다.

"나데시코 님, 듣고 어떻게 생각하셨나요?"

이테쵸는 먼저 나데시코에게 물었다. 선글라스를 쓴 미남은 다소 위압감을 줬다.

하지만 이테쵸의 태도가 부드러워서 그런지, 나데시코를 위해 처음부터 노트를 꺼내 서기 역할을 한 덕분인지, 갑자기 물어봤는데도 나데시코는 겁먹지 않았다.

그가 다정한 남자임을 아는 것이다.

"으음, 그게…… 저는……."

다만 중간중간 이해하기 어려웠는지 말을 어물거렸다.

곤란한 듯 이테쵸를 보았기에, 이테쵸는 더 풀어서 설명하기로 했다.

"괜찮습니다. 몇 번이든 설명하겠습니다. 지금 여름의 대행자님들은 류구에 가신 것 같습니다. 공항의 감시 영상을 통해 두 분이 자신의 의지로 류구에 가는 모습이 확인됐습니다. 아마 암랑 사건을 해결하러 가신 거겠죠. 여기까지는 이해하셨나요……?"
부드러운 음성으로 묻자, 나데시코는 얼굴이 환해져서 크게 고개를 끄덕였다.
"네, 이해했어요. 루리 님이랑 아야메 님은 늑대와 얘기할 수 있으니까요."
"맞습니다. 하지만 저희는 두 분이 걱정됩니다. 마을 사람에게 경질당할지도 몰라요……. 제가 생각하기에 두 분은 경질당할 위기라는 걸 모르시는 것 같습니다."
"저랑 린도우도, 여러분이 가르쳐주실 때까지 몰랐어요."
"네. 저희도 어제 관계자에게 정보를 제공받기 전까지 그렇게 심각한 상황이라고는 생각하지 않았습니다. 두 분은 당장 보호받아야 해요."
"다 같이 찾아야 해."
"네. 여름분들이 류구에 갔다는 정보는 다른 사람들도 알고 있으니, 당연히 국가 치안 기구와 마을 사람도 류구에 가겠죠."
"다들 우리 편……?"
이 말을 열 살도 안 된 아이가 하게 만든 것부터가, 이번에 표면화된 다양한 문제를 상징하는 것과 같았다. 이테쵸는 슬퍼졌다.
"네…… 그걸 알 수 없어서 무서운 겁니다."
"이테쵸 님도 무서워요……? 린도우의…… 대선배인데?"
"무섭습니다. 저는 여러분을 지키는 자로서, 누군가가 다칠지도 모르는 상황이 싫습니다. 제가 다치는 건 상관없지만, 모두가 무서운 일을 겪게 하고 싶지 않아요."

그 말에 거짓이 없다는 것은 나데시코에게도 전해졌을 것이다. 눈썹을 내리고 고개를 끄덕였다.

"유감스럽게도…… 봄의 사건 때는 같은 편에서 나쁜 사람이 많이 나왔습니다. 여름분들을 찾는 사람 중에 또 나쁜 사람이 있을지도 모릅니다. 아뇨, 오히려 나쁜 사람들은…… 루리 님과 아야메 님을 해치려고 류구에 가 있을 가능성이 있습니다……."

"너무 무서워요."

"……네. 류구에 가면 무서운 사람과 만날지도 모릅니다. 하지만 저희가 춘하추동 공동 전선의 이름하에 일치단결하면, 루리 님과 아야메 님에게 위해를 가하려는 사람들이 단념할 가능성도 있습니다. 저희도 나쁜 사람들에게는 가차 없으니까요. 대행자님들이 무서우니 그만두자며 도망칠지도 모릅니다. 그러면 여름의 두 분을 무사히 보호할 수 있을지도 모릅니다."

"……설명해 주셔서 잘 알았어요, 이테쵸 님. 감사드려요."

"칸게츠 님, 나데시코를 위해 애써주셔서 감사합니다."

두 사람이 인사하자 이테쵸는 살짝 웃었다.

린도우는 자연스럽게 고마운 마음이 샘솟았다.

—역시 칸츠바키 님을 성인까지 키우신 분이야.

로우세이가 어렸을 때부터 섬긴 경험이 있어서 그런지, 어른들에게 몸을 맡길 수밖에 없더라도 대행자에게 소외감을 주면 안 된다는 것을 알았다.

덕분에 나데시코도 스스로 생각할 수 있었다.

"겨울은……이라기보다, 로우세이는 갈 작정이니 저도 류구에 갈 겁니다. 방금 그 얘기를 듣고서 가을은 어떻게 하실 건가요?"

"가을은, 가겠어요."

나데시코가 즉각 대답했다.

"나데시코."

나데시코는 이름을 부르는 린도우를 올려다보았다.

"아야메 님과 루리 님을 도울 거예요. 예전에 도와주신 은혜를 갚을 거예요."

최연소 소녀신은 분명하게 자신의 의지를 드러냈다.

"린도우, 지금 은혜를 갚을 수 있는 때인 거지?"

평범한 어린아이의 말이 아니었다.

어른이 시켜서 하는 말이 아니었다.

나데시코는 스스로 생각하고 가을의 대행자로서 말하고 있었다.

린도우는 이 소녀신을 섬기는 것이 자랑스러워졌다.

"네, 나데시코. 지금이 그때입니다. 위험할지도 모르지만……."

"린도우는 내가 지킬게."

"그건 제 역할입니다. 당신께서 결단해주셨으니 저도 각오하겠습니다. 반드시 당신을 지키겠어요."

"그럼 둘이서 서로를 지키자."

나데시코와 린도우의 뜻을 확인하고서, 이테쵸는 봄의 두 사람을 보았다.

사쿠라는 턱에 손을 올리고 생각 중이었다. 그리고 히나기쿠는.

"봄은, 류구, 가는 거, 찬성, 이에요."

이미 결심한 상태였다.

—아아.

사쿠라는 속으로 탄식했다.

"……히나기쿠 님."

이럴 때 히나기쿠는 아무리 안 된다고 해도 종자의 진언을 듣지 않는다.

"사쿠, 라. 가자."

"……위험이 동반되기에 결단하지 못하고 있었습니다. 히나기쿠 님은 이미 목숨이 위험한 상황입니다."

"알아…… 하지만, 하지만…… 지금, 누가, 가장, 위험, 할, 까……?"

—그 질문은 치사하다.

치사하다고 생각하면서, 사쿠라는 경건한 신도의 마음으로 히나기쿠와 마주했다.

"여름의, 두 분, 이야……."

사실은 전혀 치사하지 않았다. 히나기쿠는 나쁜 꾀를 꾸미고 있는 게 아니니까.

그저 이 선함의 결정체 같은 상태로 훈계하면, 사쿠라가 꺾일 수밖에 없을 뿐이다.

"봄에, 두 분은…… 히나기쿠랑, 사쿠라의, 부탁, 위험한데도, 바로, 알겠다고, 말해, 주셨, 어……."

그 눈으로 바라보며 정의를 행하라고 하면, 움직일 수밖에 없을 뿐이다.

"나데시코, 구하자는, 제안…… 거절하지, 않아, 주셨어. 나데시코, 위험, 했으니까…… 그러면, 바로, 움직여야, 겠다고…… 아야메 씨,

말해, 주셨어. 루리 님, 도, 당장 가겠다고…… 괜찮다고, 테이슈, 에서, 기다리고, 있으라고, 말해, 주셨어……. 그렇, 지……?"

"네……."

"이번에, 는, 우리, 가, 여름의, 두 분을…… 도울, 차례, 라고, 히나기쿠, 생각, 해."

—결국, 이렇게 돼.

사쿠라는 조금 전까지 머리 아프도록 고민했던 모든 것이 봄의 꽃보라에 날아가 지워지는 것을 느꼈다.

—내가 이것저것 생각해도, 이분이 좋은 길을 설파하시면 사고가 정지해.

싫지는 않았다. 오히려 자랑스러웠다. 다만, 동시에 몹시 무서웠다.

—당신은 너무 상냥해.

그 상냥함이 이전의 카요 히나기쿠를 죽였다. 직접적인 죽음의 원인은 아니지만, 그녀는 남을 지키기 위해 인생을 몇 년이나 날렸다. 좀 더 자신만을 위해 살았다면 여러 가지가 달랐을지도 모른다. 사쿠라는 히나기쿠와 있으면 안심할 수 없었다. 항상, 항상, 조금 불안해졌다.

—하지만 그런 당신이기에 나는.

무릎을 꿇고 만다. 더 깊이 머리를 조아리고 만다.

"히나기쿠 님……."

역시 당신이야말로 나의 신이라고 통감한다.

"……사쿠라, 히나기쿠를 위해, 서, 잔뜩, 생각해, 주는, 거…… 아주, 아주, 잘 알고, 있어. 하지만…… 히나기쿠, 두 분이, 무사한지, 확인, 하고, 싶어……. 이번에는, 봄이, 여름, 을, 도와줄, 차례, 니까. 안 될……까……?"

자신의 안전을 위해 종자가 류구행을 떨떠름하게 여기고 있음을 알아서 그런지, 히나기쿠는 강하게 나오지 않았다. 말하고 나서 미안한 듯 고개를 숙였다.

"……알겠습니다, 히나기쿠 님."

그런 히나기쿠에게, 사쿠라는 고개를 들어 달라고 속삭였다.

"히나기쿠 님께서 그러길 원하신다면, 종복인 저는 따를 뿐입니다. 하지만 히나기쿠 님, 사쿠라의 말대로 행동해주시겠습니까? 지금 경질당할 위기인 것은 히나기쿠 님도 마찬가지니까요."

히나기쿠는 고개를 들고, 강한 의지가 담긴 눈으로 사쿠라를 마주보았다.

"위험하다고 판단되면 즉시 철수할 겁니다. 저도 여름의 두 분이 무사하신 것을 확인하고 싶지만…… 주인의 안전이 제일입니다. 비열하다는 말을 듣더라도 상관없습니다. 그건 이해하시죠?"

"응, 사쿠라, 말, 들을, 게."

히나기쿠는 사쿠라의 손을 잡고 꼭 쥐었다. 사쿠라는 딱딱한 표정으로 고개를 끄덕였다. 그리고 다시금 로우세이를 보았다.

"……다 같이 가는 것에 반대하는 건 아니지만, 위험성을 하나 지적하고 싶어. 정보를 얻은 역적에게 일망타진당하지 않을까?"

로우세이는 팔짱을 끼며 생각하는 얼굴로 말했다.

"네가 하고자 하는 말은 이해해."

그리고 연설가처럼 이야기했다.

"하지만 일망타진당할 무력이 아니라는 건 아까 말했잖아? 내가 예상하기에 개혁파 역적은 한동안 얌전히 있을 거야. 봄의 사건은 민초의 보도 기관에서도 상당히 큰 뉴스로 다뤘어. 역적에 대한 여론의 반발은 커지고 있지. 개혁파가 원하는, 사계의 대행자의 능력을 국가를 위해 쓰라는 폭론도 평상시라면 어느 정도 지지하는 멍청한 세력이 있지만 지금은 지지율이 떨어져 있는 상태야. 역적이 우리를 습격한 탓에 국가 치안 기구와 소방대가 테이토 한가운데 있는 사계청 청사에 달려가고, 일시적으로 주변 일대에 피난 명령이 떨어지는 사건이 일어났으니까. 게다가 나도 역적에게 습격받은 탓에 수도 고속도로를 얼려버렸어. 백성은 일상을 위협받아서 굉장히 불편했겠지. 사계의 대행자를 이용하여 국가에 이것저것 요구하고 싶다, 국익이 되도록 쓰고 싶다…… 그러한 이념을 주장할 거라면 여론을 아군으로 만들어야 하는데 적으로 돌렸어."

로우세이는 코웃음 치며 말했다.

"멍청한 놈들. 뭐든 폭력으로 귀결되는 단순한 사고 탓이야."

남 말 할 처지냐고 사쿠라와 이테쵸가 눈빛으로 지적했지만, 로우세이는 상관하지 않고 계속 이야기했다.

"이번에 【카사이】는 너무 눈에 띄는 곳에서 테러를 일으켰어. 그건 【카사이】 두령의 실책이야. 그 여파가 모든 역적한테 미치고 있어. 지금은 어느 조직이나 동태를 살피고 있겠지. 역적의 테러에 휘말릴 가능성을 고려하여 상업 시설부터 공공시설까지 온 나라의 경비가 강화됐어. 녀석들은 지금 우리를 사냥할 때가 아니야. 개혁파에 적을 두고서 그저 폭력을 행사하고 싶을 뿐인 녀석들은 다르지도 모르지만……. 어지간히 바보가 아닌 한, 한동안은 숨어있어야 한다는 걸 알겠지. 우리나 백성에게 붙잡혀서 린치당하고 싶지 않다면 말이야."

사쿠라는 솔직하게 칭찬하는 시선을 보냈다.

"로우세이…… 너, 제대로 생각할 줄 아는 남자가 됐구나……."

못 본 사이에 친척 아이가 성장했다는 식의 말투였다. 로우세이는 입을 삐죽였다.

"당연하지. 나는 계절 중에서 가장 살해 위협을 많이 받는 남자야. 언제 어느 때 죽을지 모르니까 이런 정보 수집은 중요해."

로우세이는 목청을 가다듬고 다시 입을 열었다.

"아까 하던 얘기로 돌아가서, 개혁파가 얌전하다면 우리가 지금 경계해야 할 건 근절파야. 하지만 그쪽도 지금은 움직이기 주저될 거야."

"왜 그렇게 생각해?"

사쿠라가 묻자 로우세이는 어깨를 으쓱였다.

"우리는 개혁파 최대 조직인【카사이】의 두령을 해치웠어. 더 큰 무력을 모아야 대항할 수 있다는 걸 역적들도 알았겠지. 계절이 따로따로 도망 다니는 것보다는 뭉쳐서 행동하는 게 방위가 될 거야. 뭐…… 다만…… 미스즈 헨더슨급의 무기 상인을 뒷배로 둔 조직이 있고, 그 녀석들이 병기를 날린다면…… 그건 커버할 수 없겠지……."

아마 나데시코를 배려했을 것이다. 로우세이는 미사일이라고 확실히 말하지 않았다.

"그거야 뭐…… 거기까지 생각하면 아무것도 못 하긴 해."

"역적은 최대한 경계할 거야. 그건 변함없어. 내 주장에 이의 있어?"

"……."

사쿠라는 잠시 입을 다물었다.

"이의는 없지만…… 걱정거리는 있어."

신경 쓰였던 점을 다음 의제로 올렸다.

"다 같이 갈 거라면, 여름분들의 수색, 신병 확보와 함께 암랑 사건의 진상을 밝히고 싶어. 다들, 솔직히 암랑 사건을 어떻게 생각해? 원인 추궁, 대책, 뭐든 좋아. 의견을 듣고 싶어. 물론 봄에 대해 이것저것 하고 싶은 말이 있을 거란 건 이해해."

히나기쿠와 손을 맞잡은 채, 사쿠라는 용기를 내서 물어보았다.

이번 사건은 여러 가지로 복잡했다.

일단 류구에서 암랑 사건이 일어났다. 암랑이 나타난 원인을 의논하다가, 봄의 오랜 부재로 인한 생태계 파괴일 가능성이 나왔다. 이것이 불씨가 되어 천벌설이 생겨났다.

천벌설은 암랑 사건을 제쳐 놓고 사계 분야에서 큰 논쟁을 일으켰다. 원래부터 마을에 존재했던 보수주의=【늙은 거북】과 혁신주의=【한 마리의 뿔토끼】의 대립이 과열. 천벌설이 유포되면서 이번 대사계의 대행자를 부정적으로 보는 자가 겉으로 드러나게 되었다.

끝내는 얼마 전 봄의 마을에서 봄의 대행자를 경질시키려는 집회가 적발되었다.

카요 히나기쿠의 배다른 오빠, 카요 잔세츠의 제안으로 사계의 대행자는 마을에서 일시적으로 피난하게 되었고, 연락을 주고받았지만, 여름만이 연락불능 상태다.

여름의 대행자 두 명은 이미 여름 현현을 끝내서 가장 살해당하기 쉬운 계절인지라 경질당할 위기에 처해 있다고 추측되었다. 즉, 봄의 오랜 부재로부터 논쟁, 비판, 대립이 생겨났고, 폭력 행위가 유발된 상황이었다.

봄은 면목이 없는 처지였다. 다른 계절에 마구 폐를 끼치고 있었다. 다른 계절 사람들에게 힐문을 듣더라도, 지금 본심을 들어두고 싶었다.

다행히 가을도 겨울도 즉각 봄 탓이 아니라고 부정했다.

히나기쿠와 사쿠라가 안도하여 서로 마주 보는 모습을 보고 로우세이는 가슴이 아팠다.

—내가 모든 것으로부터 지켜줄 수 있다면 좋을 텐데.

소중한 여자아이와 소중한 친구. 두 사람을 지키려면, 사쿠라가 말한 대로 암랑 사건을 반드시 해결해야 한다. 로우세이는 나름대로 견해를 말하기로 했다.

"일단 내 개인적인 생각인데…… 애초에 암랑 사건은 봄의 부재와 상관없을 거야. 확실히 10년간 야마토 각지에서 생태계 이상은 일어났어. 하지만 그게 왜 늑대와 연결돼? 원래 야마토에는 서식하지 않는 동물인데."

이건 여기 있는 사람들뿐만 아니라 모두가 했던 생각이리라.

다른 대륙에는 아직 서식하고 있지만, 야마토에서는 멸종했다고 여겨지고 있었다.

그런 늑대가 류구에 나타난 것이 정말로 생태계 이상 때문일까?

"환경보호청이 동석했었으니까 생태계 이상설이 나온 건…… 뭐, 이해는 해. 대책 회의는 당연히 온갖 가능성을 열거해야 하니까. 습격받은 것은 황혼의 사수. 장소는 사수의 성역. 신이 엮인 사건이라서 사계의 대행자가 끼치는 영향에 발상이 미친 것도 이해는 해. 하지만 어디까지나 이런 가능성도 있을지 모른다는 수준의 이야기이지 않았을까?"

로우세이는 팔짱을 꼈다. 말하다 보니 짜증이 났는지 조금 울컥한 얼굴이었다.

"어딘가에서 탈출한 개체라고 생각하는 게 타당하다는 것 정도는 바보도 알아. 상식적으로 생각해 보라고. 30년, 40년이면 모를까…… 10년 만에 류구다케의 생태계가 격변해서 늑대가 나타났다니. 이상하잖아? 게다가 이번에 늑대가 나타난 곳은 야마토의 최남단이야. 나는 봄이 없는 동안 봄이 있어야 할 시간까지 야마토를 겨울로 덮었어. 굳이 따지자면 류구의 생태계가 파괴돼서 일어날 만한 일은『추위로 인한 동물 멸종』이겠지."

로우세이는 자연스럽게 이테쵸를 보았다. 그도 이 의견에는 바로 동의했다.

"동감이야. 너무 억지스러워."

이테쵸도 이 논쟁이 기가 막힌 듯했다. 말하면서 언짢은 표정을 지었다.

"애초에 로우세이가 말한 내용 정도는 회의에서도 나왔을 거야. 암랑 사건을 둘러싼 논쟁에 올바름은 존재하지 않는다고 해도 좋겠지. 원인은 현지를 조사해봐야 알겠지만, 적어도 뒤에서 이것저것 말하는 건 대행자의 상황을 안 좋게 만들고 싶어서 【늙은 거북】과 그쪽 편에 붙은 자들이 결탁해 여론 조작을 벌이고 있는 거야."

린도우와 나데시코도 고개를 끄덕거렸다. 사쿠라는 조금 고민하듯 끙 소리를 냈다.

"지금부터 바보 같은 의견을 말할게. 봄이 공격받고 있는 원인을 없애려고 말하는 거니까 멍청하다는 말은 하지 마. 추위에 강하고 더위에 약한 늑대종도 있다고 들었어. 류구에 나타난 늑대는 그런 늑대 아닐까?"

로우세이가 어이없어하며 대꾸했다.

"너…… 아니다, 네 직성이 풀린다면야 얼마든지 부정해줄게. ……추운 환경이 됐기에 생겨난 개체라는 말을 하고 싶은 거야?"

"그래. 그 외에도 다양한 원인이 기적적으로 겹쳐서……."

"요 10년간 추위에 강한 늑대 품종이 류구다케에서 자연 발생했다고? 아직까지 류구 말고는 동일한 사례가 보고되지 않았어. 류구다케에 원래 있던 동물 중에서 환경에 적합한 쪽으로 돌연변이가 발생한 거라면 부정하지 않겠지만, 야마토에 늑대는 서식하지 않아. 너의 주장은 전부 대행자를 공격하는 측에게 편의적이야. 이제 그만하자. 계속 말하면 무한히 억지 부릴 수 있어."

로우세이와 사쿠라의 대화에, 히나기쿠가 긴장한 얼굴로 참가했다.

"천벌, 이 내려서, 마법, 처럼 늑대, 나타났다고…… 생각하는, 사람, 많다, 고, 히나기쿠, 들었어, 요……. 로우세이, 님, 말씀하신, 환경, 상관없을, 지도, 몰라요……."

로우세이는 생각보다 봄의 주종이 이 문제로 상처받았음을 실감했다.

—사쿠라뿐만 아니라 히나기쿠까지.

나쁜 말을 너무 들어서 정말 그럴지도 모른다고 세뇌당한 것 같았다.

로우세이는 히나기쿠와 확실하게 눈을 맞추고 말했다.

"생태계 파괴 얘기에서 생겨난 천벌설을 말하는 거구나. 하지만 그렇게 따지면 뭐든 우리 탓으로 만들 수 있어. 뭐든 우리 탓으로 돌려서 춘하추동 공동 전선을 와해하고, 꼭두각시로 만들고 싶으니까 그런 말을 하는 거 아닐까? 히나."

"……다른 사람들, 은, 잘못, 없지만, 히나기쿠, 는, 잘못했으니까……."

"네가 10년간 부재한 것에 사계의 신들이 진노해서, 생태계 혼란도, 암랑 출현도, 황혼의 사수가 습격받은 것도, 전부, 전부, 천벌이 내린 거란 말이야? 그럼 왜 더 직접적인 벌을 안 내리는데? 애초에 황혼의 사수는 왜 휘말린 건데?"

"사수님이, 화살을 쏘는, 곳, 류구다케. 대행자도, 대규모 현현, 하는, 장소예요. 사수님, 은, 정말로, 그저, 휘말렸을, 뿐, 이고, 역시, 봄의, 부재로, 여러 가지, 나쁜 일, 일어났을, 가능성…… 없을까, 요……? 저희가, 아직, 모를 뿐, 이상 현상, 더 많이, 일어나고 있을, 지도……. 그래서, 모두에게, 제대로, 혼나도록, 한 거라면……."

로우세이는 히나기쿠의 말을 막듯 말했다.

"있잖아, 이 중에서 현인신으로 가장 오래 있었던 내가 말하겠는데…… 신은 우리한테 관심 없어."

히나기쿠는 눈을 끔뻑였다.

"……관심…… 없어요……?"

"없어. 매정하게 들리겠지만 그래. 우리 현인신은 그분들에게 도구일 뿐이야. 세계를 관리하기 위한 단말 중 하나야. 세상에 일어나는 불행을 천벌과 결부시키는 건 얼마든지 가능하지만, 어디까지나 인간 사회에서 일어나는 일에 불과해. 신의 뜻은 아니야."

신에게 수없이 기도했던 로우세이가 말하기에 실감이 났다.

"우리가 죽든 살든 그분들은 손가락 하나 까딱 안 해."

로우세이는 10년간 신에게 기도했었다. 히나기쿠를 도와달라고.

그리고 자신을 죽여달라고 간청도 했었다. 하지만 결국 둘 다 이루어지지 않았다.

"단언하지. 신들은 우리를 벌하지 않는 대신 구원하지도 않아."

겨울의 마을을 구한 여자아이의 인격은 아무도 모르는 곳에서 죽었다. 신의 기적 따위, 일어나지 않는다. 로우세이는 히나기쿠의 생환만을 꿈꾸며 저주처럼 계속 살았다.

히나기쿠는 누구에게도 구원받지 못하고 스스로 도망쳤다.

지금 이 시간은 싸우기를 포기하지 않았던 소년과 소녀가 울면서 움켜쥔 결과일 뿐이다.

그래서 로우세이는 말한다. 현인신이면서, 신의 보이지 않는 손을 부정한다.

"사건의 발단은 신이 우리 사계의 대행자에게 내린 천벌 따위가 아니야. 그건 확실해."

이번에는 아무도 반론하지 않았다.
다들 침묵했다. 각자 생각하는 바가 있을 것이다.
토론할 만큼 했다는 분위기가 되어서, 일단 이 이야기는 중지되었다.

류구에 이동하는 것은 결정되었기에 다들 바빠졌다.

출발 준비 중에 휴대전화를 들고서 호텔 복도로 나갔던 사쿠라는 돌아오자마자 이테쵸와 린도우를 불렀다.
"이테쵸, 아자미 님."
이테쵸는 마침 린도우와 경비에 관해 회의하던 중이었다.
"지금 시간 괜찮아? 잔세츠 님에게 전화해서 향후 방침을 알리고 왔어."
린도우도 사쿠라의 말에 주목했다.
"결론부터 말하면, 찬성해 주셨어."
사쿠라는 히나기쿠를 힐끔 보았다.
로우세이, 나데시코와 조용히 이야기하고 있는 것 같았다. 세 사람이 평온하게 대화하는 모습은 보기 좋았다. 잔세츠에 관해서는 들려줄 수 없기에 자연스럽게 목소리가 작아졌다.
"처음에는 위험하지 않냐고 쓴소리를 하셨지만…… 여름을 구하고 싶어 하시는 히나기쿠 님의 의견을 존중해 주셨어. 일단 테이슈 공항으로 이동하래. 현현 여행에 사용하는 사계청의 비행기 있잖아? 그걸 움직여주신다고 해."
사계의 대행자는 봄과 여름은 류구에서 에니시로, 가을과 겨울은 에니시에서 류구로 이동하여 계절을 현현하는데, 그 이동 수단에는 물론 비행기도 들어갔다.

가까운 곳으로 이동할 때는 주로 자동차를 쓰고, 간혹 공공 교통기관을 이용하지만, 바다를 건널 때는 역시 비행기였다.

그래서 사계절의 공유물로서 사계청이 보유한 전용기가 있었다.

유지비는 들지만, 몇 달마다 이용하는 것이 확실하고, 사계의 대행자를 태운 비행기가 역적에게 점령당할 시 다른 이용객까지 피해를 볼 것을 고려하면 전용기 소유는 타당했다.

현재는 여름 자매가 현현 여행을 끝낸 뒤라서 가을 주종이 이용할 때까지 대기 상태였다.

"이번에는 이동 인원이 많으니 말이지. 대행자, 호위관, 겨울의 호위진과 사계청 직원도 있어. 호위진과 사계청 직원은 민간 회사의 비행기를 타고, 우리와는 공항에서 만나는 게 어때? 대행자님들과 호위관은 전용기를 타는 게 좋을 것 같다고 하셨어."

이 제안에는 린도우가 먼저 찬동했다.

"찬성입니다. 뭐니 뭐니 해도 이번에는 봄과 가을과 겨울이 하나로 뭉쳐서 행동하는 거니까요. 지금 칸게츠 님과도 비행기 예약을 어떻게 할지 이야기하고 있었습니다. 갑작스러운 이동이라서 예약도 거의 차 있는지라…… 이만한 인원이 한 번에 가기는 어려워서."

이테쵸는 잠시 고민하는 모습을 보였지만, 마찬가지로 찬동했다.

"……그러네. 그게 움직인다면 그러는 게 좋겠지. 그나저나 용케 허가를 얻었어. 원래 이렇게 갑자기 움직일 수 있나? 기체도 준비해야 할 테고, 신청도 시간이 걸릴 텐데……. 카요의 도련님은 뭔가 연줄이라도 있나?"

사쿠라는 이 질문에는 어물어물 대답했다.

"모르겠어. 여러모로 수수께끼가 많은 사람이라서……. 아무튼 이테쵸, 사계의 대행자가 실종된 여름의 대행자님을 수색하기 위해 류구에 간다는 건 겨울 쪽에서 고지한다고 했지?"

"그래. 고지라기보다는…… 지금도 호텔에서 경비해주고 있는 사계청의 겨울 직원에게 알릴 거야. 만류하겠지만, 현재 그들은 춘하추동 공동 전선의 이름으로 류구에 가는 우리를 붙잡을 만한 설득력과 구속력을 가지고 있지 않아. 먼젓번 사건 때 이시하라라는 배신자가 나왔으니까. 게다가 사계청 청사 폭파 사건을 저지한 중심은 우리 대행자와 호위관이야. 사계청 측에서 체포자가 속출하기도 해서 권위는 땅에 떨어졌어."

이테쵸는 일단 말을 끊었다가 고민스레 말했다.

"다만…… 성실하게 일하는 사람도 있어. 정말로, 대부분은 그런 사람들이야. 그들을 실직자로 만들고 싶은 건 아니니까 같이 가긴 해야지. 그들은 보고 의무가 있으니 즉시 사계청에 연락할 거야. 그거면 충분해. 우리가 억지를 부려서 휘젓는 동안 쥐가 꼬리를 드러낸다면 그것도 좋고. 아자미 군도 괜찮지?"

"네. 사계청도 내부에서 꽤 다투고 있는 모양입니다. 저희 편을 들어주는 사람은 확실히 있지만…… 슬프게도 구별이 안 되니까요. 저희 쪽도 나가츠키가 있었고. 그러니 거리를 두고서 동향을 살피는 게 좋겠습니다. 저와 나데시코는 입추 전까지는 류구에 있을 수 있습니다. 입추가 지나면 공무가 우선되니 장기전이 되지 않기를 기도해야죠."

"……응, 그렇죠. 마을은 무시하기로 하고, 사계청에 대한 대응은 그거면 될 거야. 잔세츠 님도 봄에 그랬듯 각 마을과 사계청에 이야기해 줄 필요는 없다고 하셨어. 우리가 류구에 가는 이유에는 정당성이 있지만, 그걸 막는 자들에게는 정당성이 없어. 걱정되면 따라오라고 하고, 마을과 사계청에 숨은 【노회 거북】과 그 지지자들이 어떻게 나올지 기다리는 게 좋겠지."

이테쵸는 의욕을 보이는 사쿠라에게 미묘한 표정으로 말했다.

"……카요의 도련님은, 마치 너의 상사 같네."

그 말을 듣고 사쿠라는 웃었다.

"그럴지도 몰라. 내 주인은 오로지 히나기쿠 님뿐이지만…… 잔세츠 님은 커다란 뒷배야. 관계성은 그에 가까울지도. 맡길 부분은 맡기고, 필요한 부분은 알아서 도와주셔. 내게는 좋은 상사 같은 존재야."

"그런가……."

이테쵸는 기분이 복잡한 듯했다. 사쿠라는 이어서 말했다.

"아무튼 잔세츠 님은 우리보다 먼저 이곳을 떠나신대. 감사 인사도 드릴 겸 배웅하고 싶어. 10분 정도 자리를 비워도 될까? 지금이라면 히나기쿠 님도 모두에게 맡길 수 있고……."

린도우가 그 말에 반응했다.

"저도 인사하러 가도 될까요? 가을까지 신세를 지게 됐으니, 감사하다고 말씀드리고 싶습니다."

어제 있었던 회의에 가을은 불참했다. 린도우는 잔세츠에 관해 전해 듣기만 했다.

앞으로도 원호해 줄 상대와 안면을 터 두고 싶은 것은 호위관으로서 당연했다.

이테쵸는 상관없다고 말하며 두 사람을 보냈다.

그로부터 약 30분 후, 린도우와 사쿠라가 돌아왔다.

예정보다 조금 늦은 귀환이었다.

대화가 즐거워서 길어졌느냐고 말하려던 이테쵸는 말을 삼켰다.

"이테쵸…… 늦어서 미안……."

"칸게츠 님, 트, 특별히 문제는 없었습니까?"

두 사람 다 확연하게 무슨 일이 있었다는 얼굴이었다.

특히 사쿠라는 열병에라도 걸렸나 싶을 만큼 얼굴이 빨갰다.

이테쵸와 눈이 마주치자 대놓고 시선을 피했다.

"사쿠라, 왜 그래……?"

이테쵸가 손을 뻗자 사쿠라는 린도우 뒤로 샤샥 숨었다.

"아, 아무것도 아니야!"

이테쵸는 그 거부 반응에 은근히 상처받았다. 린도우는 쓴소리하듯 사쿠라에게 말했다.

"……히메다카 님. 제 뒤에 숨어서 그렇게 말해도 진실미가 없을 텐데요……."

"정말로 무슨 일인데 그래……?"

이테쵸의 물음에 대답은 없었다.

사이좋게 입을 다무는 두 사람을 보고, 남들 앞에서는 말할 수 없는 사정임을 알아차렸다.

이테쵸는 사쿠라와 린도우를 방 밖의 복도로 데리고 나갔다.

—뭔가 불화가 생겼나?

잔세츠의 지원이 끊겼다든가, 둘 중 한 명이 노여움을 샀다든가, 그런 것들을 걱정했지만, 아무래도 그런 문제는 아닌 듯했다.

"사쿠라, 아자미 군, 여기서 얘기하자."

한동안 복도를 걸어 세 사람만 있는 공간으로 이동하자 사쿠라가 횡설수설 말하기 시작했다.

"이, 있잖아…… 이테쵸, 딱히 너한테 얘기할 일은 아니야……. 얘기해도 걱정만 끼칠 거야."

"사쿠라…… 얘기할 일이 아니라고 할 거면 좀 더 포커페이스를 유지해. 어떻게 봐도 무슨 일이 있었잖아. 난감한 상황이라면 나한테 상담해."

"……."

"얘기해줘. 말 안 하면 몰라. 힘이 되어주고 싶어."

사쿠라는 이테쵸의 친절한 말에 마음이 움직인 것 같았지만 입술을 깨물고서 중얼거렸다.

"하지만…… 너한테 말해봤자……."

사쿠라는 이테쵸를 도저히 볼 수 없는지 고개를 숙여 버렸다.

"……아자미 님, 어쩌죠……? 저는 어쩌면 좋죠……?"

"엇, 저 말입니까?!"

린도우는 허둥거렸다.

"아니…… 그게, 저는 뭐라고 하기가 좀. 제가 들으면 안 되는 얘기였고…….”

“그런 말씀 마시고요! 저보다 경험이 풍부하잖아요!”

“저를 뭐라고 생각하시는 겁니까……. 일단 칸게츠 님께 말씀드리죠. 잔세츠 씨와는 앞으로도 엮일테고, 알아두시면 여러 가지로 배려해주실 겁니다.”

“배려라니 무슨……?”

“단둘이 있을 시간이라든가……?”

“피, 피피, 필요 없어!”

사쿠라는 마침내 울상이 되어 버렸다. 이렇게나 혼란스러워하는 사쿠라는 보기 드물었다.

“단둘이 있을 시간……이라니?”

거기까지 듣고, 이테쵸는 불길한 예감을 느꼈다. 그와 동시에 머릿속에서 불온한 소리가 났다.

『뚜둑, 뚜둑』 하고 뭔가가 부러지는 소리였다.

“자…… 칸게츠 님이 걱정하시잖아요.”

린도우는 이테쵸가 어떤 기분으로 듣고 있는지 모른 채 사태를 밝혀 나갔다.

“히메다카 님, 칸게츠 님과는 사제 관계시죠? 상담할 거라면 저보다 칸게츠 님이 적임이겠죠. 그리고 어차피 알려질 일입니다.”

『뚜둑, 뚜둑』 하는 소리가 났다.

“그분은 제 앞에서 선언하듯 말씀하셨으니까요.”

크게 울렸다. 이상하게 메아리쳤다.

“머지않아 남들 앞에서도 당당히 작업을 걸겠죠…….”

그건 이테쵸의 소중한 것이 부러지는 소리였다.

"둔하다는 말을 자주 듣는 저도 견제받고 있다는 걸 알았습니다."

부러지는 소리가 날 때마다, 벚꽃 꽃잎이 바람에 쓸려 가는 환영마저 보이는 것 같았다.

"사쿠라……?"

의아해하는 이테쵸의 얼굴을 보고, 사쿠라는 울 것 같은 얼굴을 한 채 마침내 그에게 입을 열었다.

"그게…… 잔세츠 님이, 뒷배가 되어 주신다고……."

무참히 부러지고 있는 것은 이테쵸가 가슴속에 소중히 지키고 있는 것이었다.

"뒷배라니……? 너의 뒷배……?"

그것은 그의 마음에 있는 것이었고, 벚나무 형태를 하고 있었다.

눈앞에 있는 이 아가씨와 만난 뒤로 어느새 그곳에 있었다.

"그런 건 내가 되겠어. 뭔가 필요하다면……."

"이테쵸는 겨울의 마을 사람이잖아. 봄의 마을에서의 뒷배야……. 나는 마을 사람들한테 미움받고 있고, 히메다카라는 성을 쓰고는 있지만 가문으로부터는 무시당하고 있어. 앞으로 또 뭔가 압력이 있어서 히나기쿠 님의 호위관에서 해임되는 일이 없을 거라고 장담할 수도 없어……."

"그래서…… 너한테 작업을 건다고?"

환영 속 벚나무를 꺾으려는 손이 있었다.

"……잔세츠 님은, 나를 공식적으로 비호하기 위해 자신의 약혼자가 되지 않겠느냐고 하셨어."

그때, 이테쵸는 생각했다.

—『꽃도둑』이다.

문자 그대로 꽃을 훔쳐 가는 사람인데, 꽃구경을 하고 돌아가면서 벚꽃 가지를 꺾어 가져는 사람도『꽃도둑』이라고 했다.

누군가가 소중히 여기는 것을 빼앗는 행위였다.

눈앞에 있는 이테쵸의 가장 소중한 여자아이를 어느새 다른 이가 빼앗으려 하고 있었다.

그녀는 이제 어린아이가 아니었다.

—이렇게나, 빨리.

잊고 있었던 것은 아니지만, 벌써『그때』가 올 줄은 몰랐다.

—어째서.

벚꽃의 아름다움에 매료되는 자는 앞으로도 많이 나타날 것이다. 이테쵸가 준비하지 못했을 뿐이다.

—이제 막 재회했는데.

지금만 해도 꽃도둑이 한 명 나타났다. 이테쵸의 마음 따위는 상관없다.

—아직, 아무것도.

게다가 꺾이는 측이 그것을 받아들이려고 했다.

사쿠라는 조금 떨리는 목소리로 말했다.

"……카요의 후계자의 약혼자는 확실히 힘이 있는 지위야……."

그리고 살피듯 이테쵸를 보았다.

"하지만, 분에 안 맞는 자리겠지……. 나 같은 사람과 그분이…… 언젠가 결혼한다니……."

이테쵸는 그 말을 듣고 자연스럽게 주먹을 움켜쥐었다.

"사실만을 보면 나쁜 얘기는 아니라는 게 곤란하죠……. 주인의 오라버니와 결혼한다면 지위는 확립할 수 있습니다. 카요 님과도 인척이 될 수 있어요. 남은 건 히메다카 님의 마음인데……."

린도우는 잘 생각했으면 하는지 모호하게 말했다.

"아자미 님, 나는 이 일에 관해서는 별로 선택지가 없는 것 같아……."

"아뇨, 그럴 리가 없잖아요. 억지로 강요하지는 않았으니 제대로 생각하는 게 좋습니다. 아무리 주인을 위해서라지만, 결혼을 이익만 보고 결정해도 되겠습니까?"

"하지만, 사계의 혈족이란 그런 거잖아? 오히려 나 같은 걸 아내로 삼으려 하시려는 결단에 감탄스러울 정도야. 그분이라면 원하는 대로 골라잡을 수 있을 텐데……."

"자기 평가가 너무 낮아요. 히메다카 님이 그중에서 뽑혔다는 생각은 안 하시나요? 칸게츠 님, 히메다카 님에게 뭐라고 말씀 좀 해주십시오. 이대로 가면…… 그냥 순순히 결혼하실 겁니다. 아직 젊으신데, 너무 일러요……. 히메다카 님의 인생은 이제부터 시작 아닙니까……?"

린도우가 재촉해서 이테쵸는 무거운 입술을 겨우 열었다.

"……바로 거절하지 않은 건가?"

사쿠라는 마치 혼난 새끼 고양이 같은 얼굴을 했다.

"……응."

"대답은……."

"기다려 주신대……. 급하지 않다고……. 하지만 제대로 생각해 달라고 하셨어……."

"……마음을…… 받아들일 생각이야?"

―아직 시간이 있을 거라고, 왜 느긋하게 굴었을까.

사쿠라는 자신의 마음은 일단 내려놓고, 객관적인 의견으로서 확실히 말했다.

"……히나기쿠 님을 생각하면, 이 얘기는 받아들이는 게 좋을지도 몰라……."

이테쵸는『꽃도둑』이 벚꽃 가지를 꺾는 소리를 확실하게 들었다.

왜 내가 신으로 뽑힌 거야?

어릴 적, 여러 사람에게 그렇게 물은 적이 있다.

엄마는 말했다.

『루리의 웃는 얼굴은 여름의 태양처럼 빛나니까.』

아빠는 말했다.

『씩씩하고 밝아서, 여름에 딱 맞는 아이니까.』

사계청 사람은 말했다.

『여름의 신의 뜻입니다. 당신께 그만한 재능이 있었던 거겠죠.』

마을의 높으신 분은 말했다.

『가엾게도, 힘드신 거군요……. 당신은 숭고한 희생입니다.』

권속으로 삼은 새는 말했다.

『죽을 때까지 계속돼. 죽으면 끝나.』

다들, 다들, 납득이 가는 답은 주지 않았다.

나는 마지막으로 아야메에게 물어봤다.

『언니, 왜 내가 신으로 뽑힌 거야?』

아야메는 슬프게 고개를 숙였다. 그리고 미안하다고 속삭였다.

그제야 나는 알았다.
내가 괴로운 것은 분명 평생 바뀌지 않을 것임을.

하지만, 살면서 한 번쯤은 나도 운명을 거스르고 반격하고 싶어.

제 9 장

여름과 황혼의 광상곡

봄, 가을, 겨울 진영이 테이슈에서 류구로 이동하기로 결심했을 무렵.

하자쿠라 자매는 이미 남쪽 섬에 있었다.

우선 그녀들의 전날 행동을 돌아보겠다.

하자쿠라 루리는 지금 대행자를 향한 온갖 비난을 불식하기 위해 암랑 사건을 해결하기로 결심했다. 그것이 아자미 린도우를 사칭한 누군가의 의도라는 것은 눈치채지 못했다.

루리는 린도우인 것 같은 사람과 통화를 끝내고 곧장 최소한의 짐을 챙겨 아야메의 방으로 갔다. 그리고 사정을 설명하고, 함께 류구에 가자고 아야메를 설득했다.

동생의 결혼도 자신의 결혼도 취소되어 마음이 꺾인 아야메는 대답하지 않았다.

애초에 혼자 있게 해달라고 말한 지 얼마 되지도 않았다.

왜 동생은 사람 말을 안 듣는 걸까.

넋을 잃고 빈껍데기 같은 상태로 있던 아야메는 병적으로 무기력했다.

그래서 무반응을 관철했다.

『안 된다고 하지 않는다는 건 된다는 거지? 괜찮아. 전부 내가 준비할게.』

선언한 대로, 루리는 아야메의 짐을 멋대로 챙겼다.

바닥에 널브러져 있던 아야메의 머리카락을, 루리가 부리는 새 몇 마리가 빗으로 빗겨주고, 강아지들이 옷장에서 원피스를 끄집어냈다.

『옷 갈아입자.』

루리가 갈아입히는 대로 가만히 있으려니, 자신이 마치 힘없는 갓난아기가 되어버린 것 같았다. 실제로 그랬을지도 모른다.

철저히 무너져서 기력을 잃은 인간은 움직이지 못한다.

아직 걷는 법을 모르는 갓난아기는 다른 사람의 도움 없이 살 수 없다.

평소의 아야메였다면 이 시점에서 루리를 말렸을 것이다.

하지만 지금의 아야메가 할 수 있는 일은 움직이는 루리를 보는 것 정도였다.

『루리…… 뭐 하는 거야.』

아야메가 어린아이처럼 묻자 루리는 일순 울 것 같은 표정을 지었지만, 금세 웃으며 말했다.

『언니는 아무 걱정 안 해도 돼!』

『아무것도……?』

『응, 전부 내가 할게. 미안. 두고 갈 수는 없으니까…… 억지로 데려갈 거지만, 그래도 괜찮아.』

루리는 마음이 꺾인 아야메와는 반대로 마음이 강해진 것처럼 보였다.

『내가 지킬게, 아야메.』

그 후로는 야반도주가 아닌 주반도주였다.

식솔에게 들키기 전에, 무기력한 아야메를 끌고서 저택을 탈출했다.

평소 같았으면 바로 추적당했을 테지만, 약혼 파기로 실의에 빠져 자매가 둘 다 방에 틀어박혀 지낸 것이 도움이 되었다. 다들 조심조심 대하느라 부재가 발각되기 어려운 상황이었다.

『루리, 정말로 뭐 하는 거야…….』

루리는 겁먹은 아야메를 어떻게든 구슬렸다.

『나한테 맡겨! 지금보다 생활이 나아질 테니까! 제발 자전거에 타줘!』

『둘이서 타는 건 안 돼…….』

『긴급 사태고, 초법규적 조치가 적용돼!』

『적용 안 돼.』

경비를 피해 언니와 함께 자전거를 타고서 마을을 나왔다.

루리가 탈 수 있는 탈것은 자전거밖에 없는지라 큰일이었다.

『……루리, 우리, 마을 나오지 않았어……?』

『택시가 다니는 곳까지 자전거로 갈 거야! 언니는 그냥 날 꽉 잡고 있으면 돼! 날 믿어!』

몇 시간 동안 필사적으로 페달을 밟아 어떻게든 일반 차량이 다니는 고갯길에 다다랐다. 땀을 뻘뻘 흘리며 자전거 페달을 밟는 동생의 등, 여름의 삼림 속을 활주하는 상쾌함, 햇빛을 받아 반짝이는 바깥 풍경이 휙휙 움직였다.

『루리…… 이거 현실이야?』

이런 일은 경험한 적이 없었다. 동생에게 자신을 맡겨 버리다니.

『아니, 꿈이라고 생각해도 돼.』

『……굉장해, 루리. 루리와 함께라면 가출도 가능하구나…….』

『무슨 소리야? 헐…… 땀이 완전 폭포수야……. 발이 퉁퉁 부었어……. 하지만 택시 불러뒀으니까……. 하아, 진짜, 죽겠다…….』

그 후로는 돈의 힘을 빌려서 택시로 이요 공항까지 이동했다.

『……이거, 역시 꿈이지?』

『언니…… 미안……. 나 지쳤어……. 비행기 안에서 잘게……. 착하게 있어.』

그리하여 류구에 도착한 것이다.

아야메는 그 일련의 일을 전부 꿈처럼 여기고 있었다.

몸은 움직이고 있었지만, 넋이 나가있던 아야메로서는 잡아당기는 대로 가다보니 여기저기 이동하고 끝내는 류구에 와 있는 형태였다.

역시 아야메도 비행기에 올라 창밖의 푸른 하늘을 보자 슬슬 정신이 깨어났다.

하지만 때는 이미 늦어서.

동생의 강제적인 인도로 남쪽 섬을 방문하게 되었다.

그리고 7월 23일 오후 현재. 하자쿠라 자매는 류구의 리조트 호텔에 묵고 있었다.

지금부터 류구다케에 가서 등산을 개시하면 황혼의 사수가 습격받는 시각에는 정상 부근에 도착할 수 있을 것이다. 그러면 암랑과 조우할 확률도 높을 터. 그래서 아까부터 루리가 출발 준비를 하고 있었다. 아야메는 그걸 지켜보고 있었다. 챙겨 주고 챙김 받는 관계성이 훌륭하게 역전되어 있었다.

"……."

문득 아야메는 자신의 휴대전화를 집어 들었다. 부모에게서 걸려 온 전화가 한가득 표시되어 있었다. 위치 정보는 꺼두고 문자로 무사함을 알렸지만, 이래도 되는 건가 불안했다.

문자 이력을 거슬러 올라가다가, 기기를 조작하는 손가락이 우뚝 멈췄다. 눈에 들어온 것은 렌리가 보낸 마지막 문자였다.

『돌아가는 분위기가 심상치 않지만, 어떻게든 할 테니까 이쪽은 신경 쓰지 마. 무사히 돌아와줘.』

약혼 파기가 현실미를 띠기 시작했으나 아직 확정은 아니었을 때였다.

그립고 쓸쓸해서 눈물이 왈칵 차올랐다. 이 말을 속삭이는 렌리의 목소리가 바로 머릿속에서 재생되었다. 이제 자신의 인생에는 없는 사람의 흔적이 가슴을 옥죄었다.

—렌리 씨.

지금 뭐 하고 있을까. 이제 자신은 포기하고 바로 다른 약혼자를 찾고 있을까.

—날 미워하고 있을지도 몰라.

휘두를 대로 휘둘러 놓고서, 끝내는 흉조 취급인 쌍둥이 자매의 전 약혼자라는 낙인까지 찍어버렸다. 악감정을 품고 있을 가능성은 상당히 컸다.

—미움받고 싶지 않아. 그 사람에게 미움받기 싫어.

렌리를 생각하기만 해도 한쪽 눈에서 눈물이 뚝 떨어졌다.

"괜찮아, 아야메."

류구다케에 오를 준비를 끝낸 루리가 아야메 앞으로 와서 그녀의 머리를 쓰다듬었다.

"렌리 씨도, 암랑 사건이 해결되면 상황이 바뀔지도 모르니까. 아니, 그렇게 됐으면 좋겠어……. 우리는 흉조가 아니라고 증명하자. 특히 그 짜증 나는 이장한테."

"……."

"우리만의 문제가 아니야. 해결되면 히나기쿠 님에 대한 비방도 줄어들지 몰라."

"……카요 님."

그랬다. 자신들 외에도 큰일을 겪고 있는 사람이 있었다. 아야메는 퍼뜩 정신을 차렸다.

루리는 그런 아야메에게 타이르듯 말했다.

"류구다케에서 날뛰고 있다는 암랑을 복종시키는 거야. 왜 그런 짓을 했냐고 암랑 이야기도 한번 들어봐야지. 정말로 잃어버렸던 봄 때문인지 조사하자."

"해결되면…… 다른 분들에 대한 비판도 줄어들까……?"

이번에 천벌설이 유포되어 고초를 심하게 겪었다. 분명 그건 히나기쿠를 경애하는 호위관인 사쿠라도 마찬가지일 것이다. 만약 자신들의 행동으로 그녀들의 상황이 좋아진다면 이보다 더 기쁜 일은 없다고 아야메는 생각했다.

"길게 보면 분명 그럴 거야! 적어도 린도우 님은 그렇게 생각하고 있겠지. 나한테 류구에 가라고 한 사람이 린도우 님이고."

린도우가 해 준 말이라는 것이 루리에게 기력을 주고 있는 듯했다.

여름의 주종과 가을의 주종은 봄의 사건 이후로도 친하게 지내고 있었다. 어린 주인을 보좌하는 호위관, 아자미 린도우는 루리와 아야메에게 친구이면서 믿음직스러운 오빠 같은 존재였다.

"……."

하지만 사고력이 조금 돌아온 아야메는 의문스러웠다.

"……그게 이상해. 그분은 위험한 일은 최대한 시키지 않는 신중파인데, 이번에는 솔선해서 행동을 촉구했잖아? 경호원을 데리고 가라는 거면 또 몰라도…… 둘이서 가라니……."

"음~ 하지만 모두를 위한 일이잖아? 사계의 대행자가 나쁜 말을 듣고 있으니까…… 타개책으로……."

"……하지만, 역시 무모한 것 같아……. 이런 형태가 아니라, 정식으로 관계 각처에 타진해서 실행한다면 모를까. 그걸 아자미 님이 모를 리 없을 텐데……."

"……."

아야메의 지적을 듣고 루리는 고민하듯 소리를 냈다.

"전화했을 때, 확실히 린도우 님 같지 않다고 생각하긴 했어. 뭔가, 말투 같은 건 린도우 님인데…… 좀 강제적이라고 할까…… 잘 표현할 수 없지만……. 하지만 그건 당연한 거 아닐까? 가을도 지금 입장이 안 좋고…… 그 원인은 우리니까, 문제를 해결할 수 있을 것 같은 사람도 우리이니, 분기시키려고 독려한 거겠지. ……린도우 님은 나데시코를 위해 명예를 회복하고 싶다는 마음이 강하지 않을까? 린도우 님답지 않을지도 모르지만, 약해졌을 때의 인간이란 다 그런 법이잖아?"

약해져서 루리가 이끄는 대로 류구에 온 아야메는 아무 말도 할 수 없었다.

—하지만, 역시 마음에 걸려.

아야메가 아는 아자미 린도우라는 남자는, 자신의 주인이 어린 여자아이라서 그런지 설령 신의 힘을 가진 아가씨여도 위험한 일을 안 시키려고 하는 인물이었다.

봄의 사건 때도 【카사이】의 아지트에 잠입하는 인원에서 여름의 자매는 제외했었다. 안전한 곳에서 기다려 달라고 자매에게 부탁했었다. 결국 난투가 벌어졌지만, 하자쿠라 자매가 나데시코의 신병 확보를 위해 스스로 나선 것이고, 린도우가 바란 전개는 아니었다.

여성은 지킨다. 아마 그것이 아자미 린도우라는 남자의 긍지일 것이다.

아야메가 아는 린도우라면, 류구에 가라고 제안하더라도 반드시 따라올 것 같은데.

—하지만, 그렇지. 아자미 님도 도움이 필요한 걸지도.

그도 이번 일로 상당히 곤란한 상황일 터. 루리가 말한 대로 자신의 주인을 걱정하고 있다면 그렇게 이상한 일도 아니다. 지푸라기라도 잡는 심정으로 누군가에게 도움을 구하는 마음은 이해할 수 있었다.

아야메는 어떻게든 납득하고서 다른 이야기를 꺼냈다.

"……루리, 다른 사계분들한테서 연락 왔어?"

"안 왔어. 뭔가 뻘쭘해서 나도 안 했고. ……분명 다들 똑같은 마음일 거야."

"……그렇겠지."

"누군가한테 연락해볼까? 린도우 님은 이동하는 동안에도 걱정하는 문자를 보내주셨어."

"나도 아자미 님의 문자는 받았어. ……있지, 히메다카 님이랑 칸게츠 님한테 문자 보내봐도 될까? 우리, 뭔가 냉정하지 않은 것 같아서……. 그 두 사람이라면 분명 올바른 판단을 내려줄 거야. 일단 현재 상황을 전해둬야지. 우리의 행동이 저쪽에 피해를 주면 안 되고…… 그것도 포함해서 행동 방침을 고민해 주실지도 몰라……."

루리는 사쿠라와 이테쵸의 얼굴을 떠올렸다. 확실히 사쿠라라면 여름 주종에게 공감하면서 위험성을 지적하는 의견을 낼 것 같았고, 이테쵸는 객관적으로 봐서 부족한 부분을 가르쳐 줄 것 같았다.

"응, 알았어. 그 두 사람이라면 무작정 화내진 않을 것 같으니까. 답장 오면 알려줘."

"그래. ……하지만 히메다카 님은 얼마 전에 보낸 문자에도 답장이 없으니까, 연락 안 올지도……."

"그랬어? 바쁜가?"

아야메는 모르겠다며 어깨를 으쓱였다. 그리고 어깨를 떨구고서 말했다.

"미움받은 걸까……."

"뭐……?! 하지만, 하지만, 저쪽도 이런저런 사정이 있을 테니까 답장이 없어도 별수 없지 않아? 지금은 봄이 가장 공격받고 있는걸……."

"그렇지……. 이것저것 신경 써서 지금은 일부러 거리를 두고 있는 걸지도 몰라."

“응. 최악에는…… 직접 만나러 가면 분명 해결될 거야. 이유 없이 멀리할 아이들이 아니야. 그렇게 생각하고 싶어…….”

“……봄의 근심을 없애기 위해서도 류구다케에 가야겠지…….”

—괜찮으려나.

아야메는 새삼스럽게 경비가 걱정되었다.

“루리. 나 총이랑 칼 안 가지고 왔어. 루리를 지켜야 하는데…….”

“괜찮아. 이곳에는 벌레도 있고 짐승도 있어. 아야메가 원하면 다들 지켜줄 거야. 아야메는 이제…… 여름의 대행자니까…….”

“…….”

“그리고, 무엇보다 내가 있으니까.”

아야메는 한동안 침묵했다가, 결심한 듯 고개를 끄덕였다.

“응, 루리와 함께라면 괜찮아…….”

아야메의 말을 듣고 루리는 밝은 표정을 지었다. 그리고 아야메에게 손을 내밀고서 말했다.

“바로 가자. 머지않아 분명 마을에서 추적자를 보낼 테니까 마을로 끌려가기 전에 할 수 있는 일은 해야지. 하지만 불안해하지 마. 내가 전부 어떻게든 할게. 반드시 아야메를 지킬 거야.”

힘차게 선언하는 루리는 믿음직스러웠다.

—이 아이는 항상 나만 생각해.

아야메는 루리를 눈부시게 보았다.

—나는 도망치려고 했는데.

루리의 빛은 언제나 아야메의 가슴을 따끔거리게 하는 죄책감을 안겼다.

—미안해.

아야메는 루리의 손을 꽉 잡았다.

동생의 모습을 한 이 「죄」를 지켜야 한다고 다시금 생각했다.

그 후, 하자쿠라 자매는 택시를 잡아 류구다케 근처까지 이동했다.

택시 기사는 현재 류구다케가 폐산되어서 근처까지만 갈 수 있다고 주의를 줬지만, 루리가 순진무구한 관광객 행세를 하며 『산 앞에서 사진만 찍으려고요. 바로 돌아갈 거예요』라고 어떻게든 대화를 넘겼다. 아무래도 국가 치안 기구가 산에 파견된 듯했다.

그래서 택시 기사는 어이없어하면서도 자매를 산에 데려다줬다.

젊은 아가씨들이니 국가 치안 기구 구성원의 매서운 눈빛을 받으면 바로 돌아갈 거라고 판단했으리라.

류구다케의 등산로 입구까지 가자, 택시 기사가 말한 대로 국가 치안 기구 사람이 경비를 서고 있었다. 자그마한 출입 금지 간판이 놓여 있었고, 나무와 나무를 밧줄로 묶어 임시로 길을 막아둔 상태였다. 대규모 경계망이 펼쳐져 있는 것은 아니지만, 민간인의 출입은 규제되고 있었다. 출입할 수 있는 것은 엽우회 사람들뿐일 것이다.

지역 보도 기관 소속인 것 같은 사람 몇 명이 등산로 입구 앞에서 어슬렁거리고 있었다.

젊은 남성 기자가 국가 치안 기구의 경비원에게 뭐라 뭐라 질문하고 있었다.

"루리, 가까이 가지 않는 게 좋겠어."

"응, 우회하자."

루리와 아야메는 그들의 모습을 보고, 이쪽으로 들어가는 것은 무리라고 판단했다.

두 사람은 근처에 있던 새와 벌레들에게 물어 다른 길을 찾기로 했다.

새가 가르쳐준 대로 산을 오르니, 이윽고 정규 등산로로 돌아올 수 있었다.

조금 우회했지만, 다행히 국가 치안 기구의 경비원이 산속까지 있지는 않았다. 그 이후로는 몰래 숨어다닐 필요도 없어져서 당당히 걸을 수 있었다.

도중에 동물들을 붙잡아 정보를 수집한 결과, 황혼의 사수가 화살을 쏘는 곳에 관해 들을 수 있었다.

9부 능선까지 올라가면 사수가 일하는 『성역』이라는 곳에 다다른다고 했다.

"아야메~ 여기야, 여기."

한동안 산을 오르니, 류구다케 안에 고즈넉하게 존재하는 류구 신사가 보였다.

신사 관계자의 모습이 보이지 않는 것을 보면 이곳도 일시적으로 봉쇄된 듯했다. 아무도 없었다.

"몇 달 만이네. 현현을 끝내고 여기서 쉬는 게 연례행사라서…… 신관님이랑 무녀님이 없으니 뭔가 이상해."

루리의 말을 듣고 아야메는 고개를 끄덕였다. 류구 신사는 사계의 대행자에게 친숙한 장소였다.

그리 멀지 않은 곳에서 대규모 계절 현현을 하는 것이 관례였다.

"루리, 『생명 사역』 의식을 하자. ……오면서 만난 생물의 수가 적었으니, 아예 강제로 부르는 게 좋겠어. 정보가 너무 부족해."

"응, 그러자. 나도 그러는 게 좋을 것 같았어."

"산에 사는 생물을 우리 편으로 만들고, 암랑과의 대결에도 대비해야지."

루리는 고개를 끄덕이고 가방에서 부채를 꺼냈다. 현인신은 신통력을 사용할 때 부채를 썼다.

꼭 필요하지는 않지만, 들고 있으면 자연스럽게 마음가짐이 현인신 쪽에 가까워져서 역대 사계의 대행자도 자신만의 부채를 가진 자가 많았다. 루리는 아야메 것도 제대로 챙겨왔다.

"……있지, 나…… 줄곧 말하고 싶었는데…… 이거 뭔가…… 대단하지 않아……? 자매가 같이 춤추는 거……."

말하고 나서, 루리는 깨달았다.

—방금 그 말은 금구였을지도.

특히나 아야메에게는 중요한 문제였다.

루리도 아야메도, 쌍둥이신이 되어버린 것에 관해 제대로 이야기를 나누지 않았다.

봄의 사건 후에는 여름 현현이 기다리고 있었다. 이렇게 된 이상 둘이서 할 수밖에 없다며 사계청, 마을 사람들과 이야기하고 야마토 각지를 도는 여행에 나섰다. 그리고 지금에 이르렀다.

루리의 죽음이, 아야메의 인생을 망쳤는데.

—한심해.

평범한 자매라면 둘이서 춤추는 건 특별하다고 간단히 말할 수 있었다.

—이제 안 그렇다고.

조용히 있으면 됐는데 입을 놀린 것을 후회했다.

"이, 있잖아, 깊은 뜻은 없어……. 아야메랑 둘이서 춤추는 게 그냥 정말로 좋아서……."

변명하듯 말을 거듭했다.

"노래하는 것도 좋아."

나쁘게 받아들일까 봐 무서워서 목소리가 작아졌다.

"정말로, 그냥…… 좋아서. 하지만 이거, 하면 안 되는 말이었지……. 미안해."

—좋아해서 미안해.

루리는 울고 싶어졌다. 세상은 사랑하고 사랑받는 것을 장려하는데, 자신의 사랑은 다른 사람을 상처 입히는 사랑이었다.

좀 더 평온하게 언니를 사랑할 수 있었다면 좋았을 텐데, 그건 불가능했다.

사랑스러운 사람은 그 그림자마저 사랑스럽다. 전부 갖고 싶다. 쭉 함께 있고 싶다. 그것이 루리의 사랑이었다.

평범한 인간은 신의 사랑을 견디지 못한다.

아야메가 견뎌 주고 있는 것은 가족이기 때문이었다.

"미안해."

마지막에는 웃으며 무마했다. 부끄러웠다.

어리석음을 조금이라도 뭔가로 덮어버리고 싶었다.

"미안해, 언니."

세상 사람들이 하는 것처럼 남을 잘 사랑할 수 없었다.

어느 정도가 적절한지 알 수 없었다. 그래서 온 힘을 다하고 말았다.

그 결과, 미움받는 일이 많았다. 루리는 자신의 그런 점이 부끄러웠다.

"……루리."

두 사람 사이로 바람이 지나갔다.

똑같이 생겼지만 성격은 전혀 다른 자매. 현인신이라는 제도가 없었다면 이렇게 고민하지도 않았을 텐데. 신의 대행자라는 역할은 인간에게 너무 무겁다.

—아아, 역시 말하지 말걸.

루리는 그렇게 생각했지만, 아야메는 온화하게 속삭였다.

"좋아……."

스스로 확인하듯 아야메는 고개를 끄덕이고서 다시 말했다.

"……나도 루리와 춤추는 게 좋아."

루리가 걱정했던 혐오나 거부는 없었다.

"루리랑 춤추는 거. 진작 이랬어야 했다는 생각이 들만큼 확 와닿거든."

그저 고요한 친애만이 있었다. 아야메는 여름 바람을 맞으며 웃고 있었다.

루리는 린도우와 통화했을 때처럼 입술을 떨었다.

"거짓말……."

무심코 그렇게 말해버렸다.

"어째서? 춤 수업은 내가 너보다 더 열심이잖아."

"그건 그렇지만……."

—나랑 같이 하는데도 좋아?

묻고 싶은 것은 그 부분이었다.

"정말……?"

정말이었으면 하지만, 자신의 투정을 받아 주느라 한 말은 아닐까. 자신에게 맞춰준 것은 아닐까, 루리는 의심하고 말았다.

"정말이야. 우리는 호흡도 딱 맞잖아. 춤 선생님도 칭찬했고. 연습할 때마다 아주 능숙해진다면서……."

아야메는 역시 수줍게 웃었다. 거짓말하는 것처럼 보이지는 않았다.

"춤이 좋아……?"

"응. 하지만 둘이서 추는 걸 특히 좋아해. 루리도 그렇지?"

간단히 물어봐서 루리는 깜짝 놀랐다. 루리에게 이 질문은 좀 더 심각한 사안이었기 때문이다.

"응……. 나, 나 있지, 노래는 잘하지만 춤은 어려워서……. 하지만 아야메랑 같이 춤추게 된 뒤로는 실패하지 않게 됐어……. 예전에는 싫었지만, 지금은 좋아해……."

그렇게 대답했지만, 사실은 다른 것을 묻고 싶었다.

—나를 위해 희생하며 살고 있는데, 정말로 좋아?

절대 입 밖으로 나오지 않을 물음이었다. 말하면 전부 끝장나 버린다.

아야메는 그런 루리의 심정을 꿰뚫어 봤는지, 아니면 단순히 그저 사실을 말하고 있을 뿐인지, 줄곧 온화한 표정이었다.

"응. 우리, 이렇게나 잘 추잖아. 당연히 즐겁지."

눈을 접으며 루리에게 동의했다.

"좋아해, 루리."

루리는 탄식할 뻔했다.

"나는 루리랑 춤추는 것도, 같이 뭔가 하는 것도 좋아해."

마치 어릴 때로 돌아간 것 같았다.

꾸밈없는 그 애정이 루리를 얼마나 구원해 왔는지 아야메는 모른다.

어릴 때부터 루리는 혼자 있기를 싫어했다. 뭘 하든 아야메도 함께 있기를 바랐다.

혼자 행동할 때가 있어도 그 끝에는 반드시 아야메가 있어서, 그녀를 기쁘게 하거나 놀라게 할 목적으로 행동하는 일이 많았다. 그런 루리이기에, 뭐든 『함께』 하기를 바라는 것이 상대를 고통스럽게 한다는 것을 이해하기까지 시간이 걸렸다.

아무리 사랑하는 상대여도, 아무리 친한 사람이어도, 다른 누군가를 자신의 연장선상처럼 여기면 안 된다는 것을.

"……응, 언니."

봄의 대행자와 만나고, 그것을 겨우 받아들이게 되었다.

사랑하는데 왜 고통을 주냐는 물음은 루리의 근간을 흔들었다.

상대방을 위해 행동하는 것을, 아주 먼 길을 돌아 배우려 하고 있었다.

"즐겁게 하자. 사계의 대행자는 마음으로 권능을 쓰니까."

아야메는 루리가 든 부채를 받았다.

그리고 흥미롭게 바라보는 새와 벌레들에게 말했다.

"거기 계신 손님들."
요염하게 미소 지었다.
"여름의 대행자의 쌍둥이춤은 쉽게 볼 수 없는 거야."
그 말이 효과가 있었는지, 두 사람이 춤추기 전부터 나무들이 술렁거리고, 나뭇잎 소리에 숨어 산의 주민들이 모이기 시작했다. 흥미진진한 모습인 관객들을 보고 루리는 어안이 벙벙해졌다. 이에 아야메는 키득키득 웃었다.
"손님이라니…… 아야메가 그런 말을 할 줄은 몰랐어!"
"손님이나 마찬가지잖아? 재주를 보여주고 사역하니까. 오늘은 관객이 많은 편이 좋아. 수색 범위가 넓으니까."
"뭔가 평소의 아야메랑 달라!"
"……루리가, 이끌어 주니까…… 평소만큼 몸을 긴장시키지 않아도 돼서 편해."
온화하게 웃으며 말해서 루리는 왠지 가슴이 벅차올랐다.
"맡겨줘! 나 잡아끄는 거 잘해!"
"고마워. 정말로…… 도움이 되고 있어. 있지, 루리. 황혼의 신의 성역에 발을 들이는 거니까, 경의를 표하여 달이 얽힌 노래로 하자."
아야메는 한낮에 뜬 해월(海月)을 가리켰다.
"알았어! 그거 말이지? 오케이! 좀 어려운데 괜찮겠어?"
"괜찮아. 나 그 노래 좋아해."
아야메는 안무를 확인하지도 않고 그저 부채를 펴고 접었다.
—나는 잘못 뽑힌 게 아닐까.
루리는 시기나 질투가 아니라 순수하게 그렇게 생각했다.

기초 능력이 높은 아야메는 단기간에 숙련자 영역에 도달했다.

—만약 그런 거라면, 분명 나는 아야메를 지키기 위해 호위관이 됐을 거야.

어떻게 생활했을지 상상하는 것은 어렵지 않았다. 루리는 우는 아야메를 이요에서 류구까지 끌고 온 것을 떠올렸다. 상당히 힘들었다. 분명 자신보다는 애먹이지 않는 신이 되겠지만, 누군가를 받쳐주는 것은 간단히 말할 수 없을 만큼 책임이 막중한 행위임을 이해할 수 있었다. 루리는 자연스럽게 아야메에게 고마워졌다.

—나를 줄곧 지켜줬어. 이것만큼은 틀림없이 나를 향한 애정이야.

늘 불안했지만, 지금은 불안이 조금 잠잠해졌다. 루리는 아야메를 보았다.

아야메도 루리를 보고 고개를 끄덕였다. 자신 있게 춤출 수 있을 것 같았다.

하나, 둘, 셋, 하고 두 사람은 동시에 움직이기 시작했다.

두 소녀신이 동시에 흙을 밟고 뛰어올라 춤췄다. 부채에 달린 방울이 딸랑거렸다.

“여름밤에 배를 띄워 하늘의 옥좌를 오르라, 오르라.”

노랫소리가 울려 퍼졌다. 새도 벌레도 공기조차도, 그녀들의 춤을 보려고 숨을 죽였다.

"달이 시원하다고 아이들이 말하니, 춤추어라, 손뼉 쳐라."

하늘을 나는 무녀의 모습에 모두가 시선을 빼앗겼다.

"별하늘이 시원하다고 달토끼가 웃으니, 노래하라, 떠들어라."

여름의 대행자의 권능은『생명 사역』. 온갖 생물을 거느리는 능력.

"염제의 노로 밤을 저어 붉은 별을 향해 나아가라."

이 노래와 춤을 지켜보는 자들은 필연적으로 알게 된다.

"운룡의 꼬리를 잡아 하늘 높이 날아오르라."

그녀들이 섭리에서 벗어난 생물이며, 그 몸에 깃든 것은 타자를 제압하는 힘임을.

"봄의 창천(蒼天).
여름의 호천(昊天).
가을의 민천(旻天).
겨울의 상천(上天)."

비끼는 눈길 하나에 강제로 항복하게 된다.

"하늘로 오르라. 배 위에서 춤추자. 선율을, 갈채를."

서슴없이 예속될 만큼 미치게 된다.

"여름 잔치가 곧 시작되리."

생명은 그녀들을 사랑하게 되는 것이다.

박찼던 대지에 선녀처럼 착지하고, 두 사람은 동시에 부채를 접었다.

방울 소리가 마지막으로 울렸다. 춤과 노래를 바친 후 남은 것은 『생명 사역』의 권능을 가진 자들에게 어울리는 풍경이었다.

온난한 기후인 류구에 어울리는 색색의 새들이 무용을 찬미하듯 두 사람 주위를 선회했고, 동물들은 박수갈채를 보내듯 높이 울었다. 멧돼지 같은 커다란 짐승들은 두 소녀신을 떠받드는 것처럼 몸을 낮췄다.

산의 생물들이 쭉 늘어서서 두 사람의 명령을 기다리는 모습은 장관이었다.

두 사람 앞에서는 포식자도 피식자도 관계없었다. 먹이 사슬을 무시한 군대가 탄생했다고 해야 할까. 다들 동등하게 여름의 권속이 되었다. 자매는 마주 보고 웃었다.

"굉장해, 굉장해! 우리, 최강일지도……!"

참지 못하고 안겨든 루리를 받아 주며 아야메는 작게 웃었다.

"응. 확실히 이만한 일이 가능하다면 나라 하나는 망하게 할 수 있겠어."

"위험한 소리를 하네."

"농담이야. 그나저나…… 이전에도 루리가 사역하는 모습은 봤지만, 이렇게 많은 생물을 권속으로 삼은 건 처음이지……? 이 중에 암랑이 없다는 게 아쉬워. 이 난리에도 나타나지 않은 걸 보면 부끄러움이 많은가……?"

"으음…… 단순히 권속으로 삼기 쉬운 아이와 어려운 아이가 있으니까 그 탓일지도……."

"아, 그렇구나. 그럼 우리의 존재는 감지했지만 모르는 척하고 있을 가능성도 있다는 거네……."

"그런 거지. 하지만 암랑이 정말로 나타나도 괜찮아. 나, 자신 있어. 암랑 정도는 권속으로 삼아 주겠어!"

"선배가 그렇게 말해주니 든든하네. 믿고 있어."

"맡겨줘!"

아야메는 루리의 유쾌하리만큼 자신감 있는 대답을 듣고 미소 지었다.

예전 같았으면 무모하다며 타일렀겠지만, 지금은 달랐다.

정말로 어떻게든 해 줄 것 같았다.

"지금부터 질문할게! 아는 아이는 대답해줘!"

"너무 동시에 말하지는 말아요. 알아들을 수 없으니까."

루리와 아야메는 예의 바르게 늘어선 동물들에게 황혼의 사수에 관해 물어보기로 했다.

동물들은 저마다 여러 가지를 가르쳐 줬다.

산의 생물들이 말하길, 황혼의 사수는 남성이고, 루리와 아야메보다 훨씬 나이가 많다고 했다.

예전에는 둘이서 밤을 가져왔다. 지금은 많은 사람을 줄줄이 이끌고서 산을 오른다고 했다.

사수 전용 등산로가 있고, 그들은 보통 그 등산로를 이용해서 성역까지 이동해 의식을 치른다고 했다. 그 외에도 산과 관련된 정보를 얻었는데, 특히 신경 쓰였던 이야기는 사수에 관한 것이 아니라 『나쁜 것』이라고 칭하는 자였다.

이야기하는 방식이 너무 꺼림칙해서 루리와 아야메도 안색이 나빠질 정도였다.

『산을 오르는 자 중에 나쁜 것이 있어.』

『그것은 나빠. 좋지 않은 것이야.』

『그것은 머지않아 죽을 거야.』

『그것은 머지않아 죽겠지만, 죽기 전에 뭔가 저지를 거야.』

『그것은 예전부터 있었어. 무서운 것은 다른 거야.』

『조금 불쌍해.』

『불쌍해. 누구와도 동료가 되지 못해.』

『따돌려진 거야.』

『처음 보는 녀석이 산에 있어. 뭔가를 기다리고 있어.』

『물 좀 줘. 조금이면 돼.』

『나쁜 것은 잔뜩 있어. 지금도 신을 보고 있어.』

『신은 보여지는 것이야. 황혼도.』

『불쌍해. 뭐, 죽을 테니 상관없어.』

동물과 대화하는 데 익숙한 루리는 그나마 괜찮았지만, 아야메는 조금 상태가 안 좋아졌다. 어떻게든 긁어모은 정보를 정리했다.

"『나쁜 것』이라고 불리는 자가 산에 있는 거구나……. 간단히 결부시키는 건 경솔한 짓일지도 모르지만…… 암랑 사건과 뭔가 관계가 있는 걸까…….”

아야메의 말을 듣고 루리는 「으음~」 하고 신음을 흘렸다.

“글쎄. 사람 간의 대화와 달리, 동물의 대화는 요점이 불분명해서 너무 믿으면 안 돼.”

사계의 대행자로서는 루리가 선배였다. 아야메는 순순히 들으며 물었다.

“거짓말을 한다는 거야?”

“아니. 뭐라고 하면 좋을까……. 야마토 말을 외국어로 대충 번역하고, 그걸 다시 야마토 말로 대충 번역한 수준의 정보만 우리한테 전달돼.”

“아아…… 무슨 말인지 알 것 같아. 대략적인 의미는 통하지만, 정확도는 높지 않다는 거구나.”

“응. 동물들이 멀찍이서 보게 되는 무언가가 있다는 건 확실하겠지만.”

“그것도 한 명인지 여럿인지 모르겠단 말이지……. 성역의 정보는 비교적 정확한 것 같은데.”

“일단 그리로 가볼래? 운이 좋으면 암랑과 만날 수 있을지도 몰라.”

두 사람은 산꼭대기 쪽을 올려다보았다. 아직 하늘은 파랬다. 앞으로 몇 시간 뒤면 밤이 온다. 이미 황혼의 사수도 이 산에 있을지도 모른다.

“그래. 짐승들이 가르쳐준 길을 따라 성역에 가자.”

“응! 가자!”

루리의 말은 아야메의 귀에 평소보다 힘차게 울렸다.

같은 시각, 같은 산속.

황혼의 사수 후게키 카구야와 아라가미 츠키히가 이끄는 요인 경호 부대는 루리와 아야메와는 다른 루트로 산을 오르고 있었다.

암랑 사건 전에는 실없는 소리를 하며 걸었던 길이지만, 지금은 주위를 경계하며 걷고 있어서 긴장감이 감돌았다. 평소 다니는 길에서 벗어났다가 돌아온 부하가 츠키히에게 뭔가를 속삭였다. 츠키히는 고개를 끄덕이고서, 부하의 보고를 카구야에게도 전달했다.

"카구야 님…… 어쩌면 이 등산로를 누군가가 발견했을지도 모릅니다."

두 사람은 나란히 걸으며 이야기했다.

"어떻게 알아?"

"부자연스럽게 돌이 놓여있고, 나무에 흠집이 있습니다. 아아…… 저것도 그렇지 않나요?"

츠키히는 덤불길 끄트머리에 작게 쌓여있는 돌멩이들을 가리켰다.

자세히 봐야 알 수 있지만, 안표가 만들어져 있었다.

"정말이네. 용케 알았어. 나도 매일 보는 풍경인데……."

"카구야 님이 사수지기에 관해 말씀해 주셨기 때문입니다."

"……."

"지금 카구야 님에게는 사수지기가 없습니다. 사수지기가 가져오는 효과를 생각하면, 부재중에 이런 일이 일어날 것은 쉽게 상상이 가죠."

"누가 그랬을 것 같아?"

“……음, 가장 먼저 생각나는 건 지역 엽우회분들이죠.”

“우연히 발견한 길을 기억해 두려고?”

“네. 일반인일 수도 있고요. 폐산 조치를 취하기는 했지만, 완전히 규제되고 있는 건 아니에요. 산나물을 캐려고, 취미로, 연구 목적으로, 등산하는 이유는 다양해요. 금지해도 산에 들어오는 인간을 막을 만한 경비 수준은 아니고, 저희처럼 전혀 다른 루트로 들어오고자 하면 들어올 수 있어요. 그런 무모한 사람들이 산길을 기록했을 가능성은 있죠. 이곳은 정규 등산로가 아니고 복잡하게 얽혀 있으니, 다시 도달하려면 이정표를 만들어야 해요.”

“……있을 법한 일이네. 몇 년 전 일이기는 한데, 산나물을 캐러 온 할머니와 맞닥뜨릴 뻔한 적이 있어. 어디로 들어왔는지 모르겠지만…… 그때는 에켄이 있었으니까 은폐할 수 있었어. 성역과도 떨어진 곳이었고, 의식도 들키지 않았으니 다행이었지.”

“일반인이라면 최악에는 국가 권력을 써서 어떻게든 할 수 있어요.”

“다른 게 문제지. 역적 경계는 당연히 해야 해. 사계의 대행자님들과는 비교가 안 되지만, 밤이나 아침을 부정하는 종교는 있으니까.”

“네. 무모하게도 사수님을 해치려는 역적이라면 제거하겠어요. 원래 같으면 역적을 가장 경계해야겠지만, 이번에 무서운 건…….”

카구야는 얼굴을 찌푸렸다.

“내 친족…… 후게키 일족인가.”

츠키히도 씁쓸한 얼굴로 고개를 끄덕였다.

“네……. 카구야 님이 말씀하신 대로 암랑이 환영이고, 그들이 저희보다 먼저 그 사실을 눈치챘다면…… 당연히 후게키 일족도 상황을 관리하기 위해 움직일 거예요. 비밀리에 그자를 처리하려고 할 가능성은 있어요. 전개에 따라 달라지겠지만, 카구야 님은…… 암랑이 정말로 후게키 에켄이라면, 마땅한 기관에 넘기게 되더라도 먼저 제대로 사정을 듣고 싶으시죠?"

"……응."

"저도 카구야 님의 뜻을 존중하고 싶어요. 하지만 국가 치안 기구는 후게키 일족에게 의뢰받아서 황혼의 사수님을 지키고 있는지라, 싸움이 벌어져도 저쪽을 공격할 수 없어요……."

"역시 우리가 먼저 진상을 확인해야겠네……. 아직 보고는 하지 말자."

"그렇죠. 카구야 님이 주도해서 수색할 수 있는 상황을 만든 다음에 보고하는 게 좋겠어요."

카구야는 자연스럽게 깊은 한숨을 쉬었다.

"……평온하게, 그저 화살을 쏘기만 하던 나날로 돌아가고 싶어……."

진심에서 우러나온 말이었다. 츠키히는 가슴이 아팠다. 그렇게 만들어 주고 싶다고 츠키히도 생각했다.

하지만 온갖 것들이 조금씩 움직이기 시작한 느낌이 들었다.

츠키히가 카구야를 위해 되찾은 일상이 무너져 가는 것을 매일 실감하고 있었다.

"카구야 님……."

뭐라고 격려하려고 했지만, 그 전에 카구야가 먼저 주먹으로 자신의 뺨을 때렸다.

"카, 카구야 님!"

조용한 산속에 둔탁한 소리가 울려서 츠키히도 놀랐다.

"미안, 마음이 조금 약해졌어……."

"아뇨, 그런……. 뺨이 빨개졌습니다!"

"괜찮아. 이 정도는 필요해. 내 문제로부터 계속 도망쳐서 여러 사람에게 폐를 끼치고 있어……. 그건 알고 있어. 언제까지고 도망쳐서는 안 돼. 츠키히 씨의 자리도 지키고 싶어. 아니, 지킬거야. 힘내자…… 힘내자!"

카구야는 그렇게 말하고서 속도를 높여 앞으로 나아갔다.

츠키히는 그의 살짝 구부정한 넓은 등을 보고 왠지 눈시울이 뜨거워졌다.

몇 달 전에는 츠키히가 이 신의 곁에 있기 위해 노력했었다.

—상당히 멀리까지 함께 오게 됐어.

지금은 카구야가 츠키히를 곁에 두기 위해 싸우려 하고 있었다.

지나간 계절만큼 얻은 신뢰를 눈에 보이는 형태로 보여주고 있는 것과 같았다.

소동이 수습되어 곁에 있을 수 없게 되더라도 후회하지 않게 행동하고 싶다.

그렇게 츠키히는 생각했다.

"카구야 님, 기다려 주세요. 두고 가지 마세요."

무심코 등에 대고 말하자 카구야는 뒤돌아 손짓하여 응답해줬다.

성역에 도착하니, 땀을 닦아주듯 기분 좋은 바람이 불었다.

오늘도 암랑이 나타날 거라는 보장은 없었다. 하지만 만약 급습해 온다면, 그건 항상 카구야가 화살을 쏴서 야마토에 밤을 가져온 이후였다.

어둠 속에 거구를 숨기고서 이쪽을 농락하고 떠나는 것이다.

"슬슬 시간 됐네."

카구야는 모두의 준비가 완벽함을 확인하고 움직이기 시작했다.

곧 있으면 일몰 시각을 역산한 설정 시각이었다.

카구야는 심호흡을 되풀이했다. 흰 눈 같은 빛이 그의 몸을 감쌌다.

이윽고 그 손에 빛의 활이, 화살이, 마치 실재하듯 만들어져 발사를 기다리는 상태가 되었다.

몇 번을 봐도 신비로운 이 광경은 역시 그를 신으로 만들었다.

카구야의 표정이 달라졌다.

"츠키히 씨, 왔어."

무엇이 그 몸에 깃들었는지는 알 수 없지만, 때가 되면 카구야는 알려주듯 그렇게 말했다.

원래 사수는 호령이 없어도 화살을 쏠 수 있다. 하지만 일부러 츠키히에게 사수지기의 역할을 맡기는 것은 카구야가 그녀를 인정했기 때문이었다.

"내 몸, 부탁할게."

의식을 잃는 몸을 맡길 수 있는 상대로 인정했다.

그래서 츠키히는 긍지와 책임감을 가지고서 호령했다.

"발사!"

그 순간, 황혼의 사수의 화살은 푸른 하늘을 향해 날아갔다.
다음에 화살을 쏠 새벽의 사수를 위해서도 하늘의 장막을 갈라야 했다.
츠키히는 대량의 신통력을 사용하여 의식을 잃은 카구야를 받았다.
그대로 하늘을 보았다. 신비의 관측자가 된 그녀와 부하들은 지금 똑같은 마음이었다.
—가라.
—찢어라.
—격추시켜라.
야마토에 사는 사람들을 위해 공물이 된 남자의 노력이 보답받았으면 했다.
하늘의 색은 천천히 변화했다.
여름 하늘답게 흰 구름이 떠있던 푸른 하늘은 모습을 바꾸어 석양빛이 되었다.
류구다케의 성역에서 보이는 경치는 어디를 잘라 내도 아름다웠다.
노을빛으로 물든 산기슭의 거리. 도로를 달리는 자동차. 걸어 다니는 사람들.
일상을 보내는 사람들에게 주어진 밤의 은혜는 너무나도 당연해서 감사히 여겨지지 않는다.
"……일은 잘됐어?"
잠시 후 깨어난 카구야가 나직이 중얼거렸다. 츠키히는 퍼뜩 정신을 차렸다.
"네, 훌륭한 일몰입니다. 카구야 님."

카구야는 몸을 일으켜 주황색으로 물드는 하늘을 보았다.
"중요한 건 이제부터지……. 작전대로, 변함없이?"
"네. 밤이 오기 전에 모두 야간 투시경을 장착할 겁니다. 오늘은 당초 계획대로 토벌이 아니라 포박과 추적이 목적입니다. 암랑이 나타나면 경호반과 추적반으로 나뉘어 즉시 행동을 개시할 겁니다. 문제없으시죠?"
"……응."
"괜찮습니다. 반드시 카구야 님을 지키겠습니다. 지금은 제가 카구야 님의 방패니까요."
용맹한 말을 듣고 카구야는 웃었다.

일행은 그대로 성역에 머물며, 평소처럼 밤의 어둠이 깊어질 때까지 상황을 관찰했다.

츠키히가 말없이 신호를 보내자, 카구야를 제외한 모두가 야간 투시경을 썼다.
햇살이 강할 때 느꼈던 끈적한 바람은 모습을 감추고, 나무들 사이를 쏘다니는 바람이 윙윙 소리를 내며 주위를 감쌌다. 세계가 천천히 황혼으로 물들려고 했다.
—왔다.
카구야는 확신이 있는 것은 아니지만 그렇게 생각했다. 자신의 몸에 들러붙는 듯한 시선을 느꼈다. 암랑과 맨 처음 조우했을 때는 느끼지 않았던 감각이지만, 이제는 어느 정도 등장을 예측할 수 있었다.

"츠키히 씨, 아마도 있어."

카구야의 말을 듣고 츠키히는 고개를 끄덕였다.

"저도 뭔가가 있는 기척이 느껴져요……."

야성적인 감이 예리한 츠키히는 카구야와 똑같은 느낌을 받은 듯했다.

"저희를 관찰하고 있어요. 그리고 혐오도 느껴져요."

"혐오?"

"네. 적의라고 할까…… 살기 수준은 아니지만…… 명확한 혐오가 느껴져요."

"그럼 그건 나를 향한 혐오야."

—어디서 보고 있지?

오늘은 반드시 시선의 정체를 밝혀내야 했다. 카구야는 주위를 둘러보았다.

옆에 있는 츠키히의 모습마저 밤의 어둠에 녹아들고 있지만, 카구야는 밤눈이 밝았다.

황혼의 사수의 특성이라고도 할 수 있을 것이다. 그래서 야간 투시경을 빌려주겠다는 것도 거절했다.

—내 눈으로 보는 게 나아.

어둠은 카구야에게 공포가 아니라 안도, 돌아가야할 세계였다.

그래서 누구보다도 빨리 그것을 찾을 수 있었다.

"저기야!"

어두운 시야 속에서 빛나는 눈이 보였다.

"행동 개시! 흩어져!"

츠키히가 말하자 다른 대원들이 즉시 움직이기 시작했다.

부대의 인원은 츠키히를 포함해 여덟 명이었다. 이번에는 추적반 네 명, 경호반 네 명으로 역할을 나눴다.

암랑은 지금까지 카구야 일행을 쫓아다니기는 했지만, 치명적인 상해를 입히려 들지는 않았다. 항상 농락하듯 날뛴 후에 나무들 사이로 모습을 감췄다.

그것을 예상하여 우선은 치고 빠지기 쉬우면서 누가 쓰러져도 도울 수 있는 진형으로 움직이기로 했다. 부대 제일의 무투파인 츠키히는 경호반으로서 카구야 곁에서 그를 지킨다.

"이동! 이동! 이동!"

츠키히가 지휘하면서 삼림에 둘러싸인 성역을 뛰어다녔다.

계속 이동하여, 추적반이 포획에 성공하도록 최대한 시간을 버는 것이 경호반의 역할이었다.

"에켄!"

카구야는 누군가의 이름을 불렀다.

"……에켄! 너야?!"

에켄이라고 불린 암랑은 확연하게 그 이름에 반응을 보였다.

추적반을 물려고 하다가 얼굴을 휙 돌린 것이다.

그 움직임은 마치 인간 같았다. 암랑이 움직임을 뚝 멈춘 순간이 기회였다.

추적반이 특제 그물총을 꺼내 암랑을 조준했다.

"쏴라!"

츠키히가 호령했다.

그 순간, 그물총에서 그물망이 사출되었다.

그물망은 암랑을 확실하게 감싼 것처럼 보였지만, 놀랍게도 암랑은 눈에 보이지도 않는 속도로 구속에서 벗어나 추적반의 포위망을 뚫고 도망쳤다.

비유하자면 그 움직임은 탄환 같았다.

잘못 본 것이 아니라면, 한순간 거구가 홀연히 사라지더니 전혀 다른 곳에 다시 나타났다.

암랑은 탄환 같은 속도로 뛰어다녔다. 어쩐지 시선을 뗐다가 다시 보면 거대한 몸이 더 커진 것 같았다. 암랑이 착지할 때마다 땅까지 크게 흔들리기 시작했다.

쿵쿵거리는 진동과 함께 카구야 일행도 흔들렸다.

쿵쿵, 쿵쿵. 땅이 흔들려 현기증이 일 것 같았다.

산속을 쏘다니는 밤바람 소리도 급격히 거세졌다.

수선거리는 나뭇잎 소리가 시끄러웠다. 세계 자체를 부정하는 것 같은 암랑의 포효가 모두의 귀청을 찢었다. 시각부터 청각까지, 암랑은 공포로 카구야 일행을 지배했다. 발밑의 진동이 카구야 일행의 마음까지 흔들었다. 눈에 보이는 것, 일어나고 있는 일, 모든 것이 비현실적이었다.

—아아.

카구야는 확신했다.

—에켄, 너구나.

이건 역시 진짜 늑대가 아님을.

“카구야 님, 암랑이 커지고 있습니다……! 똑같은 걸 보고 있나요?! 땅도……!”

츠키히와 다른 대원들도 믿을 수 없다는 모습으로 카구야에게 확인했다.

카구야는 바람과 땅울림에 지지 않겠다는 듯 고함쳤다.

“그래! 모두 똑같은 환영을 보고 있을 거야! 현실이 아니야!”

“이렇게나 선명하고, 이렇게나 현실적인데요?!”

다시 확인할 만도 했다. 떼쓰는 아이처럼 발을 구르며 난동 부리는 암랑의 존재감은 비정상적이었다. 이게 실제로는 전부 환상이라고 하면 그 말을 하는 사람이 제정신인지 의심이 들 것이다.

“숨결까지 몸으로 느껴지는데요!”

카구야는 크게 울부짖는 암랑을 노려보며 고개를 끄덕였다.

“에켄이 쓰는『신성 은폐』는 허구를 현실로 구축하여 세계를 속이는 은폐술이야!”

카구야의 머릿속에는 이 현상을 일으키고 있는 인물의 모습이 떠올라 있었다.

“무의 사수를 지키는 사수지기가 새벽과 황혼의 신에게 받는 권능이라고도 할 수 있어! 원래는 나라는 존재를 감추기 위해서만 쓰이는 능력이었어!”

—에켄.

친애가 담긴 눈빛을 의심한 적은 없었다.

카구야에게는 아들 같은 소년이었다. 언제까지나 그와 함께 산을 오를 줄 알았다.

하지만 그는 이제 카구야의 인생에서 퇴출당했다. 평생 만날 일 없을 사람이 되었을 텐데.

“내 존재도 성역도, 백성에게 숨길 수 있는 건 사수지기의 힘이 있어서고…….”

배신당했다. 상처 입었다.

“하지만, 그건 우리에게 확고한 주종 관계가 있기에 가능한 거야!”

그러나 결국 잊지 못하고 기다리고 있었다.

“이제 우리는 이어져 있지 않아! 그런데……!”

—에켄, 어떻게 된 거야.

“애초에 환영술을 이렇게 쓰는 건, 그 녀석이 현역일 때도 본 적이 없어! 원래는 성역으로 가는 길을 감추거나, 내 존재를 인식하지 못하게 하는 정도인데! 이렇게 가공의 늑대를 만들어서 날뛰게 하다니, 섭리를 비튼 행위야! 후게키 일족이 이걸 본다면 녀석은……!”

—녀석은 죽을 거야.

“……젠장!”

—에켄, 어째서? 너는 이제 내 사수지기가 아니야. 네가 도망쳤어.

그런데 어째서, 또 상처 입히러 왔는가.

“알겠습니다! 작전을 바꾸겠습니다! 추적반은 주변에 수상한 인물이 있는지 찾아!”

츠키히가 지령을 내리자, 암랑을 포획하기 위해 설정된 네 명, 추적반은 행동을 전환하여 성역 주변의 나무들 속으로 사라졌다. 미리 상의해둔 덕분에 어떻게든 움직이고 있었다. 임기응변으로 대응했다면 보조가 맞지 않았을 것이다.

눈앞에 있는 암랑이 환영이고 술자가 따로 있다니, 너무 황당무계한 이야기다.

다행히도 현재 경호 대상이 카구야라는 것이 대원들의 정신 면에 도움을 줬다.

츠키히의 부대는 매일 현인신이 일으키는 기적을 관측했다. 세상에 밤을 가져오는 신이 있으니, 그를 지키기 위한 전사가 신으로부터 힘을 받았다고 해도 큰 거부감은 없었다.

남은 네 명은 카구야를 경호하며 시간을 끌어야 했다.

"카구야 님! 이 환영술을 멈출 방법은 술자를 포박하는 것 말고 없나요?!"

츠키히의 얼굴에서 초조함이 보이기 시작했다.

"환영술은 술자가 풀지 않는 한 계속 눈앞에 있어! 아니면 술자가 의식을 잃어야 해! 아마 눈에 보이는 범위에 있을 거야! 집중력을 요하는 작업이니 무방비하겠지! 추적반이 그 녀석을 찾아서 기절시킬 수밖에 없어!"

"알겠습니다! 술자가 환영을 풀 때까지 이 상태를 유지하겠습니다! 카구야 님, 괜찮으신가요?!"

"도망치는 것 정도는 나도 할 수 있어!"

"그게 아니라요!"

그럼 뭐냐고 카구야는 생각했지만, 츠키히의 얼굴을 보고 무엇을 물었는지 이해했다. 그랬다. 그녀는 늘 카구야의 마음을 걱정해줬다.

"……괜찮아!"

지금 약한 소리를 한마디라도 한다면, 츠키히는 즉각 카구야를 이

자리에서 떼어 놓을 것이다. 함께 싸울 권리를 잃는다.

"나는 괜찮아!"

카구야는 호기롭게 말했다. 함께 싸울 권리를 뺏기고 싶지 않았다.

과거에 자신을 고통스럽게 한 인간에게 언제까지고 사로잡혀 있을 수는 없었다.

카구야에게는 이제 소중히 여기고 싶은 다른 사람들이 있었다.

"에켄!"

현 수호자인 츠키히, 그리고 경호 부대 청년들. 그들을 지켜야 했다.

그것이 지금 카구야의 원동력이었다.

"에켄!!"

있는 힘껏 외쳤다.

"뭐 하는 거야! 그만둬! 이리 나와!! 너, 이런 일은 용납되지 않아!"

솟구치는 격정은 분노일까 슬픔일까. 자신도 알 수 없었다. 다만 모습을 보이지 않는 상대에게 말해 주고 싶었다.

아마도 자신에게 쏟아지고 있을 원한을 있는 그대로 받아 주고 싶지는 않다고.

"말하는 걸 허락해 주겠어! 할 말 있으면 나와서 말해!!"

등장인물이 적은 카구야의 인생 속에서, 일찍이 친애를 쏟았던 소년이 적의를 드러냈다.

그렇기에 분노가 컸다.

"날 죽이고 싶어?!"

평온을 부순 것은 너 아니냐고 한탄하고 싶었다.

"그렇다면 해봐! 불가능하다는 건 네가 가장 잘 알잖아!!"

과거에 그랬듯 기력을 잃고 도망칠 수는 없었다.
무슨 일이 있더라도, 카구야는 황혼의 사수로서 일어서야 했다.
"배를 찌르든, 화살로 머리를 뚫든, 마음대로 해!"
내일도 아침이 온다. 밤은 자신이 가져온다.
"그 대신, 다른 사람한테 손대면 가만두지 않을 거야!!"
야마토 국민의 밤을 지키기 위해 진지하게 살고 있었다.
"너도 황혼의 사수지기였다면 백성을 끌어들이지 마!!"
이런 일은 용납되지 않는다. 악의를 가지고서 현인신의 정신을 어지럽히고, 심지어 류구 사람들에게도 사랑받는 산을 폐산으로 몰아넣었다.
게다가 지금은 카구야에게 있어 다른 백성들처럼 지켜야 할 존재인 경호 부대 사람들에게 공포를 주고 있었다.
"가진 자가 가지지 못한 자를 구해야 한다고 가르쳤을 텐데?!"
카구야의 호통에 대항하듯 암랑은 고막을 터뜨리겠다는 것처럼 포효했다.
엄청난 음압에 전원이 뒷걸음질 쳤다.
암랑의 포효와 함께 희미한 목소리가 들렸다.

『카구야 님』이라고.

그 목소리는 몹시 슬픈 음색이었고, 동시에 부풀어 터질 듯한 분노가 배어 있었다.
"에켄……."

카구야는 대답하듯 이름을 불렀다.

"에켄, 에켄!"

다른 사람들은 몰랐지만, 카구야는 그 목소리가 자신을 수호해줬던 소년의 목소리임을 확실히 알 수 있었다.

"에켄! 이리 나와! 얘기하자!"

무심코 카구야는 그렇게 말했으나, 우는 것처럼 들리기도 하는 암랑의 소리에 지워졌다.

범인은 사수지기라고 확신했으니 당장 그를 잡아야겠지만, 우선 이 환영을 어떻게든 해야 일이 수습될 것 같았다.

추적반이 자유롭게 움직이려면 역시 제물이 필요했다.

"사격 준비!"

츠키히가 말하자 부하들이 재빨리 권총을 들었다.

"쏴라!!"

다 같이 상공으로 발포했다. 위협사격이었다. 이것도 작전에 포함된 일이었다.

잘하면 소리에 놀라서 환영술이 풀리지 않을까 기대했지만, 오늘은 암랑이 날뛰는 방식이 평소와 달랐다. 격정을 주체하지 못하고 터뜨리고 있다고 해야 할까.

카구야가 훈계한 만큼 반항적인 태도를 보이고 있었다. 대원들이 사격하자마자 달려들었다. 대원들은 그 자리에서 흩어졌다. 암랑의 발톱이 대원 한 명을 스쳤다. 억눌린 목소리로 비명을 질렀지만, 다친 자도 곧장 그 자리에서 벗어났다. 카구야는 츠키히를 강제로 잡아당기며 다친 대원의 모습을 시야 끝자락에 담았다. 피를 흘리고 있는 것이 보였다.

—저건 환각? 아니면 진짜?

후게키 에켄이 환영술과 동시에 뭔가 원거리 공격을 가한 걸까. 츠키히는 암랑으로부터 도망치며 카구야에게 물었다.

“카구야 님, 만에 하나 환영에게 심한 공격을 받으면 어떻게 되나요?!”

“일단 죽도록 아플 건 틀림없어! 공격받더라도 환술이 풀리면 아픔과 상처는 사라지지만, 다쳤다는 인식이 사라지는 건 아니야! 후유증이 생길지도 몰라. 신성 은폐 환영은 단순한 환상이 아니라 체감이 있어! 물리기라도 하면 최악에는 심장이 멈출 가능성도 있어……!”

으름장이 아니라는 것을 알 수 있게 카구야도 진심으로 외쳤다.

“그러니까 다들 있는 힘껏 도망쳐!”

다른 대원들도 무턱대고 공격하려 들지 않고 거리를 두며 위협사격을 계속했다.

츠키히는 시험 삼아 암랑에게 발포해봤지만, 맞는 것 같지 않았다. 이날에 이르기까지 츠키히가 이끄는 경호 부대는 살상도 불사하는 공격을 암랑에게 가했다. 그리고 암랑은 항상 도망쳤다. 환상을 보고 있는 것이니, 애초에 맞아도 의미는 없었으리라. 본체를 쳐야 한다. 역시 본체인 후게키 에켄을 막는 것이 최선책이었다.

“하지만 추적반을 위해 싸우며 시간을 벌어야 해요! 접근과 후퇴를 반복해서 공격하는 건 어떨까요?! 환영을 조종하고 있다면 회피 행동은 본체인 후게키 에켄에게 부담이 되지 않을까요?!”

“그렇긴 하지만 절대 안 돼! 안전이 보장되지 않는 일은 하지 마!

네가 쇼크사하는 모습은 보고 싶지 않아!"
츠키히는 호전적인 눈으로 쇼크사 같은 건 안 한다는 표정을 지었지만, 카구야는 다시 외쳤다.
"너희의 역할은 나를 지키는 걸지도 모르지만, 나도 백성인 너희를 지킬 책임이 있어! 신에게 받은 권능의 힘을 얕보지 마!"
"하지만!"
"지금까지 괜찮았던 건 녀석에게 아직 사람의 마음이 있었기 때문이야! 지금은 어떻게 생각해도 제정신이 아니야! 봐! 점점 커지고 있어……!"
카구야가 말한 대로 암랑은 이제 처음 봤을 때보다 커져 있었다.
달리면서 봤기에 정확하진 않지만, 원래 모습보다 두세 배는 더 커진 것 같았다. 평범한 늑대의 몸길이를 약 1미터로 잡는다면, 원래도 늑대치고는 컸던 존재가 더 거대해졌으니 카구야 일행이 대치하면서 느끼는 위압감은 알 만했다.
성역은 널찍한 평지라서 차폐물도 없고 숨을 곳도 없었다. 도망칠 거라면 산의 나무들 속으로 도망쳐야 했다. 그러면 쓰러지는 나무들과 공격적인 암랑의 환영에 쫓기며 뛰기 어려운 경사면을 전속력으로 내려가야 한다. 폭주하는 암랑에게 따라잡힌다면 최악에는 물려 죽을지도 모른다. 그 환영을 본 후, 사람의 정신이 멀쩡할 수 있을까.
그게 현실이 아니더라도 심장이 멎을 가능성은 있었다. 그래서 카구야는 말했다. 도망치라고.
믿을 구석인 추적반이 돌아올 기미는 없었다. 어디 숨어있는지 모르겠으나, 그렇게 간단히 찾을 수 있는 곳에 있지는 않을 것이다. 이건 지구전이지만, 카구야 일행이 압도적으로 불리했다.

도망치면서 오발하지 않으려고 애쓰는 대원들이 판단을 바라는 눈으로 츠키히를 보았다.

사태의 전모가 보인 것은 아니지만, 싸워야 할 상대는 알았다.

만약 카구야가 말한 대로 이 환영술 공격이 신체적으로도 영향을 준다면, 경호 대상을 위해서도 일시 퇴각하여 작전을 다시 짜는 게 나았다. 많은 인원을 투입하여 산을 뒤져야 했다. 츠키히는 혀를 차고 싶어졌다. 이번에는 카구야의 예상이 맞는지 확인하기 위한 접촉이었다. 성과는 얻었다. 전체적으로 보면 상황은 나쁘지 않았다. 나쁘지 않지만.

—왜 모습을 안 드러내지.

츠키히는 단편적으로만 아는 이전 사수지기의 정보를 머릿속에 떠올렸다. 츠키히가 생각하기에는 몹쓸 사수지기지만, 카구야는 그를 구하고 싶어 했다. 그가 걱정하는 상대라면 대화의 여지 정도는 있지 않을까 했었다.

—망할 늑대 새끼!

아무래도 상대에게 그럴 마음은 없는 듯했다. 대화를 거부하고 있었다. 거절 반응이라고도 할 수 있었다. 이전과는 차원이 다른 난동이었다.

츠키히는 속으로 『망할 늑대 새끼』라며 에켄을 욕했다. 사수지기라도 된 줄 아느냐는 말을 들을지도 모르지만, 츠키히는 카구야를 상처 입히는 자를 용서할 수 없었다.

"츠키히 씨! 이제 상대가 누군지 알았으니 무턱대고 공격해서 우리가 피해를 볼 필요는 없어! 일단 철수하고 다시 오자! 저 녀석, 이제 마구잡이로 공격하고 있어!"

말이 끝나기가 무섭게 암랑이 돌진해왔다. 츠키히는 소용없다는 걸 알면서도 총을 쐈다. 그리고 카구야를 유도하며 부딪히기 직전에 피했다.

"모처럼 직접 대결하고 있는데, 그래도 되겠어요……?!"

"이건 도망치는 게 아니야! 나한테는 충분한 성과야! 문제는 후게키 일족한테 있다는 게 판명됐어! 너에 대한 비판은 내가 얼마든지 변호해줄 수 있어!"

"사수지기를 확보하지 않으면 카구야 님의 안전은 보장되지 않아요!"

카구야는 이에 맞고함으로 대응했다.

"너 바보야?! 그건 너희도 마찬가지잖아! 내가 원하는 건 모두 무사히 돌아가는 거야!"

진심으로 화나서 대꾸하고 있었다.

이 상황에서 이렇게 말해 주는 것이 후게키 카구야라는 남자였다.

"……명 받들겠습니다!"

츠키히는 총을 바꿔 쥐었다. 어둠 속에서 꿈틀거리는 암랑을 경계하며 하늘로 총알을 쐈다.

그건 조명탄이었다. 철수한다는 신호이기도 했다. 추적반은 즉각 하산하고, 경호반도 즉시 이탈한다는 사인이었다.

"철수한다!"

츠키히가 호령하자 부하들도 바로 행동을 개시했다. 하지만 조명

탄에 반응한 것은 아군만이 아니었다. 하산 루트인 외길을 암랑이 막아섰다. 보내지 않겠다는 듯 으르렁거리며 노려보았다. 카구야와 경호반은 자연스럽게 발길이 묶였다.

어쩌지. 모두가 마음속으로 생각했다.

역대 사수와 사수지기가 걸어서 생긴 길이 아니어도 하산할 수는 있다. 나무들 속에 섞여 들면 된다. 하지만 그러면 뭉쳐서 행동하기 어렵다. 전속력으로 뛰기도 어려울 것이다. 카구야는 흩어져서 하산하자고 제안하고 싶었지만, 츠키히는 그것을 저지하듯 카구야의 팔을 단단히 잡았다. 카구야가 미끼가 되는 것을 허락하지 않겠다는 모습이었다.

"츠키히 씨."

"안 됩니다, 카구야 님."

"……알았어. 너랑 갈게. 둘이서 뛰자."

—아마 암랑은 나를 따라올 거야.

"츠키히 씨, 도망치라고 호령해. 그러면 나는 너를 따라갈게."

이어서 남은 경호반 세 명에게 말했다.

"너희는 각자 다른 방향으로 가. 알았지?"

세 사람의 표정은 딱딱했다.

"카구야 님, 추적반 네 명은 주변 수색을 중단하고 정해진 포인트에서 대기하고 있을 겁니다. 성역에서 나가면 바로 보조가 들어옵니다. 누가 당하든 반드시 당신을 하산시키겠습니다."

"아무도 죽게 두지 않을 거야."

이전에도 위험한 공격은 있었지만, 카구야에게 직접 피해가 갈 만한 짓은 하지 않았다. 경호 부대한테는 방해하지 말라는 듯한 태도를 보였다. 그렇다면, 하고 결심한 카구야는 한 걸음 앞으로 나갔다.

그리고 한쪽 팔을 벌렸다. 카구야의 부하들을 지키듯이.

"에켄, 백성을 해치지 마."

식은땀을 흘리며 말했다. 후게키 에켄이 조종하는 환영 늑대는 슬프게 울었다.

"할 거면 나한테 해. 에켄, 백성은 안 돼."

카구야가 노려보자 이번에는 그가 지키려고 한 부하들이 카구야 앞으로 나왔다. 츠키히는 이미 총을 겨누고 있었다. 카구야와 츠키히가 이끄는 경호 부대의 결속력이 보였다. 그게 마음에 안 들었는지, 암랑은 크게 으르렁거리고서 일갈하듯 울었다. 공기가 찌르르 떨리며 뜨뜻미지근한 숨결이 카구야 일행에게 닿았다. 거리가 좁혀 들며 긴장감이 커졌다.

"에켄, 그만해……."

모두를 해치지 마. 카구야가 기도하듯 생각한 순간, 지금까지 희미하게 지상을 비추던 달이 갑자기 숨었다. 황혼의 세계가 어둠에 푹 잠겼다.

구름이 달빛을 가린 건가 싶었을 때.

"선회! 선회! 선회해서 백성을 지켜!"

어디선가 날카로운 소녀의 목소리가 들렸다.

여름밤, 살벌한 분위기에 구멍을 뚫는 듯한 목소리였다.

카구야 일행은 하늘을 둘러보았다. 목소리의 주인이 어디에 있는지 모르겠지만, 달을 가리고 있던 『그것』은 그녀가 내린 명령에 호응하듯 움직였다.

지지지직! 지지지직! 지지지직!

거슬리는 소리가 가까워졌다.

—구름, 이 아니야.

꿈틀거리는 무언가는 밤에 뜬 구름이라기엔 흐름이 너무 빨랐다.

지지지직! 지지지직! 지지지직!

불안을 부추기는 불가사의한 소리는 하늘에서 내리는 음악 같았다.

지지지직! 지지지직! 지지지직!

암랑도 카구야 일행도 소리에 농락당했다.

"카구야 님! 저길 보세요!"

츠키히가 펜라이트로 하늘을 비추자 그것은 정체를 드러냈다.

카구야는 처음에 하늘을 덮은 그 그림자가 용인 줄 알았다.

류구는 그 이름대로 용의 궁전. 용신이 사는 곳이라는 전승이 있는 땅이었다. 거기서 따온 새로운 환상인가 걱정했지만.

"새……?!"

그러나 자세히 보니, 꿈틀거리는 커다란 덩어리는 작은 생명이 집결한 모습이었다.

류구다케에 사는 야생 새들. 그것도 한 종류가 아니었다. 같은 종족끼리 결탁한 대군이었다.

""하늘, 하늘, 하늘, 꽃 하늘거리고, 풀 빛나고, 여름 난발하여.""

저녁 하늘을 날아다니는 까마귀 무리 따위는, 지금 카구야 일행이 보고 있는 광경과 비교하면 작은 모임 정도로만 보일 것이다.

""지고, 지고, 지고, 사랑 지고, 여름비, 불꽃, 반딧불팔이.""

모여서 나는 모습은 마치 용 같았다.

""갈라, 갈라, 갈라, 갈라서도, 잠자리 우화하는 가을을 기다리네.""

굽이치며 선회한 산새 군대는 카구야 일행과 암랑 사이를 지나 방벽을 만들었다.

""앉아 기다리네! 가을을 기다리네!""

새들의 울음소리 속에서, 카구야는 두 소녀가 외치는 신성한 말을 확실하게 들었다.

—아아.

카구야는 반사적으로 알았다.

—내 동료야.

이 불가사의한 현상을 일으키고 있는 자들이, 자신과 똑같은 차원의 존재임을.

"거기 늑대! 얌전히 굴어!"

이어서 들린 것은 다른 아가씨의 목소리였다.

소녀는 확실하게 암랑을 향해 말하고 있었으나, 암랑은 명령을 거부하듯 울부짖었다.

『말도 안 돼!』 하고 비명 같은 소리가 났다.

"어째서, 어째서! 『생명 사역』으로 지배할 수 없다니 말도 안 돼!"

"전혀 느낌이 안 와……! 루리, 뭐 해?"

"멧돼지를 더 불렀어! 이렇게 된 이상 총력전이야!"

"뭐, 교란 정도는 되려나. 그사이에 저분들을 유도하자!"

수풀에서 부스럭 소리가 나더니 거대한 멧돼지가 성역에 뛰어 들어왔다.

그것도 한 마리가 아니었다. 두 마리, 세 마리, 성역을 에워싼 삼림에서 모습을 드러냈다. 그러는 동안에도 산새 대군은 암랑 주위를 헤엄치듯 날며 움직이지 못하게 포위하고 있었다.

"카구야 님……."

용맹한 츠키히도 불안한 목소리를 냈다. 하지만 반대로 카구야는 가슴이 쿵쿵 뛰고 있었다.

곧 나타날 자들이 자신을 해칠 거라는 생각은 전혀 들지 않았다.

"괜찮아."

금수 전쟁 같은 상황을 보며 떠는 그녀에게, 카구야는 다정하게 말했다.

"츠키히 씨, 괜찮아. 아마…… 나와 같은 존재일 거야……."

멧돼지가 등장한 후 마지막으로 모습을 드러낸 것은 밤의 어둠 속에서도 빛나는 미모를 가진 소녀들이었다.

아직 10대로만 보이는 젊은 아가씨 두 명. 특필할 만한 점이라면 그녀들이 똑같이 생겼다는 것이었다.

"안녕하세요! 괜찮아요? 늑대는 못 움직이게 했어요!"

"신성한 곳에 실례해서 죄송합니다. 저기, 곤란한 상황인 것 같아서 도와드리려고…… 아, 그보다 먼저 인사해야지, 루리."

"맞아, 아야메."

매우 씩씩한 흑발 미소녀와 얌전하고 차분한 흑발 미소녀. 그녀들은 얼떨떨해하는 츠키히 부대와, 뭐가 뭔지 모르겠지만 웃어버리는 카구야를 향해 말했다.

"저는 여름의 대행자 하자쿠라 루리예요."

"저도 똑같이 여름의 대행자인 하자쿠라 아야메입니다."

한 박자 늦게 카구야가 대답했다.

"반가워. 황혼의 사수 후게키 카구야야."

카구야의 소개를 듣고, 하자쿠라 자매는 서로 마주 보고서 미소 지었다.

숲속에서 빛나는 무수한 눈이 지켜보는 가운데, 여름의 자매신은 웃었다.

우리의 신에게 대적하는 자는 누구든 용서하지 않겠다며 권속들이 무언의 언어로 말하고 있었다.

"역시 그랬군요……! 아아, 다행이다. 사수님을 뵙고 싶어서 이곳에 왔어요."

"사수님한테 묻고 싶은 게 잔뜩 있어."

본래 교제할 일 없었던 위대한 존재들이 지금 운명적인 만남을 가지고 있었다.

""황혼의 사수님. 우리, 여름의 대행자는 암랑 사건을 해결하러 왔습니다.""

두 사람이 그렇게 선언함과 동시에,

암랑의 모습은 거품처럼 밤 속으로 사라졌다.

■작가 후기

오랜만입니다. 잘 지내셨나요.

당신과 한 번 더 만나고 싶어서 계절을 넘어 찾아왔습니다.

무대는 여름. 생명이 환희하며 사랑에 빠지는 계절입니다.

응원해주신 분들 덕분에 이렇게 무사히 여름을 선보이게 되었습니다. 정말로 감사합니다.

이 책이 나오기 전에 영예로운 상도 받았습니다. 고맙습니다.

하지만 그 영예는 저만의 것이 아닙니다.

작가를 작가로 만들어 주는 것은 언제나 독자님들이고, 세계로 날아가라며 지원해 주시는 것은 관계자님들, 서점에 책을 진열해 주시는 것은 서점 직원분들입니다.

당신을 포함한 많은 분이 지원해 주셔서, 자질구레하게 글을 쓰는 문필가는 어떻게든 나무 막대기와 냄비 뚜껑을 들고서 싸울 수 있습니다. 저 자신은 그러한 작은 존재입니다.

그래서 바깥세상을 향해 이야기를 자아냅니다. 당신이 기뻐하길 바라며 말을 잣는 바늘을 들고 열심히 자아냅니다. 기도하면서. 이 이야기가 당신의 긴 밤을 위로했으면 좋겠다고.

아침이 오지 않기를 바랄 때도, 밤이 무서워 울어 버릴 때도.

춘하추동, 아침과 밤. 그것들이 싫은 순간이 있더라도.

인생이 최악이라 1초를 보내는 것조차 숨 막히는 것 같을 때도.
책의 세계만큼은 『좋아』와 『즐거워』로 이어졌으면 합니다.
당신이 한순간이라도 세계를 좋아할 수 있게 돕고 싶습니다.
주제넘다고, 쓸데없는 참견이라고 느끼셨다면 죄송합니다.
만난 적도 없는 사람들이 만든 무수한 이야기가 어릴 때부터 저를 구해줬기에 그렇게 생각하고 맙니다. 힘들 때 마음을 가볍게 만들어 준 것은 다른 세계의 모험이었습니다.
생각이 꽉 막혔고, 너무 외롭다고 여기시려나요.

하지만 외로운 사람의 편이 세계에 있었으면 좋겠습니다.

여름의 이야기는 아직 계속됩니다. 서점, 출판사, 장정가님, 담당자님, 각 관계자님, 친구와 가족. 이번 여행도 지켜봐 주셔서 감사합니다. 아름답게 세계를 꾸며 주시는 스오우 님.
늘 감사합니다. 스오우 선생님의 그림이 있어서 제가 이렇게 달릴 수 있습니다.
그리고 지금 책을 통해 곁에 있어 주시는 당신께도 감사드립니다.
좀 더 곁에 있어 주시겠어요? 여름 하늘에 화살이 쏘아지는 것을 함께 봅시다.

하권에서 기다리고 있겠습니다.

춘하추동 대행자
여름의 춤 上

초판 1쇄 발행 2023년 9월 20일

지은이_ Kana Akatsuki
일러스트_ Suoh
옮긴이_ 송재희

발행인_ 신현호
편집장_ 김승신
편집진행_ 권세라 · 최혁수 · 김경민 · 최정민
편집디자인_ 양우연
관리 · 영업_ 김민원

펴낸곳_ (주)디앤씨미디어
등록_ 2002년 4월 25일 제20-260호
주소_ 서울시 구로구 디지털로 26길 111 JnK디지털타워 503호
전화_ 02-333-2513(대표)
팩시밀리_ 02-333-2514
이메일_ lnovellove@naver.com
L노벨 공식 카페_ http://cafe.naver.com/lnovel11

SHUNKASHUTO DAIKOSHA NATSU NO MAI 1 JO
©Kana Akatsuki 2022
Edited by 전격 문고
First published in Japan in 2022 by KADOKAWA CORPORATION, Tokyo.
Korean translation rights arranged with KADOKAWA CORPORATION, Tokyo
through Korea Copyright Center Inc.

ISBN 979-11-278-7029-4 04830
ISBN 979-11-278-6811-6 (세트)

값 12,000원

*이 책의 한국어판 저작권은 (주)한국저작권센터(KCC)를 통한 KADOKAWA CORPORATION과의 독점 계약으로 (주)디앤씨미디어에 있습니다.
저작권법에 의해 한국 내에서 보호를 받는 저작물이므로 무단전재와 복제를 금합니다.

*잘못된 책은 구매처에 문의하십시오.